Mundus

Silverio Sánchez Corredera

© Del texto: Silverio Sánchez Corredera
Edita Silverio Sánchez Corredera, SSC.
Impresión: Amazon.com
Lugar y año de edición: Gijón, 2017.
Foto de portada: Silverio Sánchez Corredera
Maquetación de portada: Cover Creator of USA
ISBN: 978-84-697-2731-7
Depósito Legal AS 02017-2017

Información:
https://www.silveriosanchezcorredera729.com
orabetejex.jimdo.com/   Mi Biblioteca Editorial SSC 729
https://www.amazon.es/

ÍNDICE

He escrito *Mundus* pensando en vosotros, Enrique y Elena.

Me habéis servido de inspiración y de norte.

A vosotros dos, mis niños grandes, os lo dedico.

I

La ambición

Este esfuerzo por conseguir que todos aprueben lo que uno ama u odia es, en realidad, ambición, y así vemos que cada cual, por su naturaleza, apetece que los demás vivan como él lo haría según su índole propia, y como todos apetecen lo mismo, se estorban los unos a los otros, y, queriendo todos ser amados o alabados por todos, resulta que se odian entre sí.

(Spinoza: *Ética*, III, P. XXXI, Esc.)

1

«¡Cómo vuela el tiempo!», meditaba Silvia, que le parecía haber empezado ayer su tesis doctoral... Sin embargo... este año, en 2446, ha fijado la nieta de Edmundus Delmundo el límite para acabarla. Ya era hora de un empleo productivo. Su hermano Yóbrek ha sido en esto más diligente. Son ya cinco años de trabajo para el ejército de la *United Nations World Balance*, la UNWB o como comúnmente se dice *Balance*.

La fiesta de Nochevieja había sido redonda. Pero no ha podido borrar las sensaciones anteriores. Durante toda la intensa y loca noche de abrazos y bailes ha seguido paladeando con viva nostalgia la cena en familia, cuyo principal protagonista era siempre el mismo. El abuelo era político, pedagogo, investigador, doctor, filósofo... un personaje muy célebre. Por ello, era difícil evitar que la gente no tuviera de él una imagen distorsionada. A menudo tenía que corregir algunos estereotipos... Esa misma noche, en conversaciones cruzadas. Silvia le tenía totalmente presente en su vida cotidiana. Le trataba tan de cerca que sabía muy bien lo que valía, mucho más de lo que la gente común creía, a pesar de que entre la opinión pública planetaria alcanzaba dimensiones míticas, pero ella conocía en directo el material del que estaba hecho, y, por eso era difícil explicar su valor en fórmulas, con palabras siempre esquemáticas... «¡Había que conocerle!», sentenciaba incansablemente con el mismo gesto de convicción.

Esta misma adoración era compartida por su hermano, Yóbrek. «A él se le nota tanto como a mí», rumiaba Silvia, que seguía embebida en sus pensamientos. La afinidad con el abuelo, en realidad tatarabuelo, les unía a ellos dos aún más de lo que ya lo estaban. Ambos vivían unidos por una feliz infancia, por guiños y conniventes coincidencias, por un entrañable amor fraterno convertido en una fuerte amistad que había ido creciendo en silencio, como crecen los árboles.

Ahora, a las 10 de la mañana del 1 de enero, Silvia arrinconaba todas estas imágenes de aquel álbum familiar mientras reía estruendosamente, feliz y exultante desde que se acomodaron los cuatro en el vagón. A su lado estaba Tullio, compañero de trabajo de su hermano. Era de Milán y había derrochado toda su innata simpatía aquella noche con su marcado acento italiano; y, enfrente, Yóbrek y Constanza, su imponente novia venezolana. De ellos, era Silvia la que más burbujeaba en estos momentos. Disfrutaba de uno de esos estados emocionales en los que se captan infinidad de matices menudos y anodinos, pero cargados de sentidos. Un agudo ingenio penetraba esos detalles y los descomponía cómicamente. Por eso reía con tanta generosidad... muchos pensarían que habría bebido o tomado algo, solo ella sabía que no era verdad, se trataba de su juguetón espíritu. Esa fina lucidez se apoderaba de ella fácilmente, muchas veces cuando había pasado la noche en blanco.

—¿Qué hora es? —preguntó su hermano Yóbrek.

Tullio miró hacia la pantalla virtual del vagón (la VS, como todo el mundo decía, obedientes a las iniciales de *Virtual Screen*).

—Las 9:59 —dijo de inmediato Tullio, como si se tratara de un chiste ocurrente.

Nuevas carcajadas hilarantes de Silvia que contagiaba a sus tres compañeros. El resto de pasajeros, la mayoría en grupos, iban a lo suyo, absortos en sus propias diversiones.

Salvo los raros o... misántropos, los 34 000 millones de habitantes del planeta se hallan envueltos en las mismas ceremonias...

El primero en descender fue Tullio, en Monte Deva. Después Yóbrek y Constanza, en Viesques. Silvia bajaría en la próxima. La inercia de la risa continuaba, pero ahora procuraba contener el gozo de la carcajada: iba sola. «No se ríe una sola a carcajadas», pensaba mientras se contenía.

Los cuatro han estado en la fiesta con decenas de amigos y entre cientos de conocidos. La sala Hera tiene un aforo de treinta mil y es una de las preferidas de Silvia, con su gran jardín central climatizado al aire libre y con sus veinte esferas temáticas que satisfacen todas las expectativas —las que te transportan a una selva o a la cima de una ola mientras sigues los ritmos musicales o, para otros gustos, los bailes teatrales al calor de drogas legalizadas (sustancias *biosomáticas* que no crean adicción aunque sí distorsionan la conciencia)—. A su hermano Yóbrek no le disgustó ir este año a Hera, sobre todo porque el ambiente de la esfera Baile de Disfraces permitía danzar a la vez que bromear, en un ambiente en el que la conversación seguía siendo posible. Por eso la han elegido sin discutir. Constanza, la venezolana llegada a España hace un año, se ha dejado llevar, después de todo aún no conoce a fondo esta ciudad de 20 millones de habitantes. Tullio va adonde le diga Yóbrek, aunque solo sea porque se ha encaprichado secreta pero visiblemente de su hermana, la mujer inalcanzable.

La VS del vagón marca 800 km/h. Pensativa y sonriente, la nieta de Delmundo mira el paisaje vertiginoso que se desliza tras las ventanas: «Mi hermano me ha hablado muy bien de Tullio. A ver si es lo que parece. No conocía su faceta de payaso. Hacía tiempo que no me reía tanto. Espero que no se haya hecho ilusiones. Un buen amigo… No necesito liarme más… de momento tengo bastante». Después, recapacitando, se puso seria unos breves instantes: «Pobre Rómulo… su madre, el accidente… no pudo hacerse nada. Y no he podido acompañarle». Rómulo, su medio novio.

Mira solazada el extraño atuendo donde va embuchada: chaqueta con brillos plateados y dorados de grandes hombreras sobre una camisa también plateada de gran cuello, cerrado con un enorme lazo albar y una falda rosada con enaguas rosiblancas de gran vuelo justo por encima de la rodilla, medias de seda doradas y brillantes con unos zapatos rosáceos de un tacón desmesurado. «La idea de estos trajes del siglo XXI ha resultado todo un éxito. Fue más bien una asociación de ideas espontánea, cuando configuraba imágenes para mi tesis». Borró la sonrisa que acompañaba esta divertida rememoración y recuperó un lugar más profundo, más serio, de su apasionada psique: «¡La tesis!, tengo que acabarla de una vez. ¡Y darle un título definitivo! Me inclino por la opinión del abuelo: "Los siglos postilustrados"».

El tren frena al llegar a la estación Jovellanos, sin ruido, solo esa inercia contenida y un paisaje más inmóvil lo anuncia, además de la VS que parpadea «Jovellanos. 3 segundos». «¡Qué curioso!, el IC que usaba Tullio no es el que maneja como policía. ¿Un carnet para las fiestas?, ¿por coquetería? Yóbrek utiliza el mismo siempre. Pero mi hermano es austero aunque no se lo proponga».

Al ritmo de su paso inconfundible: deportivo y bellamente ejecutado, a la sombra de la arboleda marítima, ajusta los últimos retoques de su programa mental: «Tomaré media *Sleep Fast* y me pondré por la tarde otra vez con la tarea. Hablaré con el abuelo, me ayudará a fijar el enfoque final».

Es raro ver la ciudad sucia. Es el único día del año que puede contemplarse así: asolada, maltrecha y satisfecha. Un halo de alegría se ha quedado suspendido en el paisaje… Puede que sean los restos de comida y bebida, abandonados en sus envases. El naufragio de los gozos tribales. Dentro de dos horas todo estará de nuevo reluciente. Las controladoras de limpieza encenderán a la hora programada sus pantallas y los robots se pondrán manos a la obra.

La despedida de año viene de las vísceras, de las entrañas históricas y de conspiraciones estéticas. Siempre ha sido así, desde los inicios de nuestra civilización: «Apolo y Dionissos, dos dioses antagónicos repartiéndose su influencia sobre la humanidad. Apolo, el orden, la razón, sin él no sería posible la sociedad ni el progreso. Dionissos, la efusión, el amor, el desbordamiento, sin él la vida ya no sería vida», sentenció Silvia, que era una brillante historiadora.

2

Tullio había descendido en la estación Monte Deva, su apartamento se hallaba en un lugar alto con hermosas vistas. Alquilar un bólido era arriesgado, siendo además policía; «la tasa de alcohol será difícil de encubrir». Sentado ya en el robotaxi, después de registrar su IC, procuró no quedarse dormido, y trató de pensar en otra cosa evitando no irritarse consigo mismo: «No sé muy bien por qué lo dije; sonó como si yo supiera muy bien lo que hacía: "te llamaré mañana, tengo que decirte algo"; ¡seré imbécil, qué voy a decirle! Me parece que ella pensó que era un chiste más. Apenas si he bebido, solo un poco alegre. ¡No puedo evitarlo!».

El brazo de Yóbrek rodea entre la ternura y el abandono el hombro de Constanza. Cavilantes, somnolientos, tras la reciente algarabía de frases y risas lentamente disipada. «Qué deslumbrante y arrolladora ha estado mi hermana. Como perteneciente a otro mundo. Constanza quiere disimular muy bien esa sombra de envidia». El policía gira la cabeza y mira inspeccionando el semblante de su novia, mientras reflexiona: «Algunos sentimientos son inevitables al nacer espontáneos... como el fastidio por la excesiva felicidad ajena».

A las 10:15 de ese festivo día, decenas de parejas similares a Yóbrek y Constanza ralentizan también sus últimas alegrías, mientras sus cuerpos luchan entre bostezos, por la misma alameda. Él da los últimos retoques a lo que lleva en mente: «Estamos llegando, unas pocas aletargadas caricias y tras el séptimo cielo espero caer en el sueño más profundo, sin SF. Necesito reponerme. A las 23:30 otro lejano viaje, 2 horas, hasta la Polinesia, esta vez Samoa. Una fuga de la prisión *Dantès*, de alta seguridad; un recluso de peligrosidad extrema. Debo llevar equipaje de emergencia. Prefiero decírselo en el último momento: "que la cita de mañana queda cancelada". Supongo que me responderá con un enfadoso silencio, como si lo hiciera expresamente contra ella y como si yo pudiera evitarlo. Totalmente absurdo, ella también es policía, y aspira a la brigada especial». Sin haberlo premeditado, repentinamente, se pone a hablar:

—Una mala noticia, el plan de mañana a pique. IW código violeta; a las 23:30 en el aeropuerto. A Samoa. Por lo menos serán dos días. Lo siento, Tanzi.

Constanza reaccionó sin inmutarse, impávida, rígida, impenetrable...
el enfado frío y distante ya se había instalado. Retomarían la vida y
las caricias a la vuelta. Él lo supo al instante.

El capullo autodefensivo estaba cerrándose al completo en las
vísceras de Constanza. «Esta me la vas a pagar, hijop...!».
Precisamente hoy, que iba predispuesta a dejarse arrastrar por su
abrazo varonil y por los besos y cariñosos mordiscos que solían
empezar por el cuello y se perdían *in crescendo* por todo su cuerpo
hasta abrir las llamas de su paraíso. «¡El muy cabrón!, ¡un código
violeta!». No había cosa que le pareciera más indecente que las
acciones quedaran impunes. Eso le había llevado desde niña a ser
policía. Mientras sacaba su carnet para hacer un registro, aprovechó
para desprenderse del brazo del impostor: «¿A qué hora le habrá
llegado ese *Instant Warning*?, ¿cómo sé que no ha sido él mismo
quien ha solicitado el código violeta?, ¡qué casualidad!, una misión
de antípodas, la que todos buscan, por los complementos, los
descansos, los ascensos, el currículo, el prestigio... ¡y por dejarte
tirada como un desecho! Cien veces me habrá prometido, mientras
conseguía lo que quería, que me ayudaría a ascender a la brigada
especial... ya veo, siempre él. ¡Que no se le ocurra tocarme, el muy
cerdo!».

Al cruzarse con Yóbrek, Sandra le envió un gesto de saludo, pero
debía ir absorto, porque no se lo devolvió: «No me ha visto. Hubiera
aprovechado para felicitarle, por lo de su abuelo».

—¿Le has visto? Es Yóbrek, ya te he hablado de él. Estudiamos
juntos. A los cuatro años en la *Paideia* central, y después, desde los
siete, en la *Universitas* insular. Compartimos varios retos prácticos.
Era sensacional, el amigo que todos admiran. De crío ya era muy
célebre, y eso que entonces desconocíamos lo de su abuelo. Mira por
donde, ¡no sabía que ya estaba emparejado!

Alberto permanecía sin mostrar gran interés, más dormido que
despierto. Odiaba esa manía de conceder tanta importancia a los

famosos… A Sandra le parecía que Alberto tardaba mucho en reaccionar; no tenían sentido los celos. En su fuero interno pensaba que Yóbrek era demasiado y que ella no podía pretender tanto. Alberto encajaba mucho mejor con ella.

—¿Quién es ella? —preguntó Alberto, saliendo de su distante letargo.

—No la conozco, en Hera oí que se llama Constanza y que vino a Astur desde Venezuela. ¿No te acuerdas? Dijiste que bailaba mejor que nadie.

Alberto cambió de tema para disimular el interés que le despertaba esa venezolana imponente. Había pasado toda la noche como un poseso, sin apenas bailar, observándola como *voyeur* y quejándose de su dolor de cabeza. Aquel cuerpo se le había metido como una obsesión. Sensualidad pura. Deseo involuntario, hipnótico, que ya había experimentado más veces; una atracción parecida a la que sentía por la fotografía. «Hasta su nombre es sensual, curvilíneo, Conss tann zaaa. ¿Por qué los tontos y los ricos tienen siempre tanta suerte?».

—¿Son muy ricos los Delmundo?

—¿Por qué lo dices? Es algo que todos saben. Pero Yóbrek vive de su sueldo, aunque no es comparable con el nuestro, claro.

—¿Cómo se llama su abuelo?

—¿Estás tonto? Es Edmundus, acaban de darle el premio Cosmos. ¿Te imaginas? Y ya tiene todos los demás. Salía en todas las VS. Te lo había comentado… ¿No es imponente la novia de Yóbrek?, ¿no negarás que cualquier hombre estaría dispuesto…?

—Esta no ha sido mi noche… ¡el maldito dolor de cabeza… todo el tiempo!; estoy cansado, incubando algo, creo. Además ya son las diez y media. Me muero de sueño.

—Mañana mismo, prométemelo, te miras bien. En el robot de costumbre haces el análisis y que te recete... El viaje es el jueves próximo y no podemos dejarles en la estacada, cuentan contigo para las fotos… Ya sabes.

Sandra trabaja en la central de robotcamareros de Astur, coordinando los pedidos del distrito de Gijón, y Alberto es montador de los nuevos modelos de robotvigilantes, en la sede asturiana de la central española. Dentro de una semana tienen quince días de vacaciones. En el IC de Sandra figura: «*Astur, 2416, mujer, mestiza 4cruces, 1,84 metros, especialista coordinadora, level 58*». Los datos del carnet de Alberto son: «*Madrid, 2415, varón, mestizo 2cruces, 1,95 metros, montador especialista, level 54*».

3

Salvo los días de viaje, a Nueva York, a Sidney, a Río, a Pekín... a las megalópolis, metrópolis y urbes habituales de la red de Sanidad Mental de *Balance*, Edmundus asistía a pie a diario a su clínica. Protegido por una fronda de árboles, el edificio apenas podía apreciarse desde el exterior. Sorprendía siempre al visitante su extraña arquitectura. El doctor había querido recuperar un modelo del siglo XXI, de cuatro plantas y de muy reducidas dimensiones, no más de mil metros cuadrados por piso. Todo era inmediato y accesible, sin necesidad de utilizar módulos aéreos, ni trenes, ni robotaxis, ni andenes móviles.

Era inevitable que todo el mundo se detuviera un momento para observarle. Estilizado sin dejar de ser robusto, enhiesto todavía a pesar de su considerable edad, ritmo cadencioso y seguro, mirada limpia y absorta. Actitud firme, resuelta y diligente sin estigmas de precipitación o agobio. En su IC figuraba, «*Montreal, 2306, varón, mestizo 5cruces, 1,98 metros, doctor, level 100*». No era solo su fama lo que atraía las miradas hacia esa figura de talla media, de marcha aún algo juvenil a sus 140 años y rodeado de una fama de sanador impoluta... era también una extraña e indefinible sensación que desprendía con su porte... Su longevidad superaba ya la media de esperanza de vida planetaria, que había ascendido a 118 años en las últimas estadísticas, pero en su caso aún se hallaba en el cénit. Era uno de los cincuenta mil que poseían el gen longevo, que les permitiría llegar con facilidad a los 190, a los dos siglos, y quién sabe si aun más, sin apenas deterioro final. Su piel, fiel reflejo de su múltiple mestizaje étnico (no en vano un *5cruces*), ni blanca, ni negra, ni... Era de un color difícil de clasificar.

Su biografía estaba incluida en los temarios oficiales de las escuelas. Diez doctorados, político de gran éxito en su juventud, revolucionó el sistema de enseñanza y el nuevo modelo de trabajo. A partir de los 55 años, tras su retiro de la política, se dedica intensivamente a la investigación y a la psiquiatría. Ha fundado más de treinta clínicas autónomas de Arte Psiquiátrico por todo el mundo y más de dos mil funcionan aplicando su método y no cesan de proliferar. Es uno de los diez mil habitantes del planeta que tiene el *level* 100, el superior.

El *level* mide la valía personal total entre 0 y 100. Es una puntuación que se va adquiriendo por méritos, a base de aumentos y disminuciones en las diez áreas vitales. Los del nivel 100 llegan a ser idolatrados, por eso y por otras consecuencias Edmundus está tratando de corregir su uso. El 51 % son mujeres y el 49 restante hombres.

El doctor era un alma cándida, buena y transparente, pero vivía con un gran secreto que aún no podía desvelar a nadie. El Pozo, su gran descubrimiento terapéutico, encerraba un problema que, mientras lo «solucionaba», solo podía conocer él.

Son las 8:55 de la mañana del 2 de enero, viernes, las treinta salas de espera de la clínica reciben en sus asientos a los primeros pacientes del día. Todos desearían estar en la sala 30 pero ahí solo llega una selección mensual o los casos extremos. El resto de doctores son también muy eficaces, perfectamente instruidos en la escuela de Arte Psiquiátrica Delmundo, pero ninguno tiene el prestigio de su fundador.

Al entrar en su despacho, Edmundus ve a alguien sentado en la butaca, en actitud de espera. No la ha visto bien todavía pero sabe que como de costumbre ha de ser Silvia; ella y su hermano son sus nietos preferidos; ambos pueden entrar sin permiso previo.

—Hola, pequeña, qué alegría le das a este abuelo. Llevabas varios días sin aparecer y sin llamarme. De Yóbrek sé aún menos... —dijo, mientras sabía que el último encuentro había sido apenas ayer, pero la cena de Nochevieja no contaba, con sus brindis y efusiones alegres y gregarismo amable.

—Yóbrek está en Samoa, un código violeta... Yo también te he echado de menos, pero ya sabes que la última semana del año la dedico a mis amigas y amigos. Vaya ojo que tienes, porque fue un éxito la idea de la moda siglo XXI... qué seguro estabas, abuelo, y cuántas dudas tenía yo...

—El siglo XXI es uno de mis preferidos. Aunque hubo mucho dolor. La gran peste bioquímica en los cincuenta, el crack del capitalismo a continuación, y después la fusión nuclear, el dominio de los neutrones, la revolución nanotecnológica, el fin de las miserias físicas, el nuevo orden político internacional y todo lo que sobrevino... Época fascinante... Los siglos XXII y XXIII fueron fruto directo suyo.

Silvia sabía que al abuelo le disgustaba retrasarse en las citaciones del día. Eran ya las 9:05, y la primera entraba a las 9:10. Así que...

—Te veré a las dos, para comer. Hoy no puedo ayudarte, necesito trabajar toda la mañana por mi cuenta. Estaré en la biblioteca de la clínica. Tengo que terminar este año mi tesis, como sea. —Un beso en la mejilla rápidamente esbozado selló el pacto. El abuelo la despidió dejándose besar y con una tierna sonrisa de satisfacción y orgullo.

4

Joseph Kirk y Adolph Kirk eran gemelos idénticos. La foto del escáner de la entrada a los jardines de la clínica no incluía el registro del iris y tuvo dudas sobre la identidad del nuevo visitante: podía tratarse de cualquiera de los dos. Finalmente por su carnet en la entrada al edificio quedó registrado Joseph. No se le esperaba para consulta. La base de datos recuperó al instante que cinco años atrás había seguido un tratamiento prolongado. Para muchos que conocieron el proceso, un auténtico y espectacular éxito del método Delmundo. Joseph había sido tratado antes en tres clínicas diferentes con buen pronóstico, sí, pero siempre con recaídas. Solo el 0,19 % de los enfermos eran de síndrome cuádruple destructivo profundo. Joseph era un sujeto realmente atípico. Adolph lo era aún más.

El guardia de seguridad, desde su central a varios kilómetros, que había retomado inmediatamente el caso por la alerta del robotinspector, estudiaba los gráficos en la VS de su oficina. Eran 1700 millones de habitantes los que tenían expediente de delincuencia aberrante, de ellos la mitad peligrosa, pero éste constaba como ya curado, desde hacía tres años, sujeto a revisiones ulteriores. El guardia de seguridad pasó con su IC la alerta a su capitán: «*13:05, 2/01/2446, en Clínica Delmundo: Joseph Kirk, 33 años, varón, mestizo 2c, 2,05 metros, recluso, rehabilitado, level 45 con mínimo histórico 5*». El capitán cursó la alerta a la centralita de la clínica a las 13:15.

Por un exceso de bondadosa ingenuidad, Edmundus siempre había desestimado, ante todas las prevenciones obsesivas de quienes le rodeaban, proteger sus clínicas con el máximo control policial, que incluía la lectura del iris. Pensaba que ese sistema no era perfecto porque implicaba inevitables molestias sorpresa cuando el programa se mostraba incapaz de interpretar situaciones ambiguas, y su centro era ante todo un lugar de curación... La confianza formaba parte esencial de su mundo. Y la probabilidad de riesgo se estimaba tan baja que resultaba despreciable. El rigor del iris era inexorable, demasiado para el sabio. Con ese método el guardia de seguridad habría transmitido estos otros datos muy diferentes: «*13:05, 2/01/2446, en Clínica Delmundo: Adolph Kirk, 33 años, varón, mestizo 2c, 2,05 metros, recluso, inhumano, level 1 con mínimo histórico 0*».

El teléfono del IC del doctor sonó mientras atendía a su último paciente del día a las 13:16. Solo en caso de urgencia tenía autorizado que le llamaran, así que trasvasó los datos de su carnet a una VS en el escritorio, descartando pasarlo a una vertical, mucho más cómoda pero menos discreta, teniendo en cuenta aquellos ojos que estaban clavados en ese momento obsesivamente en él. Era una mujer aquejada de mitomanía aguda, muy grave.

—Disculpe, Anne, es una urgencia.

El doctor estudió los datos que le transmitían y enseguida se tranquilizó al comprobar que se trataba de Joseph Kirk, uno de sus pacientes, al que había tenido que bajar al Pozo, como terapia definitiva; lo recordaba muy bien, ahora era un caso seguro. Además, ningún «habitante del Pozo» había recaído jamás. En el próximo febrero le correspondía la revisión bienal, para salir definitivamente de la prisión. Sin duda, un permiso especial, que estaba utilizando en su calidad de visitante potencial. No podía ser una recaída, pero sí algún problema lateral. Así que tecleó rápidamente: «*Joseph Kirk: cita excepcional, 14:10, hoy*».

El visitante se dirigía a los lavabos en el preciso instante en que un conserje transmitía la citación apuntada: resonó en su bolsillo. Se puso entonces en guardia. Esperaba aquella llamada y suponía que sería para exigirle la acreditación. Tenía ya una buena coartada. Se sorprendió al ver que se le concedía una visita no solicitada. Eso le facilitaba mucho las cosas. A las 13:30 confirmó desde su carnet su asistencia, con un breve texto: «*Gracias, doctor*». Transcurridos diez minutos salió de los lavabos y se dirigió a los jardines; disponía de tiempo y estaban bien climatizados en aquel riguroso invierno. «Después de todo, era bien sabido que había sufrido una severa claustrofobia»; fue la razón, según consta en su expediente, por la que una vez hecho prisionero admitió el tratamiento psiquiátrico que finalmente le curaría. Uno de los cuatro síndromes con los que había vivido desde su adolescencia, el único doloroso para el enfermo. Los otros tres mucho más peligrosos socialmente: ludopatía obsesiva compulsiva, personalidad esquiva aguda destructiva y axiología invertida profunda; además de la claustrofobia severa asfixiante, eran las lacras de las que se había liberado, según constaba en su currículo.

A las 14:05 una gran explosión echaba abajo medio edificio de la clínica Delmundo. Justo a las 14:04 el visitante había salido imprevistamente de los jardines y había tomado un bólido aéreo monovolumen, después de manipular una falsa licencia, robando la ruta de otro usuario. A las 15:30, tras haber transbordado tres veces, borrando huellas, aterrizó en una Isla Autónoma del Índico con un monovolumen cogido en Italia que ni siquiera tuvo que manipular. Por tanto, desde su último enclave, en Sicilia, no había dejado rastro aparente de su paradero actual.

«Dentro de dos días podré llegar a mi próximo destino sin problemas, y continuaré mi obra...», —pensó, mientras grababa unos datos con gesto entre vanidoso y pérfido, en el documento «Operación Delmundo». El fugitivo sabía que ahora tenía que permanecer quieto algunas horas. La pista primaria estaba distorsionada y ahora se trataba de suprimir también las pistas secundarias.

«En veinticuatro horas, ni respirar». Todo perfectamente calculado para que sus movimientos no le delataran.

5

Las páginas de las VS de todo el mundo difundieron rápidamente la noticia. Edmundus Delmundo, uno de los principales sabios del planeta había fallecido a las 14:05, tras el atentado perpetrado en su clínica, en Astur, una metrópoli al norte de España. Catorce muertos y más de sesenta heridos graves, entre ellos una de las nietas Delmundo.

Yóbrek conoció la lancinante noticia cuando llevaba poco tiempo dormido, en Samoa, a las 4:15 hora local del día tres (las 15:15 del día dos en España). La alarma de su carnet le llevó a buscar las noticias del canal global, empezando por la escala de importancia principal. La primera noticia fue la de su abuelo. Una parálisis emocional le invadió y le congeló el corazón. Salió de ella tras algunos segundos de aturdimiento. El dolor inimaginable de pensar que algo horrible podía estar pasándole a Silvia le sacó de su pánico paralizante. Sintió una culpa irracional, por no hallarse con ellos.

Marcó inmediatamente la dirección de su madre pero antes de pulsarla cambió a la de su padre. Prefería un informe menos emocional.

—¿Papá? ¿Qué están diciendo las noticias? El abuelo...

—Pequeño... sí, sí... —transcurrieron unos segundos extraños... gélidos y punzantes—. Ha sido horrible... Y no podemos llegar a creerlo. Tu madre...

—¿Y Silvia? ¡Cómo ha podido suceder...! ¡No soportaría que le pasara algo...!

—Estamos en la sala de espera... la están operando... nos han dicho que está fuera de peligro pero han quedado afectadas las piernas... Dentro de una hora nos lo dirán. Ya sabes, *Yobre*, que tu hermana es muy fuerte. Todavía no sabe nada de la muerte del abuelo... la rescataron inconsciente... Mejor así, porque si lo supiera, se derrumbaría...

—Llamadme en cuanto sepáis algo. Estaré alerta. Ahora no puedo iniciar el regreso. Hasta mañana no sabré si puedo viajar a España. Ya sabéis que sigo en código violeta... secreto, sin excepciones. ¡No podría estar en peores circunstancias! ¡Os quiero mucho... dale un beso a mamá! ¡Llamadme!

6

El fugitivo estaba a salvo. El islote Raphael, en el archipiélago de las Macareñas, al noreste de Madagascar, pasaba casi imperceptible al escaneo diario de los satélites policiales. Desde este islote podía pasar fácilmente a la isla principal, Cargados Carajos, si fuera necesario. Sería difícil dar con su paradero, a menos que hiciera algún movimiento en falso. Sus ideas se ordenaban con precisión: «El islote está deshabitado... y en la isla solo hay fugitivos... diablos... ¡Basura!». Para el terrorista, aquellos marginados que veía en las Macareñas aparentaban ser muy distintos de los confederados, tan hábiles en maquillarse, limpios y correctos... sin embargo, todos eran igualmente «las ratas de un naufragio». La civilización había degenerado ya en exceso.

Una nueva jerarquía de valores estaba naciendo y él era su encarnación. Engañados durante siglos, con esa rancia división entre el bien y el mal. Podía sentir cierta lástima por el anciano, porque él no era como los demás... Tenía el don, era también superior, pero lo desperdició... empeñado en su confuso humanitarismo... ¡A estos precisamente hay que retirarlos de la faz de la tierra los primeros! ¡Son contaminantes!

Un hombre de unos sesenta y cinco años, antiguo líder de Cargados Carajos, volvía a su escondite en el islote Raphael, después de haberse dado un breve festín con restos de carne encontrada en una hoguera abandonada. Mejor la antropofagia que el hambre... Quienes pescaban y laboreaban tubérculos habían caído víctimas uno a uno... Los restantes eran criminales profesionales... supervivientes. De pronto sintió una presión salvaje en la espalda y un corte rápido que le rebanó la garganta... La sangre del suelo era la misma que le llenaba la boca y le coloreaba el ojo...se moría y lamentaba no poder ver el rostro de quien le había atacado...después de todo no era nada tremendo... podía verse a sí mismo... muriendo desangrado como tantas veces él había visto yacer a otros... «Ojalá que su pequeña Margaret nunca le viera así... ni llegara a saberlo».

El cadáver llevaba rígido y ridículamente tieso varios minutos... era un inconveniente, una pista posible. El fugitivo pensó que lo mejor sería arrojarlo al agujero, donde con suerte las pequeñas alimañas no dejarían que la fetidez se prolongara mucho tiempo... en todo caso él ya no estaría aquí, pero se había impuesto no dejar rastro alguno. El intruso le estaba distrayendo del curso de sus ideas y el olor acre de su piel persistía ruidosamente en su memoria.

Tras apaciguarse, canalizado el brote colérico —aún debía mejorar su autocontrol, hasta la perfección—, y despejada la zona, el fugitivo se sentó ante una bella postal marina, extrajo de su pequeña mochila abdominal unos envases y se dispuso a alimentarse con comida energética de los confederados. Se detuvo unos instantes, abrió su IC e introdujo en el documento «Yóbrek Delmundo: Samoa» lo siguiente: «fase código ultravioleta», luego empezó a comer lentamente, mientras veía con anticipación el gesto del «famoso nieto» cuando muy pronto pasara del violeta al ultravioleta.

Pasaron dos horas y nada se movía salvo las olas. Dejó de pensar... aquellas galletas energéticas quitaban el hambre, aunque no satisfacían el apetito. El sopor digestivo se desencadenaba como de costumbre... Poco antes de caer en el sueño pensó que debería encontrar pronto una buena hembra... sin dejar rastro... La lascivia se superpuso al desprecio que estaba experimentando al pensar en el parecido entre su hermano, Joseph, y él, Adolph, un momento antes de rendirse a la noche.

7

La VS de la sala de Silvia marcaba las 2:12. Los párpados pesados, la conciencia luchando con un frío helado, el sueño aplastante como una inmensa roca; el dolor, disperso, como cientos de agujas punzantes; la boca seca y amarga; lo peor de todo: el miedo y el vértigo. Después de breves segundos tormentosos, volvió a caer en un sopor profundo. Las drogas hacían bien su trabajo.

«El abuelo caía en un pozo, mientras se alargaba su figura para no desaparecer del todo; Yóbrek trataba de cogerle vanamente; él mismo peligraba caer... Ella, a medio metro del pozo, no podía moverse, impotente, petrificada... Los ojos del sabio salían ahora de las cuencas como los de un loco, igual de irracionales, y los brazos del heroico policía, su hermano, se estiraban tan inútiles como los de un beodo a punto de perder el equilibrio... Ella no podía mover ni un dedo y se estaba esforzando en gritar sin resultado alguno... se había quedado sin voz... su cuerpo estaba enterrado en la arena hasta la cintura... impotente, aterrorizada. Prefería cien veces la muerte», pero «todo era un sueño», pensó mientras recuperaba un hilo de conciencia.

Fiebres, secreciones, pesadillas, vértigo... A las 4:25 Silvia volvió a recobrar lúcidamente la conciencia. Quería girarse para sentirse un poco más cómoda e intentaba apoyar los talones y flexionar un poco las rodillas para conseguirlo. No logró sentir las piernas, ¿qué pasaba?, ¿por qué no sentía sus piernas?, ¿por qué no podía moverse?, las alucinaciones ya habían pasado... esto era real... no entendía nada. Había perdido el conocimiento y no podía recordar nada más..., salvo una aguda sensación de dolor físico y anímico.

8

La temperatura de la habitación estaba perfectamente climatizada. Era una suerte, porque aquel verano austral el calor no daba tregua... La VS de la habitación marcaba en posición de penumbra las 4:30 del día tres. Yóbrek, después de conocer la noticia del abuelo y de su hermana, no deseó nada con más fuerza que regresar cuanto antes a casa. Si pensaba en la muerte del abuelo, su desolación no podía ser más intensa. Pero no tendría ninguna posibilidad de regreso, dado el código violeta, si antes no resolvía la trama del castillo *Dantès*. Estaba totalmente noqueado y también desvelado, con un ritmo neurovegetativo de diez sobre diez. Imposible dormir así. Pero debía descansar si quería rendir lo necesario en las indagaciones que le esperaban al término de cuatro horas. Decidió tomar un SF-3, concentrado para tres horas de sueño.

A las 7:30 el policía dormía empapado, febril... soñaba sabiendo que soñaba, sin poder salir del sueño... «Silvia... precipicio... oscuridad... no conseguía cogerla. El abuelo reventaba hecho añicos. No conseguía moverse ni gritar, derrotado... No podía soportarlo más. Estaba acostumbrado a triunfar».

La alarma de Yóbrek empezó a sonar... La mano supo encontrarla al segundo. Se incorporó sentándose en la cama, a la defensiva, ante un inminente peligro.

«Estoy empapado... ¡el abuelo!, ¡Silvia!, Samoa, qué hora es, tengo que levantarme... Regresaré cuanto antes», se dijo, mientras luchaba por vencer una negra congoja que le sobrecogía.

9

En aquel habitáculo abandonado a la desidia desde hace varias décadas, pero bien protegido de la intemperie, el fugitivo dormía plácidamente envuelto en una fresca temperatura nocturna, antes de que el sol empezara a calentarlo todo de nuevo. El anciano se le aparecía vaporoso e inasible en una pesadilla. Según el filósofo él era un fratricida; el odio con el que intentaba volver a destruirle no influía en la serenidad de Edmundus y, al contrario, intocable a sus ataques, seguía hablándole y pontificando sobre su conducta, ¿cómo se atrevía? Estaba muerto y era ahora un fantasma indestructible. El aire no fluía bien, irrespirable, la atmósfera plomiza, asfixiante sentir aquel espectro, que le afligía y le quitaba el aliento. Dos moscas torpes y obsesivas salieron zumbando tras el gesto agresivo y errante. El fugitivo comprendió que empezaba a amanecer y que se trataba de un mal sueño. Estaba de pésimo humor, aún recordaba aquel ahogo impertinente… Buscó durante unos segundos con su mano a las moscas, que huyeron de nuevo.

Con marea baja era fácil pasar del islote a Cargados Carajos y recuperar su bólido, camuflado en el desguace donde otros aparatos robados y desechados se amontonaban por decenas. Antes observó durante media hora con atención a aquellas mujeres que se afanaban en los trueques del mercado. Aquella hembra, seguro que aborigen pura, sin mezcla racial desde al menos el siglo XX, apenas quedaban ya, lo sabía bien. No importaba mucho que una niña de tres años la siguiera a todas partes cogida de su mano. Tomaron rumbo hacia el puerto. No sería difícil, en aquellas calles estrechas.

Un tirón firme hacia el portal y ya la tenía. Con el filo empuñado en la otra mano, la pequeña solo sintió un corte profundo en la garganta que no sabría siquiera interpretar. Moriría prácticamente en el acto. Era bueno degollando para no hacer sufrir demasiado, solo lo inevitable. Por muchos inocentes que pudiera liquidar, siempre habría demasiados, por todas partes, como una peste. Tomaría lo que el mundo le debía y alimentado su furor carnal podría seguir sin tensiones adelante. Ella se resistió más de lo normal. Era efectivamente una raza pura desde hacía por lo menos cuatro siglos.

«Pocos placeres como poseer a la fuerza... entre los más reales que puedan sentirse». El fugitivo tuvo claro que mejor que se reuniera con su pequeña. Ambas dejarían de sufrir a la vez. Y era preciso despejar bien la ruta. Hacía lo que tenía que hacer. Un ser superior siempre sabe lo que tiene que hacer.

A Malé, en las Maldivas, rumbo noreste, en la ruta a Ceilán. Vuelo lento, media hora, y de este modo pasar inadvertido por los controles de permisos de líneas rápidas. Las Maldivas centrales son islas Autónomas en trámites de adherirse a la Federación Global, con permiso de tráfico diario. El sitio ideal para desplazarse con facilidad. Dejar un bólido en los aparcamientos de Malé, a nombre de un carnet siciliano, Julio Peloritani, cadáver ya carbonizado difícil de encontrar y mucho más de identificar, que nadie buscaría en al menos un mes, el tiempo que tenía contratado para los vuelos de larga distancia..., era tarea fácil.

El aeropuerto de Malé tenía un vuelo directo con Singapur, y desde allí había múltiples viajes hacia la capital de Upolu, Apia, en las islas Samoa. Dirigirse desde allí después al islote de Apolima era como andar por casa. El resto, cuestión de esperar el momento oportuno, bien programado ya... El próximo en la lista sería ese famoso policía, nieto del viejo. Un caso de cazador cazado.

El fuerte *Dantès* ocupaba prácticamente todo el islote de Apolima. Era una de las prisiones más seguras. No había palmo del terreno que no estuviera vigilado; salvo unos acantilados a los que se accedía fácil con un subacuático-1 desinflable. Una cueva interior submarina entre esos peñascos, descubierta al estudiar los planos de las antiguas cloacas del castillo, disponía de todo el acomodo requerido. El cadáver de Joseph, su hermano que compartió su aciaga infancia, sujeto por las dos grandes rocas en el fondo del mar, estaría descomponiéndose debidamente allí mismo, abajo, a unos doce metros de profundidad.

«Joseph debía morir tarde o temprano... ¿por qué había decidido pasarse al bando equivocado! Era débil, ya desde niño. Al menos me fue útil. El mejor medio de acercarme a Delmundo». Adolph sonrió ahora, al pensar que sembraría la duda haciéndose pasar por Joseph. Sin cadáver y sin iris, ¿cómo iban a estar seguros?

Mientras volvía a alimentarse una vez más con aquellas galletas energéticas, le venían a la mente las noticias de las VS inerciales, que entreveraban los grandes titulares con caliches irrelevantes, como para hacerlas más digeribles. Joseph andaba en boca de todos. *«Recluso próximo a su rehabilitación total, una vez en fuga volvía al nivel de peligrosidad anterior».* En la celda de Joseph, en su cama, apareció el cadáver de un guardián soltero, Holden: tenía cuatro días de permiso y no se le echaba en falta; y su hermana menor estudiaba en un internado. Entonces se empezó a chacharear de la fuga de los Kirk. Ambos eran iguales como dos copos de nieve. En la prisión *Dantès* no se había dado ningún incidente de fuga desde hacía varias décadas.

Aquel secreto bajo las aguas solo lo conocía Adolph: «Nadie sospecha que esta cueva submarina conecta directamente con las antiguas cloacas del castillo. Ellos mismos me mostraron la salida. ¡Qué será de una civilización que archiva indolentemente sus antiguas escrituras»!

Fugarse no fue peligroso, desde que había estudiado los planos en la biblioteca del *Dantès*. El 1 de enero era el día perfecto; todo se relajaba. La inspección del mediodía no se hacía y la de la noche era mediante huella. Cortar dos índices del cadáver de Joseph fue tarea fácil. Uno servía para el control de su hermano y otro para él, una vez huido. Las pesquisas sobre huellas disonantes no se iniciarían hasta el día siguiente. Pensarían al principio que se trataría de un error: ambos hermanos tenían permiso para cenar juntos, "en familia", en la Nochevieja.

10

El capitán de *Balance* visitaba por segunda vez el Castillo *Dantès*, a las 8:15 del día tres. Repasaba mentalmente lo sucedido en la visita anterior y en el expediente que había abierto. Se dirigió a la oficina del sargento de guardia y le comunicó que iba a entrevistar a varios reclusos:

—Quiero ver primero a Savo Lipovac, en la sala cuatro.

Savo Lipovac, no muy alto, 1,88, diez centímetros por debajo de la media y de cara atediada. En su huida, pudo pasar fácilmente por el guardián Holden, de 1,90 y corpulencia muy similar. Cuarenta años. Pocos cruces raciales. Ambos, Savo y Holden, eran negros, de los pocos que quedaban tan puros. Misterioso y esquivo, por lerdo, costaba arrancarle un monosílabo; estaba seguro de que las palabras eran siempre trampas.

—¡Savo Lipovac, de Sarajevo! Bonita ciudad.

Aquello tenía más el aspecto de una conversación que de un interrogatorio. Aparentemente. Savo asintió con el gesto, desconfiado y medroso.

Este peligroso recluso desaparecido y apresado al día siguiente mientras compraba artilugios en el sex shop de Sexapiabig, en Apia, la populosa capital, con el IC de Holden, tenía el aspecto de un sujeto mezquino, fácil de influir. Sin embargo, las apariencias engañan demasiadas veces. Se trataba de un asesino con un currículo de matanzas a gran escala, que se atrevía con el uso de agentes químicos muy peligrosos. Por esta razón y por tratarse de un sociópata, sexoadicto agresivo, la capitanía general de la policía de *Balance* había encargado el caso a Yóbrek Delmundo. Eran muy estimados los conocimientos psiquiátricos del capitán YD1, bien formado y avezado en la escuela de su abuelo.

—Usted se fugó con ayuda, ¿quién le ayudó, Savo?

«¿Por qué tenía que delatar a Adolph?, ¿qué ganaría a cambio? Aquel interrogatorio no tenía sentido... No sufriría suplicio, ni físico ni mental».

—Conozco lo que tiene que decirme, pero es preciso que confiese, por su bien.

Savo continuó mirando al vacío, sin apenas inmutarse. Su postura y su mirada se dirigían al ángulo opuesto de la mesa en el que tenía la atención aquel capitán…

—Por su bien. Para no descender en exceso en su puntuación. Ya sabe: ¡podría perder numerosos canales en las VS internas y…!

Savo contuvo la punzada de aquel comentario permaneciendo rígido. Sufriría restricciones, pero no podía fallar a Adolph. «¿Cómo podría sobrevivir a su regreso?, porque sin duda cumpliría su palabra. Adolph nunca fallaba».

—¿Conoce a Slobo Cravec?, ya sabe, su compatriota, "el asesino del veneno".

Savo continuaba sin inmutarse. «¡Qué le importaban todas estas preguntas!».

—¿Conoce a Dmitri, el antiguo camarada de Slobo?

Aquella postura impertérrita le estaba dando buenos resultados. Su vista seguía posándose en la misma esquina de la mesa. Estaba pasando bien la prueba. «No le sacarían nada». Continuaron algunas preguntas más, aproximativas, respondidas todas con el silencio o con gestos desaprobatorios muy tenues. El interrogado no sabía que al capitán solo le importaba saber una cosa y que todo lo demás era un aliño que le permitía estudiar sus gestos y su personalidad. El policía, entonces, fue directo al tema de su interés:

—¿Por qué pertenece usted a la banda de Adolph Kirk, qué le da a cambio?

Savo giró inconscientemente la cabeza hacia la esquina del capitán, dudó unos segundos y finalmente supo que sería mejor hablar:

—¡Es falso, no pertenezco!, ¿Quién le ha dicho eso? Le han mentido. ¡Ya no pertenezco! —dando a entender que había pertenecido, pero ya no.

—Está bien. —El capitán inquisidor proyectó una pantalla virtual desde su IC, le dio las dimensiones requeridas y la situó delante de Savo, superpuesta sobre la mesa, para que fuera más fácil su manejo—. Ya he acabado con usted. Solo tiene que cubrir el cuestionario y poner su índice en la casilla del final. Es absolutamente indispensable. Ni sueñe con negarse. —Yóbrek sabía que llegado a este punto los reclusos se volvían sumisos, porque querían acabar, porque poner estas cruces sobre preguntas anodinas se hacía sin esfuerzo y porque daban con ello la impresión de que todo había ido bien y de que habían conseguido disimular su estrategia. Transcurridos dos minutos, Savo firmó con la huella al final del cuestionario e hizo la señal de haber acabado.

—¡Guardia! ¡Pueden llevárselo! ¡Que siga con la reclusión de nivel peligroso! ¡Comuníquelo al sargento! —El capitán ya había confirmado su hipótesis, tenía lo que había buscado. Claro que había colaborado con Adolph... de otro modo no hubiera reaccionado tan a la defensiva, en medio de tanta indiferencia hacia el resto de las preguntas.

A través de su IC pasó orden de ver a continuación a Slobo Cravec. Este exdoctor, célebre en París por la matanza del agua envenenada, y conocido por todos en la prisión, temido por sus venenos, había hecho una gran fortuna vendiéndose al terrorismo anticonfederado. Tenía setenta años y conservaba la lozanía de la edad adulta. Daba la impresión de estar tranquilo, al contrario que Savo, y parecía no tener que perder nada.

—¡Slobo Cravec, de Sarajevo! Bonita ciudad. Aunque ha vivido usted mucho tiempo en París.

El prisionero, sentado a la mesa, mirando al frente, al vacío, asintió con el gesto.

—¿Qué ha ganado ayudando a Savo Lipovac a fugarse?

Slobo Cravec miró sin entender. Era una expresión curiosamente sincera. El joven inspector comprendió que podría ser una mera parte accidental del puzzle. Pero indirectamente ya tenía otra pista buscada.

—Tratándose de venenos, sabe que usted sería el primer sospechoso. ¿Por cuánto lo hizo?

—¡Esta vez no he sido yo! Me limité a pasar una fórmula, pero de esto hace ya varios meses…

Hablaba más de lo esperado. Sin duda, se trataba de alguien más inteligente que su compatriota anterior.

—¿Cuántos meses?

El prisionero titubeó, se concentró, ideó elegir una respuesta. Él leyó perfectamente todos estos signos. Sabía que iba a mentir.

—Fue en la Nochevieja del 44. Una venganza personal. No se utilizó. El prisionero fue trasladado.

—¿De quién se trataba? —fingió estar creyéndole.

—No lo recuerdo. Nunca estuvo en mi sección. Fue un encargo.

—Está bien, ¿quién se lo encargó?

—Fue un encargo de un encargo, un encargo en cadena, ya sabe. —Slobo empezaba a disfrutar con aquella patraña con apariencia de verdad.

—¿Quién se lo encargó? —preguntó de nuevo sin mostrar prisa ni indignación.

—Fue Holden, el cristiano. Un guardián. Ya sabe…

—¿Qué es lo que sé?

El prisionero miraba ahora hacia el ángulo opuesto de la mesa y entornaba la mirada, en señal de victoria dialéctica.

—Bueno…, lo sabe todo el mundo… ha muerto envenenado… en la celda de Joseph.

—¿Cree que ha sido Joseph?

—¿Quién si no?

—¡Precisamente, cualquiera menos él! —recalcó enfáticamente esta conclusión lógica y aparentemente determinante, mientras observaba con detención y aparente descuido los gestos del prisionero.

—¡Usted, Slobo, usted o su jefe! —Prosiguió afirmando, para observar las reacciones del sospechoso.

El prisionero giró bruscamente en actitud de defensa. Aquella afirmación sí le afectaba de lleno:

—¿Mi jefe? ¡Qué jefe! ¡Ya no tengo jefe!

El interrogador tuvo suficiente. Las piezas iban encajando. Proyectó con este también el cuestionario habitual para que pudiera ser cómodamente respondido y le dio las consabidas instrucciones. Cuando lo tuvo cumplimentado, lo entregó con el gesto en un tono de leve indignación:

—Aquí tiene. He colaborado. ¡Espero que no me molesten más! —La última frase se había pronunciado con resentimiento, era la única que significaba algo. El experto capitán supo, entonces, que Slobo protegía algo que planificaba ocultamente. ¿Qué era? No sería difícil descubrirlo. El tipo era muy transparente, y se creía opaco. Las muertes por envenenamiento llevaban su sello, y ahora estaba a la defensiva. Y el encargo solo podía venir de Adolph.

Ordenó que retiraran al recluso, mientras le comunicaba que le rebajarían la puntuación, por haberse negado a colaborar. Se giró sorprendido, porque había creído aparentar bien: «él había colaborado». Su lenguaje corporal y su actitud le denunciaban. Para el capitán todo aquello era transparente.

A través de su carnet solicitó que le trajeran a Dmitri, el prisionero de la celda contigua a la de Adolph. Cinco minutos después aparecía un hombrecillo, de 1,77, de aspecto panadizo, salvo sus rojas orejas; la ficha decía que tenía 104 años, estaba muy envejecido para esa edad.

—¡Dmitri Mirke, de Sarajevo! ¿Verdad?

—Sí, de Sarajevo, pero ya hace demasiado tiempo... —El apocado anciano parecía muy dispuesto a colaborar, sin embargo algo ambiguo y chamarilero flotaba a su alrededor.

—¿Por qué no se ha acogido a la amnistía de los cien años? —se refería a la posibilidad de ingresar en prisiones más confortables.

—¿A dónde iría?, a mi edad... qué ganaría... me he acostumbrado a esto —manejaba una buena suma de dinero interior... esa era la causa. Y óbrek lo sabía.

Le preguntó durante diez minutos sobre la vida en reclusión, sobre los horarios, sobre los hábitos, sobre cuestiones accidentales, como si tuvieran importancia en el interrogatorio. Dmitri colaboró y trató incluso de ser obsequioso, y se alargó más de una vez en sus explicaciones. El policía conocía por su expediente que estaba ante "el Gilito". La gran suma de dinero que atesoraba procedía de no decir que no a los encargos que le proponían sus camaradas. Aquel dinero no podía llevarlo en caso de traslado a otra prisión. Solo los ahorros legales podían transferirse.

—¿Cuánto dinero tiene usted?

Dmitri, por primera vez, reaccionó rígido, abrió los ojos e interrogó con la mirada sorprendido.

El joven capitán advirtió que no iba a responderle y prosiguió:

—No importa. Eso no viene ahora al caso. Pura curiosidad. Ya sabe lo que se dice... —Dmitri parecía no reaccionar. Su gesto se había congelado rígido y daba a entender que no iba a salir de aquel enroque. El inspector decidió, entonces, rematar la frase—: ¿Cómo le llaman a usted? —no respondió. El nieto de Delmundo dio a entender que ya lo sabía— ¿Y por qué le llaman así?

Sin embargo no era esto lo que buscaba el avezado interrogador, capitán de la brigada especial de nivel 1 de la UNWB. Por eso, sin esperar respuesta al tema anterior, disparó a bocajarro, mientras de pie se dirigía hacia Dmitri, sentado y algo girado:

—¿Se llevaban bien los hermanos Kirk?

—No lo sé... —titubeó un largo rato. Y viendo que podía zafarse del interrogatorio, se animó a añadir—: A Joseph apenas le conozco y con Adolph procuro no mezclarme.

—Bien, eso es todo. —Le pasó el cuestionario de rigor que tuvo que graduar para su vista con presbicia; se negaba obcecadamente a ser operado de algo que no ofrecía la más mínima complicación. Al firmar pudo ver cómo el anciano reflejaba un visible alivio: no le iban a aplicar ninguna restricción.

El inspector levantó ahora la voz y la dirigió hacia la puerta:

—¡Guardia, acompañe al prisionero! ¡Su situación seguirá igual!

En el centro de la sala, a solas, introdujo en su carnet unos datos, mientras visiblemente su gesto daba a entender que todo estaba encajando. «A Joseph apenas le conozco y con Adolph procuro no mezclarme» significaba que con Joseph no hacía negocios, pero con

Adolph los hacía a sabiendas de que eran siempre muy peligrosos. Eso había dicho en realidad.

11

El capitán de *Balance* había decidido quedarse a comer con el capitán de la prisión y con el resto de los funcionarios. Era una amplia sala con dos paredes acristaladas; desde allí se divisaba el enorme refectorio donde a las 14:00 todos los prisioneros ocupaban sus plazas para la comida. El sistema era de *self-service*, a través del carnet de cada uno, en la que quedaba registrado lo que se llevaban en la bandeja. La sala de los funcionarios se situaba en un piso superior al refectorio. El panorama que ofrecían los reclusos podía ser seguido con toda precisión sin ser vistos por estos. No obstante, de la vigilancia se encargaban los robotgrabadores, que almacenaban sus filmaciones, seleccionaban las escenas especiales y pasaban un informe abreviado al sargento encargado en las oficinas centrales.

Yóbrek, sentado en una larga y ceremoniosa mesa frente al capitán Roger Boulogne, al tiempo que elegía con el índice su menú, comandado a un servicial robot-camarero, y mientras calculaba volver esa misma tarde a Astur, redactado el informe definitivo, mira con firmeza a los ojos del capitán:

—Todo encaja, capitán. Tendré mi informe esta misma tarde. A usted se lo remitirán directamente desde la oficina local de *Balance*. Verá que todo el embrollo tiene un único sentido. La orden de búsqueda y captura correrá por cuenta de la brigada internacional. Yo la coordinaré. En unos pocos días…

—Es un alivio, señor Delmundo. Desde hace mucho tiempo no ocurrían más que incidencias internas y leves. Siempre resueltas en las cuarenta y ocho horas preceptivas.

El nieto de Delmundo sacó una pequeña cajita con pastillas blancas, cogió un par de ellas y con un poco de agua las ingirió. El capitán Boulogne no dejó de observarlo, sin disimular su extrañeza.

—¿Alguna enfermedad? —se oyó con voz queda, mientras no dejaba de observar aquella enigmática cajita.

—No se inquiete, capitán. Pura prevención, en realidad una promesa. A mi abuelo. La cajita es un regalo suyo. Sí, ya sé, es muy rara. Una joya familiar de 2016. Muy práctica y muy bonita. No quisiera perderla.

A cien metros de aquellos educados comensales y cuatro plantas más abajo, Adolph esperaba con paciencia, perfectamente oculto, los resultados de su última acción. El agua corriente del castillo era de muy buena calidad; no obstante, pasaba por los tanques potabilizadores para maximizar sus características organolépticas. Los robotcamareros la envasaban en botellas desde los tanques y las trasladaban a los emplazamientos adecuados.

Desde su cueva subterránea, Adolph tenía acceso directo al torrente que abastecía el castillo. La sustancia era solo detectable mediante análisis químico. Mortal, con parada cardíaca, no daba opción a buscar un antídoto tras los primeros síntomas. En los últimos meses utilizó con destreza a algunos de los miembros de la banda bosnia ya desactivada, a Savo Lipovac para recados y a Slobo Cravec, experto envenenador, y había aprendido de uno y otro todo lo que necesitaba sobre venenos. Las materias primas eran fáciles de obtener, muy abundantes. El acumulador de energía era toda la clave y se trataba de un discreto aparato muy fácil de disimular. Con la potencia adecuada, el tiempo necesario y las dosis precisas se conseguían objetivos inauditos. «La ciencia sí merecía la pena. Lo único respetable de los malditos confederados. *Alea jacta est*», como había leído de aquel magnífico general romano, un antecesor suyo, no lo dudaba: «La suerte estaba echada. Caería la población al completo del *Dantès*, los prisioneros y los funcionarios. El segundo movimiento de una guerra recién iniciada... El mundo pronto lo sabría».

Próximas batallas se orquestaban en su psique juramentada: toda aquella cadena de sanatorios, repartidos por todo el globo. Y después iría a saco contra las escuelas. Impondría un nuevo orden mundial, uno verdadero, sin esas ambigüedades y sentimentalismos, donde los fuertes y los débiles ocuparan cada uno su lugar. La naturaleza no obraba en vano.

El panorama del refectorio era dantesco. Más de la mitad de los comensales yacían en el suelo o sobre las mesas muertos o moribundos. La otra mitad trataba de entender lo que sucedía, conteniendo su cabeza para alejar aquel intenso dolor. El vértigo y la visión confusa eran lo peor, aun más que las punzadas del vientre. Solamente Slobo Cravec y Savo Lipovac habían comprendido lo que sucedía desde los primeros segundos. Savo yacía en un corredor de salida, por donde había tratado de escapar en busca de un antídoto, mientras inútilmente se le oía decir: «¡cerdo!, ¡traidor!»,¡Adolph!». Slobo Cravec, ausentado por breves momentos del refectorio, después de recibir una llamada en clave, moría en presencia de Adolph. Aquella sala donde se entrevistaron era contigua a los wáteres, no tenía cámaras y desde ella se accedía, por las cloacas, a la gruta secreta solo conocida por el Kirk superviviente.

En la sala de los funcionarios no podían ocuparse de lo que sucedía abajo, porque se debatían ellos también entre la vida y la muerte. Varios habían caído, entre ellos el capitán Robert Boulogne. Yóbrek sentía ahora que se desvanecía y por alguna razón pensaba en el abuelo, intensamente; estaba con él, allí, casi como una presencia corpórea.

A las 15:00 todo el castillo era un gran campo de batalla, sin supervivientes. El turno entrante dio la alarma y la noticia recorrió el planeta en pocos segundos.

12

En el bólido, Adolph había marcado ya su ruta: desde Samoa a Hawai, istmo de Panamá y destino final en Bonaire, en el Caribe, muy cerca de Venezuela, tranquila islilla confederada próxima a otras islas salvajes y autónomas, por si fuera preciso pasar la frontera.

Quince aislados territorios son los lugares que no están bajo el control central. Existían tres regímenes de islas en el planeta: confederadas, independientes y de transición, estas últimas a veces prisiones, a veces lugares de destierro. Situaciones toleradas por la Confederación y un mal menor, hasta que se pusiera solución a esta anómala globalización. El problema principal residía en lo difícil que resultaba desde hacía más de un siglo reducir la cifra del 15 % de delincuentes inadaptados de la población mundial: individualistas desarraigados, maleantes obsesivos, ambiciosos fracasados, terroristas a sueldo, psicópatas de toda laya. En realidad, más del 30 % de la población estaba afectada de algún desequilibrio psíquico severo, pero la mayoría vivía bastante bien acoplada al ritmo de la civilización. Edmundus Delmundo había visto ahí el grave problema de su tiempo y después de su experiencia política decidió que ese era el principal reto al que quería dedicar su vida.

A la altura a la que viajaba, bastante discreto para evitar las rutas rápidas tan solicitadas, Adolph podía divisar bien el andamiaje de aquel planeta «que algún día cambiaría por obra suya». Destacaban las grandes megalópolis de más de treinta millones de habitantes que resplandecían en la noche como grandes monstruos mordiendo el planeta. También brillaban con su luz distintiva, las metrópolis, de tamaño medio. Astur, con sus veinte millones y su preciosa disposición entre el mar y aquellas montañas le había parecido un lugar interesante. Otros puntos podían divisarse desde esta distancia: eran las urbes de menos de diez millones, que se contaban por centenares y parecían luminarias débiles en medio de aquellos otros resplandores tan intensos. El resto, pequeñas ciudades y poblaciones campestres, pasaban bastante inadvertidas. Groenlandia, la Antártida, Siberia, el Sáhara, el Amazonas y gran parte de Canadá estaban muy deshabitados. El hemisferio norte europeo había sufrido en los últimos treinta años los primeros estertores de picos de temperaturas muy bajas, por la inminente glaciación —sería leve, según dictaminaban los científicos—, y por encima de Inglaterra, del Rhin y del Volga la densidad de población iba en un descenso progresivo. Era el paraíso de los aficionados a los deportes de nieve y a las aventuras de riesgo de los confederados.

Adolph calculaba que le faltaría una media hora para llegar a destino. Su sonrisa afilada se reflejaba en la ventana inmediata: traslucía una intensa sensación de justo resarcimiento. Repasaba el último trámite de su obra: las pistas equívocas que había dejado en la prisión *Dantès*, poco antes de irse como un fantasma:

Pasada media hora desde el envenenamiento, todos habían ya perecido en el refectorio. Los sistemas de grabación quedaron inutilizados con una imagen fija llena de cuerpos muertos durante cinco minutos, el tiempo que necesitó mientras se desplazaba con impunidad. Lo primero era desactivar la energía de todos los robots. Necesitaba realizar dos movimientos más. El primero llegar al cadáver de Savo Lipovac y cambiar su carnet por otro idéntico en el que se encontraría una pista que llevaría a los investigadores a sacar «las debidas conclusiones». Ahí, aparecían al pormenor los hechos acaecidos: Joseph era el cerebro: se había deshecho del estorbo de su hermano, al que había descuartizado y arrojado trozo a trozo por los desagües de la lluvia. La banda bosnia, Savo Lipovac, Dmitri Mirke y Slobo Cravec eran sus colaboradores. Los únicos fugitivos y a salvo, según esta versión, Joseph y Slobo, el temible envenenador de París. Joseph se habría fugado en el Añonuevo para atentar contra Edmundus, y Slobo le habría seguido después de llevar a cabo el envenenamiento. Efectivamente, a Slobo Cravec se le veía desaparecer del refectorio a las 14:10 y no aparecía posteriormente en las grabaciones. Adolph había hecho que su cadáver lo tragara la tierra. En las catacumbas submarinas de aquel castillo fue a hacer compañía al cuerpo en descomposición de Joseph. Cuando descubrieran que las cámaras se habían inutilizado cinco minutos, llegarían a la conclusión de que fue el tiempo que empleó Slobo para huir en medio del mar de cadáveres. Una hazaña más del sanguinario envenenador.

Los investigadores locales se afanaron en poner orden y estudiar el "Diario de a bordo" encontrado en el IC de Savo, muerto mientras operaba en él. Todos los datos allí contenidos habían sido contrastados y parecían correctos.

Adolph estaba plenamente satisfecho del *Diario de a bordo*: era «una de sus pequeñas obras maestras». Allí se veía claramente cómo todos los acontecimientos iban coincidiendo con las anotaciones. De hecho, la mayor parte de lo que se narraba era absolutamente verdadero. Y los hilos falsos, perfectamente ocultos en aquella trama hecha por la mano de un orfebre, eran imposibles de descubrir; porque, en definitiva, sin los tres cuerpos de los que faltaban, cómo resolver el enigma. Lo único que había era aquella historia que encajaba con los hechos, y había sido encontrada en manos de uno de los artífices del motín.

«La policía podrá confirmar estos datos en la memoria del castillo», piensa Adolph, quien divisa por fin la islilla de Bonaire, ayudado del mapa de la VS de su carnet: le señala que es la que está allá abajo, entre olas, en el mar. Hace buen tiempo y sonríe por ello.

El plan había sido trazado con tantas vueltas y revueltas, con tantas carambolas, con tantas comparsas en papel de personajes principales, y, sobre todo, había mantenido tan convincentemente el cambio de identidad de los dos hermanos Kirk, que a Adolph le parecía una obra simplemente perfecta, a pesar de su barroquismo, porque cualquiera que revisara la historia con paciencia y penetración, no sólo no se convencería sino que vería en las aparentes e iniciales contradicciones nuevas pruebas que lo corroboraban todo con mayor fuerza. «Una pequeña obra de arte ¡del engaño!», se repetía Adolph a sí mismo con traviesa adolescente fruición.

Según todos los indicios, Joseph había conseguido fugarse y Adolph, asesinado, había desaparecido, troceado, por el desagüe. «Aunque no engañe a algunos, confundirá a la mayoría», concluyó, mientras su mirada iluminada de reflejos aterrizaba en Bonaire.

II

La familia Delmundo

El ojo que ves no es
ojo porque tú lo veas;
es ojo porque te ve.
[...]
Los ojos por que suspiras,
sábelo bien,
los ojos en que te miras
son ojos porque te ven.

(Antonio Machado: «Proverbios y Cantares», I y XL)

Edmundus y su nieto enfilan andando la última avenida antes de entrar en el jardín de la Clínica Delmundo. Silvia, entre los dos, se desplaza en una silla de ruedas, con capota traslúcida y aire acondicionado. En las calles las VS marcaban menos 5º Celsius; había que prevenirse de cualquier enfriamiento.

Desde aquel emplazamiento en La Providencia se divisaba una parte de aquella hermosa ciudad. Los tres se giraron para contemplarlo; ese día no había prisa... solo estar juntos y hablar... Debían profundizar con detalle en toda aquella historia. Inconscientemente, en el fondo, también se trataba de apaciguar el miedo que llevaban metido en el cuerpo. Querían celebrar que estaban vivos y protegerse aún más unos a otros.

Después de permanecer un rato contemplando el hipnótico panorama, se dirigen al interior de la clínica, cuyas obras de reconstrucción iban ya muy avanzadas.

—Iremos a la sala de oriente —señaló el abuelo—. Allí estaremos bien, nadie nos molestará.

No habría ningún secreto entre ellos, salvo aquello que, por deber ético, el abuelo no podía revelar a nadie todavía: el problema del Pozo. Era preciso mantener un riguroso silencio sobre esto, y a pesar de la total confianza que compartía con sus dos nietos, el secreto solo iba a ser difundido cuando hubiera encontrado una solución para ello.

—¿Te has fijado, abuelo, te miran como a un resucitado? —apunta ella, mientras situaba su silla de ruedas entre las dos cómodas butacas que estaban ocupando su hermano y el abuelo. A consecuencia del atentado no podía mover sus piernas.

—Sí, no deja de resultar sorprendente: volver de más allá de la propia muerte. Pero, nada más falso…

—Algunos te atribuyen poderes mágicos, ¡deberías aprovechar este tirón! —concluye Yóbrek en un visible tono de broma.

—Tú también resucitaste, hermanito, y ahí sí tuvo algo que ver la "magia" del abuelo.

—Ya lo sé, si no hubiera sido por aquellas dos pastillas... ¡que me salvaron! Perdí el sentido durante dos horas, pero el veneno no pudo ir más allá. Gracias a la promesa que le había hecho al abuelo: las tomo ritualmente en esas circunstancias. Si lo hubiera llegado a saber... ¡cuántos más se hubieran podido salvar!

—Son pastillas de las que estoy muy seguro, pero están en periodo de experimentación en los controles de *Balance* —Aclara con orgullo el abuelo, aunque alejado de cualquier vanidad—. Neutralizan todos los procesos venenosos, o casi todos, ese detalle está aún por comprobar. No debéis dejar de tomarlas, ambos, sobre todo tú Yóbrek, por tu trabajo. No te relajes nunca. Para morir, basta una vez. Estamos expuestos al sabotaje indiscriminado y al terrorismo ciego... y nada más fácil que hacer daño...

—Es verdad, y ya he visto pasar una vez la muerte a mi lado. Un recuerdo imborrable. Pero tú, abuelo, tú llegaste a estar muerto, para muchos... ¡si oyeras las historias que corren por la calle, de boca en boca!

—Cierto. A nadie le he dado todos los detalles. Tiene que ver con la prudencia que me impongo... Mis investigaciones... ¡ya sabéis!, ¡son peligrosas!... A veces lo son: me refiero a conocerlas de cualquier modo.

—Yóbrek y yo lo hemos hablado, lo del Pozo y lo de la meditación transcorpórea. También nosotros lo hemos hecho. Pero eso, ¿cómo explica lo de tu ficticia muerte?

—Las cosas suelen ser más sencillas de lo que aparentan. Lo entenderéis enseguida.

Ambos concentraron sus miradas sobre el abuelo y le transmitieron con el gesto su intriga cándida.

—Todo empezó, cuando Anne, mi paciente con mitomanía aguda, se fue a la una y treinta y cinco, media hora antes de que finalizara el tiempo de su consulta. No pude impedírselo...le sobrevino un ataque de ansiedad cuando supuso que me preocupaba algo... y dejé que se marchara. Hasta las dos y cuarto no debía entrar Joseph. Así que pensé que me sobraba tiempo para un breve experimento que tenía pendiente. Bajé al Pozo para probar un nuevo medicamento que considero ya muy fiable. Como la inyección había de ser directamente en la hipófisis, debía hacerla en el Pozo. Pensaréis que no debería haberlo hecho solo, pero para mí era un trámite muy sencillo. Solo me llevó diez minutos —ambos le regañaron con el gesto—. Lo sé, los pacientes se pasan allí horas, pero se trata de procesos mucho más complejos que mi pequeño experimento. El medicamento que me inyecté solamente desarrolla su mejor potencial a través de la meditación transcorpórea. Así que me dispuse para una breve sesión. El despertador lo activé para las 14:06. Sesenta y un segundos antes y la explosión no me hubiera afectado de ese modo. Pero para esa hora la función despertador de mi carnet había dejado de funcionar. Un gran cascote lo dañó. Mi experimento tenía que ver con profundizar y potenciar la meditación transcorpórea: llevarla a una meditación de estado somático parecido a la muerte: un latido cada 3 minutos; con esa cadencia el cuerpo se vuelve rígido y las constantes encefalográficas son tan lentas que en una inspección habitual se interpretan como muerte cerebral. Ahí tenéis lo que pasó. Solo podía despertarme a través del ruido programado de mi despertador. ¡Qué desgracia que todos los demás murieran verdaderamente...! Laura, la doctora de la consulta 29, tan querida por sus enfermos, y... —en este punto frenó y torció el gesto para no tener que llorar una vez más.

—Sí, morir inútilmente, lo he visto bien cerca... —dijo Silvia con rabia y dolor, mientras su hermano asentía. Dejaron pasar unos instantes hasta que el abuelo se repuso. Y continuó...

—¿Qué es, entonces, lo que la gente no sabe? No conoce mi nuevo medicamento ni las profundidades de la meditación transcorpórea ni la unión entre ambas. El recorrido más simple entre una causa y un efecto, cuyas conexiones son desconocidas, es introducir un criterio mágico. ¡Y eso lo venimos haciendo desde hace más de cien mil años!, cuando el ancestro *homo sapiens* fue organizando sus conocimientos mediante categorías mágicas y a través del nacimiento de las religiones primarias.

Continuaron varias horas más hablando animada y apasionadamente de estos temas, a mitad de camino entre la psicología común, la actitud religiosa primitiva y los criterios científicos. Menudearon también las preguntas sobre los casos actuales de Yóbrek, el estado de la delincuencia internacional y las nuevas estadísticas y tendencias; sobre las conclusiones del trabajo histórico de la doctoranda en torno a la postilustración, con su recorrido por los siglos XIX al XXV; sobre los avances científicos y las perspectivas filosóficas del abuelo, todavía no publicadas; y sobre el funcionamiento del actual modelo educativo, totalmente revolucionario, en torno a las *Paideias*, a las *Universitas* y a los Centros Profesionales.

—No sé vosotros, pero mi reloj biológico me dice que tengo hambre —interrumpe Silvia al abuelo en un momento de la detallada argumentación sobre los componentes cruciales educativos entre los cuatro y los ocho años.

—¡Las dos y diez!, tienes toda la razón. Iremos a comer.

—Podemos seguir, abuelo, en el comedor. Lo que estás diciendo no solo es muy interesante sino que está muy relacionado con mis estudios históricos. ¡Yóbrek!, ¿por qué no encargas con tu carnet comida para los tres?

—A las dos y media estará bien —mientras dice esto, él ya está pulsando un encargo en los platos que los robot-restaurantes tienen en su carta del día. Conoce bien los gustos de ambos y no pierde el tiempo en preguntárselo—. Si queréis podemos hacer intercambios... pero ¡no quiero quejas después! —Con un gesto, el viejo y Silvia, camino de la puerta, asintieron.

—Mientras preparáis la mesa y una bebida especial, veré al capataz; mejor que me informe personalmente… hay alguna incidencia… y casi todo funciona mejor en el cara a cara. ¡Con esta reconstrucción la clínica acabará ganando, ya veréis!...

La comida estuvo muy animada, regada con un magnífico Ribera del Duero de la reserva especial del doctor Delmundo. La luz de la leve presencia etílica hizo brillar las pupilas de los tres, y su cosquilleo se entreveró con los temas de la conversación. Hablaron de motivos menudos, familiares… y de los chismes del momento… Era mejor recuperar los temas sesudos, cuando todas aquellas sensaciones organolépticas y todos los ritos rítmicos del comer estuvieran satisfechos…

14

A esta misma hora, en Bonaire, alguien había sufrido una intensa metamorfosis en su apariencia física y se había mudado de Kirk a Arcángel. Ojos y oídos juramentados le mantenían a distancia informado de los avatares de la familia Delmundo. Vivían porque él lo permitía aún. «No había sido un error que siguieran vivos, porque ellos no eran más que objetivos secundarios en esta primera fase. De momento solo se ha iniciado la batalla, una mecha que ha prendido y que hará saltar a toda la Confederación por los aires, cuando llegue la hora».

Contaba con todo el apoyo financiero que necesitara. Alguien muy poderoso odiaba a Edmundus verdaderamente. Rendía cuentas a distancia. Solo le exigían que se vieran movimientos, destrucción y progresos. «¡El atentado de la clínica y la fuga de *Dantès* eran considerados graves, por la prensa… pero nadie ha previsto todavía que es la primera brisa de un huracán inminente!». Sus planes requerían alistar un amplio ejército de terroristas, hombres de paja, fácilmente sustituibles que hicieran su contribución y luego fueran cayendo. Carnaza con la que el ejército confederado anduviera entretenido. Hojas programadas para otoñarse pero que con su ciclo iban a proteger la robustez del árbol entero. En eso ocupaba ahora buena parte de su tiempo. Y en trazar un grandioso plan, con sus símbolos, sus mensajes y su sentido de cambio necesario... y liberador. La fecha de la muerte de Silvia, luego de Yóbrek y finalmente de Edmundus ya estaba fechada en su calendario. Con fruición, el Arcángel repasaba mentalmente su proyecto: «¡Trompetas vengadoras!, ¡hasta que truene la última!». Trompetas que anunciarán las fases de aquella revolución... inevitablemente sangrienta. «Con ellos tres, morirán miles... solo los necesarios porque yo, el Arcángel, dirigiré mi piedad a esa opinión pública que tarde o temprano se pondrá de mi parte». Ningún emperador renuncia a tener pueblo, no puede, bien lo sabía.

15

Antes de volver a la sala, estiraron un poco las piernas, ella hizo girar sus ruedas, y pasearon hasta el parque exterior, deteniéndose de nuevo ante la panorámica que desde allí se divisaba.

—El distrito de Gijón nació como una pequeña población justo allí en el cerro Santa Catalina —explica Silvia, dirigiéndose a su hermano, no a su abuelo, quien conocía sobradamente estas historias locales.

—Sí, ya lo había oído —se apresura a conceder el capitán— ¡Qué hermoso cerro!, ¡tan arbolado! —Los paisanos saben que en él se anudan los cinturones verdes occidentales, que serpentean toda la costa desde Poniente y El Arbeyal, con los orientales, que llegan a sus pies y les rodean más allá a lo largo del linde costero hasta unirse con las estribaciones del Sueve—. A cientos de metros de altura, desde el bólido de *Balance*, diviso todo este panorama a menudo y siento que es mi paraíso.

—Esa es una palabra muy exacta: "Paraíso", —tercia ahora el abuelo, quien gozaba casi tanto de aquella visión como de la compañía de sus nietos—. Creo que conozco todas las grandes ciudades del planeta y es difícil conjugar tanta armonía marítima, forestal y montañosa en un equilibrio como este. El mar inmenso, los dorados arenales, las manchas verdes adornándolo todo, el aire puro, los pequeños cerros y las salvajes sierras... todo tan próximo entre sí.

Astur era una bellísima ciudad. Fruto histórico de la expansión de Gijón, Oviedo, Avilés y sus entornos, fue ampliándose sin cesar hasta su estabilización hace un siglo. Abrigada por dos parajes naturales salvajes, la sierra del Sueve y el monte Aramo, y contenida por toda su franja marítima, adornada con amplios arenales desde la Concha de Artedo, Aguilar, El Sablón, Salinas, Xagó, Verdicio, Luanco, Xivares, El Arbeyal, Poniente, San Lorenzo, La Ñora, Rodiles, La Isla, La Griega y Vega. Dieciséis playas donde disfrutar, dentro de la ciudad.

Las vistas desde La Providencia mostraban un ancho corredor verde de árboles que contorneaba toda la costa desde El Musel hasta el cerro Santa Catalina y desde aquí hasta la falda de La Providencia. Los edificios se elevaban alejados ochenta metros de la costa, penetrando hacia el interior, trepando primero por el monte Deva y extendiéndose por las llanuras de Roces varios kilómetros hacia el Alto la Madera, desde donde se accede a Noreña y al gran distrito de Oviedo que conserva su enhiesta catedral gótica.

—Tomaré mi segundo café en la sala de oriente. ¡Vamos! —ella les estaba diciendo, ellos lo sabían, que la conversación tenía todavía varios temas por despejar. Había que proseguir.

—¡Las cuatro y media! Preparado. ¡Vamos!... —enfatiza el filósofo.

—¡Sí, volvamos al trabajo! Ya está bien de expansiones y charletas —sentencia con cómica mordacidad el policía.

En el traslado, el filósofo les comenta algunas de las mejoras que se iban a introducir en la clínica y, con una alegría infantil, explica que dentro de quince días estaría en su normal funcionamiento... Yóbrek, mientras dirige la silla de ruedas de su hermana, aprovecha para preguntar a su abuelo cuál es el origen de ese nombre: el "Pozo".

—Pozo significó para mí en su origen, cuando elegí el nombre, "pozo de sabiduría" y "pozo de misterio", pero sobre todo "pozo de agua".

—¿Pozo de agua? —es Silvia quien interroga, extrañada.

—En principio, el pozo nace porque se busca agua: la base de la vida. Y, lo más curioso es que "mundo" y pozo están emparentados. "Mundo" es el círculo que se hace en un asentamiento para profundizar allí hasta encontrar agua. El mundo da lugar al pozo. Y el mundo y el pozo dan lugar a la fuente de la vida. No puede haber un asentamiento duradero sin agua. "Mundus", en latín, será después el círculo o espacio a la redonda, donde habita el hombre. Y, finalmente, el globo terráqueo.

—Entonces, ¿nuestro apellido...?

—Sí, Yóbrek, nuestro apellido, Delmundo, vendría a significar el habitante del mundo o también el que habita al lado de un pozo.

—Abuelo, ¿y tu nombre, por eso te lo cambiaste?

—Tienes razón, pequeña, como algunos pocos sabéis, mi nombre de pila originario no era Edmundus. Me lo puse cuando... —el abuelo se mostró algo azorado, por lo que iba a decir— ...cuando tuve la "revelación".

—¿Una "revelación"?, ¡abuelo!, ¿tienes más secretos que no conozcamos? —protestó, cariñosa, Silvia.

—¡Una revelación con tus creencias!, suena raro, abuelo —remató su nieto.

—No es tan raro. Se trata de una vivencia estética concentrada en un instante. Todos podemos tenerla. Vi con claridad a qué quería dedicar mi vida. Tenía veinte años. Me cambié el nombre. Edmundus. Edmundus Delmundo. Mis dos nombres me recordaban mi propósito. Edmundus: el que defiende su tierra. Delmundo: el constructor de un pozo, el creador de un "mundo".

Hubo un breve lapso de ensimismamiento, para hacerse cargo de esta confesión. Pero el capitán, que había estudiado en su carrera los distintos ritmos de interlocución, rompe el silencio:

—En la prensa internacional está teniendo mucha incidencia, mucho más de lo previsto, la confusión Adolph-Joseph.

—No podéis imaginar la importancia que se le ha dado en las revistas especializadas —aclara el abuelo, retomando una pose de relajada preocupación. Aquí se extendió durante un tiempo en detalles sobre el tipo de escuelas y de hipótesis metodológicas opuestas, de las que ambos tenían ya noticia por otras conversaciones… y finalmente concluye—: Las escuelas psiquiátricas adversas a mi metodología aprovechan para cebarse en lo que llaman «el fracaso del método del Pozo Delmundo».

—Sí, yo también lo he oído… —interviene ella, mientras con el gesto aclara que quiere enterarse en todo su detalle.

—Dan por hecho que ha sido Joseph el autor del atentado y de las innumerables muertes… Esta conducta pone en entredicho todas mis teorías sobre su curación. No es solo el caso concreto "Joseph" lo que puede llamar la atención, sino que toda la teoría se derrumbaría desde este fallo…

—A pesar de mi informe oficial, cuyas conclusiones han sido divulgadas —replica el capitán—. Siguiendo las consecuencias de mis pesquisas, es Adolph el cerebro y la orden de búsqueda se ha ejecutado sobre él y Slobo Cravec. Joseph, un misterio por ahora… ¡desaparecido! Y es muy posible que esté muerto… Abuelo, sé que tus enemigos políticos aprovecharán ahora para alejarte de tus puestos de influencia… a no ser que encontremos pronto a Adolph.

—¿Es verdad que se te ha abierto un expediente para bajar tu *level* de 100 a 99? —plantea Silvia, mientras con el gesto le transmite a su hermano: «tienes que acelerar la búsqueda al máximo».

—Sí, y creo que van a conseguirlo… al menos durante un tiempo.

—Si Adolph continuara moviéndose, lo atraparíamos enseguida —dice el policía con énfasis y con rabia—. Pero es muy probable que, con el nuevo panorama, sabiendo que los tres nos hemos librado de la muerte, él, decida atacar durante un tiempo con el silencio. Conocemos que tiene un altísimo índice de inteligencia y tratará de hacer todo el daño que pueda. No va a precipitarse… ¡ojalá lo hiciera!

—¿Cuándo podrías perder el puesto de consejero de Los Cien de *Balance*?

—Si no se encuentra una prueba incontrovertible, sería cuestión de una o dos semanas. Sabéis que no me importa por mí mismo, sino porque la oposición que aspira a gobernar utiliza esto como una estratagema, a sabiendas de que miente. Hace tiempo que me he retirado del gobierno directo; si he aceptado ser consejero es porque me permite velar mejor por todo este modelo social que aún está madurando... en un equilibrio inestable muy delicado...

—¿Hay posibilidades de que Adolph sea un mercenario a sueldo de la oposición? —inquiere Silvia, con ingenua preocupación.

—¡Lo veremos!, esa es una vía que tenemos abierta en la investigación... aunque el secreto de las actuaciones no me permite decir más por el momento.

—Pero... realmente... ¿qué sentido tiene todo esto?, quiero decir: ¿por qué se han permutado calculadamente las historias de Joseph y Adolph? Porque basar tu descrédito en algo que podrá demostrarse... ¿por qué recurrir a un artificio que resultará fallido?, ¿no? —plantea ella, empeñada en encontrar la clave de todo el asunto.

—Joseph y Adolph son gemelos idénticos somáticamente y conllevaron una parte de sus patologías psíquicas, pero con el tiempo llegaron a ser dos personas totalmente distintas. Eso solo lo sé yo con exactitud —declara el abuelo—. Los periodistas, partiendo de sus similitudes evidentes, tenderán a verlos como muy iguales... Lo que creo es que se quiere sembrar dudas... enturbiar la opinión pública... partiendo de esa enmarañada identidad.

Yóbrek, que cree que ha visto un hilo que merece la pena seguir, pregunta, poniéndose en pie y deteniendo con el gesto cualquier otra intervención:

—Abuelo, ¿por qué dices que han llegado a ser dos personas distintas?

—Bien, hay muchas razones, pero una de ellas está en el origen... Cada uno de los hermanos ha desarrollado una sexualidad totalmente diferente.

—¡Explícate! —ruegan al unísono ambos.

—Me llevará algún tiempo, si queréis ver el encaje...

Los dos se miraron. Eran las seis y media. Yóbrek telefoneó a Constanza y le dijo que no cenarían juntos; antes de que le diera tiempo a decirle cómo la compensaría, Constanza colgó sin contestar. Él ya sabía... Silvia telefoneó a Rómulo, con quien había quedado a las ocho. Rómulo era muy bueno con el procesamiento de datos y le echaba en ocasiones una mano con algunos capítulos de su tesis. Lo dejarían para el día siguiente.

—¿Un té? —Propuso Yóbrek, como si inaugurara el nuevo acto. Todos asintieron.

Mientras el abuelo añadía limón absortamente en la taza de té, comenzó a hablar:

—Hay una interesante teoría que estoy desarrollando: diferencia entre "cuerpo externo" y "cuerpo interno".

—Claro, sí, ya nos has hablado algo... esa distinción la has tomado de unos estudios que arrancan de siglos pasados... —se apresura a matizar ella, mientras que su hermano demuestra estar también al tanto. Los tres comparten algunos conocimientos filosóficos.

—Eso es, la conecto con ciertos estudios fenomenológicos del siglo XXI y posteriores.

—¿Entonces... esos "dos cuerpos"? —el capitán intenta despejar los detalles y prolegómenos que amenazan con atascar...

—Entonces, Yóbrek... lo que interesa es que vemos, olemos, digerimos, calculamos y nos desplazamos con el cuerpo externo; pero, como si fuera el otro polo de un campo magnético, el cuerpo interno, conectado al cuerpo externo y al mismo tiempo con su régimen autónomo, lleva a cabo una vida en muchísimos más estratos que los cuatro en que se halla el cuerpo externo. Vivimos aparentemente en tres dimensiones, más el tiempo del reloj; pero hay muchas más... y están en el cuerpo interno. Para empezar hay muchos tipos de tiempo. Uno muy conocido, entre algún otro, es el "pasado recreado" a través de un olor, por ejemplo, pero además...

—El abuelo se extendió con detalle y sin temor a utilizar una terminología especializada, sabiendo que sus dos nietos preferidos podían seguirle perfectamente, y habló del intrincado entramado que estaba desarrollando sobre el cuerpo interno...

—Eso, entonces... —intervino Silvia, para corroborar que estaban extrayendo las consecuencias correctas y para alentar al abuelo a seguir más lejos— quiere decir que el sexo es algo propio del cuerpo externo y que en paralelo hay una sexualidad, con sus emociones, pasiones, nexos y transferencias... que depende en una buena medida de lo que sucede en el cuerpo interno, funcionando con leyes conectadas al mundo exterior pero también independientes... ¿es así?

—Bien se veía que había entrenado su mente a pensar para una tesis doctoral.

Al tiempo que el abuelo asiente, su nieto intenta conectar esta conclusión con los casos de Joseph y Adolph:

—No solo Joseph y Adolph han desarrollado comportamientos sexuales diferentes sino que poseen una sexualidad en su cuerpo interno que les hace radicalmente diferentes. Y, a la vez, esta última diferencia va unida a los modos de agresividad y violencia de que son capaces cada cual, ¿es esto?

—Totalmente —afirma sin ambages el abuelo— Hay un mapa interior, muy inestable y muy dinámico, es verdad, pero también con sus regularidades, y a través de él puede inspeccionarse el alma de los violadores, de los maltratadores, de los celosos... y el de los amantes, de los enamorados, de los amigos. Y no es que no haya cruces y superposiciones... pero también hay simetrías y correspondencias muy claras entre ciertos lugares del mapa interior y ciertas conductas...

—¿Y...? —empuja Yóbrek al abuelo, para que no lo dé por zanjado.

—Y conozco muy bien el mapa interior de Joseph... conozco su sexualidad... y sé que preferiría morir a convertirse en un asesino. Solo la defensa propia le llevaría a matar... y en el hipotético caso de que hubiera sufrido una regresión patológica, no se hubiera dado del modo que hemos visto, tal como los hechos demuestran que se ha actuado, porque... —el abuelo se extendió un rato en la conexión entre el *modus operandi* de los atentados de la clínica y del castillo y la personalidad de Joseph... para concluir que: — si Joseph hubiera recaído en alguna de las cuatro patologías, o en todas, la ludopatía obsesiva compulsiva y la claustrofobia no hubiera podido ocultarlas a los informes de la prisión, y la personalidad esquiva aguda destructiva solo puede hundir sus raíces en la infancia o en la adolescencia, pero en su caso se le extirpó totalmente y la posibilidad de una recidiva, altísimamente improbable, únicamente es factible en paralelo con otros síntomas que necesariamente conocería por los informes que me llegan regularmente... La patología más peligrosa, la axiología invertida profunda, la más ladina y violenta, podría ser la causa de todo lo que ha sucedido, en teoría, en esto insisten mis detractores, pero...

—¿Pero? —se oyeron ambas voces orquestadas.

—La axiología invertida aparece cuando se extrae habitualmente placer causando daño... y cuando este sentimiento pasa a organizar el conjunto de los afectos, de tal manera que lo malo llega a manifestarse a la conciencia como si fuera bueno. Pero cuando la axiología invertida es además "profunda", se desarrollan unas geometrías en las que se vuelve muy equívoco diferenciar lo bueno de lo malo, porque aparece una alambicada ingeniería que con trozos de bondad construye un fin perverso y con trozos de maldad, presentados como limitaciones, se anuncia un objetivo bueno, pero solo en apariencia. Un invertido axiológico profundo puede engañarnos con mucha facilidad, porque es capaz de obrar bien durante mucho tiempo, conectando todos sus actos con vistas a un oscuro destino...

—¡Ya!, ¡Ya! — dijeron a coro, tratando de captar bien la diferencia.

—Y en la axiología invertida profunda —remató el filósofo— una de las primeras consecuencias se ejerce sobre la sexualidad...

—He ahí el nudo gordiano, ya veo... —reflexiona en alto su nieto.

—Quieres decir, abuelo, —tercia Silvia—, que si en la axiología invertida profunda lo bueno se convierte en malo y al revés, la conducta sexual de Joseph habría dejado rastros anómalos, ¿es eso?

—Sí, sois muy buenos discípulos...

—Pero ¿cómo puedes estar seguro de que la sexualidad de Joseph no sufrió alteraciones aberrantes o algo similar?

—Lo sé, porque con su permiso, he podido leer las cartas que se han cruzado todavía muy recientemente él y su novia; y estoy al tanto de los encuentros que han tenido. —Los dos reaccionan atónitos, ante esta sorpresiva revelación—. Ya lo sé, un invertido axiológico podría engañar a través de una correspondencia que sabe que va a ser leída… pero…

—¿Es que hay más? —inquiere asombrada su nieta.

—Sí, y volvemos al cuerpo interno. Es imposible que la inversión axiológica y la conducta sexual patológica no deje resonancias en la estética del cuerpo interno. También en la estética del cuerpo externo, aunque esta puede ser disfrazada, pero aquella no.

—¿Es que conoces la estética del cuerpo interno de Joseph? —no puede reprimir preguntar su nieto.

—Y, por cierto, ¿qué quiere decir "estética del cuerpo", sea del externo o del interno? No entiendo nada —se sincera la nieta.

—No seas modesta, Silvia, sí entiendes, —la reprende cariñosamente el abuelo—; lo que sucede es que deseas entender mejor.

—Explícamelo bien y veremos…

—La "estética del cuerpo" se refiere al modo cómo procesa el cuerpo todo lo que sentimos: no solo de las sensaciones sino también de los sentimientos. Se trata del procesamiento, pero sobre todo de sus cristalizaciones. Sin "estética" no hay vida corpórea ni anímica estable. El sentido profundo de nuestra vida se enraíza ahí. Sin esta estética todo sería un caos, un sinsentido; o pura actividad cuántica. Aquí nacen los equilibrios y desequilibrios, las patologías, las proporciones, todos los esquemas con sentido… nace también el sentido estético de lo bello, el agrado, los afectos, el bien y el mal… y hasta los sentimientos religiosos… Alguien puede engañar sobre su "estética externa", que a un ojo avezado no confundirá tan fácilmente, pero es imposible falsear la "estética interior"… —El abuelo se detuvo a explicar con detalle por qué es imposible esto, para evitar que en última instancia el argumento se apoyara en la fe depositada en sus conocimientos. Cuando quedó bien patente esta explicación, ambos asintieron rítmica, reiterada y concentradamente. El abuelo comprobó que se había hecho entender y añadió—: Pronto podréis estudiar todo esto por escrito, si llega a enlazar con vuestras investigaciones...

—En cuanto puedas, abuelo, pásamelo a mi carnet —rogó Yóbrek.

—A mí primero, ¡las mujeres primero! —bromeó Silvia, mientras sonreía con ternura y sorna a su hermano.

—Pero... —continuó él, mientras le devolvía la broma con un gesto a su hermana—. ¿Qué dato concreto posees sobre la estética interior de Joseph que le incapacita para ser un asesino o un violador?

—Son muchos. Con estos bastarán, por ahora: uno muy superficial es que continuaba con el mismo peinado y con el mismo tipo de indumentaria, lo que indica que hay continuidad estética externa, y también interna correlacionada. Uno más profundo e imposible de falsificar: habla y escribe de forma idéntica, y no me refiero a las ideas, que son fácilmente manipulables, sino al estilo profundo en la forma de pensar, cuando habla y escribe. En esto se trata, insisto, del "estilo". Y, además, la grafología, que tiene valor aproximativo, viene a corroborar todo esto. Y para no alargarme, por último, he estado viendo algunas grabaciones de la prisión y he estudiado minuciosamente el lenguaje de los gestos de Joseph, y cualquiera que estudie estos datos llegará a la misma conclusión que yo: no es posible que haya habido una transformación de su persona... Hay mucho más, pero habría que entrar en tecnicismos...

—Pero... ¿cómo afecta todo esto a Adolph? Yo sé, como policía, por las pistas que he seguido e interpretado, que Adolph es el cerebro y el responsable de los atentados. Sé lo que ha hecho su cuerpo externo, pero nada sé de su cuerpo interno. ¿Sabes, tú, abuelo, algo?

—Sé dos cosas fundamentalmente. A través de la curación de Joseph, llegué a conocer indirectamente muchos datos sobre la infancia y juventud de Adolph... pero entrar en esto requeriría otros análisis... en conclusión, ambos hermanos comenzaron sus patologías por contagio recíproco y a edades muy tempranas, pero fue Adolph quien arrastró a Joseph a los estratos más profundos…

—¿Y cuál es la segunda? —le animó a seguir en la aclaración ella.

—La segunda es que en el análisis de los gestos, he podido ver también las imágenes de Adolph… Y el estudio es concluyente: se trata de un invertido axiológico muy profundo y muy peligroso, con megalomanía.

—¿Qué tal funciona la sexualidad de Adolph? —aprovecha para saber el policía.

—Si os lo relatara, entraríamos en un refinado laberinto tenebroso… No se trata solo de una sexualidad vulgarizada, mecanizada o bárbara… porque puede mantener a voluntad todas sus delicadezas… pero es intensamente sádica y *teloegoica* —Ambos nietos hicieron ademán de dejarlo para otro día, adivinando, por la expresión que el abuelo estaba poniendo, que eso llevaría mucho tiempo.

—Solo una cosa, abuelo, ¿qué es *teloegoica*? —pregunta sin complejos Silvia.

—En este caso, quiere decir que su sexualidad solo busca la propia complacencia, la de su ego aislado... los demás son puros objetos de su lascivia.

—¿No bastaría con decir "egoísta"? —replica ella.

—El egoísmo se refiere a actos ejecutados por el cuerpo externo, en una tensión de egos en lucha, mientras que lo *teloegoico* tiene que ver con una especie de cortocircuito instalado en el cuerpo interno —aclara el psiquiatra.

—¡Vamos, que es absolutamente insensible a lo que sienten los demás!… —propone su nieto.

—Si exceptuamos que el sufrimiento ajeno le estimula, entonces, sí… esa sería una buena fórmula —completa el abuelo.

—¿Tendría cura Adolph? —reta el capitán.

—Por supuesto. En un año, lo tendríamos curado —dice esto el abuelo, mientras expresa sin palabras que no le gusta ser categórico sin explicarse… pero teme que la conversación se sature… Sus dos nietos están bien compenetrados con él y asienten.

Y como volviendo a la simplicidad de la vida, Silvia, que desde su silla de ruedas es la que muestra más cansancio en el semblante, mucho más comprimidos sus movimientos corpóreos, reflexiona en voz alta, mientras que señala que es hora de recoger velas:

—¿Por qué es tan importante la sexualidad?

—Dímelo a mí…, —concede Yóbrek—, Cristina, Marta, Carmen, Joan… y ahora Constanza, que no sé lo que me durará. ¿Abuelo, tendré yo también alguna patología? —el abuelo sonrió:

—Todos tenemos disfunciones… porque es muy difícil orquestar siempre bien la exquisita sensibilidad de dos sujetos con fines divergentes, pero las patologías son otra cosa muy distinta…

—¿Como si fuera una orquesta que pretendiera tocar con quejidos, con eructos, a pedradas y encerrados en un ascensor? —propone con su vena cómica la traviesa nieta.

—Me gusta esa metáfora. ¡Cuántas veces el humor es un camino directo a la verdad! —asiente el abuelo— Yo añadiría a esa metáfora solo esto: "con el fin de hacer daño". La venganza, la debilidad, la envidia, la vanidad, la posesión obsesiva, el odio… —hijas de la mala ambición, pensó sin decirlo, temiendo ser prolijo— son componentes de este tipo de patologías sexuales.

—Abuelo, ¿Y tú, cómo llevas tu vida sexual? —pregunta sin ambages ella mientras es consciente de que la discreción no es una de sus mejores cualidades.

—Pues… como puedo… Juego al ajedrez de vez en cuando con Heloise. Y en sus largas temporadas ausentes, a veces juego también con Paula. El ajedrez y una cena bien dispuesta se ve que nos estimula… y así vamos tirando… muchas veces es muy placentero… pero lo más importante es la intensa comunicación, lo que los cuerpos pueden llegar a comunicarse sin que nosotros nos enteremos del todo… ¡Me entendía muy bien con Rosmunde!, vuestra abuela, pero de eso hace ya veinticinco años!

—¡Cuánto nos parecemos!, yo no juego al ajedrez, pero los engatuso para que me echen una mano. Rómulo es un encanto y además cocina mucho mejor que yo. Él no es el exclusivo ni el definitivo, claro. ¡Sin parejas estables!, hasta que aparezca uno que lo llene todo… si es que existe…

—Curiosamente, hay tres tipos de fidelidades. Las que se basan en algún tipo de dominación: en ellas hay o bien un sujeto débil o uno patológico, aunque sea una patología leve. En segundo lugar, las que se basan en algún tipo de encantamiento recíproco: si dos personas quedan hechizadas la una de la otra no deben desaprovecharlo, es una fuente de intercambios estéticos sin igual…

—¿Y el tercer tipo? —pregunta el nieto mientras empieza a manipular su carnet.

—El tercer tipo es la inercia y la costumbre… Los hábitos son una fuente segura de placeres estéticos… si tienen un pasado noble, prosiguen en su nobleza; y si el pasado es tormentoso, sirve para que se desarrollen las manías, las obsesiones y las ruindades… ¡Claro, lo más habitual son los casos mixtos… con lo que el análisis se complica!

—Abuelo —pregunta ella mientras se desplaza en su silla embocando la salida— ¿la masturbación no podría llegar a ser la salvación de nuestra conflictiva especie?

—Sí, claro, coordinado con un buen banco de esperma y de óvulos… —aclara con humor el abuelo, para retomar inevitablemente la seriedad del asunto—: Pero sería como quitarle a una guitarra cinco de sus seis cuerdas o como comer a base de pan y agua. —Y como si no hubiera quedado demasiado claro, el abuelo se siente impulsado a rematar su explicación con una frase más técnica—: ¡Se reduce mucho la densidad y el equilibrio estético!

Salieron los tres al exterior en una clara noche estrellada de invierno. El paisaje que se veía ahora era muy distinto de la panorámica diurna.

—Fijaos —observó Silvia—, Astur parece una gran ola luminosa que se encrespara entrando muchos kilómetros hacia tierra. Primero las tenues lucecitas que iluminan la franja arbórea…

—Luego, esa iluminación característica de los edificios de cuatro alturas, con el trazado regular de sus calles, allá, hasta Contrueces, Roces y La Calzada —prosiguió en la descripción su hermano— Desde allí remonta con fuerza la ola hacia los edificios de veinte alturas que se pierden en el horizonte.

—Y como enhiestos chorros de luz, aquí y allá, sobresalen las series de ochenta pisos de altura —remató el abuelo la faena.

La descripción era muy real. Todos asintieron: la postal luminosa que se veía podía compararse con una inmensa ola caprichosa que todo lo envolvía embelleciendo con diversas intensidades lumínicas un panorama que en movimiento avanzaba creciendo en alturas.

La arquitectura que se había ido imponiendo en el último siglo en Astur, debido en gran medida a la influencia del filósofo, uno de Los Cien consejeros de la UNWB, era la babilónica: concentraciones cuadrangulares, combinación proporcional de espacios edificados y zonas vegetales, alturas distanciadas y racionalizadas.

A lo largo de las calles, las avenidas y las plazas se teje una red de pequeños tranvías silenciosos, con paradas cada cincuenta metros. En paralelo, el carril para los bólidos terrestres, que mantenían su velocidad gracias a los cruces subterráneos y a las paradas laterales de aparcamiento. Los peatones y el resto de los transportes de velocidad más lenta se reparten ordenadamente el resto de las vías. Una red subterránea, que afloraba aquí y allá, unía toda la urbe en sus distintos distritos con trenes ultraligeros, los antiguos metropolitanos. Para distancias interurbanas, los aviones ultrasónicos de gran capacidad o los bólidos aéreos de dos, cuatro o diez personas. Para volar en estos solo podía hacerse por razones de trabajo o con permiso especial, surcando los aires por las rutas establecidas.

Era hora de regresar a casa. La nieta de Delmundo, limitada de movimientos, daba ya alguna muestra de agotamiento.

16

Silvia seguía con su vida habitual, como si tal cosa, a la espera de volver a poder caminar...

Dos de los treinta y un pares de nervios de su médula espinal estaban dañados. Reparar esta lesión no era difícil. Lo fácil era arrastrar secuelas o tener que someterse a múltiples operaciones para afinar el resultado óptimo. El doctor Delmundo paralizó la primera intervención prevista... no tenía plena confianza. Quería llevar él mismo las decisiones médicas en todos sus detalles. Estaba esperando recibir la autorización oficial para figurar como cirujano jefe del caso de su nieta.

Ella esperaba pacientemente, enfrascada en el estudio de múltiples documentos para su tesis. Su carnet sonó con la llamada del abuelo:

—Pequeña, parece que alguien quiere mi cabeza. Me han inhabilitado como cirujano... solo puedo ejercer, por el momento, como psiquiatra. Saben que tengo la experiencia precisa y sobrados conocimientos, pero... Es por "el caso Joseph", y por lo que llaman ahora un uso inadecuado del Pozo curativo. Quieren cerrármelo. Y lo que más me duele en este caso: ¡no me permiten intervenir en tu operación!

—Abuelo, no te preocupes, seguro que saldrá bien de todos modos, ¿qué podría pasarme?

—Que cojearas toda tu vida.

—Habría otras operaciones.

—¿Cuántas? —El doctor Delmundo dejó pasar dos segundos y añadió—: Dame un día. Hoy te llamarán para el ingreso; alega sufrir indisposición, y así se retrasará al menos dos días. ¡Confía en mí!

—De acuerdo, abuelo. Pero ten mucho cuidado. Sé prudente. —El abuelo sonrió al otro lado de la línea y colgó.

En Bonaire, a cuatro meridianos de distancia, Adolph ya ha conseguido formar su primer batallón. Entrará en acción pronto. Hombres de su misma complexión y apariencia, y sometidos a una fina *quirurgia*, tienen como misión en adelante hacerse pasar por Adolph... ¡En realidad, hacerse pasar por Joseph! «Los que quieran encontrarme se hartarán de tropezarse conmigo».

Silvia vivía en primera línea de playa, en la calle Corrida, frente a la ancha arboleda que recorría todo el paseo marítimo. Era el cuarto, un ático, desde donde se veía el mar; abajo, las copas de los árboles: jacarandas, olmos, laureles, abedules, nogales, eucaliptus, alcornoques y sauces. Bonsáis gigantes pero que no superaban cierta altura, crecían muy lentamente y eran ideales para dar sombra sin quitar excesiva visión en los paseos marítimos. Combinados adecuadamente, los de hoja caduca con los perennes formaban un conjunto que evolucionaba a lo largo del año con distintas densidades y una gran gama de tonalidades y olores. Su apartamento era un gran capricho que no había querido prohibirse, su coste era el triple que cualquier otro más alejado del mar, pero estaba segura de querer invertir esa gran cantidad de dinero en alimentar sus sentidos con el olor a salitre y todos los aromas arbóreos, con aquellos trinos de pájaros y con aquellas estampas de colores, formas y luces.

Cocina de diez m², baño de ocho, dormitorio de catorce junto a un vestidor de seis m², habitación accesoria de doce, salón de veinticuatro desde donde se accede a una terraza al aire libre de cuarenta m². Había además un cuarto de seis m² donde se alojaba el *robot-ménage*, la última generación que hacía limpieza general y a fondo en un par de horas; a su lado, el robot-guardaespaldas, un regalo del abuelo, por si las moscas, a pesar de que ella dominaba varias artes marciales. En el vestidor colgaban visiblemente unas vestimentas del siglo XXI que ella misma se había confeccionado. El salón hace las veces de estudio-biblioteca. Casi nadie posee ya libros en papel; se consiguen todos con el carnet en una reproducción realista y muy manejable en el espacio virtual. Pero la nieta había heredado esta afición de coleccionista del abuelo. Sus estantes contenían poco más del millar de ejemplares, una ínfima parte comparada con la alejandrina biblioteca del filósofo. Yóbrek también compartía esta afición bibliófila.

Después de una intensa hora de gimnasia, ¡cómo echaba de menos ahora correr!, tomaba una ducha y a continuación un completo desayuno, que prefería hacérselo ella misma, aunque resultara algo más barato encargarlo al robot-restaurante. Pero un café con leche con aromas auténticos, un zumo recién exprimido, unos panecillos calientes, varios sabores de mermeladas, trozos de fruta variados, frutos secos exóticos, aceite de oliva y una rica miel adornándolo todo no se encontraba fácilmente en los menús estandarizados.

Las mañanas transcurrían, entre las nueve y las dos y media, sumida en un concentrado estudio y en la redacción de su tesis. Historia era su tercera especialización; primero había hecho Psicología, junto con su hermano; después mientras que él se especializaba en criminología y patología psiquiátrica e ingresaba en la policía de la UNWB, tras la oposición requerida, ella había optado por las ciencias sociológicas y antropológicas. Era su cuarto año en la especialidad de historia contemporánea y había decidido hacer su tesis. Seguramente pararía aquí, no era cuestión de tratar de seguir el currículo del abuelo, con diez carreras y diez doctorados. Algunos días a la semana subía a la clínica; ayudaba en las tareas adjuntas de la consulta número 30, la de su abuelo, y cobraba un pequeño estipendio; pero desde hacía dos meses habían acordado que hasta que no entregara su tesis, sus visitas serían exclusivamente para comer juntos; al principio, esos días solía trabajar en la biblioteca de la clínica, pero ahora estaba en plena reconstrucción. Las tardes eran el tiempo de las relaciones sociales y de las múltiples actividades… aunque hasta que pusiera punto final a su tesis, también trabajaba toda la tarde, tras un breve descanso a mediodía. Llevaba muchas semanas en las que solo visionaba los noticiarios de las tres; las películas, los shows y las actividades virtuales en las que el espectador interactuaba con la historia emitida, habían dejado de interesarle, tragaban demasiado tiempo. Solo cuando venía Rómulo se permitía relajarse a partir de las nueve con una romántica cena en la terraza climatizada que casi siempre acababa en unas apasionantes escenas eróticas. Estaba dotada de un eros exultante, capaz de agotar a muchos viriles y engreídos jóvenes con priapismo.

La consulta del carnet de Silvia daba los siguientes datos iniciales: «*Astur, 2416, mujer, mestiza 6c, 1,92 metros, level 75*». Pero esta ficha nada decía de todas las maravillas de las que podía disfrutar Rómulo. Poseía una extrema belleza, más oculta que al descubierto. Las proporciones justas, las curvas como dibujadas por un artista, los contornos ideales, los senos abultados en su sazón, las piernas con el volumen exacto, las manos gráciles, el rostro expresivo, los ojos profundos e iluminados rasgados con un toque asiático, las facciones canónicas, la piel tostada, brillante y tersa, y la cabellera, recortada en el entorno del cuello por debajo de los lóbulos de las orejas, era de un color indescriptible fruto de razas distintas, las de una abuela albina y otra prácticamente negra, junto con las morenas, rubias y colores castaño del abanico racial de sus ancestros. La cabellera contenía tonos plateados, dorados y rojizos muy mezclados, con vetas oscuras y con castaños diluidos... en su conjunto recordaba el color de una piña, con tonos brillantes. Yóbrek, con el pelo bastante rapado, lucía las mismas tonalidades. Habían desarrollado, sin duda, el nuevo gen del pelo mixto, todavía bastante raro.

Silvia, físicamente perfecta, vestida no llamaba tanto la atención como Constanza, pero desnudándolas a ambas, ganaba con ventaja la nieta de Delmundo por el conjunto, por la coordinación y por la gracia. Cierto exotismo de curvas exageradas, el contoneo y la provocación eran artes en las que Constanza aventajaba a la hermana de su novio, ¿quién lo dudaba?

Sin embargo, el primor físico de la nieta del doctor Delmundo quedaba ensombrecido por su personalidad. Cuando se la conocía de veras, cuando se la oía hablar, gesticular, moverse y actuar, su personaje era de un encanto embrujador, electrizante y envolvente.

Tenía, así y todo, varios defectos: despreciaba en exceso los peligros reales y era demasiado sincera…

17

El doctor Delmundo esperaba ver aparecer de un momento a otro a su colega. El cirujano jefe del distrito de Gijón había sido alumno suyo y su tesis sobre las lesiones medulares había sido dirigida por el propio Edmundus. A la hora convenida, su figura se perfiló cien metros más allá en aquel recinto climatizado del botánico. A unos metros, aumentó la zancada, estiró el brazo, abrió la mano y sonrió con afecto:

—¿Qué tal, querido profesor?, ¡Cuánto me alegro de verle!, ¡de verle vivo, sobre todo!, —dijo en tono sincero el doctor Asclepio, mientras tomaba la mano de Delmundo en un gesto de semiabrazo.

—Yo también me alegro de verte, de ver a uno de mis alumnos más aventajados… Disponemos tan solo de una hora. Tenemos que ir al grano.

—Ya sé, me han encargado el caso de Silvia…

—Confío en ti tanto como en mí, pero, debes perdonarme, me afecta un síndrome de abuelo medroso, el de "querer verlo yo con mis propios ojos" —dijo el viejo en un tono de sarcasmo hacia su persona—. No estaré tranquilo si no soy yo quien toma las últimas decisiones…

—Pero sabe que he recibido estrictas instrucciones en contra. Vea: «El doctor Delmundo no puede intervenir».

—No te comprometería si no lo hubiera pensado bien. No voy a intervenir materialmente, pero sí amistosamente. Y eso solo lo sabremos tú y yo.

—Pero qué pasa con el código deontológico y con las represalias que se seguirán para ambos si se descubre.

—Nada se sabrá, en principio, no tiene por qué…. Además, no vamos a saltarnos ninguna norma; estoy muy lejos de ello. Lo que haremos será interpretarlas en su justa medida. Una norma siempre puede ser perfeccionada.

—Le escucho, profesor.

—Todo reside en que conozcas los datos que tengo, en que te convenzan y los hagas tuyos. ¿Dónde piensas practicarle a Silvia la extracción de células?

—En el lóbulo olfatorio, sabe que es el idóneo para este tipo de regeneraciones.

—Sí, pero en qué sección concreta.

—En el que corresponde a los treinta años que tiene su nieta. Es obvio, ¿por qué lo pregunta?

—Porque la incisión ha de hacerse en la sección de los diez años. De otro modo, la recuperación no sería al cien por cien.

—No comprendo, qué se propone, en qué se basa.

—Ha heredado de mí el gen longevo. Ella no lo sabe todavía. Esto quiere decir que si fisiológicamente tiene treinta le corresponde una edad biológica de diez años.

—Pero sobre todo esto no hay estudios publicados ni confirmados… ¿cómo puede estar seguro?

—Te pasaré mis estudios en el acto —mientras hablaba actuaba sobre su carnet para enviarle las investigaciones que había realizado sobre el gen longevo en los últimos años—. Si te parece que son concluyentes, ahí es donde entra la amistad. No tienes más que aplicar el mejor criterio disponible dentro de tu código deontológico. Si has de hacer lo mejor para la paciente… entonces…

—No veo ningún inconveniente médico, si en efecto esos hallazgos son tan claros. Únicamente escrúpulos formales, porque pueda darse a entender que existe amiguismo. La oposición política sabría cómo sacarle partido a esto, y denigrarnos a usted y a mí. ¿Pero por qué no hace público todo esto? ¿Y por qué su nieta no lo sabe aún?

—Los estudios podría hacerlos públicos mañana, si fuera necesario. Pero ya conoces el acartonamiento de las instituciones oficiales: todo rigidez y parsimonia formal. Tardaría más de un año… Hay mil riendas preventivas, fruto de intereses mezquinos, cuyo ánimo es frenar procesos… y esto, a su vez, es muy difícil de demostrar… —

permaneció pensativo unos segundos mientras rememoraba viejos tiempos de su actividad política—. Y mi nieta… mi nieta no ha de saberlo hasta que finalice su tesis. Después de todo, esta prueba no se hace hasta los treinta y cinco años y yo me he enterado por azar… haciendo otras pruebas. Creo que tengo derecho a elegir el momento óptimo para dar esta noticia… ya sabes que quienes poseen el gen pasan el síndrome de la "hiperactividad compulsiva" entre uno y tres años, fruto de un optimismo extremo al conocer esta novedad tan radical para sus vidas; lo que significa la pérdida de gran parte de este tiempo… la acción excesiva e incontrolada… la falta de ejecución acertada… hacer mucho y no acabar nada… Dar esta noticia equivale a administrar un medicamento. Hay un momento ideal para todo, los griegos lo llamaban *kairós*.

—Bien, profesor. Leeré con detenimiento esas investigaciones. Le responderé cuanto antes. Si al final lo hacemos a su manera, y llegara a saberse de esta influencia, peligrosa por la causa que le están instruyendo, ya sabríamos cómo defendernos. No se puede vivir en un continuo miedo a las propias normas… —Mientras se ponía de pie y le estiraba la mano cálida en señal de despedida, concluyó—: Tiene usted razón —y recitó—: «No se hizo el hombre para la norma sino la norma para el hombre».

—Me siento orgulloso de tenerte no solo como discípulo sino también como amigo. —Dejó pasar una pausa, para cambiar a otro plano pragmático—: No hagas nada, Asclepio, de lo que no estés tú mismo seguro… a mí no me hagas caso —añadió en un tono mitad en serio mitad en broma, muy característico suyo. Quienes habían sido alumnos suyos conocían bien esta faceta.

Al día siguiente, Asclepio felicitaba radiante a su maestro por aquellos hallazgos que se demostraban en su investigación. Iban mucho más allá de lo que había supuesto en principio. El profesor no dejaba de sorprenderle. «Por supuesto que se haría la incisión en los diez años… Hacerlo de otro modo sería contravenir todo el código deontológico…».

El abuelo asistió a la intervención en calidad de pariente. Los ojos de Asclepio y de Edmundus mantuvieron a lo largo de la hora de quirófano una fluida comunicación que nadie de los presentes llegó a apreciar. El profesor le había dado unas instrucciones complementarias en su última conversación telefónica y todo discurrió por el cauce indicado. La operación fue un éxito. Silvia caminaba ya después de una semana y adquirió su gracia habitual y su ritmo alegre en poco más de un mes.

Pero un chequeo telefónico al azar, ¿al azar?, de los robot-inspectores había trasvasado aquella conversación telefónica al expediente abierto contra el doctor Edmundus Delmundo. El abuelo ya no tenía el *level* 100 y se le complicaban más y más las batallas que tenía que librar. Lo que más sintió fue que Asclepio quedara destituido como cirujano jefe del distrito sanitario. Envió aquel mismo día un informe completo de todo lo que había sucedido, exculpando a Asclepio y haciéndose el único responsable. Su amigo había cumplido rigurosamente con el código deontológico. Pero demostrar todo esto llevaría un año, al menos, ese era el problema: «es la incapacidad de frenar los procesos sometidos al formalismo de taimados intereses», pensaba el filósofo.

En el momento en que Edmundus enfilaba el camino hacia su clínica, una mañana más, sonó su carnet y descolgó en el acto la llamada:

—Profesor, no se preocupe. Sé que está preocupado. Ambos hicimos lo que debíamos. Yo me siento orgulloso… no se pueden escalar cargos a costa de lo que sea… me han frenado la carrera, pero a mí no me han frenado… Gracias por su amistad. Veremos quiénes están moviendo todo esto… —fue la última reflexión que hizo aquella voz, la de un emocionado Asclepio, antes de despedirse.

—Estaremos en contacto. Cuídese. No olvidaré... ya sabe... —y ambos colgaron. Su nieta le estaba esperando a la entrada. Eran las 8:57 de una mañana lluviosa y gris. Había venido haciendo *footing*.

18

Aquel era un día de trabajo de oficina para el capitán. Dedicado a ultimar informes. No estaba muy centrado. Las discusiones con Constanza se recrudecían cada día. Algo no iba bien. «Demasiado posesiva y demasiado desconfiada». Debía confesarse a sí mismo que solo sentía una irresistible pasión física... pero su personalidad cada vez le resultaba más la de una extraña. Sus cuerpos internos, como diría el abuelo, no coincidían en lo esencial... Esta misma noche le propondría dejarlo, durante unos meses, en ese tiempo «quizá podrías conocer a otro mejor que yo para ti...», pensaba decirle.

Frente a la ría del puerto deportivo de Avilés se situaba la sede central de la policía internacional, que era un cuerpo del ejército. En el último piso, en una de las múltiples VS fijas de aquel largo pasillo podía leerse en la puerta: "Capitán Y. Delmundo". Un sargento se aproximaba a esta puerta acompañado de una joven mujer. El suboficial llamó con el timbre de la puerta marcando una clave y Yóbrek abrió desde el interior al instante:

—Capitán, la señorita Bárbara ya está aquí.

—Bien, que entre. Gracias, sargento, puede retirarse.

Bárbara era la hermana de Holden Hapostolikos, el guardián asesinado cuyo cadáver había ocupado la cama de Joseph el uno y dos de enero. El capitán debía hacerle un interrogatorio rutinario. Se trataba del único familiar vivo de aquel desgraciado funcionario de prisiones. Los padres de Holden y Bárbara habían fallecido en un terrible atentado. La chica estaba aún estudiando medicina, a sus 22 años, y vivía a cargo de su hermano mayor. Tenía derecho a una indemnización confederada. Esos eran los trámites que Yóbrek había preferido controlar directamente. Entre las condiciones de la chica estaban las de trasladarse a la zona 1 de la Confederación, Europa.

—Es usted Bárbara Hapostolikos, ¿no es así?

—Así es, cap... pitán, —se oyó tímidamente.

Él comprendió que aquella muchacha estaba algo asustada o, quizás, solo aturdida... Por ello cambió el tono y los gestos. Se levantó, sirvió un vaso de agua y se lo acercó sin preguntar. Bárbara estiró el brazo, mientras daba las gracias con los ojos, en el momento en que, involuntariamente, él se fijaba en el seno derecho de la hermana del funcionario fallecido… estaban llenos de vida… Se molestó por estos espontáneos pensamientos, que atribuyó a la castidad a la que le venía obligando Constanza desde hacía varias semanas.

—Pero usted y su hermano tienen padres o madres distintos, ¿o me equivoco?

—Somos hermanos de padre; la madre de Holden falleció en un accidente de bólido. Nuestro padre volvió a casarse. Mi madre era de Samoa, de piel clara.

Resultaba evidente. Holden era un negro casi puro y Bárbara una mezcla absoluta. En ella sobresalían más los rasgos samoanos. Los hermosos gruesos labios africanos quedaban bastante reducidos en su boca que, aun así, seguían manteniendo el sello de aquella misma sensualidad. Su piel era de un moreno muy intenso. Y sus facciones eran más orientales que occidentales. El pelo negro y lacio y los ojos de azabache, brillantes. Los dientes blancos y la mirada limpia. Este era el retrato robot que Yóbrek estaba maquinalmente construyendo, mientras se disponía a continuar…

—Bien, ya hemos hablado por teléfono, y ya me ha contado los detalles sobre la vida que acostumbraba a llevar su hermano… no necesito saber más, salvo si tiene algo que añadir. Únicamente es preciso que me cubra este impreso, si hace el favor… —En ese momento le plantó delante, sobre la superficie de la mesa el haz virtual con el impreso en el que tenía que poner las cruces en las casillas correspondientes—. Le dejaré el tiempo que necesite. — Mientras tanto, él, se proyectó a sí mismo otra pantalla virtual a la altura de su posición y rellenó unos apartados sobre el caso Bárbara. Entre la foto que tenía de esta instrucción, tridimensional de muy buena calidad, y el personaje de carne y hueso había una diferencia apreciable; en la foto no se percibían múltiples detalles y matices que ahora tenía a la vista… Ambos acabaron casi a un mismo tiempo. El capitán continuó instruyendo esta causa:

—Lo más importante ahora es que fije la residencia. Ahí, *Balance* le enviará la renta que le corresponde durante tres años, prorrogable en caso de necesidad. ¿Piensa usted buscar trabajo pronto?

—Acabaré medicina el año que viene y empezaré las prácticas inmediatamente. Luego, quisiera hacer un doctorado, a media jornada. —Él se quedó mirando interrogativo… finalmente ella reaccionó—: Ah, sí, bueno, me iré a vivir a Roma, allí acabaré medicina.

El capitán le explicó con detalle y didácticamente los pormenores de sus derechos, los trámites a realizar y los plazos a tener en cuenta… Finalmente, levantándose, rubricó el expediente y concluyó:

—Ya está todo, envíeme la dirección precisa cuando esté en Roma directamente a mi carnet… y poco más habrá que hacer… hasta el informe final dentro de tres años. Encantado de conocerla, Bárbara.

—La chica, de pie, le dio la mano, tibia, que permaneció estrechada con aquella cálida mano, de aquel joven hombre de uniforme, y en aquellos segundos de contacto un mensaje recíproco y secreto se transmitió a través de la piel que aún estaba por descifrar.

Se sentía responsable de aquella muchacha y había decidido secretamente tutelarla hasta que consiguiera emanciparse. No tenía a nadie en el mundo y debía asegurarse de que llegaría a valerse por sí misma. Estarían en contacto directo, entre sus IC particulares.

El policía de *Balance* pulsó la VS en el canal de noticias estandarizadas y despejó su mente durante unos breves segundos, mientras tomaba el café de las 10:30. La locutora estaba emitiendo uno de los treinta segundos de comunicados oficiales, habituales cada hora:

«El carnet de identidad integrado —el IC— iba ya por la decimoquinta generación: memoria helicoidal, velocidad instantánea, proyección de datos virtuales con recreación realista en tres dimensiones, conexión panóptica…»

19

La sala 30 de la clínica de La Providencia tiene hoy una lista de espera habitual: primero, un caso de intento de suicidio de una mujer de cincuenta años, —«reincidente»—, y después, otro caso de suicidio de un chico de 16 años —«que no ha asistido a la educación reglada oficial»—. A las diez, una sesión compleja en el Pozo —«si antes no llegaba una orden de precinto judicial de la instalación»— de un neoyorquino con inversión axiológica aguda y agresiva de grado dos. Y a partir de las doce un caso de religiosidad aberrante, dos casos de sexoadicción agresiva y dos de ludopatía autodestructiva —«cinco pacientes para inicio del diagnóstico oficial y comienzo de terapia, tras la adhesión del enfermo», dio instrucciones en voz alta al robot-grabador.

Además de este trabajo rutinario, el doctor estaba enfrascado aquellos días en preparar la visita a algunas *Paideias* y *Universitas* infantiles, en calidad de consejero de *Balance*, durante el mes de marzo. Sus datos estadísticos cada vez iban más en la misma dirección: en las zonas planetarias donde estas instituciones educativas no funcionaban, o solo muy relajadamente, aumentaban ostensiblemente los casos de patologías graves de la conducta... No había sino seguir los registros de resultados a diez, veinte... y más años. Era preciso ampliar las reformas e intensificar mejoras...

Pero le preocupaba sobremanera, y hasta debía confesarse que le tenía estresado y afectándole al sueño... hacía muchas décadas que no le sucedía, la comparecencia que dentro de una semana debía realizar ante un tribunal... para enjuiciar el caso sobre la denuncia de «el irregular uso del Pozo». Su prestigio personal estaba en cuestión... ya era cada vez más evidente la creciente tergiversación de noticias sobre su trabajo, sus resultados y su persona... alguien, algún grupo, se había organizado muy bien para destruirle... —«Creo saber quiénes son. ¿Habré llegado a tener demasiado poder, como inducen a pensar las noticias?».

En el café que tomaba aproximadamente entre las 11:55 y las 12:05, el doctor, también doctor en Historia contemporánea, quedó pensativo mientras que hacía un balance de los cinco últimos siglos, partiendo de la profusión de datos electrónicos a los que se accedía fácilmente. La memoria se retrotraía hasta finales del siglo XX y a partir de ahí había que recurrir a la bibliografía en papel, aunque ya totalmente digitalizada.

«La locura y la delincuencia son los dos grandes males que hay que solucionar en el siglo XXV». La locura actual no es como la que llega al siglo XXI: esquizofrenias, paranoias... todo esto se considera hoy somático y se corrige antes de los dos años... ya no existen los psicóticos de raíz somática... ahora las neurosis no controladas dan lugar a las psicopatías, y la mayor parte de los psicópatas no quieren curarse, porque se sienten más sanos que el resto: las conductas irracionales destructivas, la agresividad, la pérdida del equilibrio propio o la falta de ajuste con el entorno social... «En suma: la discapacidad con los valores». Hubo de interrumpir esta absorta reflexión, cuando dio paso al paciente aquejado de religiosidad aberrante.

—Se llama usted Mohamed Jerusa, ¿no es así?

—Así es.

—Cúbrame, por favor, los datos que tiene en la VS que ahora le presento: Nombre y datos básicos, ocupaciones secundarias, currículo, gustos...

El paciente fue cubriendo: «*Mohamed Jerusa, Panamá, 2406, varón, mestizo 5c, 2:02 metros, montador de robot, level 25, con máximo de 55*». En el resto de las casillas añadió: «Miembro de la unión cristiano-mahometana. Peregrinación a Tierra Santa y a La Meca anualmente. Ejercicios de ayuno y abstinencia regularmente. Purificación somática y espiritual: juramentándose trimestralmente. Actividad política a favor del Normativismo radical teísta. Defensor de la yihad. Estudios de Teología e Historia de las religiones. Doctor.

Gustos: el rezo, la meditación, la recitación de la Biblia y El Corán y el proselitismo. Soltero. Sacerdote. Imán».

—Sr. Jerusa, ¿por qué ha descendido su *level* de los 55 a los 25?

—He abandonado mi puesto de trabajo... en cuarenta ocasiones... por la oración de las cuatro de la tarde.

—Eso explica la pérdida de diez puntos. ¿Y el resto?

Mohamed bajó la cabeza y sintió un momento de debilidad y rubor, pero enseguida se repuso y alzando la voz en tono de mistagogo respondió:

—He herido gravemente a dos de mis compañeros de trabajo... justamente.

—¿Cómo es posible eso?

—Por blasfemia.

—¡Cuéntemelo!

—Fueron intransigentes con mi rezo.

—¿Y eso?

—Me pusieron en evidencia. Protestaron por tan solo diez minutos.

—Entiendo.

—¡Usted no lo entiende!, ¡son unos desgraciados!, Dios les condene... Repudian al verdadero Dios... frenan sus designios... impiden mi rezo sagrado... ¡son blasfemos!

—¿Por qué dice al "verdadero Dios"?, ¿es que hay falsos dioses?

—¡Solo hay un Dios verdadero, los falsos dioses no existen!

—¿Le ordenó su Dios "verdadero" lesionar a sus compañeros?

—No es solo "mi" Dios, es el Dios de todos y de todo. La penitencia por el pecado está en los designios de Dios.

—¿Don Mohamed, está usted enfermo?

—Me encuentro perfectamente de salud. Y la Gracia de Dios me acompaña, *Alàh* sea loado.

—¿Por qué ha venido, entonces, usted a consulta?

—Porque quieren trasladarme a otro trabajo... Yo me niego... y me han ofrecido a cambio esta terapia...

—¿Por qué no trabaja usted en un horario alejado del rezo de las cuatro de la tarde?

—Sería negar a Dios en mis actos… indirectamente.

—¿Qué pensaría usted si estuviera en el lugar de sus compañeros… si usted no creyera en esos ritos?

—Debería pensar que era yo el equivocado… y ciego, y que quien abandona algo por otra cosa mayor no puede equivocarse sino que estará en el buen camino…

—¿Reconoce, usted, señor Jerusa, que las religiones, además de ser una fuente de buena moralidad, han provocado grandes males a lo largo de la historia? ¡Usted es estudioso de la historia de las religiones!

—El pecado anida en todas partes, también entre los creyentes, por eso es preciso no ceder ante el Mal… y purificar todo cuanto esté en nuestras pecadoras manos…

—Es usted sacerdote e imán, ¿no podría vivir de este trabajo? ¿Por qué quiere ser montador de robot?

—Es voluntad de Dios. No puedo oponerme a sus designios, no hasta que me envíe otra señal...

Mientras le pasaba a Mohamed Jerusa el impreso de adhesión al tratamiento terapéutico, el doctor Delmundo entró en una amigable conversación sobre las razones que llevaron a la fusión de esa facción de cristianos y musulmanes unidos y sobre cómo se concilian los distintos libros bíblicos y coránicos. El doctor Jerusa, doctor en teología de las sagradas escrituras, dio muestras de una aguda penetración y de una gran plasticidad cuando tenía que conciliar los sentidos de textos cuya literalidad era antitética y contradictoria para los profanos.

—Que Dios le acompañe, doctor Jerusa, "solo el Dios verdadero"… —se oyó que se despedía el psiquiatra sentado en su mesa, mientras el paciente encaraba la salida. Mohamed tuvo la leve impresión de que aquel doctor se movía en el linde de la blasfemia…

A Edmundus le quedaban ahora, para rematar la mañana, dos casos de sexoadicción agresiva y dos de ludopatía autodestructiva. «Siempre son casos tan parecidos...», pensaba... mientras pulsaba la orden de entrada.

20

Desde hacía un mes, Silvia había decidido estudiar todos los días en la biblioteca de la clínica, ahora totalmente modernizada desde el atentado. Sabía que el abuelo estaba pasando por unos malos momentos y aprovechaba para saludarle a primera hora y comer con él a mediodía. Siempre que podía se les unía su hermano del alma.

Eran las doce y media de la mañana y sonaron las alarmas de evacuación del edificio. En pocos minutos todos estuvieron fuera, en los jardines. Más de cien personas, nerviosas, muchas de ellas con sus batas de trabajo, se preguntaban qué estaba sucediendo...

¡Una falsa alarma! Un sujeto que entró disfrazado de Joseph Kirk y que se dirigía a la sala número 30... resultó ser un periodista que quería forzar una entrevista múltiples veces denegada... El doctor Delmundo ya había enviado un comunicado oficial a la prensa y había concedido varias entrevistas serias, con todos los detalles... Pero los noticieros estaban interesados en ligar este caso con algunos asuntos de su vida familiar y de sus opiniones políticas. Y él se negaba a estos cotilleos mezquinos... lo había manifestado hasta la saciedad. Sin embargo, a partir de estos sucesos, de esta negativa y de esta alarma... Publio Tozú, este era el nombre del reportero de Las Diez Más Sonadas, ya tenía su reportaje asegurado, todo verdadero...aunque hubiera que especular con hipótesis, que serían expuestas como tales... por supuesto.

A la una y cuarto a la doctoranda le estaba costando volver a concentrarse, pero no podía permitirse el lujo de dejarse llevar por los nervios... Tenía claro cuáles eran las características constantes que separaban al siglo XVIII del XIX: el paso progresivo del trabajo desde el sector primario al sector secundario y, en segundo lugar, la generalización progresiva de la individualidad personal. Así lo había dejado ya redactado en un texto que le complacía totalmente.

Y estaba segura también de cuáles eran los rasgos que diferenciaban al siglo XIX del XX: la importancia progresiva del sector terciario y el cambio de las costumbres al calor de las nuevas tecnologías: electrodomésticos, radio, tv, internet... Como también veía el salto que había entre el XX y el XXI: el final del modelo capitalista puro, al entrar en contradicción el tiempo de trabajo competitivo empresarial con el fuerte aumento de la población y con el incremento de potentes nuevas tecnologías que reducían la necesidad de mano de obra... Todo ello combinado con la guerra de intereses internacionales de los distintos estados: unos, defensores históricos de la sociedad del bienestar, otros, paraísos fiscales, y los terceros, países en expansión económica que no estaban dispuestos a cumplir la "Ley de desarrollo equilibrado", que era asfixiante para ellos. Eso llevó a la guerra de 2048, cuyo detonante fue el uso de diversas armas químicas que arrasaron ciudades enteras y crearon el pánico general. El armisticio se impuso como único medio conjunto de frenar "la peste del siglo XXI", una mutación de los efectos químicos propagados, que se expandió primero a través de las ratas y después a través de los cerdos, las vacas, los pollos y todo tipo de aves… Murieron tres de cada cinco niños menores de diez años. En total, un tercio de la población mundial pereció prematuramente. Las secuelas duraron varias generaciones. El sistema de vida hasta la fecha se hizo insostenible. Se refundó la ONU en la UNWB y se abrió un nuevo periodo histórico.

Pero Silvia se hallaba algo atascada en el tránsito entre el XXI y el XXII. En ello estaba, cuando sonó aquella alarma…

Ahora, se concentraba en que el control de la fusión nuclear, en 2050, fue determinante para la estabilización de una nueva economía global, basada en el abaratamiento de la energía… las ideas políticas convencionales, divididas en derechas e izquierdas, dejaron de ser útiles… los problemas de subdesarrollo fueron fácilmente subsanables… entonces se trató de la redistribución de otro tipo de bienes… En el siglo XXII se consiguió, por fin, solucionar el problema estructural del paro, que oscilaba entre el 20 y el 35 % de la población, y aun remontaba más en las crisis. Finalmente, los intereses de los distintos países encajaron en la fórmula de Kito Brando, el gran filósofo y economista del siglo: paro estratégico no superior al 6 %, fraccionamiento del horario de trabajo en función de la demanda y salario mínimo vital asegurado para todos unido a la obligación de trabajar (salvo enfermos, menores y jubilados). El mercado libre ha de respetar estos axiomas de economía armónica.

Por tanto, podía decirse que un elemento trascendental en el cambio entre el siglo XXI y el XXII tuvo que ver con la nueva redistribución del trabajo: obligatoria, universal y flexible. Entre el siglo XXII y el XXIII había mucha continuidad, aunque se apreciaban claras diferencias. Sobre el siglo XXIV y XXV tenía muchas anotaciones hechas… Entonces, la voz de Yóbrek, «cómo lo llevas pequeña», la sacó de sus reflexiones y apuntamientos… Por esta mañana ya era suficiente… «Iremos a comer con el abuelo, ¿puedes, no es verdad?».

—He venido para hablar primero contigo. En marzo cojo vacaciones. Quiero proponerle al abuelo que me deje formar parte de su defensa. Voy a postularme como abogado asesor, junto al abogado de oficio. —Silvia recordó ahora que al tiempo que ella había iniciado los estudios de Historia, su hermano se había matriculado en Derecho a distancia… aunque ya estaba trabajando de teniente de la policía especial de *Balance*— Al hallarme fuera de servicio, no es incompatible. He recibido el diploma hace un mes… —ella protestó con el gesto—. ¡No te había dicho nada, es verdad!

—¡Es una buenísima idea! No tienes experiencia, pero puedes resultar muy útil… lo sé… —pensaba, mientras hablaba, que con la intuición congénita para captar las corrientes subterráneas que tantas veces había demostrado…— El abuelo ya tiene medio juicio ganado… vamos, se lo diremos ahora…

—¡Modérate! Vas a levantar falsas expectativas —Mientras decía esto, tenía en cuenta uno de los principios de cualquier deporte: el primer indicio de que no se va a ganar es darlo por ganado anticipadamente—. Pienso decirle que necesito hacer prácticas. De este modo accederá, ¿qué te parece? —ella asintió, mientras los dos salían de la biblioteca hablando en aquel tono de cuchicheo en el que estaban.

—Abuelo, vamos a comer. ¡Los tres! —se la oyó anunciar, mientras irrumpía en la sala 30, segura de que el último paciente ya se había ido.

III

La ley

Setecientas veintinueve veces
es más feliz el justo que el tirano

(Platón: *República*, IX)

Muéstrate en la desgracia
animoso y sereno.
Pero, prudentemente,
si es favorable el tiempo,
recoge algo las velas,
quizá de sobra hinchadas por el viento.

(Horacio: *Odas*, «A Licinio»)

21

Un consejero de los Cien debía ser juzgado por la instancia suprema. El juicio iba a celebrarse en Luanda, Angola. La sede judicial de *Balance* se movía rotatoriamente por cada una de sus cuatro sedes plenarias. A partir de marzo de 2446 tomaba la capital angoleña el relevo. Las sedes: La Haya, Managua, Tokio y Luanda, son las capitales judiciales correspondientes a sus cuatro demarcaciones territoriales: Europa-Asia occidental, América, Asia oriental-Oceanía y África.

El traslado en bólido aéreo duraba apenas treinta minutos. Contando con los transportes menores había que calcular dos horas para trasladarse desde casa hasta el hotel designado. Edmundus Delmundo había hecho los preparativos del viaje con todo cuidado... Le venían imágenes de cuando, hace más de un siglo, preparó su maleta para dirigirse a la defensa de su primera tesis doctoral. Se trataba de un enfoque poco ortodoxo, muy arriesgado en su estructura formal y sobre todo muy incómodo para cualquier tribunal que tuviera que hacerse cargo de aquellas conclusiones... ¿cómo llamarlas?, ¿revolucionarias?, en algún sentido, sin duda, pero en todo caso totalmente a contracorriente. «Salí adelante de aquella polémica tesis gracias, en buena medida, a haber tenido la suerte de que el profesor Paul Henco fuera miembro del tribunal, aquel eminente matemático totalmente abierto a poner en entredicho las "verdades tópicas" al uso». Delmundo consiguió con aquel trabajo reenfocar de un modo más fecundo las relaciones entre la matemática y la lógica, tesis que fue seguida después por una saga de jóvenes talentos pitagorines que han ido demostrando la fertilidad de dicho planteamiento. Él, en lugar de continuar profundizando en la pura arquitectura matemática, prefirió continuar con las relaciones entre esta, la microfísica y la cosmología. Pero «ya ha llovido mucho desde entonces...» —pensó cuando vio aparecer a sus dos nietos, que venían a recogerle.

Los juicios se celebraban con la participación de profesionales oficiales; podía haber abogados particulares, pero siempre al lado del asignado oficialmente, principal responsable en último caso. Yóbrek ejercería de abogado adjunto, al lado de Clarence Rowda, su defensor oficial por sorteo. Edmundus no necesitaba contratar a ningún especialista, él era buen conocedor del terreno que pisaba y, con la ayuda de sus dos nietos, se sentía con fuerzas para afrontar aquel teatro... Si Rowda no le convenciera, siempre podría recusarlo. No necesitaba un "buen abogado", sino un profesional honrado, suficientemente flexible, eso sí, para adaptarse a las sinuosidades que tendrían que salvar.

Silvia ni siquiera lo había dudado un segundo... tenía que estar allí... Ejercería alguna función... Finalmente descubrió, hace unas semanas, que en el desarrollo de los juicios el pasado importa mucho: la "jurisprudencia histórica" podía llegar a ser crucial, así que «me ocuparé de eso». La tesis doctoral, si fuera preciso, la aplazaré.

Algo oscuro y calculado se anunciaba en este juicio. La instrucción avanzaba a un ritmo trepidante, bordeando siempre los tiempos límite. Surgían tantos imprevistos que uno tenía la impresión de habérselas con todas las triquiñuelas imaginables. La capacidad de la defensa para organizarse se reducía al mínimo. Todo aquello cabía ser impugnado, pero el viejo ya había decidido que no colaboraría a realzar aquel teatro con argumentos a la defensiva. Sabía lo que tenía que hacer. Había que dejar hacer, esperar pacientemente a que montaran su obra y en el momento extremo descubrir las bambalinas, la tramoya y el artificio de los bastidores.

—Lo primero que haremos en Luanda será calibrar a Clarence Rowda... ¡a ver cómo quiere enfocar la defensa! —les dijo a sus dos nietos.

—Tenemos poco tiempo de preparativos... andaremos muy justos —comentó Yóbrek mientras revolvía y ordenaba sus papeles.

—Los procesados pueden repudiar a sus defensores —previno Silvia—. He consultado las estadísticas. En lo que va de siglo, son repudiados el 35 % de los casos; el 5 % *ab initio*. No tengo claro en qué supuestos... —acabó formulando.

El abuelo hizo ademán de responder, pero cedió la palabra a su nieto que se disponía a demostrar su buena preparación y su excelente memoria:

—«Primero, demostrar razonadamente que puede perjudicar a la defensa y, segundo, proveer una sustitución compulsada en el plazo de dos días» —citó de corrido.

—Sí, eso es —Y después el abuelo añadió—: Y es muy importante que todo ello no parezca una estratagema, menos aún una componenda. La apariencia de artificio o amaño se interpretará en nuestra contra… Vamos a entrar en "la guerra de la opinión pública", no lo olvidemos —pronunció aquellas palabras con todo su énfasis. Sabía por experiencia que quien se defiende sin motivo aparente, suele ser porque encubre algo. Cualquier simulado ardid se traduciría como signo de ocultación. El abuelo se extendió en otros pormenores de carácter psicológico, teatral y del arte del montaje, y sobre la conducta de las opiniones gregarias… Los dos hermanos se miraron y comprendieron que el abuelo quería desechar toda maniobra no diáfana. Era muy importante ser inocentes, pero también parecerlo, porque para sembrar el descrédito basta con que lo parezca, habían concluido por entender ambos…

—Esperemos que sea una persona fiable —dijo ella. Se refería a Rowda.

—Por su historial ya sabemos que no es precisamente una eminencia... y quizá tengas razón, abuelo, eso no es ahora lo más importante. Quieren provocar que entremos en el juego de las impugnaciones, según parece.

—Por lo que he investigado de sus otros juicios, no parece ser buen retórico.

—Sin embargo, no se le ha visto implicado en ningún caso de corrupción... eso es algo —sentenció Yóbrek.

Y dando por terminado el análisis, el abuelo concluyó:

—Pero si no tiene sentido del humor, ¡lo repudiamos! —Y los tres, como niños, rieron… Mientras, las miradas de quienes les observaban con disimulo desde hacía tiempo (Delmundo era un personaje público) se volvieron más evidentes y transformaron el espionaje en una manifiesta fascinación...

Comieron juntos en el hotel, poco después de llegar a Luanda, y a continuación descansaron una hora para estar bien despejados. A las cinco habían quedado con Clarence Rowda.

Los tres le vieron entrar en el salón de recepciones a un mismo tiempo. El letrado era un hombre de 1,92, frisando los cincuenta, piel muy clara, de aire badulaque, aunque tierno, se acompañaba de un apreciable sobrepeso y no estaba bien musculado sino fofo, caminaba torpemente, como si tuviera los pies excesivamente planos... «Tarda mucho tiempo en descubrirnos», mirando una y otra vez la foto que consultaba en su carnet... finalmente vio nuestras manos agitadas en alto en señal de llamada y acabó reparando en el abuelo...

—¿El señor Edmundus Delmundo? —El abuelo asintió—. Encantado de conocerle personalmente, he oído hablar mucho de usted y de sus métodos...

—Espero que bien —dijo el abuelo, para romper el hielo.

—Oh, sí, por supuesto... —recapacitó lo que había dicho, como si hubiera sido poco creíble, por maquinal, y añadió corrigiéndose—: Aunque las circunstancias...eh...oh... ¡bueno!, casi todo el mundo habla bien de usted... Ya me entiende...

—Señor Rowna, le presento a su ayudante, mi nieto Yóbrek Delmundo. Espero que se entiendan bien...

—Sí, lo he visto en el dosier... encantado... —no supo cómo llamarle y culminó con un «Colega». Clarence se iba poniendo más y más nervioso. Yóbrek por desembarazar el tirante encuentro, añadió:

—Encantado señor letrado. Le presento a Silvia, mi hermana. Aunque está en calidad de secretaria a cargo del historial jurisprudencial...

—Ah, bien, estupendo... puede ser muy útil... —Mientras tanto, Clarence no tuvo más remedio que saludarla directamente, al tiempo que era evidente que se sentía embarazado por su belleza—. Silvia..., bueno... secretaria, o sea jurisperita... encantado... ¿Dónde ha estudiado usted derecho?

—Señor Rowna, he estudiado... —titubeó calculadamente— ¿derecho?, sí, indirectamente, pero en realidad, no, ¡lo siento! —se disculpó pensando en no tensar más la situación y luego aclaró su función—: He estudiado Psicología, Ciencias antropológicas y sociológicas y voy a doctorarme en Historia contemporánea... y como tengo grandes dotes para la investigación... soy muy buena, créame... me ocuparé de la historia jurisprudencial, si no tiene inconveniente —Clarence, que empezaba a sentirse ridículo, decidió echar mano de la frase que había venido preparando por el camino:

—Tenemos poco tiempo, ¿cuándo empezamos? Por mí, ahora mismo. El tema es muy complejo, ¿no cree señor Delmundo? —los cuatro se sentaron dispuestos a elaborar una buena defensa.

—Usted dirá —dijo amablemente pero con un toque algo seco el doctor Delmundo. El abuelo se había propuesto corregir los primeros instantes algo frívolos, fruto de aquel ridículo embarazo que traía puesto Clarence Rowda.

—Bueno, ya saben... ¡en realidad no lo saben!... habrá tres ministerios fiscales.

El abuelo, y con él sus dos nietos, no dio crédito a lo que oía. Los ojos abiertos y redondos como platos anunciaron una gran exclamación y un agresivo interrogante. Quedó fijamente mirando con esa rara expresión amenazante durante varios segundos y finalmente le hizo un gesto para que se explicara. El abuelo no era consciente de lo mucho que imponía con su sola presencia, cuanto más si se expresaba de manera tan gesticulante, pensó su nieta.

—Hay tres acusaciones —aclaró Rowna—. La que se conoce oficialmente es la del "uso irregular del Pozo", pero se han añadido otras dos más: "abuso de poder y de privilegios" y "corrupción". Al ministerio fiscal del Trabajo se unen pues los ministerios fiscales Político y Ético. —Las categorías de cada delito eran arbitradas por fiscalías especializadas; no era lo mismo delinquir como ciudadano o hacerlo contra el Estado o ser imputado por acciones personales impropias... de ahí esos tres tribunales.

—Pero usted sabe que esto es totalmente irregular. Esto bastaría para impugnar todo el proceso —explicó el abuelo, no sin un brote de cólera bien contenida.

—Sí, lo sé. Eso es lo primero que quería proponerles —transcurrió un tiempo glacial—. ¿Qué piensa señor Delmundo?

—Pienso demasiadas cosas. De momento iremos por partes. ¡Continuaremos! Tenemos tiempo de impugnarlo más tarde. Pero esto nos obliga a replantear toda nuestra defensa. —El viejo permaneció pensativo unos segundos, primero miró a Clarence Rowda, como si lo escaneara; luego consultó con su mirada la expresión de los ojos de Yóbrek, auscultando su firmeza; y cerró el círculo comprobando si Silvia se mantenía totalmente resuelta. Entonces añadió en un torrente explicativo que no permitía ser interrumpido—: Señor Rowna, la defensa no tendrá un titular. Será colegiada. Esto nos dará más flexibilidad y mayor dinamismo y seremos menos previsibles. Yo dirigiré el grupo. Sí, ya lo sé, no es habitual... pero no olvide que aún soy consejero de *Balance* —a punto de caer, por este juicio y por mi *level* 99, pensó sin decirlo— y, por tanto, estoy facultado. Usted, Yóbrek y Silvia serán cotitulares conmigo, colegiadamente. Me gustaría que se encargase... —seguía dirigiéndose a Clarence Rowda, obviando el apoyo incondicional de sus dos nietos— ...que se especializase en los problemas procedimentales, ya sabe: pertinencia de los testigos, legitimidad de las pruebas, posibles apelaciones... y todos los "artificios" reglamentarios... —Viendo que Clarence no oponía resistencia alguna, concluyó—: ¡Encárguese de todas las formalidades! El artículo 118 del reglamento faculta claramente a reestructurar la defensa, en caso de ampliación de las acusaciones *in medias res*. Elegiremos la opción colegiada.

—Por mí no hay ningún problema. Seré sincero: así será mucho mejor... he comprobado en los trámites previos que en este caso hay muchas cosas... raras... —Lo dijo repitiendo una de las anotaciones que tenía redactada literalmente así en su cuaderno personal. El sujeto era honrado, reconocía abiertamente su verdadero estado mental. Y, además, no ocultaba sus limitaciones.

—Ah, una cosa más, señor Rowna, Yóbrek Delmundo figurará como Yóbrek Sánklett y Silvia Delmundo como Silvia Sánklett, para evitar confusiones... Estos son sus apellidos iniciales, el Delmundo es un apellido de uso familiar... ya sabe que no soy su abuelo sino su tatarabuelo.

En efecto, el árbol genealógico que podía consultarse de la familia era este:

Yóbrek y **Silvia**

Marco y Marie (padre y madre)

Áurea y Nicolai (abuelos paternos) / André y Cloe (abuelos maternos)

Rosalie y Jorge (bisabuelos paternos)

Edmundus y Rosmunde (tatarabuelos paternos)

Yóbrek y Silvia son hijos de Marco Sánklett Delmundo y Marie Laplace. Marco nació del matrimonio de Áurea y Nicolai: los abuelos paternos. Y Marie, de André y Cloe: los abuelos maternos. Áurea es hija de Rosalie y Jorge: los bisabuelos paternos. Y Rosalie es hija de Edmundus y Rosmunde: los tatarabuelos paternos. El apellido Delmundo viene de Edmundus, Rosalie, Áurea y Marco. Áurea lo hereda de primer apellido, por voluntad propia. Y el apellido Sánklett puede rastrearse desde su nacimiento en el siglo XXI a través de catorce generaciones que Silvia ha estudiado y conoce muy bien, transmitido por el marido de Áurea, Nicolai.

Silvia y Yóbrek tienen un componente racial hispano visible, pero el resto pertenece a una mezcla donde no falta ningún continente y en cuya línea se han mezclado genéticas chinas (Anna, la madre de Jorge, era china sin mezcla todavía), negras (Marie, la madre de Silvia y Yóbrek, es negra bastante amulatada), albinas (la tatarabuela Rosmunde era una albina de Islandia), amerindias (en la décima generación), australianas (en la decimosegunda), en un juego de cruces raciales que se vuelve ya inextricable. Lo mismo le ha pasado a una buena parte de los habitantes del planeta. En cada área geográfica hay una parte reducida de la población que conserva la raza pura que había llegado al siglo XX casi intacta desde milenios atrás. La mayor parte de las epidermis del planeta gozan de una brillante piel tostada, y van desde una gradación que recorre los morenos oscuros, como el café cortado, hasta los morenos claros, como el té con leche. La piel de Yóbrek y Silvia tira a té con leche y unas gotas de café con un apunte de miel. Edmundus Delmundo tenía un aspecto epidérmico no muy diferente, pero sin los ojos rasgados que ambos hermanos lucían y sin su extraño color de pelo.

22

El tribunal estaba formado por diez jueces. Era el resultado de un sorteo entre los consejeros de la UNWB con categoría de magistrados. Al lado de este tribunal profesional, a la derecha, se situaba el tribunal popular, compuesto por diez personas a sorteo entre los ciudadanos confederados de todo el mundo con un *level* superior a 50. El tribunal popular debía su existencia a la iniciativa del famoso filósofo, hace ya casi un siglo. Quizás muchos no lo supieran.

Ambos tribunales apenas si intervenían, su misión era oír, tomar nota e ir enjuiciando. Y, al final, establecer un fallo conjunto. Un juez instructor independiente se ocupaba de dirigir la marcha del proceso. En este caso se trataba de una jueza instructora, vivaz y temperamental, de unos cuarenta años. El tribunal profesional tenía derecho de veto sobre las actuaciones del juez instructor y el tribunal popular tenía derecho de demanda.

En un nivel inferior, se situaban a la izquierda, entornadas hacia los jueces, tres mesas para cada uno de los ministerios fiscales. Y, a la derecha, una mesa para la defensa.

Una gran sala de inmenso aforo completaba el panorama. La estancia estaba abarrotada, era mucha la expectación que se había levantado. En un altillo lateral, a la izquierda, la prensa se disponía a hacer su trabajo. En el altillo lateral de la derecha, representantes políticos de distintas instituciones podían solicitar su *siège*. Había una fila reservada para familiares e invitados. Allí estaban los padres de Yóbrek y Silvia, Marco y Marie, frisando ambos los sesenta, André y Cloe, los padres de Marie, que andaban ya por los noventa, al igual que Áurea y Nicolai, los padres de Marco. Rosalie y Jorge habían decidido no asistir, demasiado ajados ya por sus ciento veinte años. Rosmunde, la esposa de Edmundus, llevaba ya fallecida veinticinco años. Hubiera asistido, sin duda. En su lugar podía verse a Heloise, una elegante señora de setenta y cinco años que casi nadie conocía, salvo los que habían indagado en la vida privada del doctor: clasificada como su amante secreta. Se habían añadido al tropel familiar algunos primos y, también, allí estaba Tullio, el amigo de Yóbrek. Era un acontecimiento que casi nadie quería perderse. Daría lugar a un sinfín de puntos de vista, conversaciones variadas, chismes y recuerdos mitificados. Más de 15.000 millones de habitantes seguían de un modo u otro la retransmisión de este evento. Afectaba a un punto muy sensible de las ideologías de casi todos. Edmundus Delmundo no era indiferente para casi nadie.

Se ponía en cuestión, por primera vez, uno de los más revolucionarios avances tecnológicos en medicina, desde hacía casi dos décadas. El Pozo había pasado todos los controles de calidad, pero por el momento solo Edmundus, su inventor, poseía uno. Únicamente él sabía que no era por afán de monopolio. Se trataba de un método de curación que combinaba la terapia, el medicamento y la intervención quirúrgica sobre zonas muy específicas del cerebro. Ninguna enfermedad mental se le había resistido hasta la fecha. En múltiples ocasiones, consorcios clínicos privados habían presionado para que se pudiera acceder a su implantación general, pero el doctor quería antes recorrer todos los niveles de seguridad previos a su uso normalizado. «Yo soy el mayor interesado en que esto se haga cuanto antes, pero...», se decía tantas veces a sí mismo. Ahora, una compañía clínica decía tener pruebas de que el filósofo hacía de él un uso ilegal.

A esta incriminación inicial, se añadieron dos denuncias más sobre su persona, procedentes cada una de orígenes diversos. Y era posible celebrar un juicio conjunto con todas las acusaciones imputadas a un mismo sujeto.

La jueza instructora aporreó su atril, para decir acto seguido en inglés... —a través de cada carnet personal, y de diminutos auriculares inalámbricos, había quienes lo oían traducido a su lengua natal—, ...cuando el murmullo se redujo a absoluto silencio: «Se inician las causas abiertas contra Edmundus Delmundo: ¡primera!, "Uso irregular del Pozo", ¡segunda!, "Abuso de privilegios y de poder" y, ¡tercera!, "Corrupción de costumbres"». Se procederá con las tres causas abiertas por turnos. ¡Proceda primero el ministerio fiscal del Trabajo!

El fiscal del Trabajo empezó a leer un escrito redactado con exceso de formalismo que enseguida se hizo tedioso para la mayor parte de los oyentes. Todos sabían que se trataba del famoso "Pozo" del doctor Delmundo, tan admirado los últimos lustros, y ahora puesto en entredicho. Ahí estaba el gran atractivo: ¿qué había de cierto en el extraordinario poder curativo de ese Pozo? Este fiscal, de unos setenta años, hablaba sin ninguna oratoria, casi como si persiguiera sombrear de gris su discurso. Era una perorata... de ella cabía resaltar algunas palabras que la memoria de los cuatro atentos defensores se concentraba en recordar: "Prácticas desconocidas", "Curaciones misteriosas" y "Uso de métodos ilícitos". Cuando hubo acabado, se cedió la palabra a la defensa y la tomó el joven letrado, por deseo del abuelo; él intervendría en persona lo mínimo, solo en casos extremos.

La estrategia de defensa había quedado delineada, en sus grandes trazos, la tarde pasada. Delmundo dejó claro a su equipo de ayudantes que la triple imputación no perseguía otra cosa que embrollar un caso que se apoyaba en una trama muy endeble, punto por punto, pero que alguien se había encargado en volverla enrevesada en su conjunto; se basaba en supuestos, en delaciones oscuras y en dudas maliciosas, pero no sobre ningún hecho sólido, salvo la aparente reaparición de

Joseph como asesino. Seguramente, los que maquinaban hundir al doctor preferirían, más que su culpabilidad en los tribunales, poner en entredicho su honorabilidad. Por tanto, no se trataba solo de ganar el juicio sino sobre todo de no quedar atrapado en aquella tela de araña llena de situaciones embozadas y equívocas.

El viejo sabía que la transparencia sería absolutamente necesaria. Se proponía desplegarla sin reservas... pero no absolutamente, y eso le dolía muy profundamente. Nada podía decir sobre el problema del Pozo que estaba resolviendo. Solo le tranquilizaba saber que las imputaciones que se lanzaban no estaban relacionadas con esto.

El letrado procedió con orden y finura. Se dirigió primero a los jueces profesionales y a continuación al tribunal popular, yendo de los unos a los otros en señal de reconocerles igual importancia. Hacía esto mientras sintetizaba didácticamente lo que en definitiva eran las acusaciones. En el momento de despojar de todo su artificio aquel lenguaje que se había utilizado, miró detenidamente a la mesa del primer fiscal, hasta llegar a incomodarle, mientras decía:

—En suma: "Prácticas desconocidas" que muchísimos conocen de hecho directamente y que son libres de contar, —lo exponía mientras iba levantando la voz en un progreso continuo—, "Curaciones misteriosas" en las que los pasos terapéuticos y los medicamentos utilizados están registrados y son oficialmente conocidos, y "Uso de métodos ilícitos" que no es más que una canalla tercera imputación, fruto de sumar las dos anteriores sin pruebas.

Entonces, se giró hacia el auditorio y hacia la prensa:

—¡Imagínense ustedes que invitan a comer a un amigo y que al acabar se queja y les acusa de "prácticas desconocidas" y de "sabores misteriosos" y descubren después, a pesar de haberle explicado bien los secretos de la receta, que este amigo ha acudido a los tribunales para incriminarles de "uso de métodos culinarios ilícitos" basándose en las dos experiencias anteriores. ¿Qué conclusión extraerían: tal vez que se ha vuelto loco o quizá que busca malévolamente hacerles daño?

Entonces, tras unos segundos que en muchos lugares del mundo fueron seguidos de aplausos, pero no en la sala, donde estaban prohibidas las manifestaciones de adhesión o de repulsa, el abogado procedió a llamar a tres testigos que habían sido tratados en el Pozo. Declararon de uno en uno. Primero una señora japonesa muy mayor, luego un señor danés de mediana edad y al final un chico español muy joven. Los tres afirmaron que accedieron al Pozo después de una larga terapia de muchos meses, sin los cuales aquel tratamiento final no era viable. Los tres coincidieron en que quedaron definitivamente curados de sus enfermedades, como cuando se arranca de raíz un mal. Y los tres defendieron que no hubo ningún dolor ni trauma, sino que las horas de inmersión se pasaban en su mayor parte en un profundo sueño fruto del tratamiento recibido. Todos ampliaron por su cuenta, sin ser preguntados, que estaban infinitamente agradecidos al doctor Delmundo. Bajo todas las apariencias daban la impresión de ser sinceros.

El primer fiscal tomó su turno y volvió a llamar a los tres testigos de la defensa, pero fue su deseo que lo hicieran de manera conjunta. Primero preguntó uno a uno cuándo habían sido intervenidos, qué enfermedad habían padecido, cuánto tiempo habían dedicado al tratamiento en la clínica Delmundo. Al lado de preguntas precisas se formulaban otras oscuras o equívocas. Después, el fiscal se dirigió a los tres y les planteó lo que parecía que se anunciaba como la clave de la acusación:

—¿No es verdad que ustedes desconocen los medicamentos y el resto de terapias que les han aplicado en aquel Pozo y que ustedes nada pueden asegurar sobre una futura recaída?

Estaba claro para Edmundus y sus dos nietos que el método fiscal perseguía el embrollo y la confusión, puesto que hacía tres preguntas en una sola formulación y a los tres a la vez. Los tres titubearon, pues no sabían por dónde empezar ni quién debía tomar la palabra… durante unos breves instantes, el vértigo de la irresolución recorrió los espíritus de los espectadores... Acabaron por darse a la espontaneidad:

—Bueno... —dijo la primera paciente, la señora japonesa de edad considerable— A mí el doctor me comunicaba por escrito los medicamentos que me administraba cada vez y para qué eran... también cuando descendí al Pozo. Me fiaba totalmente del señor Delmundo, entonces ¿para qué indagar sobre ello? Nunca tuve motivos de duda sobre su técnica... —Los otros dos iban asintiendo con el gesto mientras que ella afirmaba todo esto. En el conjunto de la audiencia se observaba una aprobación general sobre lo bien que se estaba desenvolviendo esa señora, a pesar de su edad.

—Eso es... —dijo el danés, que se hallaba a su derecha— Además los medicamentos siempre iban acompañados de terapias... también en el Pozo, aunque esta era especial... —titubeó al oírse a sí mismo— Bueno, quiero decir que al Pozo solo se llegaba mediante unas intensas y prolongadas terapias... preparatorias... El Pozo, realmente, no tenía gran misterio... era como un profundo y gran sueño... acompañado de la administración de los medicamentos de los que ya estábamos informados, claro. Despertábamos y salíamos, eso era todo... y continuábamos el tratamiento durante un mes más.

—Sus dos compañeros de estrado acompañaban este discurso moviendo la cabeza de arriba abajo con movimientos cortos y rápidos.

—Yo no sé si recaeré o no... —explicó el más joven— Solo hace dos años que he bajado al Pozo, pero... ellos —señaló con la barbilla hacia sus compañeros— llevan bastante más. Yo, la verdad, no espero recaer... —el chico sabía, como todos los que se trataban, que de los casi mil casos hasta la fecha ninguno había sufrido recaída alguna.

—Sí, pero ¿qué me dicen del caso del señor Joseph Kirk?, ¿o no saben que ha recaído e incluso empeorado?

Los interrogados se quedaron desarmados, sin saber qué responder. Ellos no estaban al tanto de la verdad del asunto. Había dos versiones... no sabían cómo opinar con rectitud... El letrado Clarence Rowda se acercó al oído de Silvia avisando de que "Es improcedente", esta se lo transmitió al abuelo y Yóbrek llegó a oírlo sin necesidad de otra repetición, de modo que mientras que el fiscal esperaba una confusa respuesta, después de haberlos dejado a los tres noqueados... se oyó decir al joven abogado: —Protesto, señoría, es improcedente, los testigos no están cualificados para responder esa pregunta.

—¡Se admite la protesta! —se apresuró a proclamar la jueza instructora. Hizo un gesto al fiscal para que continuara, este rehusó con otro gesto proseguir y se oyó entonces decir en tono amable—: Pueden retirarse del estrado los testigos. La Confederación les está muy agradecida. —La jueza instructora bebió entonces agua con parsimonia. A continuación entonó con voz solemne—: Tiene la palabra la fiscal Política.

Por lo visto, la principal de las acusaciones se estaba sustanciando con demasiada rapidez, como si la fiscalía no hubiera preparado bien su ataque. El doctor corroboró entonces, con la evidencia de las actuaciones, que de lo que se trataba era de unir las tres acusaciones entre sí y de establecer un clima de duda turbia sobre su persona.

Salió a escena una mujer de gestos cortantes y agresivos; no podía disimular un alma covachuelista, esa que poseen quienes se han mimetizado en los formalismos de su trabajo. Se la veía muy avezada y nada excitada o nerviosa.

La segunda fiscal tenía el cometido de demostrar el "Abuso de privilegios y de poder". Empezó haciendo el ridículo, porque mientras hablaba y gesticulaba con aire marcial, todo el mundo menos ella se percató enseguida de que no llevaba el alfiler micrófono. Tuvo que volver a su mesa, después de una contenida risotada general, tomar un alfiler e incrustárselo bien en su solapa. Enseguida los miles de nanomicrófonos comenzaron a amplificar su voz y pudo ser oída. Luego, recomenzó de nuevo.

Hizo un breve recorrido biográfico por los cargos que había desempeñado Edmundus Delmundo. Fundador del partido arkeocontextualista en los años en los que los tres grandes partidos más importantes (Pragmáticos, Normativistas y Gradualistas) desarrollaron en su interior facciones radicales que habían sido el motor de un terrorismo internacional recrudecido. Recordó a los Hedonistas, una facción extrema de los Pragmáticos, defensores de los derechos individuales más extremos frente a las normas socializadoras. Utilizaban sobre todo el sabotaje. Mencionó luego a los Normativistas, con ramas radicales religiosas y laicas, unidas pero a la vez enfrentadas entre sí, que exigían con métodos violentos que se introdujeran determinados símbolos obligatorios y creencias absolutas en las instituciones confederadas, sobre todo en las educativas. Y culminó el relato con la mención de los Arkeocontextualistas (federados dentro de los Gradualistas), momento en el que recordó la falta de principios éticos y morales que abundaba en nuestra sociedad, sin duda conectado según varios especialistas con los «continuos análisis que no tenían nunca fin» que defendían los partidarios de esta formación política. «Cuando se pone todo en entredicho, el bien, la justicia, el orden, los derechos y los deberes, ¿qué cabe esperar?», así concluyó la disertación. Y de ahí extrajo la siguiente consecuencia: «Este es el origen de tanta locura social».

El filósofo no daba crédito al grado de cinismo tan alto que había alcanzado aquella fiscal, al ligar a su partido equívocamente con los Hedonistas y con los Normativistas; y más, al enlazarlo a las prácticas terroristas, finamente inducido... Y para rematarlo, haciendo suponer que entre los graves problemas mentales que la población sufría en los últimos siglos y su método se daba una relación negativa de causa-efecto. Precisamente había dedicado su vida a solucionar cuanto podía este problema y no a incrementarlo. ¡Para echarse a llorar!, si no fuera porque la indignación era infinitamente más grande que la pena. Apretó el puño al punto que en el cruce de miradas con sus dos nietos se abrieron varias líneas de ataque. Conectados los tres a pantallas sincronizadas, en sus IC respectivos, pudieron seguir recíprocamente sus líneas de investigación particular… Mientras continuaban escuchando…

23

Adolph Kirk también escuchaba y seguía con detalle toda aquella parafernalia confederada, comprobando que su programa se estaba llevando a cabo correctamente. El gasto tenía que justificarlo pero lo importante es que disponía de dinero sin límite. Con cara de diversión superficial sobre un rictus profundo de desprecio, se movía con ademanes morigerados, perfectamente ensayados. Se hallaba en medio de una gran multitud, en la plaza central de Kralendijk, capital de Bonaire, el lugar cuya VS gigante congregaba a una muchedumbre que seguía el ritmo de las emociones masificadas. Ni su propio hermano lo hubiera reconocido, salvo que hubiera visto el brillo de sus ojos o le hubiera observado al caminar: su peluca pasaba por pelo normal, con una tonalidad rubia muy diferente a su matiz habitual, mucho más oscuro, barba de un mes debidamente recortada, color castaño, indumentaria con una moda muy distante de la que él acostumbraba a llevar y un tatuaje en el entorno de los ojos que hacía las veces de un maquillaje fijo, que se había puesto muy de moda entre determinados sectores de la población mundial. Aquella fiscal contratada cumplía un papel ridículo, mirado con inteligencia, pero no se trataba ahora sino de salpicar de barro la pulcra fama blanca del anciano. Mientras Adolph se recreaba en sus burlas, el murmullo general de la plaza descendió y contuvo la respiración para oír bien el detalle de lo que parecía iban a ser las conclusiones sobre el abuso de poder.

La fiscal, con un tono a mitad de camino entre la elegía, la lágrima y la épica marcial, sentenció interrogativamente:
—¿No es verdad que "El Doctor" había conseguido su fama apoyado en sus puestos de poder político y en su *level* cien?, ¿no es verdad

que con este *level* se accede a privilegios reservados a unos pocos?, ¿no es verdad que la licencia del Pozo pudo ser obtenida gracias a estos privilegios?, ¿no es verdad que de esta situación de privilegio se ha seguido una ventaja para los negocios del Doctor en todo el mundo?, ¿no es verdad que muchos de sus familiares, amigos y allegados disfrutan de una situación social entre las élites confederadas? («Como se demostrará muy pronto, en el turno del fiscal Anticorrupción» —añadió, improvisando una frase que visiblemente no llevaba escrita). ¿No es verdad que utiliza todo este poder acumulado (el prestigio, la riqueza, la fama) para influir en las decisiones políticas del más alto nivel confederado, siempre defendiendo los postulados de su propio partidismo ideológico? —Enfatizó en las palabras "poder", "prestigio", "riqueza", "fama" y "partidismo ideológico", y finalmente hizo un saludo de inclinación de cabeza y tronco hasta alcanzar casi el ángulo recto, mirando al tribunal profesional, y se retiró a su mesa.

La jueza instructora dio entonces la palabra a la defensa. El joven letrado se incorporó y caminó durante algunos segundos con un ademán meditativo. Se detuvo y levantó la mano con un índice apuntando a la cúpula. De pronto, dirigió el índice hacia la segunda fiscal y...:

—Mi primera pregunta va dirigida a usted, señora fiscal Política. —Seguía en esto la nota que le había pasado el letrado Clarence Rowda—. Tenemos derecho a saber de dónde ha extraído usted su información y, lo que es más importante, cuáles son las pruebas de sus imputaciones. Porque usted ha perorado uniendo argumentos, pero no hemos visto que se acompañaran de pruebas. ¿Cuáles son? —Preguntó Yóbrek, en tono apremiante.

—Las que todo el mundo conoce —respondió la fiscal— No se necesitan pruebas específicas, están ahí a la vista de todos, como la sal en el mar —añadió ingeniosamente.

—Ya veo —reflexionó en alto el capitán—. Usted no tiene pruebas. Quiere basarse en la hipnosis colectiva, en la artimaña de provocar aberraciones perceptivas. —Se detuvo, reflexionó y recomenzó— ¡Vayamos a lo sencillo y directo! ¡Llamo a declarar al Doctor Edmundus Delmundo!

Un clamor de grave suspense llenó muchas gargantas en muchas partes, también en la sala donde se escuchó el resonar de una especie de curiosidad colectiva que se congeló en el aire.

—Doctor Delmundo, ¿es usted el fundador del partido arkeocontextualista?

—Fuimos un grupo de jóvenes que nos reunimos en torno a una nueva línea de acción política… Yo fui un fundador entre muchos, más de veinte… es verdad que ahora están todos muertos. Solo quedo yo.

—¿Cuáles son los principios del partido arkeocontextualista?

El doctor tomó la palabra con sosiego y expuso didáctica y claramente los principios de sus ideales. Es una ideología Gradualista, sobre todo porque dista mucho de los presupuestos de los Normativistas o de los Pragmatistas. Pero como gradualistas, desean insistir políticamente en el concepto de proporcionalidad: «todos los problemas tienen un punto de equilibrio, una proporción, que había de ser descubierta y renovada continuamente a medida que los contextos cambiaban» —se le oía explicar—. Y no solo era importante la proporcionalidad sino también el dinamismo interno de las cosas. La ideología más próxima a ellos era la de los Realistas, pero estos insistían en exceso en plantear solo los problemas del momento y de la actualidad más perentoria, mientras que el arkeocontextualismo daba gran importancia a la dimensión histórica de los problemas: «no solo se trata de una foto fija de un presente puro y duro, sino de entender de donde nacen los problemas y cuáles pueden ser sus derivas»… —seguía explicando hasta redondear sus ideas. Yóbrek continuó con su interrogatorio.

—¿Ha mantenido usted puestos políticos ejecutivos en paralelo con su labor investigadora y sanadora?

—De 2351 a 2361 me dediqué a la política activa y ocupé cargos de responsabilidad ejecutiva —Muchos en la sala asintieron, recordando haberlo estudiado—. A partir de ese año no he vuelto a ocupar ningún cargo ejecutivo ni tampoco he tenido poder directo en mi partido, salvo el que pueda ejercer ideológicamente, a través de mis ideas e informes.

—¿Está de acuerdo con las conclusiones de la segunda fiscal? Es decir: ¿está de acuerdo con que haya una conexión entre su *level* cien, sus privilegios, su licencia del Pozo, sus negocios y estar rodeado de familiares entre las élites confederadas?

—Sí, estoy de acuerdo. Esas conexiones existen… —La mitad de los oyentes quedaron paralizados ante una respuesta tan paradójica. La otra mitad se animaron en sus asientos al percibir aquel inicio de fina ironía—. …Pero no existen como ha dado a entender la fiscal. Ella… se ha apoyado en lo evidente de las conexiones pero para establecer nexos causales totalmente inventados e injustificados, que no ha apoyado en absolutamente dato alguno, porque no puede hacerlo.

—Es falso, entonces.

—Es la mayor de las falsedades. Aquella que solo se mantiene sobre la apariencia de la verdad y que tras de ella no tiene sino cáscara, humo, niebla disipada al sol… y mucho odio. —A Delmundo le gustaban las metáforas porque estaba convencido de que eran un lenguaje inmediatamente bien entendido. La inteligencia de las gentes sabría discriminar si venían al caso o no.

El abogado dio las gracias al doctor Delmundo, que se retiró a su asiento. Pasados unos breves segundos retomó el discurso y empezó a proyectar los gráficos que le había preparado su hermana. El primer fiscal había utilizado ya este recurso como acompañamiento de su relato, aprovechando para que se visualizasen imágenes de Delmundo, de la clínica de Astur y del Pozo. El ayudante de la segunda fiscal había preparado imágenes con los símbolos de los distintos partidos políticos y de Delmundo ocupando estrados y escenarios en los que se dirigía a las multitudes. El método visual consistía en proyectar en grandes VS en el contorno de la sala los documentos gráficos preparados, desde el carnet fuente. Bastaba con mirar hacia la pantalla situada en el ángulo idóneo de cada cual para poder seguir la emisión. Toda la tecnología VS siempre podía recrearse a escala personal, pero en la sala solo tenían autorización los tribunales, los fiscales y los defensores.

—¡Vean —decía Yóbrek— algunos datos y juzguen sobre ellos! —Explicó las curvas de crecimiento y descenso de las principales enfermedades planetarias. Detalló el número de trabajos y el número de hallazgos prácticos sobre esas enfermedades del doctor Delmundo. Mostró su enriquecimiento personal durante su etapa política y luego durante su etapa investigadora y lo comparó con cien colegas al azar de uno y otro signo, políticos y científicos, y quedó a la vista de todos que durante su etapa como político no acrecentó su hacienda y que en los años posteriores hubiera podido multiplicar por mil sus ingresos, y mucho más, si así se lo hubiera propuesto, dados sus altos rendimientos, sin embargo no tenía tal riqueza. Finalmente, consultó a la jueza instructora si podía hacer una última pregunta al acusado, sin necesidad de moverle de su asiento. La jueza consintió.

—Doctor, una curiosidad: ¿por qué ese nombre tan exótico: arkeocontextualismo?

Él sonrió rememorando su juventud.

—Es muy sencillo —respondió afablemente y con sonrisa paternal—. Contextualismo significa partir de la realidad más inmediata y comprenderla desde lo que es su causa próxima y su envoltura. Y "arkeo" viene de *arkhé*, que en griego significa origen, principio explicativo último de algo. O sea… que la realidad más inmediata no debe estar alejada de los últimos principios explicativos. Esa es la filosofía del asunto, nada más.

—Muchas gracias, doctor. Queda claro para la gente honrada, espero, ¡cómo el "partidismo ideológico" de mi defendido va ligado a la fama, el prestigio y la riqueza! —Mientras tanto proyectaba unas breves secuencias de los hitos biográficos del filósofo, que su hermana tenía montadas y preparadas—. La fama no la busca él, sino que es el fruto de su demostrada valía. El prestigio le viene de las muchas contribuciones que ha realizado y del hecho de que posiblemente no haya muchos como él que sepan tanto y de tantas cosas y para bien de tantos. —Esperó un tiempo para que acabara de pasar la filmación y finalmente remató—: Y el dinero que tiene atesorado en su cuenta personal es el equivalente a la clase media alta. ¿Cuánto dinero no podría tener? —Mientras tanto seguía proyectando los montajes de Silvia, esta vez con mapas del mundo y sus respectivas poblaciones, con pirámides de riqueza poblacional correlacionadas con la profesión, los años de trabajo y el valor añadido particular alcanzado. De ahí se extraían unos índices relativos y según eso el doctor Edmundus Delmundo era uno de los hombres más pobres del planeta. Entonces, el letrado Sánklett Laplace Delmundo concluyó interrogativamente—: ¿Una persona que ha podido alcanzar tanto poder pero que solo ha acrecentado su riqueza en una proporción infinitesimal puede ser alguien que ha abusado del poder? —Este interrogante lo dejó en suspensión, mientras mostraba los últimos gráficos que correlacionaban los casos de abuso de poder real del último siglo con la riqueza particular y con las aficiones de la vida privada... Cuanto más se profundizaba, tanto más se podía encontrar a los que verdaderamente habían medrado a base del abuso de poder; y el caso Delmundo no encajaba allí en absoluto. «¿Cómo habían osado sus acusadores?», iba concluyendo. En realidad, la trama contra él no había previsto que el banquillo de los abogados fuera a estar compuesto por sus nietos y tan bien pertrechado de datos de tipo personal. Lejos de mancharlo con la duda, lo que habían promovido era, por ahora, que se le subiera públicamente al pedestal de la honradez.

El letrado comprobó en la reacción del auditorio que aquellos últimos gráficos eran ya redundantes, porque a todos había convencido radicalmente la correlación entre los méritos y trabajos del abuelo y su riqueza, una correlación de mil a uno, cifra que aumentaba si se tenían en cuenta las ganancias a las que renunciaba en las clínicas autónomas de Arte Psiquiátrico del resto del mundo, y que aumentaba aún más si se consideraban los dividendos a los que renunciaba por las más de dos mil clínicas que utilizaban sus métodos. «¡No había más que decir ni que añadir!», fue lo último que se le oyó expresar.

La jueza instructora aporreó su atril para acallar un murmullo de indignación que se iba levantando contra las mesas de los fiscales y declaró:

—Se da por terminada la sesión de hoy. Mañana reiniciaremos el proceso, a las diez. La sala no se abrirá hasta las nueve y media.

24

El juicio entró en el *top ten*. Durante su retransmisión en vivo era seguido por más de 15000 millones, cifra que iba *in crescendo* a medida que avanzaban las horas. En los informativos de la tarde las cadenas más importantes hicieron monográficos sobre la vida y obra del doctor. Pero la gran estampida de seguimiento se produjo a partir de las 21:00, cuando una cadena muy conocida, *Veritas*, empezó a destacar por los ataques que fue desplegando contra el "falso sanador" y el "ideólogo del desastre". En múltiples declaraciones, aunque eran sujetos de confusa identidad, se empezaron a ver casos que acusaban a las clínicas Delmundo de falsas curaciones. Varias entrevistas a expertos politólogos y psiquiatras pusieron de manifiesto que los métodos del famoso doctor no eran en absoluto nada ortodoxos. El plato fuerte de las entrevistas se había anunciado para las 23:00, con un eminente sociólogo del que se decía que había elaborado un profundo estudio sobre el emporio del doctor Delmundo. A las 24:00, hora angoleña, todo el mundo estaba informado sobre la red de clínicas de Arte Psiquiátrico, sobre la fuerte progresión con la que ascendía, sobre los medicamentos registrados a nombre del famoso psiquiatra, sobre las innumerables *Paideias* en la casi totalidad de los estados de la Confederación, que seguían su método educativo... y sobre el dinero y el poder que en torno a todo esto se movía... «¡Era indignante que tal monopolio de poder pudiera permitirse a la altura del siglo XXV!», se oyó declarar al eminente sociólogo. Y lo que era todo un síntoma: «Edmundus trabajaba a la manera de las antiguas mafias, rodeado de agentes familiares dispuestos a cualquier cosa por él, implicados como estaban en mantener su propio estatus social...», mientras esto manifestaba en directo ante las cámaras el eminente investigador, imágenes del juicio que enfocaban a Yóbrek, a Silvia y el asiento completo de sus familiares y amigos, ponían en evidencia que todo lo que se descubría era una verdad por fin indagada... Y contra lo que podría presuponerse, no se trataba de ninguna futesa, sino muy a la inversa, era algo de una importancia concluyente.

Los porcentajes en la votación virtual oficial de opinión popular, operada por la propia Confederación, habían alcanzado el 97 % a favor de Delmundo. A partir de las 21:00 la cifra fue descendiendo hasta el 75 %. Esta pérdida de apoyo popular fue bajando aun más, cuando el resto de cadenas, que habían perdido mucha audiencia frente a la cadena *Veritas*, empezaron a emitir escenas de «la bomba de Joseph Kirk» y del envenenamiento masivo en la prisión de Samoa, al tiempo que se hacían eco de las noticias sobre el "emporio", la "mafia" y el "monopolio". Las cadenas de la línea editorial de *Veritas* indagaron en la vida privada de los familiares de Delmundo y, especialmente, dedicaron mucho tiempo a lanzar hipótesis sobre la catadura moral de Heloise y de Paula, las "amigas" de Delmundo. En paralelo se citaban casos literarios de sátiros y personajes lascivos con los que se les pretendía emparentar: «¿Se tratará de casos similares?», era el interrogante que se dejaba en el aire. En la mañana del segundo día del juicio la cifra de los que estaban a favor era del 40 %.

La segunda sesión empezó dándose la palabra al tercer fiscal, que estaba representado por dos titulares, un hombre y una mujer, muy conocidos y muy mediáticos. El viejo se giró hacia Clarence Rowda y le consultó cómo es que, si figuraba un nombre, resultaban ahora dos.

Mientras que el fiscal se levantaba para perorar, los cuatro defensores hicieron un corrillo:

—Señor Delmundo —dijo a sus compañeros en voz muy queda y nerviosa el letrado Rowna—, ayer, en el último minuto ampliaron la representación acogiéndose a una nueva prueba encontrada y la jueza instructora no vio inconvenientes. Yo acabo de enterarme, por este comunicado oficial que acabo de abrir. —Mientras, el fiscal miraba hacia ellos, esperando, con ademán colérico, e invitando a la jueza instructora para que los llamara al orden.

—El doctor Edmundus Delmundo está acusado de prácticas contrarias a su profesión de médico mental —empezó diciendo, sin leer, el fiscal tercero—. Está acusado de detentar un gran poder prácticamente incontrolable, y, por tanto, muy peligroso. Pero estos dos cargos no son los escalones más infames a los que este arkeocontextualista parece haber llegado —la palabra "arkeocontextualista" la pronunció con cierto asco—. Hay un escalón peor, que es el que nos ha tocado a nosotros representar: ¡la corrupción! —gritó como si estuviera expulsando de su boca un demonio. Buena parte de los asistentes estaban realmente absortos y felices, pues pocas veces podía verse una actuación teatral tan bien ejecutada.

Dicho esto, el fiscal tercero cedió el lugar a su colega y fue esta quien continuó:

—La defensa quiere convencer a la opinión pública y a este jurado de que no se han aportado pruebas fehacientes contra ellos. Es verdad que están muy bien ocultas y que hasta ahora solo se han podido mostrar meras puntas de iceberg. Pero nosotros, la fiscalía tercera, sí traemos pruebas irrefutables, que no han podido ocultar tan fácilmente.

La sala aumentó visiblemente su expectación; el silencio contenido que rodeaba a la oradora era la prueba: nadie se atrevía a respirar. Muy pocos parpadeaban. Los jueces y hasta la defensa se sentían incómodos al tener que moverse para hacer anotaciones.

—La primera prueba que quiero presentar es el hecho de que el letrado Yóbrek Sánklett, en realidad el capitán Yóbrek Delmundo, que es el tataranieto del doctor encausado, —todo esto eran verdades conocidas y, por tanto, actuaba en los oyentes como prueba de que lo que se decía eran datos exactos— está utilizando información privilegiada.

Ambos hermanos se miraron sin comprender a qué venía aquello. ¿Cómo podían ser tan burdos?, eso era lo que pensaban ambos. Clarence Rowda esperaba recibir instrucciones… todo era bastante irregular, en el límite de la legalidad formal, pero legal al fin y al cabo. Era un tanto teatral… opinaba Rowna. El filósofo miró a la sala y comprendió lo que estaba pasando en los ojos hipnotizados de la audiencia: aquello dependía de la inteligencia de los espectadores y de que ellos cuatro supieran caminar sobre ascuas sin quemarse.

—¿Por qué privilegiada?, se preguntarán —prosiguió. La fiscal hablaba más dirigiéndose al público que al tribunal—. ¿Y dónde está el delito? El delito está en las múltiples ocultaciones que esto representa. ¿Saben ustedes que el capitán tiene acceso a información secreta de *Balance*?, ¿saben ustedes que este capitán es el mismo que ha llevado el caso de Joseph y Adolph Kirk?, ¿saben ustedes que el informe que pretende responsabilizar a Adolph en lugar de al verdadero terrorista, Joseph, está firmado por el señor Yóbrek Delmundo?

Todo el mundo sabía o podía saber esto. Eran noticias públicas. Pero tal como se decía parecía evidenciar una trama en una oscura trastienda. Acabada la última frase ya estaba el fiscal relevando a su compañera de fiscalía para proseguir con el intercambio de papeles. La jueza instructora estaba incómoda, deseosa de interrumpir aquel ir y venir irregular, que no se estaba basando en una diversa especialización de pruebas, como había alegado el ministerio fiscal Ético. Pero la defensa no protestaba.

Edmundus era consciente de todo esto. Con una mano contuvo a Rowna, en señal de calma y de dejar hacer. Sus nietos empezaron a comprender con aquel gesto la estrategia del abuelo. El doctor Delmundo sabía que les iban a hacer trizas y que era mejor que toda aquella obra se desarrollara como lo habían diseñado, porque intentar frenarla o interrumpirla ayudaría, bien manipulado, al contrincante. Solo les quedaría la opción de hacer ver aquello como lo que era: una obra dramática, que solo se sostenía como ficción. Y era mejor hacerlo de un golpe, al final.

—¿Saben ustedes... —continuó el fiscal— que Yóbrek Sánklett Delmundo consiguió el primer puesto en la oposición a policía en un tribunal en el que todos sus componentes eran amigos personales de Delmundo? Repasen la biografía de este joven policía, por lo visto también letrado, y verán una carrera de éxitos muy sospechosos... ¿Por qué digo esto? No lo digo porque no sea consciente de que en ocasiones personas muy brillantes destaquen a menudo sobre los demás... pero eso tiene valor cuando es fruto de la valía personal... Pues bien, nosotros siempre hemos visto a lo largo de sus estudios y de su biografía profesional la sombra protectora de su abuelo. Estas cincuenta páginas —las mostró a través de las VS de la sala— que están disponibles para quien desee inspeccionarlas, además de para el tribunal, enlazan claramente los éxitos de este capitán, y "abogado", con puestos de poder y con redes de amistades bien probadas...

La VS mostraba un dosier, encuadernado con el título "Causas del éxito de Yóbrek Delmundo" y subtitulado "El Súpernieto", en el que podía verse un número considerable de páginas con datos y gráficos.

El papel de celulosa era muy poco habitual, prácticamente algo marginal, aunque ciertos investigadores, coleccionistas y bibliófilos continuaban con estos libros y publicaciones. Realmente el papel no era nada necesario, puesto que se elaboraban con facilidad simulaciones virtuales con un verismo total y siempre con la posibilidad de proyectarlo en formatos infinitos y utilizarlo a voluntad, en modo pantalla pequeña, grande, gigante, cartel, pliego, libro, revista... incluyendo el manejo de pasarlo página a página, con el sonido del papel batiendo el aire si así se deseaba. Desde el carnet de cada cual se accedía a infinitas bibliotecas y documentos, en régimen abierto. El papel no solo era un lujo, sino algo innecesario; pero su formato, su proporción y su escala manual seguían siendo el referente icónico.

El fiscal fue pasando aquellas páginas virtuales haciéndolas sonar para mostrarlas a todos y deteniéndose en algunos de los apartados que abordaba… y que leía en alto… dejando claro por su formulación que allí había mucho tufo… mucha corrupción.

—¿Y qué decir del dosier que hemos hecho sobre Silvia Sánklett Delmundo? —Apareció en pantalla su imagen, sustituyendo a la de su hermano que hasta el momento había ocupado el recuadro superior izquierdo. Y esta frase dio lugar a una nueva entrada en escena de la tercera fiscal… que retomó el asunto…

—La carrera de Silvia Delmundo… menos resonante que la de su hermano pero igual de triunfal… ¿por qué? ¡Nadie le niega sus dotes personales! —enfatizó la fiscal, en un gesto de clara benevolencia—. Lo que a todas luces no parece justo es que haya progresado al doble de velocidad y éxito que cualquiera de sus compañeros y compañeras. Los premios y las becas y las capacitaciones investigadoras que ha obtenido se sitúan siempre en el nivel más alto posible… ¿es que los genios crecen por naturaleza entre la familia Delmundo?

A la luz de lo que se estaba oyendo, las sensaciones gestuales y las pasiones que flotaban en el ambiente coincidían en que «no era posible que tanto éxito cayera todo él siempre sobre los mismos», como se ocupó en subrayar la fiscal en su objetiva disertación.

La nieta de Delmundo fue denostada, ridiculizada, satirizada, zaherida… basándose en «Causas del éxito de Silvia Delmundo», "La Súpernieta"… en una despiadada caricatura… y al igual que su hermano fue barrida de la faz de las personas honorables… y con ellos dos, la efigie del abuelo iba descubriendo, como un "retrato de Dorian Grey" oculto hasta la fecha, sus verdaderas facciones mefistofélicas.

Fue en este punto cuando las encuestas de opinión cayeron al máximo que habrían de caer en todo el proceso: el 25 %. Era raro que la cifra fuera tan alta. No obstante en un solo día el porcentaje había pasado de 97 a 25. Se concluía de aquí que había o un cúmulo de seguidores fieles al doctor que veían en este ataque una manipulación despiadada o bien un conjunto de personas impermeables a las que no había modo de convencer con ninguna evidencia.

La intervención de los dos fiscales terceros continuó durante varias horas, con más documentos y pruebas incriminatorias... y repasando la vida profesional y los éxitos de todo el entorno familiar del doctor. Múltiples primos y tíos de los Súpernietos... en un árbol genealógico con muchas ramificaciones, pues reunía cinco generaciones... mientras los fiscales estaban concentrados en conseguir llegar a un índice de agonía: el 5 %.

Y acariciando un éxito que ya se veía venir, fueron repasando los dos fiscales en su exposición a relevos las vidas de Marco y Marie, André y Cloe, Áurea y Nicolai, Rosalie y Jorge, y algunos nombres más de «jóvenes Delmundo»... sin olvidarse de Rosmunde, Paula y Heloise, «las mujeres de la vida de Edmundus». Todas ellas apreciables personas hasta la fecha... y a partir de ahora, afectadas de una odiosa e insospechada peste.

Las cadenas regionales de los distintos países (China, Francia, Alemania, Islandia, Italia, Canadá, Oceanía, España...) retomaron las biografías de sus nacionales: la esposa de Delmundo islandesa, Marie, francesa... y ahondaron en mil recovecos que permanecían en la sombra, y que daban pie a mil especulaciones, probabilidades, conjeturas, hipótesis: todas ellas factibles, plausibles y, algunas de ellas al menos, posiblemente verídicas. La cosa estaba bastante clara. Los adversarios del arkeocontextualismo deglutían la papilla mediática como un verdadero manjar.

Después de una mañana maratoniana sin descanso que se estiró hasta las 15:30, la jueza instructora consultó con las fiscalías y con la defensa la pertinencia de una sesión de tarde. Todos convinieron en una convocatoria para el día siguiente. El tiempo había sido ocupado al completo por la fiscalía Ética y los defensores no habían hecho sino tomar notas y cruzar miradas. Ninguna intervención, ni siquiera una protesta. A los ojos de la mayoría parecían un barco a la deriva, sin timonel, sin rumbo, sin norte, sin esperanza... Al día siguiente, «en principio» —había dicho la jueza instructora— comenzarían las intervenciones de la defensa.

25

El día siguiente llegó. Las colas para acceder a la sala se habían adelantado a las cuatro de la madrugada. Era posible que ese fuera el día decisivo... y todo anunciaba un naufragio del «modelo del doctor Delmundo», las palabras con las que la prensa estaba denominando el fondo de todo aquello.

La tarde anterior los cuatro defensores habían repasado sus notas e impresiones y habían recapitulado sobre la estrategia a seguir. «Debería establecerse una sencilla y sola conclusión», había propuesto el doctor, «pero serían necesarios múltiples análisis que fueran capaces de deshacer la nube de inmundicias que les había llovido encima», tuvo que añadir su nieto, y el abuelo estaba por supuesto de acuerdo. El viejo sabía que era bueno reservarse un golpe de efecto final y algo dijo sobre eso, pero no dijo más, para no influir en el trabajo del resto. Yóbrek preparó la secuencia de los temas a ir abordando, Silvia se encargó de construir contraestadísticas basadas en las acusaciones del día anterior y de rastrear casos de juicios similares en las últimas décadas... y Clarence Rowda prometió estudiar todas las irregularidades procesales del día, numerarlas y catalogarlas... y, además, calcularía los tiempos del día siguiente previendo bien los ritmos y las comparecencias más adecuadas para ellos...

Una vez que Rowna se fue, los tres permanecieron trabajando cada uno en lo suyo, con algunos intercambios de ideas y de datos. No contactaron con sus familiares ni amigos, permanecieron totalmente recluidos y aislados. «Era mejor así» —razonó ella, y su abuelo y hermano asintieron—. Ni disponían de tiempo ni era el momento de buscar el calor y apoyo familiar. Además, sus allegados, indefensos y vilipendiados, estaban ellos mismos muy afectados... y «aquello hubiera sido un mar revuelto de indignaciones, emociones de venganza y de resarcimientos infinitos... demasiada pasión desatada, demasiado ruido, demasiada polvareda... agua que hierve desordenadamente pero que llega a evaporarse por completo...», eran las metáforas con las que el anciano, ahora denigrado, traducía aquella situación. Pero había que trenzar bien cómo contraatacar.

A las diez en punto la jueza instructora aporreaba su atril. La primera sorpresa fue comprobar cómo el turno de la fiscalía no se había dado por acabado y cómo la defensa no sería llamada hasta al menos la tarde. Era el turno de los testigos convocados por la fiscalía. Clarence Rowda había recibido el aviso otra vez en el último minuto. La causa: "Testimonios incriminatorios de testigos directos". Volvieron a hacer un corrillo matinal y decidieron no protestar: ¿para qué? A ese respecto *alea jacta est*: los testigos estaban allí. Sin embargo, como Clarence Rowda insistió y lo tomó como algo personal, todos convinieron en que redactara un escrito de protesta sobre todas estas improvisaciones injustificadas, que parecían, más que meras irregularidades o incompetencias administrativas, maniobras claramente calculadas. El escrito se entregaría al término del proceso acompañando el alegato final de la defensa.

A Yóbrek le extrañó ver a Constanza, su exnovia, entre el público. Estaba más guapa que nunca y destacaba entre las demás mujeres. El periodo que se habían concedido para ponerse a prueba no había acabado. Era un hermoso detalle. Había venido a apoyarle. Por ello se sentía bastante orgulloso, por el tiempo que habían compartido, no tan perdido como por momentos llegaba a pensar. Se alegraba aunque se sentía también algo incómodo, pues ello no le dejaba ya total libertad de elección...

Los dos fiscales perfectamente entrenados en su carrera de relevos empezaron a llamar a los testigos, dentro de su estrategia: sus testimonios daban unas pinceladas de un signo determinado sobre un cuadro que los avezados fiscales habían perfectamente bosquejado. Era fácil mediante determinadas preguntas inducir las respuestas buscadas.

Primero fueron los testimonios de dos pacientes que... «Entonces, podría decirse que usted llegó a sentirse estafado en la clínica Delmundo»... y de ahí era fácil obtener el eco: «sí, podría decirse así». Se trataba en realidad de casos en los que el diagnóstico no fue favorable para la demanda de cambio de puesto de trabajo. Delmundo lo recordaba bien: «Los jetas no están aún comprendidos en la nosología psiquiátrica», y pasó, a sus nietos y a Clarence, el diagnóstico que acababa de escribir.

En segundo lugar desfilaron dos testigos que habían sido rechazados para ser intervenidos en la clínica Astur, «Por no reunir el perfil patológico necesario», según rezaba el escrito, pero en realidad estaban seguros de que «era por no ser ricos». Ambos se hallaban en la escala dos de riqueza, sobre veinte. Delmundo pasó esta vez una nota más extensa a los tres: «El 25 % del total: gratuito»; y a continuación una segunda nota: «Hay imposibilidad de rechazar por motivos económicos»; y una tercera nota: «Resulta más fácil conseguir consulta con bajo rango económico que con alto».

En tercer lugar hubo tres declaraciones que aseguraron haber tenido que desembolsar una cantidad de dinero notablemente superior a la prevista. La nota que pasó esta vez Delmundo decía: «No se aclara si se amplió la previsión de terapia»; y pensó que sus nietos ya sabían, pues ellos habían trabajado a menudo de ayudantes voluntarios, que los presupuestos han de ser previamente aceptados.

Después una joven declaró que a partir de la segunda visita la clínica se negó a continuar la terapia. De forma poco clara se llegó a saber que se debía a la resistencia que oponía a asistir bajo la tutela de una persona adulta. Edmundo escribió esta vez: «Ya sabéis que en los menores de dieciséis años es preciso que lo ratifique un tutor; basta una vez».

Hasta aquí se trataba, en definitiva, de casos reales pero incompletos, viciados y manipulados. Eran, además, temas menores, que buscaban desde luego el desprestigio. Cosa fácil de conseguir. "Miente que algo queda".

Serían fáciles de contrarrestar con solo profundizar algo más en los detalles. Dejarían a la pareja de fiscales que expusieran todos los interrogatorios seguidos, para que pudieran cómodamente desarrollar su esquema. La defensa se organizaría después con visión de conjunto, sin perderse en las pequeñas triquiñuelas que por el hecho de darles importancia significaba conceder plausibilidad a aquellas patrañas: «algo habrá», se tiende a pensar comúnmente, «cuando el río suena...», no es vano este refrán. Los fiscales no dejaban de mostrar cierta extrañeza por el hecho de que la defensa no solicitara intervenir para replicar. No estaban acostumbrados a que se lo pusieran tan fácil.

Mientras que era llamado el noveno testigo, Edmundus pasó una nota a sus ayudantes que decía: «¿Qué sacan estos "diablos" con sus mentiras?, ¡lo siento!, por su perjurio, eso sí es un problema grave». Y Yóbrek respondió: «¿Quién protege toda esta prevaricación de los fiscales?». A lo que Silvia añadió: «Los fiscales ¿por qué se enredan así? ¿Vale tanto el soborno?».

El noveno testigo resultó ser Petrovna Tesco. Era una joven mujer, de veinticinco años, muy sensual, que gustaba vestir a todas luces con descarada provocación. Contoneo de bailarina de salsa, gesto atrevido e invitación con la mirada eran los rasgos que el letrado estaba fichando.

Empezó el interrogatorio la fiscal:

—Petrovna Tesco, ¿cuándo asistió a la terapia con el doctor Delmundo?

—Cuando tenía diecisiete años.

—¿Qué enfermedad padecía?

—Pánico al sexo.

—¿En qué consistió su terapia?

—¿He de contarlo todo?

—Sí, adelante. Dígalo todo ante este tribunal de justicia —pronunció "tribunal" y "justicia" enfáticamente.

—No sé si podré… me da mucha vergüenza…

—La ayudaré entonces. ¿Hubo algo de extraordinario el primer día de consulta?

—Sí, el doctor, después de haberme desnudado… me tumbó y me dijo que le avisara si sentía daño…

—¿Y qué le hizo?

—Un… un… cunnilingus… entonces no sabía ni su nombre.

—¿Cómo reaccionó?

—Cuando quise darme cuenta ya era tarde.

—A qué se refiere, ¿sintió placer?

La chica asintió con la cabeza y la bajó avergonzada. Después de unos segundos, para tapar su rubor, añadió:

—Confiaba absolutamente en el doctor… había oído…

—Ya veo… —En este punto, el fiscal masculino tomó el relevo de su colega y continuó preguntando.

—Señorita, ¿había tenido alguna experiencia previa con los hombres?

—No, no, absolutamente… ¡tenía pánico, incluso a oír hablar!

—¿Se justificó de algún modo el doctor Delmundo?

—Fue algo que me extrañó… se comportaba impasiblemente…

—¿Hubo más días de tratamiento? —lo dijo con algo de sorna: "tratamiento", pero forzando la máxima seriedad.

—Bueno, ese mismo día… estuve con el doctor dos horas.

—¿Qué sucedió, entonces, después?

—Me hizo muchas preguntas sobre mi vida y mis costumbres y me pasó unos test y un cuestionario…

—¿Alguna irregularidad en aquellas preguntas?

—No, anduve muy confusa… todo era de lo más normal… y…

—¿Pasó algo más?

—Sí, cuando acabé el cuestionario, me llevó a una sala interior, volvió a ponerme unos electrodos en la sien, olvidé decir que también la primera vez me los había puesto…, «para medir la ansiedad», me dijo. Llevaba solo una bata.

—Sí, ¿y qué sucedió?

—Esa segunda vez me penetró.

—¿Y usted consintió?

—Creo que el medicamento que me dio contenía algo… no sé… me encontraba… ¡drogada!

—¿Qué pasó después?

—El doctor consultó sus datos y me dijo que las lecturas de mis biorritmos no eran concluyentes. Que había que seguir con la terapia —entonces yo le pregunté: «¿Con la misma terapia?» Y él me respondió: «Claro, señorita, con la misma, qué se cree usted?».

—¿Volvió usted a la terapia?

—No, estuve perdida y confusa meses enteros. Lo único que sabía era que no debía volver. Tuve náuseas durante años.

—¿Y ahora qué tal se encuentra?

—Bien, asistí a una terapia de otro doctor y en un año pude curarme.

—¿Era una clínica con el método Delmundo?

—No, desde entonces las aborrezco. Estoy aquí por un sentido de justicia, para que se sepa lo que allí se hace… Todo esto me avergüenza… ahora tengo novio… él todavía no sabe nada… espero que todo esto sirva para algo.

—Muchas gracias, señorita. Puede retirarse.

Pero antes de que hubiera dado un paso, el doctor Delmundo pedía la palabra para interrogar a la testigo. Se hizo un silencio extraño e incómodo.

— Señorita Petrovna Tesco, ¿nos conocemos?

—Sí, ¡usted lo sabe! —o era una gran teatrera o parecía que decía la verdad.

—Bien, pongamos que sea así. Solo quiero saber una cosa más: ¿qué día fue ese que usted ha narrado con tanto detalle?

—No lo sé, lo he borrado de mi mente… aun tengo pesadillas… y quiero borrarlas también.

—Pero si no lo recuerda, puede usted consultar esa reseña en su carnet... todos estos datos quedan en una memoria imborrable. Tendrá usted la citación o la factura, si la hubo...

—No tengo nada... lo he borrado todo... incluso de mi carnet.

—Ya, pero puede usted solicitarlo a la Oficina Central de Datos Confederados. Seguro que allí le dirán qué día asistió usted a mi consulta.

—No quiero hacerlo... No le debo nada... Le aborrezco —dijo esto y se desmayó.

Los enfermeros acudieron presurosos y la sacaron en una camilla...

En medio de aquella situación, tirante, donde cualquier movimiento desprendía una chispa, el doctor dijo: «Me acojo a la 10ª enmienda. El juicio no puede proseguir hasta que se recupere de la Memoria Confederada el día exacto en que doña Petrovna Tesco asistió a mi consulta, según su declaración». La jueza instructora hizo una seña al secretario de la sala, este señaló con los diez dedos de la mano. Entonces dijo: «Un receso de diez minutos. Reiniciamos en un cuarto de hora». A la 10ª enmienda podía acogerse cualquier confederado, en un momento de peligro físico o moral. Consistía en el derecho de todo ciudadano a la consulta inmediata de sus datos documentados.

La jueza instructora leyó, después de haberse convocado de nuevo el reinicio de la causa: «No hay ningún dato de contacto, consulta, tratamiento o factura de doña Petrovna Tesco en ninguna clínica Delmundo. Nunca». Entonces el fiscal solicitó interrogar al doctor:

—¿Puede usted de algún modo borrar los datos en la memoria de su clínica?

—No, no podría aunque quisiera, porque siempre quedarían en la memoria confederada. La conexión es instantánea.

—Pero ¿podría usted no haber introducido dato alguno?

El doctor insufló aire, lo espiró lentamente y después dijo:

—Según las leyes de la física, sí podría, cualquiera podría. Aunque sería muy difícil, en realidad prácticamente imposible, porque la primera solicitud no pasa por mis manos. Y no puede llegar a mí si no es informatizada.

—¿Y si es una recomendación directa?

—En ese caso, la testigo contará con el nombre de quien la recomendó… Y, de todos modos, hay siempre informatización incluso en las personas que llegan del entorno personal.

—Pero desde un punto de vista lógico, ya sabe, usted es un experto en lógica, pudo usted no haber introducido el dato voluntariamente, ¿sí o no?

—Sí, desde las leyes de la Física y de la Lógica, pero no con las leyes de la Ética.

—Es todo —dijo el fiscal, y se retiró victorioso.

El doctor no se retiró del estrado e hizo un leve gesto a su nieto para que le interrogara. Se levantó al punto y preguntó:

—Usted, doctor, como experto, ¿por qué cree que Petrovna Tesco ha mentido?

—Porque la han engañado.

—¿Y ese engaño, en qué pudo haber consistido?

—Le han prometido algo que ella valora mucho.

—¿Puede haber algo más?

—Sí, puede haber sido intimidada, por algo que ha hecho y que quiere ocultar… pero, en todo caso, este trabajo que hoy ha hecho se lo pagarán muy muy bien.

—¿Puede usted demostrarlo?

—Sí. —Al oír esto, la sala volvió a enmudecer en sus gestos, inclinaciones de cabeza y cambios de postura. Todo se congeló y todas las miradas se dirigieron a los dos fiscales Éticos. El doctor continuó con su proverbial modestia—: Puede demostrarse mediante análisis de los movimientos de la pupila y de la estructura del iris. No olvidemos que todo está siendo grabado.

—¿Usted ya ha podido apreciar estos cambios en el iris?

—Sí.

—¿Qué ha visto?

—Que miente… y además conozco algunas de las razones por las que lo hace, como ya he indicado… es algo que puede demostrarse. Es un método aprobado hace un mes por *Balance*.

—Por eso, usted no se sintió afectado, ¿no es así? Porque conocía su propia inocencia y tenía el medio de demostrarlo.

—Me sentí afectado. Sentí vergüenza ajena.

—Sí, también yo; todos los que le conocemos bien, seguro. —Entonces, el letrado Yóbrek pidió de forma oficial un análisis del iris de Petrovna Tesco, realizado por cinco expertos independientes. Debería estar listo antes de que acabara el juicio. Y, entonces, se retiró para proseguir con los restantes testigos. Estaban anunciados once en total. Quedaban dos.

La jueza instructora llamó a consulta a los fiscales y a la defensa. La fiscalía tercera prefería acabar con los interrogatorios esa misma tarde. Los dos fiscales pensaban para sí que la prueba del iris cambiaba toda su estrategia; ahora convenía acabar cuanto antes. Por su parte, la defensa prefería seguir con los interrogatorios al día siguiente. La estrategia observada en los fiscales les llevaba a reforzar la suya propia con detalles nuevos. Necesitaban algún tiempo para prepararlos. Aprovecharon para solicitar conocer la identidad de los dos testigos restantes, pero los fiscales adujeron ser «testigos protegidos». Quisieron entonces conocer la causa, pero los fiscales adujeron ahora «seguridad debida». Preguntaron, una vez más, esta vez el joven abogado a una señal de Rowna:

—¿Seguridad debida de personas o del proceso?

La respuesta fue ambigua:

—De lo uno por las otras —dijo la fiscal—. Y de ellas por ello —redondeó el fiscal.

No habiendo más cuestiones, la jueza instructora aplicó el criterio de salvar a la parte débil y dictaminó que el juicio se reiniciaría al día siguiente. Un golpe en el atril dio por concluido el acto.

26

La sesión del miércoles se inició a la hora de siempre. Los primeros minutos discurrieron con la parafernalia acostumbrada. Recepción en pie de la autoridad judicial. Desfile y toma de *siège* de los jurados. Proclama formal de la jueza instructora, para dar paso a las intervenciones previstas en el orden del día:

—Tiene la palabra la fiscalía tercera, para continuar con los interrogatorios.

La fiscal procedió de inmediato, pero en lugar de presentar a su nuevo testigo, declaró que ateniéndose al artículo 222 del código procedimental, la fiscalía renunciaba a proseguir el interrogatorio.

Un silencio decepcionante acompañado de un leve clamor de protesta se levantó en la sala. Pero no hubo tiempo para largas lamentaciones. El viejo miró a Rowna, que asintió, y entonces miró seguidamente a su nieto con un gesto, «¡adelante!», eso significaba aquel gesto. Rowna le pasó a Yóbrek el número 223 en su IC. Todo sucedió en cinco segundos. Entonces, el joven abogado, tomando la palabra, dijo:

—La defensa desea interrogar a los dos testigos. Nos acogemos al artículo 223 del código procedimental. —La jueza instructora no tuvo otra opción que asentir a la demanda, porque aquí prevalecía el derecho de la transparencia de la causa al posible daño derivado para los testigos ya constituidos como tales.

—¡Proceda! —declaró la jueza instructora. Los dos fiscales protestaron ruidosamente:

—¡Se pone en peligro la integridad de los testigos! —dijo uno—. ¡Impugnaremos esta decisión! —añadió la otra.

—¡Prevalece el derecho de la transparencia de la causa!, las circunstancias están muy claras —y dicho esto, los dos fiscales enmudecieron entre gestos de protesta y de amenaza. La jueza instructora supo, como supieron todos los juristas del mundo, que los dos fiscales no iban a impugnar aquello, puesto que de ser así, tenían el derecho a parar el proceso y elevar una consulta al Poder judicial de *Balance*. Pero el proceso seguía. El defensor solicitó la comparecencia del décimo testigo. Apareció Alberto Olet, un joven de treinta y un años, montador especialista, 1,95 de altura, *level* 54. Se trataba del ex novio de Sandra. Ambos vivían en Astur y conocían a la familia Delmundo.

—Bien, denos por favor su identidad.

—Me llamo Alberto Olet, vivo en Astur y trabajo en el montaje de robots, especialista en robot grabadores.

—Señor Alberto Olet —prosiguió— ¿cree usted que se encuentra en algún peligro?, ¿en alguno cuya causa se haya iniciado ayer?

—¡No! —y después de titubear y de mirar hacia los fiscales, añadió:

— ¡Que yo sepa! —Volvió a titubear… mientras pensaba que después de conocer el posible análisis del iris al que podría ser sometido, del que no le habían prevenido nunca, sí podría estar en peligro, porque… ¡nunca se sabe! Y, entonces, creyendo descubrir la respuesta adecuada, dijo, alzando la voz—: ¡Que yo sepa, no!

—¿Cuál es el objeto de su declaración?

—No tengo nada especial que declarar —al decir esto se oyó a sí mismo y supuso que no era lo que todos esperaban, entonces…—. ¡He venido para responder a algunas preguntas! Así se había acordado.

—Bien, ¿y qué preguntas eran esas? —los fiscales carraspearon e hicieron un ademán de protestar, pero por el momento se contuvieron.

Alberto titubeó, no supo qué decir… y finalmente, se explicó:

—Yo solo sé las respuestas, de las preguntas… no me acuerdo… ¡Uhm!

—¿No se acuerda de todas o de ninguna?

—Recuerdo algunas… sí.

—Comience por donde prefiera… no se sienta coaccionado. Usted ha venido a declarar en bien de la causa. Eso ha jurado. No tiene por qué sentirse coaccionado.

—Tengo que declarar si conozco al doctor Delmundo y a otros miembros de su familia.

—¿Y bien?

—Sí, le conozco. Le he visto pasear por San Lorenzo.

—¿Ha sido usted paciente suyo?

—¡No, no!, ¡en absoluto, mi salud es excelente!

—Pero... ¿le conocerá de algo más que de verle pasear?

—Bueno, sí, claro... pero... en realidad... ¡es mi novia quien les conoce bien!

—¿Su novia?, ¿y por qué no es ella, entonces, la testigo?

—Bueno, es mi exnovia... —Alberto sintió que quería acabar ya con todo aquello. No le estaban haciendo las preguntas esperadas— Ya no somos pareja... ¡hemos roto!... precisamente a causa del doctor Delmundo —barbotó muy confusamente.

—¿El señor Delmundo es el causante de que se hayan separado ustedes?

Alberto Olet volvió a sentirse ridículo. ¿Qué hacía allí?, ¿cómo había empezado todo aquello? Lo sabía perfectamente, pero no había tenido tiempo de reposarlo. Todo sucedió con cierto vértigo... y él había tomado una decisión instintiva... Primero contactaron con Sandra... ella tuvo escrúpulos... cuando supo que se trataba de perjudicar a Yóbrek... y a Edmundus... Luego en la segunda intentona, le buscaron a él... Se trataba de declaraciones simples, de reconocimiento, era mucho dinero y muy fácil de ganar, prácticamente solo por una tarea de identificación... El titubeo desapareció al saber que Constanza, la mismísima novia de Yóbrek, se había implicado... «¿Qué tenía él que perder? Sandra no me lo perdonó». Quizá era mejor así. «Últimamente, siempre estábamos discutiendo». Pero mientras que estos esquemas mentales recorrían fulgurantes por su mente, su frente se había sembrado de diminutas gotitas y todo su cuerpo subió su temperatura... y ahora tenía que responder...

—Perdone, señor Olet, le preguntaba… si el señor Delmundo era el causante de que usted y su novia se hayan separado… ¿Se encuentra usted bien?

—¡Sí, sí… no, no! Bueno… quiero decir… que sí me encuentro bien. ¡Pero no! No, el señor Delmundo no fue el causante, aunque discutimos a causa de él.

—Ya comprendo. Pero usted es un testigo de la fiscalía… y sería bueno que si tiene algo que decir contra el señor Delmundo… lo dijera. Para eso ha venido usted aquí. Supongo. ¿Tiene algo que decir contra el señor Delmundo?

—No, no, en absoluto… Ya he dicho que solo le conozco a través de Sandra, mi novia… bueno mi ex…

—¿Por qué no quiso Sandra, su exnovia, declarar, podemos saberlo?

—Ella no quería hacer daño al señor Delmundo… y… —Alberto titubeó y no supo si aquello debía decirlo o no. Pero para congraciarse con el letrado y para acabar cuanto antes, decidió colaborar— … y sobre todo no quería hacerle daño a usted.

—¿A mí? ¿Me conoce su exnovia? Sandra… Sandra ¿qué?

—Sandra Pelonep…

Yóbrek recordó a su amiga de la infancia… en ocasiones todavía la veía en Astur… no debía vivir lejos de su barrio… Ahora entendía perfectamente lo que había sucedido. Lo mejor sería aparcar este sainete en el que se estaban metiendo… pero era conveniente darle un final feliz.

—¿Su novia… Sandra Pelonep, no quiso declarar porque tuvo algún miedo o porque no tenía nada que decir en contra?

—Porque cree que Edmundus Delmundo es un gran hombre… eso me dijo. Pero yo no soy aficionado a los famosos… yo no le conocía… no tenía nada a favor, como Sandra.

—No tenía nada a favor. ¿Y en contra?

—Tampoco.

—Puede usted estar orgulloso, señor Olet, a partir de usted nace una nueva categoría jurídica.

Como Alberto no daba muestras ni de entender ni de sobrentender aquello… permaneció perplejo, sin saber cómo reaccionar… hasta que exclamó:

—¿Una nueva categoría jurídica? ¡Yo no he hecho nada, lo juro!

—Efectivamente, usted no ha hecho nada, pero ha mostrado lo que otros pretendían hacer. Ya existía la categoría moral que dice que "quien se excusa se acusa", y ahora tenemos la categoría jurídica de "quien no acusa, sí acusa"; pero acusa a otro —añadió—. La defensa y este tribunal le estamos muy agradecidos. No tengo más preguntas.

—¡Puede usted retirarse! —se oyó que resonaba la voz de la jueza instructora. Alberto empezaba a sentirse más ingrávido… y también notó que comenzaba a crecerle una gran desconfianza: ¿iban a pagarle, como habían prometido, por aquel trabajo?… que no era el convenido… ¡pero la culpa no era suya! Con estas cavilaciones se fue adentrando entre el público que lo miraba con rareza, al tiempo que se oyó atronar la voz de la jueza instructora—: ¡Puede subir al estrado la siguiente testigo!

Hubo unos momentos de leves murmullos, de cambios de postura, de estiramientos de espíritu… en medio de toda aquella atención anterior dramáticamente contenida. Todos permanecieron impasibles al ver sentarse a la nueva testigo, todos, menos los dos hermanos, a quienes se les congeló la sangre. Era Constanza Tetrai.

El abuelo percibió la palidez de sus dos nietos y comprendió qué estaba sucediendo cuando resonó la ceremonia de juramento: «Constanza Tetrai, ¿jura usted decir la verdad, toda la verdad y nada más que la verdad?»… No conocía personalmente a la novia de Yóbrek, pero había oído múltiples veces su nombre… Entonces, le hizo un gesto para que le pasara a él el interrogatorio… Esta fue la señal que necesitaba para reaccionar y con un gesto de mano y de mirada le dijo al abuelo: «no te preocupes abuelo, déjame a mí… será mejor… sé cómo hacer». Entretanto, Silvia, que había seguido aquel sordo diálogo, apretó el puño en una señal inequívoca que le decía: «a por ella… vamos, no desfallezcas», porque sin duda ambos compartían aquello tantas veces hablado de que «no se conoce bien a las personas hasta que demuestran lo que son en una situación límite». «Y aquello había sido una situación límite para Constanza: elegir entre la fidelidad al pasado y el deseo de venganza, por celos, por despecho y por la ambición de tener las "treinta monedas de plata" prometidas», repasaba mentalmente su hermana.

Lo primero que descubrió Yóbrek de Constanza, cuando se dirigía hacia ella, fue que mostraba tener una impasibilidad perfecta... ningún titubeo, ningún rubor o temor, ningún gesto a la defensiva... al contrario, serena, calma y con una sombra de arrogancia, como arma preparada para el ataque. Venía a vengarse... de algo, de todo... «Hacer daño no le costaría nada y, sin embargo, le reportaría un gran placer...», pensaba el avezado amante, que la conocía bien. Además, algo pesaba también el millón de denarios que había acordado la testigo con su contacto.

Aquella mujer que se proyectaba en millones de pantallas en todo el mundo estaba bellísima, con esa hermosura que los hombres descubren en las mujeres cuando son objeto intenso de deseo. La contenida crueldad que la había impulsado allí daba brillo a todos sus movimientos y realzaba toda su figura.

—Constanza Tetrai, ¿cuál es su profesión?

«Imbécil, por qué me lo preguntas, ¡si ya lo sabes! Por qué aparentas desconocer... a "tu" Tanzi... Muy pronto sabrás de verdad cuál es mi profesión...» pensaba la testigo al tiempo que respondía:

—Soy capitán de policía de *Balance*.

—¿En qué nivel de delitos actúa?

Constanza miró severamente hacia los fiscales, como para reclamar algo... y un segundo después se oyó decir al fiscal: «protesto, la testigo no es la encausada... sus datos personales no son relevantes... distraen la atención del caso... la acusación de Edmundus Delmundo». La jueza instructora titubeó mientras observaba la reacción de la defensa... Yóbrek inició entonces una argumentación cuando sus dos iniciales palabras fueron tapadas por una frase contundente que provenía de la mesa de la defensa, era Clarence Rowda:

—¡Este es un caso de "testigo pasivo"! La fiscalía ha renunciado a su interrogatorio. La defensa tiene derecho en estos casos a establecer la identidad de la testigo, cuanto sea preciso.

Entonces, la fiscal tomó la palabra y protestó airadamente:

—Nosotros hemos renunciado a la comparecencia de la testigo, por innecesaria... no a ser interrogada por la fiscalía. Ahora, solicitamos formalmente interrogarla en primer lugar.

—Sí, la fiscalía quiere intervenir a toro pasado, cuando ya es tarde... pero no puede: ¡por contradicción formal! —afirmó el joven abogado, enfadado, y prosiguió elevando el tono de su contrariedad—: Renunció a algo que ahora pide, como si el proceso pudiera funcionar a golpes de antojos en lugar de siguiendo normas firmes e imparciales. —Silvia, hizo un gesto a distancia a su hermano para que consultara de un vistazo su IC: «100 % de RD», y añadía debajo: «generosidad postrera de la defensa». Entonces, reemprendió su discurso—: Si consultamos la jurisprudencia de esta reclamación veremos que en el 100 % de casos similares se ha denegado esta demanda. Ahora bien, aplicando la norma de la "generosidad postrera de la defensa", no tenemos ningún inconveniente en que, para buscar la máxima transparencia, la fiscalía retome al final el interrogatorio.

Constanza empezaba a sentirse incómoda con todo aquel rifirrafe formal. No era aquello lo que interesaba. Lo que importaba era «la intrínseca maldad de toda aquella familia, empezando por el impostor Yóbrek» y todo el mundo debía saberlo. «Solo pensaban en sí mismos». Mientras, la jueza instructora, después de formalizar una «Reclamación denegada» a golpe de solemne voz, instó al letrado defensor a continuar.

—¿En qué nivel de delitos actúa? —prosiguió el interrogatorio con una calculada imperturbabilidad.

«Cabrón de los cojones, lo sabes bien, a qué viene esto... como siempre quieres distraer al público y aparentar una santidad que no tienes ni tenéis ninguno de vosotros... ¡edmundianos asquerosos!», mientras pensaba esto aquella venezolana imponente echaba chispas por los ojos y contenía su lengua:

—En el nivel 3 —dijo avergonzándose un poco, pues era sabido que en el nivel 4 estaban los chupatintas y en el 3 los que atendían casos menores; el nivel 2 era para agentes experimentados o con méritos y al 1 solo llegaba una verdadera élite. Yóbrek pertenecía al nivel 1 y además al núcleo más importante de este nivel. Constanza nunca le perdonaría que no la hubiera ayudado a ascender más deprisa... «¡Cuántas veces se lo había prometido el muy canalla!».

—¿Dónde vive usted?

«Hijo de puta, déspota, basura... lo sabes bien, por qué me lo preguntas? He vivido en tu misma polla o ¿es que no te acuerdas!», pero nada de todo esto podía decir para que todo el mundo comprendiera qué estaba pasando.

—Vivo en la misma ciudad que usted —respondió desafiante.

—¿Que es...?

—Todo el mundo lo sabe. Nadie hay quien lo ignore. ¿Por qué me lo pregunta? —respondió la policía encampanándose con un visible enfrentamiento.

—Sí, pero dentro de cuatrocientos años, cuando alguien pueda leer este caso... seguramente ya no se sabrá. Y, sobre todo, le recuerdo que aquí no hablamos para una audiencia ni en nombre de sentimientos subjetivos, sino "para que se haga justicia". Y a la justica le interesa la verdad, no las consideraciones personales. ¿Dónde vive usted?

—¡En Astur! —mientras decía esto, mostraba su enfado en el énfasis que utilizó y se enardecía interiormente porque «aquella escoria humana se las arreglaba siempre para invertir las cosas a su favor. El muy hipócrita estaba dándole a ella, a "su" Tanzi, una lección en público... ¡cabrón, cabrón, cabrón! Me las pagarás».

Silvia envió al carnet de su hermano este texto: «Constanza ha cambiado recientemente de domicilio. Cuidado con esto». Su hermano, que estaba pendiente de los mensajes a través de una pantalla derivada que llevaba en la muñeca izquierda, comprendió que podía haber en esto algún indicio que explicara su última deriva emocional.

—¿Vive usted sola, acompañada, en el cuartel…?

Aquello era ya demasiado. Pero no caería en su trampa. No iban a anular su testificación por el recurso del iris… «No me pillarás en tu emboscada, hijo de puta».

—Vivo acompañada, con mi pareja.

Se alegró al oír aquello; e hizo todo lo posible para que no se le notara. «Tenía una nueva pareja».

Silvia volvió a enviarle un nuevo texto: «Alberto ha cambiado de domicilio el mismo día que Constanza. Interesante, ¿no?». El letrado prosiguió:

—¿Conoce usted al anterior testigo?

—De mi vida privada no deseo hablar. Me acojo a la quinta enmienda.

—La defensa no está preguntando sobre su vida privada sino sobre otros testigos de este juicio —explicó con severidad el "abogado" a la "testigo", tal como podía verse en los rótulos de todas las pantallas del mundo: "abogado", "testigo F"—. ¿Conoce usted al testigo anterior?

—Sí, lo conozco —por un momento Constanza Tetrai pensó que si no entraba en detalles podría parecer que lo conocía vaga y distantemente, de haberlo visto en la declaración anterior… ¿por qué no?

—¿De qué le conoce?

Entonces, Constanza, herida en su amor propio, cambió de actitud, «ya está bien», y («retiraré todos estos disimulos») mientras su valentía subía de tono y se animaba a que todos puedan enterarse de quién es «este cabrón de abogado hipócrita y maltratador».

—Es mi amante, mi actual amante. ¿Quiere usted saber quién fue el anterior?

Yóbrek reprimió la sonrisa y Silvia temió a distancia que su hermano pudiera cometer el error de sonreír… «Efectivamente, era un actor consumado; tenía más dotes de las previstas», se regodeaba la melliza, mientras el abuelo asistía a lo que concebía una obra maestra: «la inocencia contra la venganza», pensaba con amor de abuelo. Entonces, el abogado defensor, impasible, prosiguió:

—¿Con quién contactó antes la fiscalía, con usted o con él?

—¿Qué importancia tiene esto? Contactó con los dos, ¿no es suficiente?

—¿Con quién contactó antes la fiscalía, con él o con usted? —volvió a formular el abogado defensor mientras miraba fijamente a los ojos de Constanza.

A muchos kilómetros, en Roma, Bárbara sintió celos de esta mirada y ya sabía bien por qué…

En Bonaire, una pupila brillante de deseo se detenía en el talle, en los pechos, en la pelvis y en el pubis de aquella mujer que había elegido ceñir a su figura una estimulante moda. Se juramentó para poseerla.

Entretanto, en la sala hubo un silencio tenso, llenado por movimientos de nervios entre los asistentes.

—¡Conmigo! —respondió indignada la voz que salía de aquella figura sentada, rígida y volcánica.

—Contactó usted con Alberto Olet después o fue indirectamente.

—¡Con él! —dijo, controlando la situación aquella imponente mujer.

Y añadió —: No veo qué quiere decir con "indirectamente".

—¿Tuvieron ambos alguna reunión preparatoria conjunta con la fiscalía?

—Sí, la tuvimos. ¡Pero eso es perfectamente legal! —añadió protestando.

—¿Debían ratificar una misma acusación o distinta?

—Era la misma acusación, ¡claro que lo era!

—¿Qué acusación era esa?

De pronto, formulado de esa manera, a quemarropa, Constanza no sabía muy bien dar nombre criminal a la acusación sobre la que testificaba…

—No entiendo de leyes ni de fórmulas… pero con palabras que todo el mundo conoce: ¡los Delmundo son unos impostores!

—Muy bien —prosiguió— díganos usted a todos, a todo el mundo, qué es un impostor.

Constanza levantó la voz repentinamente y pasó de aquella gestualidad contenida que venía mostrando a unos movimientos convulsos y a un discurso atropellado, inflado de ganas de expresarse por fin…

—¡Un impostor es mentir, aprovecharse!… ¡es ser un farsante… es… joder, aprovecharse… mentir al oído mientras se engaña y se consigue el objetivo… es engañar… un impostor es usted, y Silvia, y Edmundus, y toda la edmundoneidad que rodea a esta familia intocable, hipócrita, despótica y farsante!

El auditorio quedó boquiabierto, sin comprender bien el mensaje, entendiendo, era claro, que aquella imponente mujer estaba perdiendo el equilibrio y que ya no había quien pudiera pararla… Constanza, de pie, se había dirigido a su examante y se había tirado a él, mientras le agarraba por los pelos y le rasgaba la cara con una horquilla punzante que se había retirado del pelo… La policía de la sala tardó unos segundos en intervenir, desprevenida como estaba en aquel momento de expectación. Pasaron unos minutos mientras se hizo una cura provisional en el rostro sangrante del abogado. Todo el mundo daba por descontado, incluida la jueza instructora, que Constanza no iba a seguir testificando, sin embargo, Yóbrek solicitó seguir el interrogatorio.

El interrogatorio prosiguió, después de pasar por un escáner, por segunda vez, pues el primero solo se ocupó de detectar armas, que ni siquiera una policía podía llevar consigo en un juicio; ahora se extendía a cualquier objeto punzante.

—Bien, ya sabemos qué entiende usted por "impostor". Pero una duda no llego a resolver: entiendo que pueda pensar que yo soy un impostor, puesto que la habría engañado, según usted, en el pasado; entiendo que le aplique al doctor este título, si suponemos que yo estoy bajo su malévola influencia. Pero ¿Por qué Silvia, también? ¿Qué le ha hecho ella a usted?

—Silvia no es lo que parece. Es una pu... —rectificó y siguió— es una impostora —y le hubiera gustado añadir «es una buena zorra», pero no lo dijo—. Engaña como ninguna.

—Le recuerdo que está bajo juramento. Y le recuerdo también que toda imputación falsa puede volverse contra usted.

—Sé lo que digo. —Constanza sentía que debía desplegar toda su venganza para hacer justicia y aunque lo que iba a decir no estaba previsto de esta manera, sintió lúcidamente que el momento de la verdad había llegado, por eso añadió—: ¡Tengo pruebas!

—¿Qué pruebas son esas?

—¡Las fotos!, ¡las fotos de Silvia!

—¡Explíquese!

—Fotos de desnudos... fotos íntimas de ella.

Un rumor se elevó en la sala. Aquello despertaba curiosidad. La moral sexual del siglo XXV estaba en las antípodas de las viejas represiones de siglos atrás. El sexo no es que fuera malo (solo unas minorías defendían la castidad y lo que llamaban "pureza"), sino que su práctica era buena, obligada: era un síntoma de salud mental. Sin embargo, los gustos particulares en este terreno eran una clave para conocer los pliegues más escondidos de las personas. Yóbrek conocía bien a su hermana. Sabía que todo aquello era basura. Consultó con la mirada a su hermana y esta le dijo: «adelante, no tengo nada que ocultar». Miró a su abuelo y este no pidió un receso ni una breve recapitulación de la defensa sino que se limitó a transmitirle: «Ya sabes, buscarán arrojar basura». Recordó el "miente que algo queda" tantas veces citado por su abuelo y, tomando aliento, prosiguió:

—¿Podemos ver esas fotos?

—No las tengo yo, las tiene Alberto.

Después de un breve revuelo en la sala, el letrado solicitó a la jueza instructora que comparecieran los dos testigos, en testificación conjunta (Clarence Rowda le había trasmitido el siguiente texto: «testificación conjunta: caso de idéntico motivo; artículo 305»). La jueza instructora apeló al artículo 305 de la ley procesal y Alberto, que permanecía en la sala preso de pavor, esperando que aquello acabara cuanto antes, pues todo discurría muy distinto al cuadro trazado en las reuniones preparatorias, hubo de hacer un último esfuerzo… no fuera a ser que su renuencia viniera a depararle la inhabilitación del pago que aún se le debía…

Alberto apareció, después de pasar por las taquillas de depósitos, con unas fotos en fina cartulina. Un sistema absolutamente inhabitual y muy caro. Entregó el sobre con las fotos al abogado que dedicó un tiempo a estudiarlas.

—Le apasionan las fotos, ¿no es así? —comenzó Yóbrek preguntando a Alberto.

—Sí, ¡le dedico todo mi tiempo libre!

—Tiene usted una máquina antigua, ¿no es verdad?

—Así es, las fotos artísticas necesitan un método "humanizado" — "humanizado", aquella era la expresión utilizada por los "verdaderos" fotógrafos.

—¿Desean ustedes dos que proyectemos estas fotos para que todo el mundo las vea? —prosiguió, dirigiendo la pregunta a ambos, mientras pensaba que «era crucial comprender su trama conjunta».

—Para eso hemos venido aquí… a declarar… y a que se conozcan los hechos —respondió ávidamente Constanza. Alberto asintió, al tiempo que pensaba que sería una muy buena publicidad… además de una justa bofetada a ciertos directores… aquellos que le habían rechazado y denigrado «por no aportar interés alguno al periodismo gráfico». Yóbrek comprendió enseguida que Alberto estaba totalmente dominado por Constanza y que no solo se hallaba bajo el dominio de su sensual embrujo sino en una tela de araña más amplia. Los ojos de

Alberto conjugaban la lubricidad, la ambición, la envidia y la mediocridad de un modo característico que el capitán había visto ya en otros…

—Constanza Tetrai, ¿expondría usted a su amigo… a su amante… a una grave acusación…? —el abogado no quiso desvelar más el asunto y dejó aquí la pregunta.

—¿A qué te refieres? —se oyó decir a la venezolana revelando por el tratamiento que no hablaba en ese preciso instante con el letrado sino con su examante; por eso se apresuró a rectificar y matizar—: ¿Qué mal hay en hacer fotos? ¡No ha habido invasión del domicilio! —impostó todas estas palabras mientras mostraba con aquel tono y seguridad su condición de policía.

—Constanza Tetrai, Alberto Olet, ¿desean que todo el mundo conozca estas fotos? ¿Lo desean incluso arriesgando al autor de las fotos a que sea acusado de difamación con el agravante de invasión de domicilio ajeno?

—Pero no ha habido invasión de domicilio… —se oyó nerviosa la voz de Alberto, para a continuación oír el enfado en las palabras de su acompañante—: Las fotos se hicieron a más de 300 metros de distancia… y fueron hechas al aire libre —la policía demostraba conocer con estas puntualizaciones los detalles del código.

—¿Quiénes conocen ya estas fotos?

—Yo, Constanza y los contactos de la fiscalía… también mi exnovia, Sandra. —Alberto no se atrevió a decir que ya había firmado un contrato por dos millones de denarios con la cadena *Transparencia*, y la multa por incumplimiento de contrato no podría pagarla en toda su vida.

—Entonces, Alberto Olet, ¿desea usted dar a conocer su "obra de arte"? —Antes de responder, el fotógrafo miró hacia aquella mujer por la que estaba dispuesto a matar si fuera preciso… distinguió que le decía: «no seas cobarde, te he elegido porque eres especial… Eres muy superior a este impostor. "Demuéstrale que tienes un par de cojones", como tantas veces le había repetido».

—Sí, deseo que sea conocida por todo el mundo… Pero no hoy sino la fecha que yo señale y por el medio que yo elija.

—No podemos impedir que estas fotos sean conocidas por los dos tribunales. Son ya pruebas procesales.

—El tribunal sí, ¡claro!, pero el público debe esperar… —concedió y matizó Alberto.

—¿Por qué ha de esperar, si esto es un juicio público y abierto, según se ha convenido? Recuerde que estas fotos ya no son solo suyas, ¡sino también del proceso! —mientras, Yóbrek observaba el titubeo en el gesto de Alberto y pensaba en poner al descubierto sus verdaderas intenciones—. ¡Sea!, que se conozcan ahora, por todo el mundo, a demanda de la defensa. Pido un receso para el trámite de solicitud de publicación general. Pero esta defensa quiere actuar con toda transparencia: en paralelo acusaremos a Alberto Olet de difamación con el agravante de invasión de domicilio ajeno. Y a Constanza Tetrai de colaboradora, pidiendo que sea multada y expulsada de la policía.

Ambos testigos quedaron petrificados, en medio de los murmullos de una sala que subía visiblemente la temperatura de la expectación de su rostro y de la sorpresa de sus miradas. Reponiéndose del susto, Constanza, que sabía que él no jugaba con faroles, se apresuró a decir:

—Puede demostrarse que están hechas a más de 300 metros y al aire libre. Si hay algo más, deberíamos saberlo.

—Un fotógrafo profesional debería saber estas cosas. Y más aún una policía de nivel 3.

—¿Qué deberíamos saber? —replicaron ambos atropellando sus voces entre sí.

—Deberían saber que se utilizó un teleobjetivo. Así, la distancia "real" no coincide con la "natural". Han sido hechas "realmente" a menos de veinte metros y se ha aprovechado este método para introducirse en el interior del domicilio de Silvia Sánklett Delmundo.

La ley dice: «a más de 300 metros "reales" y al aire libre, sin invasión del domicilio».

Aquellas fotos habían sido tomadas a unos 300 metros, desde lo alto de la torre del Elogio del Horizonte de Chillida, con teleobjetivo nocturno. Desde allí se divisaba por encima de la copa de los árboles parte de la primera línea de playa y se enfocaba perfectamente el número 20 de la calle Corrida. La mitad del ático de aquel número quedaba a la vista con una buena tecnología óptica. En una noche de efusión amorosa, su hermana había repasado varias posturas del kamasutra del siglo XXV, con Rómulo, su amante preferido. Y Alberto había tenido el acierto de hacer un reportaje completo con todas las destrezas y artes amatorias de Silvia Delmundo. En un momento en que el filósofo estaba siendo difamado desde varios frentes.

—¿Qué es eso de la distancia "real"? ¿No es lo mismo que la "natural"? —reclamaba Alberto mientras obtenía la respuesta en los ojos de Constanza: «tiene razón este cabrón: se habla de distancia "real". No tenemos nada que hacer», por eso se apresuró a decir:

—Solicitamos el sobreseimiento de esta prueba fotográfica. Apelamos a la ceguera cognoscitiva del fotógrafo.

—Sí, parece obvio que ha habido ceguera cognoscitiva, aunque tal vez también malevolencia e intereses ocultos. Pero la fiscalía no puede incurrir en ceguera cognoscitiva, no es formalmente aceptable —dijo esto, mientras se giraba hacia los dos fiscales Éticos.

—En todo caso, tanto Sandra en Astur como esta defensa, aquí, hemos visto estas fotos y podemos solo por ello denunciarle. Además tenemos la testificación en falso. Y si Silvia quisiera acabaría con ustedes dos y después de años de prisión por difamación interesada serían además expatriados de la Confederación, por cooperación con banda hostil.

—Pero si lo único que he hecho han sido unas fotos… totalmente… ¡inocentes! —clamó compungido Alberto, y añadió echándose a lloriquear—: Ha sido Constanza la que me ha liado… es ella la interesada en la justicia… —titubeó— o en la venganza, lo mismo da… a mí esto ni me va ni me viene… ni siquiera conozco a los Delmundo… mis fotos las tomo por arte y pura afición… entonces no sabía siquiera de quién se trataba —aquí mintió, y tanto Edmundus como sus dos nietos se percataron de este disimulo; en lo demás decía la verdad. Después añadió—: Todo empezó con la llamada de los contactos de la fiscalía… y con Sandra… y su negativa al millón de denarios… —Alberto quiso tragar sus últimas palabras pero ya era tarde— Y para rematarlo… —seguía diciendo, mientras se le entendía ya mal a causa de los sollozos en aumento— …para rematarlo, aquel encuentro en la alameda con Constanza, de la que yo estaba enamorado —gimió como pidiendo piedad— Y el hecho de que ella me abordara… yo nunca me hubiera atrevido… y, cuando me dijo que estaba muy herida a causa de Yóbrek y que quería justicia a toda costa… entonces, le conté lo del contacto y lo del juicio y lo de la fiscalía… y todo lo demás ya se lo imagina usted — Alberto tenía la sensación de estar hablando solo con el letrado defensor, olvidado como estaba por su estado nervioso, de que en ese momento muchos millones de personas le estaban viendo, incluida su hermana y sus padres, y Sandra.

El abogado defensor sabía que no lo había dicho todo, pues el llanto entrecortado se detuvo sin pasar al patético y definitivo lloro esperado. Por eso, insistió:

—Esta defensa —dijo, después de consultar con la mirada al abuelo y en la pantalla virtual de su muñequera— está dispuesta a retirar los cargos que piensa elevar contra Alberto Olet si colabora en el desmantelamiento de toda la trama orquestada en este caso. Meditará la pertinencia de actuar contra Constanza Tetrai, puesto que en ella no concurre desconocimiento. —Y prosiguió:

—Ahora bien, para que esto sea así, el testigo tiene que asegurar que ha dicho la verdad, toda la verdad y nada más que la verdad. ¿Hay algo más que quiera decir?

Alberto Olet se puso de pie, quedó pálido y blanco y se desplomó en el suelo. Había perdido el conocimiento. Los sanitarios lo retiraron en una camilla para atenderlo, mientras un gran revuelo obligó a la jueza instructora a aporrear su atril y demandar «Silencio en la sala». Cuando se hubo restablecido el orden, Constanza tomó la palabra:

—Como testigo, puedo añadir algo sobre lo que se ha preguntado: Alberto Olet ha firmado un contrato de dos millones con *Transparencia*; él no sabe que yo lo sé, pero me he ocupado en preparar bien este caso. Además, sí sabía que las fotos eran de Silvia, en el momento de hacerlas. Y por último, me había prometido que si yo le «juraba ser suya» mentiría y mataría por mí, si fuera preciso. Pero ya «no juraré ser suya»… tener que ver con esta basura humana me causa escalofríos. Por tanto, no puede concluirse que él haya obrado con desconocimiento, como supone la defensa. —Se veía que Constanza no solo era una atractiva mujer sino una mujer preparada y locuaz, cuando lo necesitaba. Entonces, dicho esto, añadió con retórica amenazante:

—Pero yo sí estoy bien informada. Y sé la verdad. Y la verdad es que el doctor y su familia son personajes muy peligrosos para la Confederación. Y que son ellos los que han preparado todo este juicio, comprando incluso a los fiscales, quienes nos han engañado… a los testigos… la prueba está en que nos han dejado abandonados a nuestra suerte… en manos de este letrado policía, cuya verdadera profesión es ser un psicólogo del engaño. ¡Le conozco bien!

—Es usted una experta en autoengañarse —le replicó, severo; y añadió, recriminatoriamente—: No se inquiete, habrá otro juicio para conocer quiénes están detrás de los fiscales, quiénes están detrás de ese millón que se les ha prometido por declarar en falso y quiénes en definitiva trabajan para buscar la ruina de uno de los filántropos más grandes que ha tenido en mucho tiempo la sociedad, cuyo delito consiste en que es querido por casi todos y seguido en sus ideas por millones de personas. Con esto, no es difícil adivinar quién quiere su caída. Pero hemos de encontrar nombres concretos y llegar a lo más alto de la conspiración. —Calculaba el letrado que probablemente sería la penúltima sesión, antes del "visto para sentencia". Por eso, dicho lo anterior, se dirigió a los dos jurados, y a la jueza instructora, y declaró que no tenía más preguntas, pero sí un ruego para la vista del día siguiente (ruego que habían minuciosamente calculado los cuatro la tarde anterior):

—La defensa llama abierta y públicamente a declarar mañana a Adolph Kirk y a Joseph Kirk.

Unos ojos, llenos de una luz inteligente y obsesiva, miraban en la pantalla virtual de la plaza de Bonaire el cuello de Yóbrek y se lo imaginaba ya cortado de un tajo (nada de veneno), mientras que al mismo tiempo se relamía anticipadamente con Constanza, aquel ingenio humano de hormonas en celo, muñeca del deseo, que él veía desnuda bajo sí, ultrajada y atravesada hasta la saciedad... Era una real hembra... y demostraba ser muy valiente... quizá le perdonaría la vida, si conseguía incluirla en su ejército de seguidores. Haría lo que tenía que hacer.

27

Aunque fue mucha la expectación en la última vista, pues la eventualidad de que Adolph y Joseph Kirk aparecieran como testigos no dejó de ser un hecho, la sesión duró poco más de dos horas. Se expusieron las conclusiones de las fiscalías y de la defensa. Y se retiraron a deliberar los dos jurados. Primero el jurado popular debía elevar una propuesta de veredicto, por unanimidad o por mayoría; y finalmente, el jurado profesional daría un veredicto definitivo, si ambos eran concordantes o lo elevaba a una instancia superior si no lo eran.

Las tres fiscalías continuaron defendiendo las mismas acusaciones, en un tono mesurado, sin estridencias pero machaconamente, dejando adivinar que tras lo que se le imputaba a Edmundus Delmundo había mucho más de verdad que de falsedad, más de lo que era factible demostrar... «Una clara estrategia —pensaba el filósofo— de sembrar dudas, de zaherir con imputaciones arbitrarias... donde lo importante no era ya tener o no tener razón, sino difundir la insidia y manchar la imagen». Desde este punto de vista el juicio lo habían ganado los acusadores. Objetivo conseguido.

El abuelo, sus dos nietos y Clarence habían acordado las conclusiones finales. Yóbrek las expuso en una puesta en escena sencilla. Primero, el juicio había sido un montaje que solo podía ser bien rectificado procesando a los implicados en un juicio posterior. Segundo, el mal ya estaba hecho, puesto que ¿cómo se corregían las falsas imputaciones contra Delmundo? Una sola mente sana en todo el mundo que guardara alguna duda era suficiente victoria. Y las estadísticas arrojaban varios millones de escépticos entre los confederados de la UNWB. Tercero, las tres imputaciones de las tres fiscalías no eran más que una parte menor en una trama muy poderosa que no había hecho más que empezar. Una guerra sorda se había desatado no solo contra la persona sino contra las ideas del filósofo y era una guerra orquestada por enemigos con mucho poder, con todo el poder imaginable.

El juicio acabó con una bufonada. En el momento de comparecer los dos jurados para la lectura del veredicto, dos sujetos disfrazados entraron en la sala esposados por los policías que los sujetaban, y decían ser Adolph y Joseph Kirk. Se les dejó que declararan, en un paréntesis judicial formal, solo hábil si llegaba a tener trascendencia. Contaron sus historias, hicieron reír a la multitud, se mofaron de la familia Delmundo… hasta que el viejo les interrogó en alemán, idioma que era notorio solo llegaban a reconocer con la traducción simultánea de los IC. Acabaron confesando en su lengua original, el sueco, que actuaban a las órdenes del verdadero Joseph Kirk y que les estaba haciendo inmensamente ricos.

«Quien dirige toda esta estrategia está más interesado en que se hable profusamente de mí que en tener razón», fue la reflexión del doctor, y permaneció meditando hasta dónde podría llegar aquel poder.

El jurado popular elevó una propuesta de veredicto de inocencia por unanimidad. El jurado profesional falló con un veredicto definitivo de inocencia: «Se ha demostrado por los hechos, las testificaciones, los argumentos y la lógica general de los elementos judiciables que Edmundus Delmundo es inocente de todos los cargos que se le habían imputado».

La nueva causa que se abrió unas quincenas más tarde, pudo perseguir las irregularidades que habían ido apareciendo: los testigos habían comparecido pagados y cayeron más de treinta cabezas de puestos relevantes y otras tantas de mercenarios, pero que no dejaban de ser intermediarios de una confabulación opaca.

Edmundus Delmundo, que había quedado en un paréntesis jurídico desde que se formalizó la causa contra él, recuperó el *level* 100. Pero fuera o no verdad, se había extendido la idea de que Joseph Kirk, un fallo del Pozo, era ahora el jefe de una banda criminal, que decía defender una causa noble. La tramoya del juicio funcionó como se había planeado, y, como un veredicto divino que ilumina toda sombra, aquella ordalía medieval había tenido éxito en pleno siglo XXV. Y todo esto se había difundido *urbi et orbi*.

Los instigadores últimos a salvo. Algunos detalles se les habían ido de las manos pero en lo esencial todo encajó. La sonrisa relamida durante el juicio se convirtió al final en una carcajada de victoria. Adolph había sido muy útil como pantalla de proyección. ¿En qué medida consiguieron su objetivo? Totalmente, según ellos. ¿Por qué? ¿Subió y bajó el nivel de los apoyos de la opinión pública, como globos que se inflan a voluntad? ¿Consiguieron hastiar al público, mientras lo divertían, al contagiarse todo de interpretaciones manipulables? ¿Cualquier lector de lo sucedido no va también a indigestarse? Para los que maquinan sobre seguro, el cansancio de la población, el escepticismo inducido y la pereza ante lo inconmensurable —"todos los poderosos son iguales"— es su mejor firme fundamento desde donde actuar en el futuro.

IV

Paideia

El hombre es un animal que desea creer, que desea la certidumbre de una creencia; pero que no desea saber.

(Cornelius Castoriadis: *La insignificancia y la imaginación. Diálogos*, pág. 27)

Solo la ilusión, no el saber, hace al hombre feliz.

(Stefan Zweig: *El mundo de ayer. Memorias de un europeo.* Ed. Acantilado, 2013, pág. 291)

El hombre vale lo que sabe; pero no vale más el que sabe más, sino el que sabe mejor. Aquel podrá tener mayor número de ideas; pero este le tendrá mayor de ideas buenas, y estas valen más que aquellas. Por esto se dijo que hay burros cargados de letras. La bondad de las ideas tiene dos solas medidas: primera, la verdad; segunda, la utilidad.

(Jovellanos: «Instrucción dada a un joven teólogo», *Obras completas*, XIV, pág. 872)

28

Una sola muerte próxima conmueve más que la de millares más lejanos. Y no es que la razón no sepa matemáticas, es que el sentimiento tiene puertas muy grandes por donde sabe entrar. Desde hacía cuatro meses, el famoso filósofo no dejaba de ser asediado, una inquina refinada y asesina le perseguía, a él y a su fama: en enero con los atentados a la clínica y a su familia, en febrero estrechando un nuevo cerco amenazador, en marzo todo aquel laberinto de opiniones que había sembrado un juicio cuyo objetivo era la confusión, y, ahora, en abril, quebrantando la inocencia de sus escolares y arrojando un cadáver infantil ante él, y, lo más enervante, consiguiendo presentarle indirectamente como responsable. Sin embargo, él sería el último que podría llegar a rendirse. Ni siquiera debería concederse mostrar flaqueza alguna.

El doctor Delmundo pasa la noche en vela, en la habitación del hotel de Windhoek, en Namibia, con aquel gran peso sobre sus espaldas, desolado y con todos sus nervios en tensa actividad. Le resulta imposible poder dormir, a pesar de lo agotado que se halla. Él no es el responsable de la muerte de Raquel, ¡de tan solo diez años!, pero Adolph se la ha cargado sobre su conciencia. Esta noche de este viernes uno de mayo es una de las más dolorosas de su vida. En una habitación contigua le acompaña su nieta. Silvia le ha prometido que se tomaría un SF-3 para dormir.

«Espero que ella esté durmiendo ya, mañana será otro duro día».

El pésame, el velatorio, el revuelo de toda la jornada, el estar afligido y el tener que estar a la altura de las circunstancias eran las sensaciones que todavía duraban, taladrándole el espíritu e impidiéndole pensar con mayor tranquilidad. A las dos de la madrugada sale de su hipnosis dolorida y cae en la cuenta, con plena consciencia, de que ha estado tres horas paralizado, sin moverse, sentado, sumido en aquel sufrimiento que no podía ser desplazado. Consciente de que lleva mucho tiempo sin comer, y sin ningún apetito aún, busca las pastillas energéticas y se toma una. Después de unos sorbos de agua parece que algo se mueve en su espíritu. Los recuerdos de los últimos acontecimientos vividos en las últimas semanas empiezan a aflorar solos.

«Ha sido un mes de abril casi perfecto, pero este uno de mayo ha venido a ensombrecerlo todo».

Desde el lunes treinta de marzo hasta ayer jueves treinta de abril ha vivido treinta y dos agitados y emocionantes días dedicados a la revisión que lleva a cabo una vez al año en el funcionamiento de las *paideias* y las *universitas*. Sin que la sombra de Raquel desaparezca de su espíritu, a la memoria de este "pedagogo revolucionario", como le tildan algunos periodistas, van llegando los recuerdos más impactantes de todo lo que ha vivido recientemente, después del teatral juicio.

A pesar de que Yóbrek y Silvia se lo reprochen, porque no quieren que se desgaste tanto en esas tareas de campo (solo aparentemente secundarias), mientras que se sienta con fuerzas él va a continuar todos los años con esa inspección sistemática del funcionamiento del sistema escolar introducido a partir de sus teorías sobre el troquelamiento educativo. Y aunque suponga viajar a ocho ciudades (cuatro *paideias* y cuatro *universitas*) en un tiempo tan corto y elaborar informes sobre lo que allí ha visto. Las *paideias* de Barcelona, Santiago de Chile, Pequín y Nairobi le acogieron todas con visible afecto; solo un percance desagradable, en China, con aquel profesor.

Efectivamente, los recuerdos de esta noche de insomnio empiezan a trabajar solos y, como en una película, se despliegan algunas escenas inolvidables. Recuerda que el miércoles 15 de abril sus dos nietos vinieron a visitarle a Kenia, cuando se hallaba en la *paideia* Meave Leakey, que culminó con aquella maravillosa excursión al Kilimanjaro, en su compañía. Fue en medio de las vistas divisadas a esas alturas cuando le sonsacaron aquella mala impresión que aún le afectaba en el ánimo.

En la subida al monte más alto de África, en bólido y solo una parte a pie, la panorámica a más de cinco mil metros era espectacular. Allí, mientras disfrutaba de los espléndidos paisajes, se detuvo a resumir sus impresiones sobre las visitas recientes a las cuatro *paideias*:

—Lo más importante es que no se aprecian distinciones regionales... hay una homogeneidad que indica que la metodología pedagógica está funcionando bien... las diferencias se encuentran en los casos particulares.

—¿Ha habido algún percance, abuelo?, el año pasado... —en este punto el abuelo interrumpió a su inquisitiva nieta:

—Un profesor pekinés enseñaba a rezar a los niños de tres años, eso fue lo único desagradable. Lo justificaba como parte de una teatralización... pero era claro que pretendía transmitir a los niños sentimientos de miedo y respeto ante aquella divinidad. Totalmente inapropiado pedagógicamente. "Dios" es un concepto *estético* demasiado complejo para esta edad. En la mayor parte de los casos no se trata de sentimientos nobles, sino de fantasías desordenadas, de dogmas y supercherías, ¡narcóticos!, —acabó exclamando enfadado el abuelo—. En el fondo, pretender que los niños sientan miedo a los ídolos (o reverencia, aquí da igual) es muy peligroso. —Y añadió contrariado—: Por eso, ante la contumacia de aquel profesor escurridizo, que no quería admitir su influencia y propósito, tuve que apelar al claustro de profesores. Ellos juzgaron: lo expulsaron. Y no apeló. Me quedó muy mal sabor de boca.

Edmundus no pudo evitar rememorar, estático en aquella atormentada noche de hotel, el resto de aquella excursión y la conversación que tuvieron en la subida a pie, los últimos trescientos metros. En la cima del Kilimanjaro (tenían suerte, el día estaba despejado) sus dos nietos le oyeron meditar en voz alta:

—¡Cuánto me alegro de teneros a mi lado! Aunque me siento aún joven y fresco, mis ciento cuarenta años me pesan. Es duro ir viendo cómo vas dejando a tantos seres conocidos y queridos en el camino.

—Abuelo, ¿te das cuenta de que nosotros tres moriremos en tiempos muy próximos? Quizá te sobrepasemos en unos veinte años... —dijo Silvia, para mimarle. Ellos vivirían hasta los ciento veinte y él hasta los doscientos.

—¡Casi tenemos la misma edad! —remató Yóbrek. Y el abuelo se esforzó por sonreír y por disimular. Sintió la tentación de decírselo en aquel preciso momento, pero «¡no, no sería bueno antes del fin de la tesis!» Así que, para disimular del todo, cambió de tema:

—¿Has puesto ya fecha final a tu tesis?

—Sí, en septiembre o quizá octubre. Tengo que repasar algunas ideas contigo con calma. —Y añadió, ahora dirigiéndose a su hermano—. Ah, te la pasaré con tiempo para que la leas, espero tu opinión despiadada. Puede que haya preguntas impertinentes del tribunal. Tú puedes ayudarme en esto, para que no me pillen desprevenida. — Asintió, mientras el abuelo vio cómo cogía a su hermana por el hombro brevemente y le daba el aliento que necesitaba, adivinando que él debía decirse a sí mismo: «No creo que puedan pillarte desprevenida. No saben a quién se enfrentan». Y a la vista de esta fecha el abuelo, había rematado la escena:

—Entonces, en octubre, después de la tesis hablaremos los tres. Por supuesto, repasaremos antes esas ideas... Silvia... y con Yóbrek, que siempre añade su propia perspectiva... indispensable.

El abuelo observó cómo los dos hermanos habían quedado intrigados sobre aquella cita para octubre... «Algún nuevo proyecto que no quiere adelantarnos... por algo... ¡seguro!», parecían estar pensando.

29

Miró el reloj y eran las tres menos cuarto. Había permanecido sentado en aquella silla dura, buena para trabajar en un escritorio, pero incómoda para tantas horas de absorta inmovilidad. Se trasladó a un sillón más confortable desde donde se divisaba la avenida que daba al gran parque que había frente al hotel. Pasaban con alguna cadencia bólidos silenciosos, arriba y abajo. La visión del parque le trajo a la mente la primera visita, de las tres con que le habían agasajado sus dos nietos, en Barcelona, el 31 de marzo. El paseo que dieron los tres por el parque y luego por la ciudad fue antológico, inolvidable. Rememora que estaba trabajando en los casos de niños que había seleccionado, con algunas anomalías, cuando recibió su llamada.

«Recuerdo perfectamente a Tian, de tres años. Demostraba una gran descoordinación con los ritmos musicales y era inepto para la danza. Fue el cuarto caso que analicé en la *paideia* Rosa Sensat. En los cuatro niños lo mismo: padres adictos al alcohol, al sexo o a esa droga sintética tan extendida, el *aglow*. Sí, Tian tenía curiosidad y a la vez miedo por aquella habitación donde su padre tenía varias muñecas ninfómanas, Adonis priápicos y todo tipo de objetos estimulantes. Estaba bien claro que aquella sala no era una habitación más; tenía connotaciones morbosas; el padre necesitaba de ese morbo; y el niño lo sabía. Por eso propuse que debía pasar una terapia si querían recuperar al niño después del semiinternado al que iría; su madre no era la solución, era adicta a las compras y colaboradora de su marido».

«El sentimiento de culpa de Tian no era buena señal; a esa edad es muy peligroso. Ya empezaba a estar visiblemente perdido. «¿Te gusta tocar palmas y bailar?», le pregunté, y me respondió: «..Pero yo no sé...». «¿Por qué no sabes?». «Porque todos me miran», y añadió «y a mí no me sale...». «¿Por qué crees que todos te miran?», continué. «Porque no me sale...». Se trataba de un círculo vicioso. El niño se siente observado porque previamente se siente censurado. De ahí la inseguridad».

«Espero que hayan seguido mi recomendación. Era importante que empezara a hacer más intensivamente teatro, como terapia. Vi que la directora no veía la relación, por eso le aclararé que «El niño ha de distinguir dos niveles de realidad: la ficción teatral y la realidad diaria. Y ha de aprender con ello, sobre todo, a tener sensaciones de autodominio. Tiene la edad ideal para empezar», y entonces asintió empezando a comprenderme».

«Ah, qué importantes son los esquemas estético primarios. Qué importante abrirse bien al juego libre y al reglado, a las relaciones pautadas y a las creativas, y a la vida y a lo que esta tiene de escenario, en el mejor y en el peor de sus sentidos...».

Aunque era una de sus facetas menos divulgadas, las teorías pedagógicas de Edmundus estaban muy elaboradas. Los estudiantes de pedagogía lo sabían muy bien, casi tan bien como sus dos nietos. El perfecto conocimiento que tenía de las patologías y sus investigaciones estéticas se habían cruzado perfectamente con su teoría del troquelamiento, o sea, con el hecho de que habrá pautas de las que el niño ya no podrá salirse una vez afianzadas; de ahí que haya que elegir las buenas y tener el máximo cuidado con las dañinas.

«Fue cuando daba las últimas instrucciones sobre este caso cuando oí sonar el teléfono. Eran Silvia y Yóbrek. Y convoqué a los dos profesores con los que quería hablar, Jordi y Mercè, para el día siguiente. Me tomé la tarde libre para estar los tres juntos».

El abuelo se sentía inmensamente feliz por poder disfrutar de la compañía de sus dos nietos. Era duro vivir tantos años. Su tiempo "natural" se iba yendo hacia un pasado cada vez más remoto. Por eso, para sentirse bien, tenía una cierta dependencia de verlos asiduamente. El trato estrecho con ambos le mantenía vivo, no solo con las ideas bien plantadas, sino también con verdadera ilusión de vivir.

«Quedamos directamente en un restaurante en Montjuic. Durante la comida empecé por comentarles los cuatro casos que había tratado esa mañana y recuerdo todo lo que les dije. Me parece increíble que siempre estén mostrando todas esas ganas de aprender y de interesarse por mis cosas»:

—Nunca falla, siempre están detrás de todo las familias, especialmente a esas edades, entre uno y tres años. Y la inspección de las aulas equivale a hacer una radiografía de sus hogares. Y ahí está la dificultad. Todo mucho más escurridizo. El problema de la pérdida de la patria potestad, porque los niños tienen un apego emocional primario hacia sus padres.

«El niño es muy delicado, pero tiene también una gran capacidad de reacción», pensaba ahora en el hotel africano mientras veía cómo se deslizaba ante él un bólido en la noche, que le devolvía a la realidad. Pero retomó al instante su monólogo interior: «El mal está en el abandono del problema o en dejar que se enquiste». Volvió a remojar los labios, lo hacía espaciadamente, mientras miraba hacia las luces del exterior. «Sin embargo, cada problema superado les hará más fuertes». Su danzarina imaginación volvió de nuevo a Barcelona:

«Y cuando ya acababan de comer, aquella mala noticia. «Qué casualidad», se vio que pensaban ambos, los dos recibían a la par un mensaje. «Es mamá», exclamaron. «Poco después nos conectamos a la crónica: «El arbolado del paseo del Muro, en San Lorenzo, la céntrica playa del distrito de Gijón, en llamas». Cuatro pirómanos apresados, todos disfrazados de Adolph Kirk, diciendo ser Joseph Kirk, guerrilleros de Kirkstratos. Solo la mitad de la arboleda pudo ser salvada. El rociado con sustancias inflamables había sido muy concienzudo. Habían aprovechado la noche anterior. Huían en un bólido sin permiso y fueron detenidos por las patrullas aéreas del ejército. Yóbrek comentó que cumplida la misión, a los pirómanos no les atribulaba ser apresados. Es más, parecería que formaba parte del plan. «Se trata de dar la máxima publicidad, mientras se hace daño», recuerdo que concluimos».

Tan absorto se hallaba en sus rememoraciones que tenía que hacer esfuerzos para volver a la realidad del presente. La noche transcurría con su peculiar ritmo.

«Nada podíamos hacer desde allí. Silvia supo por su madre que su piso debería ser pintado, que solo había quedado afectado por el humo. Y volvimos a hablar por enésima vez de Adolph y entonces Yóbrek nos reveló su paradero»:

—Sabemos que Adolph Kirk organiza su ejército desde una isla del Caribe. La noticia está a punto de darse a conocer, para ponerle nervioso y llevarle a cometer algún error. Es un enigma todavía de dónde obtiene tantos recursos y tanto dinero.

—¿Por qué no ha sido atrapado ya?, —inquirió con rabia la nieta.

—La prioridad es dar con toda la trama, antes de detenerle. Aunque quizá sea preciso pararle… hay daños que pueden ser irreversibles.

«Nos fuimos después a pasear entre la arboleda de Montjuic, una parecida a esta que se ve desde aquí. Mis dos pequeños desconocían hasta dónde estaba afectado personalmente con todo este ataque orquestado en definitiva contra mí. Por eso trataron de tranquilizarme»:

—Abuelo, ¿crees que nuestros enemigos pueden alcanzar su objetivo? —me dijo Silvia mientras me agarraba del brazo y me sacudía cariñosamente.

—No lo alcanzarán, estoy seguro.

—¿Y eso?, —preguntó Yóbrek.

—Podrían en teoría aniquilarme a mí personalmente o a cualquiera de vosotros dos, ¡eso no podría soportarlo yo! Cometerán decenas de atentados más contra la red sanitaria y la educativa. Pero con eso no alcanzarían el objetivo. Lo que quieren es cambiar el modelo de sociedad.

—¡Pero cómo van a conseguirlo!, —exclamó la nieta.

—¡Precisamente!, ¡no pueden! Para ello deberían tener mucho más poder sobre la opinión pública. Pero, a pesar de que controlen muchos medios de difusión y de que haya un buen porcentaje dispuesto a seguir cualquier camino, una parte de la población está sana y muy bien informada. Esa es la barrera que no podrán superar. De momento tratan de sembrar dudas y de crear miedo.

—¿Crees que peligran nuestra vidas?, —reflexionó en alto el capitán.

—Sí, pero no osarán arriesgarse en vano con el ojo de satélite.

—¿Tienes un ojo de satélite?, —se asombró Silvia. Yóbrek ya lo sabía, y estaba a punto de decírselo a su hermana. A la vista de tantos atentados, apuntando en la misma dirección, se habían adjudicado no uno sino tres ojos de satélite.

—Lo tenemos los tres, —dije.

—Sí, *Balance* no quiere escatimar medios con tal de desarticular la banda de fanáticos —remató mi nieto.

—¿Y cuándo pensabais decírmelo? —protestó ella.

—La decisión fue tomada hace poco —aclaró Yóbrek—. Iba a decírtelo, por eso he podido venir hoy contigo a la ciudad condal. No es algo para transmitirlo al aire. Ya sabía que el abuelo tenía información directa…

—Has de tener cuidado en el interior de casa. Después de una hora, se deshabilita el ojo, para no irrumpir en la intimidad, salvo que haya un peligro visible.

—¿Y cómo sé yo que está deshabilitado? —volvió a protestar.

—No te preocupes, todo lo grabado es tratado con la máxima privacidad. Primero son los robots quienes se ocupan de seleccionar las escenas significativas, si las hay. Y los robots no son curiosos… Y, ya sabes, después de una hora, si no hay indicios de peligro, se desconecta —acaba aclarando su hermano.

«Tras unos momentos de silencio y de coger resuello después de aquella empinada cuesta, volví a retomar la palabra»:

—En realidad, sí están ganando parte de la batalla. Porque están cambiando nuestras vidas. El tema que hoy me preocupa es la educación y, sin embargo, estamos hablando de nuestros miedos…

«Todos callamos un buen rato y aprovechamos para recrearnos en las hermosas vistas. Barcelona era una bellísima ciudad, otro ejemplo de urbanismo y de crecimiento racional».

Un bólido se desliza delante de sus ojos, tras la ventana, con sus potentes luces iluminando todo por un instante. La avenida que tenía delante cruzaba toda la ciudad de Windhoek por la mitad, como una especie de diagonal barcelonesa. El clima de Namibia, en el sur de África, era el que te recordaba todo el tiempo que estabas lejos de casa.

«Fue buena idea que Silvia nos propusiera visitar el Panópticummuseum durante la tarde. Pudiendo ir con ella hubiera sido un error dejarlo pasar. Ella es capaz de que descubras lo que tu ojo no ve por sí mismo. Y fue curioso, no teníamos los mismos gustos, algunos sí, desde luego. A Yóbrek le gustaron especialmente los Svetlanas, de finales del siglo XXI. A mí, sobre todo algunos Picasso, Svetlanas, Martins y Kavitas, este último un pintor muerto recientemente al que he conocido personalmente. Los Miró me parecieron los mejores para decorar ciertas paredes de las *paideias*. A Silvia le gustó todo, por este orden: Kavitas, Picasso, Svetlanas, Martins e Irinas; el resto irían todos en un último paquete. «Todo excelente y algunas obras geniales», según ella misma glosó».

Una pareja de enamorados, no era difícil adivinarlo, pasó por delante con marcha ralentizada, como queriendo detener la noche africana.

«A menudo, quieren sobreprotegerme. A la salida del museo, mi nieta, que solía ser la primera en decir lo que ambos habían hablado, me invitaba a que me diera una vida menos ajetreada»:

—¿Por qué no dejas estas tareas rutinarias, la inspección anual y todo lo demás, en manos de los inspectores tan bien preparados que existen? Lo tuyo es la investigación.

—Los inspectores ya hacen continuamente su trabajo. Lo que yo evalúo es ínfimo. Sigo trabajando porque no hay que perder el contacto directo con los problemas de raíz. Una teoría sin trabajo de campo se convierte en pura especulación. Me sirve más a mí que a la causa… —recuerdo que me esforcé en dejárselo claro.

«Continuamos hablando de temas cruzados, de la educación, del arte, de sus estados de ánimo… también de la marca que iba curando en la cara izquierda de Yóbrek, desde el pómulo alto hasta la comisura de la boca, que le daba un aspecto algo siniestro y nos traía a la memoria a Constanza y a Adolph».

«Entonces empezó aquella discusión en broma de los dos hermanos. Por mucho que lo intentaran no podían disimular que se adoraban mutuamente, tanto como yo a ellos»:

—¿Cuándo te vas a echar una nueva novia, Brecucho? —se oyó mientras contemplábamos la casa Lleó Morera de Lluís Domènech i

Montaner.

—¿Y tú, cuándo te vas a echar un novio de verdad? —fue la respuesta que pudo escucharse a viva voz, en medio de otras frases provocadoras y traviesas, cuyo fin era sonsacar algo de la vida más privada.

—Si te digo la verdad, nunca he estado tan perdido como ahora… Tendré que esperar a Cupido, él manda. —Me parecía que mi nieto "mentía" sin saberlo.

—Yo no me siento capacitada para un proyecto de vida sentimental estable. Es como si la obsesión de la tesis absorbiera todos mis objetivos… tendré que esperar.

«Después de reflexionar sobre la "manzana de la Discordia", en el Paseo de Gracia, y el problema de establecer jerarquías de belleza y aquella rivalidad fingida de sus dos nietos, acabé sentenciando: «Los dos estáis a la espera; por tanto no estáis desesperados», con cierta sorna al decir "desesperados", y reímos los tres con aquel juego de palabras que solo era una salida para dejar atrás un tema sin solución».

«Tras la cena, mis queridos nietos volvieron a Astur. La jornada siguiente, jueves 2 de abril, era día de trabajo para todos».

Las tres y media, señalaba el reloj de la VS en Namibia.

«Qué lenta está pasando esta noche, como si le costara trabajo irse. Larga noche, como largas debían de parecerles aquellas excursiones a algunos niños, en Miami, la primera *universitas* que visité, entre el 16 y el 20 de abril».

Y la mente de Edmundus se trasladó por unos instantes a algunas escenas que todavía le hacían sonreír.

«La "excursión de la sed" es una de las actividades más interesantes. Los niños de siete años llevan una cantimplora de la que deben beber solo hasta la mitad y han de compartir por turnos unas pesadas mochilas a lo largo de quince kilómetros. Hay normas estrictas. Siempre hay un porcentaje que falla en la prueba y que debe repetirla. Después, asimilan muy bien por qué fallan».

El filósofo tomó unos cojines, los situó en el suelo, se descalzó y se estiró un poco más cómodo.

«Me reuní con los que habían fracasado, todavía estoy viendo sus caras decepcionadas»:

—Levantad la mano derecha los que creáis que habéis fracasado y la izquierda los que sintáis que sois unos fracasados —les planteé.

«Levantaron la mano veintisiete que creían que había sido un fracaso, los cinco restantes pensaban que eran unos fracasados. Les pregunté que por qué creían que eran unos fracasados».

Sonreía ahora sin percatarse de ello, a pesar de la tristeza de fondo, mientras pensaba en sus caras asustadas.

«Una niña se animó a hablar, después de mucho mutismo, y dijo, ayudándose de las preguntas con que yo la dirigía, que no había ninguna diferencia entre haber sufrido un fracaso y ser unos fracasados, porque todo el que fracasa es un fracasado, ¿o no?, remató retóricamente. Los otros cuatro niños asentían a las explicaciones de su compañera. Entonces, les dije que iba a contarles un cuento. Todos callaron y se relajaron por primera vez en aquella tensa reunión»:

—Una madre tenía dos hijos, no decimos ahora si eran chicos o chicas. Había llegado el momento de que pasaran una prueba. Les envió a viajar durante un año por el mundo. Deberían valerse por sí mismos. Trabajar, sobrevivir y ahorrar parte de las ganancias. Uno de ellos triunfó muy rápidamente. Encontró en su primer destino casualmente una familia sin hijos que añoraba tener uno. Empezaron por alojarle en su casa, después se hizo querer y para evitarle que tuviera que marcharse le asignaron una suma de dinero mensual y le cuidaron y le mimaron durante ese año.

»El segundo empezó muy pronto a pasar calamidades y hambre, pues para todos los trabajos que buscaba le pedían experiencia, que él no tenía. Viajó a otro lugar buscando algo de suerte y empezó a comprender que tendría que trabajar en cualquier ocupación, una de esas para las que no es preciso tener experiencia. Por fin, encontró su primer trabajo, limpiando establos de animales, pero con lo que ganaba solo tenía para comer malamente y no le llegaba siquiera para el alojamiento; menos mal que se las arreglaba para dormir en las cuadras. Así que hubo de trasladarse otra vez.

»Su segundo trabajo, ordenando pesados bultos en un almacén, le reportaba el dinero justo para sobrevivir, pero por más que lo intentaba no era capaz de ahorrar nada. Pensando en la condición que le había impuesto su madre, decidió trasladarse de nuevo. Encontró un trabajo de grumete, para limpiar el barco, ya que no conocía el arte de la pesca. Por fin, al cabo del mes le quedaba un pequeño ahorro, pero enseguida calculó que en los meses que le restaban llegaría a ahorrar una suma ridícula, así que decidió de nuevo seguir buscando más fortuna. —Todos los niños atendían ensimismados y el hecho de oír hablar de algunas profesiones inexistentes para ellos daba aún más alas a su fantasía. Proseguí procurando que la entonación de las frases fuera la correcta.

»El segundo hermano probó suerte en otro lugar, donde también se faenaba en la mar. Esta vez le contrataron de pescador; les dijo que tenía un poco de experiencia y que conocía los rudimentos de la pesca; en su mes de grumete había estado observando cómo hacían los pescadores y algo había aprendido por haberles ayudado a ratos. Por fin, pudo ahorrar aquel primer mes y los dos siguientes una suma algo importante. Pero la desdicha quiso que alguno de los marineros le robara sus ahorros. Nuestro segundo protagonista se quedó sin nada y tuvo que volver a intentar nueva fortuna. —Todos los niños dejaron sentir su cara de sobresalto.

»Ya habían pasado diez meses. Apenas si tenía tiempo para poder ahorrar algo. Pensó durante un instante renunciar a seguir intentándolo y volver fracasado al lado de su madre. Pero algo en su interior le encendió el ánimo y no se lo permitió. Lo intentó de nuevo. Le admitieron como ayudante de cocina en un restaurante, después de haber asegurado que sabía trocear y manipular bien el pescado. Con el sueldo tenía alojamiento y manutención. Ahorró los dos sueldos íntegros, aunque ello le obligó a hacer una vida muy austera, sin poder salir a divertirse y sin poder hacer amigos. Finalmente consiguió volver a casa con cien denarios. Su hermano volvió con mil, después de haber gastado otro tanto para salir con sus amigos».

«Entonces, llegado a este punto de la narración, volví a solicitar la opinión de los niños»:

—¿Quiénes de vosotros creéis que es el primero el que ha pasado la prueba a los ojos de la madre?

Tres respondieron que sí y veintinueve que no.

—¿Y quiénes de vosotros creéis que el segundo ha pasado la prueba a los ojos de la madre?

Treinta y uno respondieron que sí y solo uno que no. Edmundus tomó nota mental. Finalmente les preguntó:

—Levantad la mano quienes admiréis más al segundo que al primer hermano.

Treinta y uno la levantaron.

—Levantad la mano quienes creáis que sois unos fracasados.

«Solo uno levantó la mano. Se trataba de un niño al que sin duda había que desbloquear. La única ventaja, que a los siete años todo es plasticidad. El juego acabó con la entrega de trofeos».

«Les pregunté después si alguien cambiaba un premio por el disfrute de jugar... pero en lugar de responderme directamente clamaron enardecidos: "¡viva!, ¡viva!" Y entretanto yo no me sentía menos niño que ellos, aunque debía aparentar seguir siendo adulto...».

Cualquier estudiante de pedagogía citaría aquí sin dudarlo una de las sentencias más repetidas del sabio anciano: «Un psicópata es un niño hecho mayor que no ha llegado a "ver" los valores de las cosas».

Su concentración se rompió por un instante y fijó su mirada en el exterior: un hombre solo, tambaleante, avanzaba con dificultad, a aquellas horas de la noche, y parecía que no tenía un lugar preciso a donde ir. Tras la leve distracción, reinició, sin proponérselo, su historia mental.

«Después de la experiencia de Miami, vino Camberra y Bagdad y

Namibia... todo experiencias fabulosas, hasta este aciago día».

Volvió a erizársele el cabello al pensar en aquel cadáver de diez años.

Sin embargo, la imaginación absorta trenzaba caprichosa sus recorridos a su antojo. Raquel le recordaba a Hatema, aquella niña de siete años que conoció en la "excursión de la sed" de Miami.

«Todo el problema apuntaba a un niño que según parecía se deshidrataba mucho más que los demás; él fue el causante de que Hatema llegara con menos agua de la exigida, por muy poco, eso sí. Y no se trataba de la primera excursión sino de la segunda, mucho más complicada, porque la eliminación funcionaba por equipos. Así que Hatema se sentía muy responsable. Llegué a emocionarme al ver cómo reaccionaron aquellos niños, en el juicio que se llevaba a cabo al final. Hatema dio su versión de los hechos y los demás juzgaron».

La noche oscura empezaba a clarear levemente, Edmundus seguía sin apenas cambiar de postura, meditaba y permanecía abstraído en algún lugar de su interior.

«Hatema se explicó muy bien»:

—Me parecía que Talín tenía verdadera sed, más sed que cualquiera... y que a él mismo le molestaba tener que pedir... eso se notaba... no era un abusón —acabó.

«Oído todo el informe, otra niña dijo que podían pasarse las gotas de agua que faltaban de alguno del mismo equipo y así asunto arreglado... y si esto no valía... que podía eliminarse también al grupo I el que más agua había conservado y que no había querido darle a Talín. Otra niña intervino para decir que si se eliminaban esos dos grupos, también a lo mejor había que eliminar al grupo de Talín, a los que algo de agua les había sobrado. Otro niño añadió que quizá había que eliminar a todos, porque deberían haber puesto todos un poquito de agua para Talín».

«Tomé entonces la palabra y les dije»:

—Como el tema es sumamente dudoso, lo decidiréis entre los treinta por votación. Las opciones serán: Eliminar solo al grupo de Hatema. Eliminar al grupo de Hatema y de Talín. Eliminar al grupo de

Hatema, de Talín y al I. Eliminar a todos los grupos. No eliminar a ninguno.

«Después de quince minutos ya tenían el veredicto. En la primera votación quedaron los votos muy repartidos, sin conseguirse mayoría absoluta; hubo votos para todo. En la segunda votación, espontánea y extrañamente, hubo treinta votos para "no eliminar a ninguno"».

Otro sorbo de agua reanimaba las ideas en aquella memoriosa noche de trance.

«Felicité por aquella unánime y justa decisión a todos. Pero dije que el veredicto debería ser razonado y que alguien debería hacerlo para ver si todos estaban de acuerdo. Porque, además, había que asegurarse de que no se había obrado pensando en salvar el propio pellejo sino con el criterio más justo».

«Hablaron Talín, Hatema y Nerva.

»Talín dijo que si se hubiera podido eliminarle solo a él, eso hubiera sido justo... por abusón, y añadió que siempre bebe mucha más agua que los demás... y que al grupo de Hatema no se había atrevido a pedirles porque iban muy ajustados... y que a él le pareció que apenas había bebido nada.

»Hatema dijo que si se hubiera podido eliminarla a ella sola, hubiera sido bastante justo, por no haber tomado todas las precauciones... pero que ella vio que todavía le sobraba algo de agua y que Talín estaba rojo y muy sudado... y que le pidió que solo mojara la boca... y que casi dio en la diana... —al decir esto todos rieron— y que la cantimplora más justa no es la que tiene más agua sino la que se acerca más a la mitad y que la suya era la que más se había acercado... aunque se había pasado, es verdad. Habló Nerva, una niña muy querida y respetada por todos, y dijo que las matemáticas son sagradas... y que gracias a las matemáticas estaban discutiendo... pero que por culpa de las matemáticas también estaban discutiendo... —todos rieron la aparente contradicción y Nerva hizo un gesto para indicar que todavía tenía algo que decir— porque las matemáticas sabían medir muy bien el agua de la cantimplora pero no sabían medir igual de bien la deshidratación —utilizó esta misma palabra que sonó algo cursi a muchos— de cada uno... porque según esa matemática, cada uno debería beber una cantidad algo diferente... y que por eso, daba la razón a Hatema, porque había una matemática de los números exactos y otra matemática de los promedios justos... —Pensé que esta niña era sin duda muy superdotada. Los profesores que la conocían hicieron señas en este sentido; continuamos todos atentos— dijo, que bien mirado, en la votación no se había incluido una variante posible: descalificar a todos los grupos salvo al de Hatema, que era el único que había cumplido rigurosamente todas las normas... incluida la de dar de beber al sediento y que los 0,001 litros que le faltaban a Hatema no le faltaban a ella de modo voluntario, sino que lo había puesto ella arriesgándose para compensar la miseria de otros... El fallo de Hatema estuvo en que decidió arriesgarse... pero no fue un riesgo sin sentido sino un riesgo necesario... Por eso la solución mejor es que no quede descalificado nadie, porque ¿quién tenía que haber puesto el agua que le falta a Hatema? Es tan difícil de saber que tenemos que darlo por imposible».

«Retomé emocionado la palabra y dije»:

—Entonces, levantad la mano los que creáis que "la mitad del agua de la cantimplora" no se refería exclusivamente a un número matemático sino a un número matemático "justo".

«Levantaron la mano los treinta como una sola flecha disparada al viento. Y sentencié»:

—Si nadie quiere alegar nada en contra, ya tenemos el criterio justo: "Nuestra mitad es una mitad matemática justa". —Y todos aplaudieron, mientras se levantaban y comenzaba el regocijo de un nuevo triunfo.

«Está amaneciendo, las últimas horas han pasado más veloces que las primeras. La concentración es un atajo que tiene el tiempo», le dio por pensar al filósofo. Empezaba a tocar volver a la trágica realidad de Windhoek. «Tendré que despertar a Silvia, por si se ha dormido; pero todavía es pronto».

30

Mientras fenecía la noche, recordó los acontecimientos anteriores al trágico suceso, el mismo día que habían llegado sus dos nietos a Namibia.

«Dos niños se pegaron hasta hacerse daño y fueron juzgados por la asamblea de los trescientos para decidir si se les expulsaba o no:

»«Empezaste tú»… «No, fuiste tú el que me insultó primero»… «Los insultos eran en broma, pero el empujón me hizo daño»… «Pero ese insulto no se lo aguanto a nadie… prefiero un golpe»… «Yo no sabía que ese insulto fuera tan importante»… «Y por qué lo dijiste»… «Lo dije porque por culpa tuya perdimos el partido»… «La canasta casi entra… casi ganamos… perdimos porque perdimos… tú tampoco la hubieras metido… ¿cómo sabes que sí?…».

»Como presidente de aquella asamblea, tomé la palabra»:

—¿Qué insulto fue ese tan importante?

—Me llamó judío.

—¿Y eres judío?

—Sí, creo que sí… mis padres…

—Y, entonces, ¿por qué crees que te insultó… si te llamó lo que eres?

—Porque lo dijo con desprecio.

—¿Lo dijiste con desprecio? —le dije ahora, dirigiéndome al agresor del insulto.

—Lo dije en broma… y rabiado… y porque no encestó…

—Pero qué tiene que ver la palabra judío con no encestar.

—No lo sé. Solo sé que… —el niño no supo seguir.

—¿Dónde has oído la palabra judío?

—En mi casa…

—¿Y en tu casa se utiliza la palabra judío como insulto?

—No lo sé… a lo mejor…

»Entendí que el tema era complejo y lo dejé para ser tratado más en privado. Ahora la gran asamblea compuesta por aquellos trescientos niños entre nueve y diez años debía decidir»:

—Niños y niñas, ¡ya sabéis lo que ha pasado! Ahora sois vosotros los que tenéis que presentar propuestas de inocencia o de culpabilidad y en este caso, qué sanción sería la justa.

»Después de dos opiniones iniciales, intervino Raquel, una niña de ojos negros y piel canela. Dijo que todo lo que se había dicho le parecía correcto, pero que no era suficiente. Propuso que se consideraran tres faltas: la reyerta, empezar la pelea y la responsabilidad de la provocación. Remo había empezado a provocar con el insulto. David había dado el primer golpe. Y ambos habían peleado sin control. Restaba valorar qué trascendencia tenía cada infracción, de uno a seis, por ejemplo, y que esto se decidiera votándolo entre todos.

»Hubo un consenso general».

Pero mientras todo esto sucedía en el graderío al aire libre y se disponían a la votación, unos ojos escondidos, en la distancia, observaban con atención las caritas de aquellas criaturas... Tenía que elegir una para el sacrificio. Edmundus nada podía sospechar entonces de esta mirada.

«La provocación fue valorada con 6 puntos. El primer empujón con 3 puntos. Y la reyerta con 3 puntos. Así que a Remo se le adjudicaban 9 puntos de sanción y a David 6. Eso se traduciría en horas de trabajo para la comunidad.

»Para finalizar añadí que quien había comenzado la disputa debía pedir disculpas y quien la había seguido tenía que aceptarlas y hacerse una autocrítica. Todos refrendaron esta sanción.

»Tomó la palabra Remo para disculparse. Dijo que él no quería pelear, pero que sí era verdad que David le parecía raro y que quizá por eso había pensado que no había hecho ganar al equipo. «Lo siento», dijo, y se retiró cabizbajo.

»David le respondió que le perdonaba... —aunque lo dijo todavía con un poso de resentimiento— Que lo mejor sería que nadie más se lo volviera a llamar de ese modo... «Siento... no haber encestado la última canasta... y también... lo otro».

Mientras comprueba que aún le quedan unos minutos, antes de reunirse con Silvia, un Edmundus dividido, entre la emoción del dolor principal que le tenía desvelado y todos aquellos chispeantes recuerdos, se sume en su última remembranza:

«Después de este suceso me enfrasqué con mis nietos en una conversación que acabó derivando hacia mi teoría estética sobre la religión»:

—Hace años estudié con mucha atención esta problemática... —les dije— hay cuatro planos que no hay que dejar de distinguir: el ético, el moral, el político y el estético. La "religión ética" se lleva en el corazón... quiero decir, en las ideas y en la sensibilidad que gobiernan nuestros principios en los que creemos... La "religión moral" se traduce en forma de normas sociales... Y la "religión política" se expresa mediante leyes comunes que regulan los conflictos.

—¿Y la "religión estética"? —preguntó mi nieta.

—La religión estética es un asunto muchísimo más complicado. Habría que decir que la religión empezó por ser estética... cuando se estaba formando, antes de que se convirtiera en una institución sólida con sus ceremonias, sus sacerdotes y su moralidad propia... antes de ser una institución moral y política.

—Suena muy interesante. Abuelo, aplicas tu teoría estética a temas inesperados —me animó él.

—La religión empieza siendo estética y nunca deja de serlo... se construye con elementos muy originarios de la sensibilidad y de la inteligencia simbólica —Y aquí eché mano de un ejemplo de un filósofo que amenazaba con convertirse en una perorata intelectualoide...

—Abuelo, no te vayas por las ramas... que te conocemos —me contuvo Silvia.

—Bien, pues eso... La religión es estética y continúa siéndolo siempre en su base fundamental...

—¿A dónde quieres llegar, abuelo? —preguntó Yóbrek.

—Quiero llegar al hecho de que, antes de que haya religión, hay ya una intensa y compleja estética en el homínido que canaliza multitud de ideas y sentimientos… y que es sobre esta capacidad estética sobre la que se eleva la religiosidad y la piedad y los ceremoniales sacros… y que, precisamente, cuando la religión desaparece, lo que queda al descubierto nuevamente, son unas necesidades de expresividad estéticas… que si no se llenan con la estética fácil de los alucinógenos y del cultivo de las cenestesias hedonistas, hay que llenarlas con pautas casi etológicas, hechas de obsesiones, fijaciones o manías… llevadas a la exageración y a la locura… o con rituales gregarios, musicales, de danza… hasta la extenuación… a no ser que el sujeto alcance su equilibrio estético a través del arte, la apreciación de la belleza o del cultivo de destrezas y, en definitiva, de una actitud creativa ante la vida…

—O sea —interrumpió Silvia—, que somos básicamente un "animal estético", ¿no es eso?

—Sí, somos un animal estético, por supuesto. Un Aristóteles de nuestro siglo no tendría inconveniente en admitirlo. Sentimos con la piel y con las vísceras, pero también con las ideas y con las relaciones…

—¿Y esto qué tiene que ver, ahora, con el problema de los niños, y de los prejuicios religiosos?

—Tiene que ver porque si un no creyente llega a saber que un creyente se diferencia de él, en principio, porque canaliza de manera distinta determinados elementos estéticos… y viceversa… resulta de aquí que la distancia entre ellos consistirá ahora en algo muy parecido al gusto por una determinada pieza musical u otra. ¿Quién va a discutir por eso?

—Sí, pero los problemas no se acaban ahí —protestó con delicadeza él.

—¡Claro!, yo no digo que se acaben, sino que hay que empezar por reconocer ese origen… —Y tomé nuevo impulso—: Son las normas morales religiosas las que adquieren la forma de armas contra los infieles y actitudes inquisitoriales... y no el tener una estética religiosa o no... y, en una sociedad de múltiples morales esto es un verdadero problema, que solo se puede controlar políticamente, con leyes que preserven los valores éticos y que ordenen pacíficamente los morales.

—¿Y los niños... cómo hay que educarles? —preguntó Silvia.

—Con tres ideas básicas: que hay dos formas de encuadrar el mundo: con Dios y sin Dios... y que eso es una decisión de carácter estético... me refiero ahora a la estética más elevada, una casi mística. Segundo, que esto no podrán hacerlo hasta ser mayores y haber madurado... y elegido cada cual su propia estética. Esto quiere decir, que tendrán que tratar de ser coherentes... es decir, tendrán que encajar lo mejor que puedan todas las piezas que tienen entre las manos. Y tercero, cualquier religión anterior a la madurez pertenece a las familias y su validez solo viene dada por que transmita valores morales no contrarios a los valores éticos, recordemos, universales.

—Entonces, el Estado, la Confederación no debe educar en ideas religiosas.

—No. Pero debe canalizar los conflictos.

—¿Y los padres, pueden inculcar a sus hijos una religión determinada?

—No se puede impedir a los padres que inculquen aquellas ideas que ellos consideran mejores... Los padres tienen esta legitimidad en nombre de los valores éticos, pero estos vienen adheridos en la práctica a los valores morales correspondientes... entonces, lo que los padres deben educar también es la libertad de sus hijos... para que de adultos elijan su propia moral... Toda educación religiosa en la infancia debería de ser provisional...

—Creo que deberíamos cenar, ¡por razones estéticas y de hambre! —sentenció Silvia riendo su propia ocurrencia mientras arrastraba a sonreír a su hermano y a mí mismo, que también tenía hambre.

«Durante la cena, mi nieta volvió a insistir en no entender por qué la gente era tan tibia y aún mantenía dudas, en algunas áreas, sin decidirse por el maravilloso sistema educativo que yo había fundado»:

—Pásame una manzana y trataré de explicarlo. —Introduje la manzana en el pelador automático y estuvo pelada, troceada y lista para comer en cinco segundos. Mientras introducía trozo a trozo en la boca, procuraba avanzar, al tiempo que masticaba lentamente. Quería dar a entender con esta teatralización que en los fenómenos mecánicos se pueden acelerar los procesos, pero que las relaciones humanas no son solo mecánicas— Hace casi un siglo que funciona el nuevo sistema económico mundial. Y funciona bien... pero ha empezado a viciarse... De hecho se ha viciado mucho ya. —Mis dos nietos me miraron inquisitivos, suponían a qué debía referirme, pero sintieron curiosidad, hicieron un gesto de atención con los ojos... y proseguí:

—El 50% de la economía es básica, programada y social y el otro 50% es economía libre, aproximadamente. Esta manzana procede de la economía programada, pero vuestra ropa... seguro que no la habéis adquirido en el programa oficial, sino en una compra alternativa y con un diseño de encargo. Gastáis vuestro sobrante como queréis, como hace todo el mundo. A mí me resulta más cómoda la ropa del programa oficial... ahorro tiempo y esfuerzo... pero mis libros no los obtengo del programa oficial.

—Sí, abuelo, vas a decir algo sobre ese último 50%, lo sabemos... no te atragantes... te escuchamos —dijo mi nieto.

—Eso es, la economía libre es muy sana para el buen funcionamiento de la economía programada... cubre huecos, dinamiza otras relaciones e impulsa la calidad y el desarrollo. Pero la economía libre tiene una tendencia natural a la concentración de capitales... quiero decir que si a un empresario le va bien y le sigue yendo bien... llega a hacerse inmensamente rico. Eso no representa problema alguno, porque esa riqueza no requiere que haya pobreza.

—Abuelo, muchos nos creen inmensamente ricos... —dijo ella, como si estuviera reflexionando en voz alta.

—Y sin embargo pertenecemos a una clase media alta. Viajamos cuanto queremos, elegimos nuestra vivienda a antojo, tenemos cuanto necesitamos… no nos falta lo imprescindible y nos movemos con un sobrante apreciable. Lo debemos a un trabajo intenso y a estar situados en la pirámide de cualificación del trabajo muy arriba. ¡Bueno!, ¡tú, Silvia, aún estás muy arropada por la familia y por tus becas! Veremos donde te sitúas.

—Abuelo, iba a contároslo más tarde. Hay varias universidades interesadas en mi investigación. Tendré que elegir entre ellas. Pero creo que para el próximo curso ya tendré trabajo… de profesora ayudante.

—Pero qué dices, ¡tonta!, ¡cómo no nos lo habías dicho desde el principio! ¡Eso hay que celebrarlo! —Yóbrek le estaba dando ya un beso y un abrazo.

—Bueno, bueno, ya lo celebraremos en su momento… —protestó ante tanta efusividad. No quería convertirse ahora en el centro de interés. Ya habría tiempo…

—Tienes razón. Eso requiere celebrarlo muy en serio. Y ahora no podemos como se merece.

—Abuelo, tú podrías, si quisieras, con todas tus clínicas y patentes, haberte hecho empresario, ¿no es verdad? —preguntó mi inteligente nieto, a sabiendas de que preguntaba ingenuamente.

—Sí, pero prefiero la investigación, mi trabajo y la paz de espíritu… No me atrae el mundo de la empresa… no quiero decir que no sea interesante… Tendría que dedicarme a administrar la acumulación de mis bienes… eso me distraería. No sirvo para ello. Por eso mis clínicas no funcionan como empresas privadas… están colectivizadas.

—Vale, continúa —empujó Silvia.

—Sucede que ese 50 % de la economía libre se está desdoblando… Una parte es legal, conocida, transparente… pero otra parte es opaca e ilegal. ¡Economía sumergida! Y esta va en aumento cada año, porque como un cáncer no deja de crecer hasta que se erradica.

—Y es esa economía sumergida la que no está interesada de ningún modo en nuestro modelo educativo, ¿no es así? —concluyó Yóbrek.

—Así es. Has dado en el clavo.

—Pero esa economía sumergida no solo se enriquece ilegalmente sino que tiene cada vez más poder institucional, ¿o no, abuelo? —añadió ella.

—De nuevo, en la diana, ¡de lleno! —Y añadí animándome—: El problema de la economía sumergida es que para perdurar necesita hacerse con el control del poder… Todos sabemos que el juicio que hemos sufrido el mes pasado tuvo que ver con un ataque desde el poder de la economía sumergida… ya hemos visto que son más que conjeturas.

—Y cada vez reúno más evidencias de que el tema de Adolph está enteramente relacionado también con la trama de la economía oligárquica —añadió Yóbrek.

—Bueno, abuelo, entonces… nuestro sistema educativo… ¡dinos!

—Goza de buena salud, pero está siendo atacado.

—Habrá que hacer algo especial al respecto —propuso él.

—¿Pero, por qué dices que goza de buena salud nuestro sistema educativo? —interfirió su hermana.

—Es largo de contar, pero… en fin… se puede sintetizar. Goza de buena salud porque está ya demostrando que el troquelamiento existe y que nuestras hipótesis pedagógicas están en la buena vía. Habrá que mejorarlas, claro…

«De pronto, reparamos los tres en la hora y vimos que ya eran más de las doce de la noche. Había que detenerse. Así que señalé el final»:

—Vamos a la cama. Mañana hay que levantarse pronto y estar listos a las siete. ¡Mi último día! Y hasta el año que viene. Ya empiezo a sentir añoranza…

31

Definitivamente estaba amaneciendo, al igual que hace un día amaneció también con buen tiempo, después de haber caído durante la noche esa lluvia errática y tan difícil de pronosticar en estas latitudes.

«Todo olía a tierra mojada, agradablemente. Y todo el mundo pasó por los baños, por las duchas... y se disponían a entrar en los comedores, cuando empezó a cundir una inquietud y una alarma... ¡Raquel no aparecía por ninguna parte! Recordé a mis nietos que Raquel era aquella niña que había intervenido la última en el juicio sobre la reyerta, la niña de ojos negros y de piel canela.

»Yóbrek, como policía de *Balance*, tomó la iniciativa. Propuso que era mejor que la actividad siguiera discurriendo rutinariamente y así se aceptó por la directiva de profesores. Silvia dijo a su hermano que pasaba a estar a sus órdenes. Y yo comuniqué que mi programa del día era de puro observador, por lo que me despedía prematuramente para centrarme en el caso de Raquel.

»... Como capitán, mi nieto inspeccionó el cuarto de Raquel, que compartía con otras tres niñas. La cama no estaba deshecha. Sus compañeras se habían acostado antes que ella y la habían visto dirigirse a los baños, a las 21:45 aproximadamente. Hasta la madrugada no la echaron de menos.

»Poco después, Yóbrek organizó una batida con los policías que llegaron de Windhoek. Encontraron primero rastros de sangre, después, Silvia, mientras que su hermano recogía muestras del suelo, se asomó a un pozo artesano que había en aquel campo, y vio en el fondo un cuerpo que contrastaba en aquella oscura profundidad. La niña había sido violada y degollada. En el pozo artesano, por dentro y algo oculto, figuraba la firma de los Kirkstratos.

»Inmediatamente el capitán revisó todas las entradas y salidas que se habían realizado en el campamento. No le cabía duda. El bólido con el avituallamiento había traído consigo a un intruso. Este permaneció oculto en la sala de máquinas, cerca de los baños. Desde allí vio venir a Raquel y todo lo demás sucedió gracias al cloroformo, la oscuridad y la destreza asesina.

»Yo estaba desolado. Silvia ardía en una rabia infinita. Yóbrek decidió que dentro de dos horas partiría para Bonaire: tenía que apresar con sus propias manos, cuanto antes, a Adolph. Así lo comunicó a la central criminal de *Balance*. Media hora más tarde recibía el visto bueno.

»El asesino no había huido, se escondía en algún lugar, seguramente para continuar con los atentados. El capitán de *Balance* solicitó un escaneo de infrarrojos de toda la zona a través de ojos de satélite. En veinte minutos se localizó una radiación en el monte, que correspondía a un humano de cien kilos, escondido cerca de la ruta que pronto se utilizaría en otra de las excursiones. Una patrulla especializada le apresaba poco después. Dijo ser Joseph Kirk, iba disfrazado de tal. Una vez prisionero y sin disfraz intentó suicidarse, como ya venía siendo habitual, pero consiguieron reducirle.

»Media hora más tarde un bólido partía hacia Windhoek, en él íbamos Silvia, la directora del campamento, dos profesores, el cadáver de Raquel y yo. Debíamos pasar el trago duro de entregárselo a la familia. A la misma hora tomaba ruta otro bólido hacia las Antillas, rumbo a Bonaire. El capitán Delmundo quería llegar cuanto antes, iría a velocidad punta».

Era la hora, intentó beber un sorbo de agua, pero el vaso estaba vacío. La noche, con voluntad austera, había transcurrido. El abuelo se levantó con la intención de ir a despertar a su nieta. Como un soplo sonoro y sonámbulo, la oscuridad habíase apagado.

V

Civitas

De troyanos y aqueos
la terrible refriega
a sí misma abandonada, se quedó
y de aquí para allá, por la llanura,
se enderezó la lucha en mil sentidos...

(Homero: *Ilíada*, canto VI, 1-3)

—Y, naturalmente —dije yo—, la tiranía no tiene
como origen más régimen que la demagogia; de
este, esto es, de la más desenfrenada libertad surge
la mayor y más salvaje esclavitud.

(Platón: *La República*, VIII, 563)

32

El día anterior, viernes de luto, había sido de impotencia y de tragedia. «¿Con qué ojos mirar a los padres de Raquel? ¿Qué palabras podían ser halladas? y ¿con qué sentido?». El dolor de Edmundus y de Silvia se tradujo en indignación y rabia, y también en vergüenza por no haber podido evitar aquella tragedia: un pudor más moral que personal pesaba entre los sentimientos del abuelo, y también de la nieta.

Hoy sábado, a las doce, se habían celebrado las exequias y el funeral, en su mismo centro escolar, repleto hasta reventar, lleno de gentío y de resentimientos. La cólera de toda la comunidad se había exteriorizado desbordantemente y se había contagiado a toda la ciudad. Para el filósofo ahora solo cabía llorar, callar y sentir la deshonra de pertenecer a aquella misma raza humana. Delmundo tenía claros signos de no haber dormido, sus ojeras y su palidez no podían ser disimuladas.

El creador de las *universitas* había comprometido una entrevista con una importante televisión local para primeras horas del domingo, por eso habían decidido pasar ese sábado y el día siguiente en Windhoek, aunque el motivo principal, bien lo sabían, era el deseo de rendir su luto personal a Raquel.

En este apacible momento de las cinco de la tarde del sábado empieza su callejeo por la ciudad buscando sus signos de identidad. Abuelo y nieta desearían consolar su impotencia por las calles de la capital de Namibia… les guía la secreta confianza de una liberación entre el bullir de las gentes. Ansían estar en contacto, comunicarse, pero no tienen muchas ganas de hablar.

Cumplida la ceremonia de compunción, «que no devuelve la vida ni restablece injusticia alguna» —pensaba el anciano— «pero que despide con el honor debido», lo que más deseaban los dos es que Yóbrek diera de una vez con esa rata que desde su guarida estaba dispuesta a atentar en su juego asesino contra niñas inocentes.

Windhoek tiene seis millones de habitantes. De estas dimensiones hay varios cientos de metrópolis en la Confederación. Rodeada por zonas secas y desérticas, en su interior hay abundante agua. Por sus estudios de historiadora, Silvia sabía que a finales del siglo XXI se localizaron reservas subterráneas, corrientes freáticas importantes… y que hasta ese momento, la ciudad vivía en medio de una sequía endémica.

La capital de este país africano había crecido de otro modo distinto a la geométrica Astur, su estructura era más arabesca y orgánica. Zonas urbanizadas muy densas y pobladas, sin grandes espacios libres, tuvieron que ser compensadas con un plan de parques; en la actualidad existen cinco grandes espacios de recreo, uno, más pequeño, situado en el centro y los otros cuatro emplazados en sus puntos cardinales. El parque del norte es una de las mejores reservas del mundo de animales salvajes. Vista la ciudad desde el aire, estos lugares de expansión oxigenan a la ciudad, pero caminando por sus calles se sienten dos ambientes distintos, uno masificado y ajetreado y otro refrescante y silvestre.

Frente al hotel donde se alojan abuelo y nieta, separado por una ancha avenida, el parque central, llamado Lamande, extendía sus masas arbóreas, su remanso de ruidos urbanos, hecho de sombras acogedoras y de paz vegetal, adornada por el selvático canto de algunas aves. Decidieron adentrarse en él, en sus ciento noventa hectáreas. Primero caminaron durante una media hora por caminos umbríos salteados de brillos de sol que se colaba entre el follaje.

Los paseantes iban y venían, con una cadencia lenta, personas que marchaban solas como para despejarse o hacer ejercicio, parejas que caminaban en silencio o que hablaban a un ritmo sosegado. A veces tres personas juntas o una familia con hijos pequeños se cruzaban en su camino. Los árboles, la hierba, el aire y los armoniosos sonidos rezumaban una dulce tranquilidad, y los seres humanos, poseídos por este halo, quedaban abducidos en el ambiente.

La conversación de la nieta y su abuelo era relajada, sin guión, inspirada en lo que iba saliendo al paso... pero volvía soterradamente a las impresiones de los últimos acontecimientos y al dolor de esa muerte prematura que les sumía en aquella penumbra interior. Ambos, vislumbraron ahora al fondo una masa de luz... ¡era el corazón de Lamande! En los planos que manejaban había en el centro geométrico del parque un área despejada, una extensión diáfana. La vida de aquel lánguido parque lleno de paseantes pacíficos ocultaba en su núcleo una colorista vitalidad... múltiples canchas y campos competitivos hervían a rebosar de atletas haciendo todo tipo de deportes... y en sus cuatro piscinas jugaban y nadaban decenas de bañistas en medio de un alborozo y griterío infantil.

La mayor parte de las urbanizaciones de la ciudad contaban con su circuito de correr, su piscina, canchas y gimnasio particulares, pero esta extensa zona abierta en este interior arbóreo transmitía unas sensaciones físicas más poderosas y una alegría colectiva de vivir que impregnaba los oídos, los ojos y la piel de los gimnastas con su fuerza particular. «Por eso eran muchos los que confluían aquí varias veces a la semana, para añadir, junto al placer del deporte, esta estética sensación de escenario directo y de baño oxigenante. Las endorfinas rezumaban entre los gritos y las risas. La vida individual acrisolaba sus afanes en medio de aquella ansia colectiva de vivir».

Esto era, al menos, lo que iba meditando Edmundus.

El parque les empujaba ahora a otros lugares, querían conocer algo más el espíritu de aquella urbe. Por indicación del abuelo, se dirigieron en bólido a uno de los barrios situados al oeste, donde se concentraba buena parte de la actividad comercial de la ciudad.

33

Era un hervidero, un tránsito sin fin, un ir y venir espasmódico de compradores... Unos sopesaban la excelencia de sus hallazgos... Otros curioseaban por el puro afán de descubrir algún artículo imprevisto... Había quienes no disimulaban que querían conmover el tedio de aquella tarde de sábado y quienes no renunciaban a colmar alguna de sus ansiedades.

A pesar de que la gran mayoría de las compras se realizaba a domicilio, a través del carnet, eran muchos los que no desistían del encanto de comprar en persona, a la vista del artículo y expuesto a la sorpresa del hallazgo, y tantas veces con el encanto de ser de segunda mano. La ropa que cada uno utilizaba procedía, casi siempre, del encargo de prendas *on line*, confeccionadas expresamente para el estándar volumétrico personal. También la comida, la bebida, los muebles y todo tipo de objetos eran enviados a domicilio por el sistema robotizado convencional, uno de los servicios que mejor funcionaban por doquier. Encargo, código de barras del IC personal, localización automatizada y entrega a domicilio. En unos pocos minutos podían cubrirse las necesidades consumidoras del mes. Pero siempre había la posibilidad de disfrutar de una tarde de compras en directo... salir de caza, como en aquel remoto pasado en que se vivía para sobrevivir.

En Windhoek, como en el resto de la Confederación, todos disponían, si lo deseaban, de mucho tiempo libre. Varios días a la semana y la mitad aproximada de las semanas del año. Aunque muy pocos se acogían al trabajo mínimo obligatorio, que daba bien para la estricta supervivencia. Los sueldos se acompasaban con los promedios del tiempo laboral y con el escalafón. Además del trabajo para la Confederación, era posible emplearse en la empresa privada o por cuenta propia... sin límite temporal y bajo las condiciones del libre contrato, si uno quería enriquecerse más. El trabajo era obligatorio, pero su gradación era muy flexible. Así que uno de los problemas era cómo llenar todo el tiempo de asueto disponible.

Algunos ciudadanos preferían acarrear sus artículos en bolsas y llevárselos directamente a su casa. Era un encanto añadido para muchos. La mayoría, por comodidad, dejaban sus compras consignadas para que al día siguiente el reparto regular de robots cumpliera su cometido. El cielo de cualquier ciudad confederada era una algarabía de vuelos entre las ocho y las once de la mañana. Interceptar o dañar sus redes aéreas o terrestres era un delito muy grave. La mayor parte del tiempo transcurría este ir y venir informatizado sin incidente alguno.

La mezcla interracial era como en la totalidad de urbes, pocos blancos, pocos negros y una gran mayoría de pieles tostadas de todos los tonos, trigueños y del color del centeno y de la cebada... Las modas en el vestir se advertían casi imposibles de clasificar... según las edades... según el tipo humano que uno era... las minorías religiosas solían distinguirse a distancia... no utilizaban ropajes ajustados sino prendas que envolvían el cuerpo bajo formas que caían rectas o abombadas... La mayor parte vestía los tejidos CS, sintéticos concentrados, los más baratos y los más versátiles. Los jóvenes tenían preferencia por la vestimenta del moldeado escultural.

Los que como Silvia vestían con otros tejidos, llamaban siempre algo la atención. La seda, el lino, el algodón... eran productos caros y raros. La nieta del doctor se había ido aficionando a ellos en los últimos años por influjo de sus estudios históricos, era uno de sus lujos.

Edmundus era reconocible a distancia con su polo de cuello alto en invierno y solo algo apuntado en verano, de colores que recorrían la banda entre el gris y las tonalidades azules y verdes y con sus pantalones de tres bolsillos, ni ajustados ni abombados, de tonos similares. Utilizaba CS distinguiendo tres texturas: mucho calor, intermedio y frío. Renovaba anualmente su austero vestuario; su encargo *on line* apenas le llevaba cinco minutos. En el calzado repetía el mismo modelo desde hacía años... los cambiaría cuando encontrase otros más cómodos, lo cual era bien difícil.

Siguió los pasos de su abuelo cuando este entró en el interior de una tienda de libros antiguos. A ella le encantaban, pero su abuelo, tocado de este fetichismo, podía perder el sentido y la medida del tiempo. Dedicaron casi dos horas a ojear con detalle sus recovecos y sorpresas. Aprovecharon para algunos regalos. Una magnífica edición ilustrada de la Odisea, para Yóbrek. El abuelo regaló a su nieta La Divina Comedia y ella a su abuelo una edición completa de Cicerón. Silvia se hizo con algunas novelas de éxito para papá, para mamá y para los tíos, y para ella misma la obra poética de Virilia, una poetisa del siglo pasado. Había que compensar aquellas amarguras en las que ambos andaban sumidos. Él se compró para sí la *Ética* de Spinoza, en una traducción al español muy valorada de Vidal Peña. A la compra se añadió a última hora, «abuelo, los compartiremos» —animó la decisión—, algunos títulos en ediciones antiguas que no podían dejar de adquirir: Un *Calila y Dymna* y algunas magníficas versiones de *Las Mil y una noches*, *Los trabajos de Persiles y Segismunda*, *Otelo* y *En busca del tiempo perdido*. Decidieron consignar todos los libros para que fueran enviados a su dirección de Astur. Esto encarecía el precio, debido a la distancia y los múltiples robots que entraban en acción pero podían permitirse este lujo... el abuelo no tenía casi ninguno más y Silvia no tenía tantos.

Empezaba a caer la tarde. Después de reponer fuerzas en un restaurante, donde tomaron cebollas rellenas de bonito y pasta, el abuelo animó a su nieta a rematar la jornada en el barrio nocturno de la ciudad. «En Astur rara vez encontraremos un hueco...porque es cosa de asiduos o de turistas... y de paso recordamos la cara oculta de nuestra civilización», le dijo. Silvia, sencillamente, no estaba acostumbrada a ir a estos sitios en tan noble compañía, pero se alegró cuando se lo propuso.

34

Cuando el resto de cualquier metrópoli algo populosa dormía, el barrio nocturno que había en ellas bullía en todo su esplendor. Activo las veinticuatro horas del día, por la noche reinaba en su particular imperio y se convertía en un territorio excepcional.

El casino en el que habían entrado, uno de los más grandes, era un crepitar de ruidos, luces y de ajetreo de ambiciones y cuerpos sujetos a un fondo musical difuso. Las apuestas no permitían disponer de más del 20 % ahorrado en el IC. Algunos que habían tocado fondo se reunían en salas privadas con especialistas en trueques para vender allí mismo algunos de sus bienes... Los documentos estaban ya estandarizados y se validaban con las firmas legales. Muchos evadían la norma del 20 % con dinero negro, que circulaba en forma de papel moneda, ilegal dentro de la Confederación y de curso normal en los territorios liminares.

Un hombre de unos setenta años se desesperaba echando sin parar monedas en una tragaperras... de vez en cuando le devolvía algunas, con su clinc-clinc-clinc estimulante y musical... y esto hacía que retomara su ilusión.

—¿Por qué razón la gente está dispuesta a arruinarse de esta manera?, —reflexionó en alto ella.

—Por el vértigo de la fortuna instantánea. Una de las autosugestiones más poderosas.

—Uno entre millones lo consigue... Y después qué —siguió.

—Después, vuelta a empezar. En esa rueda o en otra. La sed sigue.

Los crupieres eran robots. Cartas, dados, máquinas con luces de todos los colores, apuestas a cara y cruz... Estos robots estaban controlados por otros robots inspectores, en cuya cúspide de vigilancia se hallaba un mortal. Los guardas de seguridad igualmente estaban formados por robots a cuyo mando había una inteligencia humana que discriminaba las excepciones. No era preciso un rótulo de distinción entre los crupieres y los vigilantes, por su solo porte los unos invitaban a una lúdica relación mientras los otros eran plenamente disuasorios.

«En el casino se entraba y una vez dentro te iba tragando de una en otra sala sin capacidad casi para detener su absorción...» era lo que en ese momento experimentaba Silvia que nunca había estado un tiempo largo en estos antros, más allá del mero curiosear... «Era difícil salir, había que proponérselo y seguir una pauta estricta». Se sentía especialmente segura en compañía de su abuelo. Los ambientes se unían unos a otros a través de pasadizos intermedios llenos de tiendas especializadas donde se vendían todo tipo de artículos restringidos… los gustos piadosos, devotos, góticos, telúricos, alienígenas, filománticos, fáusticos, sexshópicos, …hasta los luciferinos y satánicos estaban muy bien representados. «La imaginación humana siempre daba sorpresas», sentenciaba Edmundus en estos casos.

Había que atender las mil y una diversidades y rarezas. En la encrucijada en la que se hallaban, el abuelo propuso ir a la sala *Bigbet*, como público. La entrada al juego directo estaba restringida a quienes tuvieran el título especial de grandes fortunas. En una enorme mesa dodecagonal, individuos de atuendo y físico estrafalario, rodeados de secretarios-*garçons* atentos a los deseos de su jefe, jugaban entre sí al póquer extremo. Todos los movimientos podían seguirse por las pantallas virtuales que florecían en todos los ángulos y las reacciones reales de los protagonistas se veían bien a pocos metros a través de aquella pared vidriada, perfectamente transparente.

La partida actual tenía en este instante mucho público… «Sin duda soñaban con pasar al otro lado algún día»… entrevió el abuelo en aquel segundo de observación. Los apostantes —no había nadie que no fuera además a hacer apuestas sobre el ganador inmediato— seguían las incidencias con emoción sobresaltada y con posturas extáticas.

La partida estaba a punto de terminar; de los doce contrincantes mantenían sus pujas solamente tres… el resto había perdido ya, cada uno, una fortuna equivalente a la construcción de varios poblados pedagógicos edmundianos, según figuraba en el resumen de datos. La puja actual se situaba entre las más altas del año… se veía claramente en el gráfico. Dos de los jugadores sudaban como lo hacían en la sauna de la que habrían seguramente salido unas horas antes… La temperatura de la sala era perfecta, 23 grados Celsius. El tercero, cetrino y cadavérico, parecía una estatua trasladada desde el museo de cera. Inmutable, sí movía las pestañas y las pupilas, levemente, para penetrar con la mirada a sus oponentes y adivinar sus emociones. No sudaba, no tenía esta propiedad… en realidad, ni siquiera parecía respirar. La puja estaba detenida en el que estaba rodeado por tres secretarios personales vestidos de riguroso negro. Parecía que se traían algo entre manos, los cuatro, el patrón sudoroso y sus sicarios... por las señales de sus gestos. Decidió no subir la apuesta: «Paso», dijo plantándose, dirigiéndose al que estaba a su derecha, el jugador rodeado de tres secretarias monísimas. El hombre de cera, que solo iba acompañado por una especie de corpulento guardaespaldas, hizo un gesto con la mano que indicaba indefectiblemente que él también se plantaba... así que el juego había acabado. Los naipes debían enseñar sus caras; las fueron descubriendo rotatoriamente de una en una. Al llegar a la tercera, las pantallas mostraban tres jotas en el de las secretarias, tres kas en el de los secretarios de negro y tres cincos en el de cera. A las tres jotas se le añadió una más... había ya un póquer... así que el de las tres kas arrojó con ira sus dos ases y dio la partida por perdida. El hombre de cera exhibió intimidatoriamente su póquer de cincos... y el de las jotas se apresuró a mostrar su as dándose por perdido ante la arrogancia de los cinco... que efectivamente se convirtieron con el comodín en un repóquer de cincos.

Nadie en el dodecágono se alegró... el hombre de cera y su guardaespaldas parecían no saber cómo hacerlo... entre el público dos apostantes hicieron señales de triunfo. De pronto, en el ambiente caldeado de emociones contrarias, un robot-vigilante y después otro al instante desarmaron primero a uno y después a otro de inmediato a dos de los secretarios de negro... uno y otro tendían una pequeña pistola cargada a su jefe... no pudo ser, quedaron desarmados. Pero todo estaba perfectamente tramado. Fue el tercer secretario quien consiguió su objetivo: le pasó imperceptiblemente otra pistola y este en un segundo hizo que sus sesos llenaran de sangre aquel verde intenso del tapete solo maculado por los naipes. El mortal que seguía a distancia desde la sala de control todo el evento se sintió desfallecer... menudo muerto le estaba cayendo. De nada le servía entender que el tercer robot vigilante no había entrado en acción porque los otros dos compañeros le tapaban con su actuación represiva la escena del crimen. Él era quien debía haberlo previsto, pero cómo… sucedía de vez en cuando. A él todavía nunca. Un error de estos bastaba para caer en el mayor de los descréditos como guardia coordinador de robots, sobre todo porque los aspirantes a este puesto eran muchos.

Silvia veía una y otra vez, sin conseguir liberarse, el estallido de aquel cráneo saltando en trozos de carne, hueso y sangre. Se la había puesto en la boca y disparó… sin duda un proyectil de gran envergadura, a juzgar por los resultados que se extendían varios metros a la redonda. Estuvieron todos retenidos un cuarto de hora, mientras se les registró como testigos. «Todos nos mirábamos entre sí, sin acertar a decir algo juicioso» —diría Silvia al abuelo a la salida— «Estábamos en ese momento unidos por una misma perpleja humanidad», replicaría casi en silencio el abuelo. En ese entreacto se enteraron de que había habido esa misma noche otros dos muertos: dos jóvenes de unos treinta y cinco años habían permanecido tres días sucesivos inmersos en sus cabinas de videojuegos hiperrealistas hasta que los robots guardianes detectaron dos cuerpos inertes: los dos habían sobrepasado su dosis de estimulante y sufrieron un fulminante paro cardíaco. En este caso no había habido crimen, todo se reduciría a los certificados de defunción y su causa. Eran sujetos adultos, libres y responsables de sus actos. Habían muerto por idénticas razones a las que se dan en un accidente de tráfico. No habían respetado todas las reglas de la conducción. Era caro pagarlo con la vida, sobre todo siendo tan jóvenes, pero ¿no contiene la vida en sí misma siempre un cierto riesgo… para que merezca la pena ser vivida?

Dos días después se publicaron los datos de la causa del póquer. Se trataba de un multimillonario estrafalario que había apostado con otro igual de estrafalario que si no ganaba esa noche se volaría los sesos. La apuesta, registrada ante notario, era por el doble de lo perdido. Las ganancias las legaba a las veinte mujeres que conformaban su harén, práctica prohibida en la Confederación, pero bastante habitual entre los potentados. También había harenes de hombres, algunas ricas mujeres pujaban por estar en lo más alto del prestigio sexual. Ricos homosexuales y ricas lesbianas también presumían en sus círculos de sus respectivos harenes. Todas estas prácticas eran muy difíciles de controlar, sin datos directos y fehacientes. Se sabía... y corría como el agua subterránea.

Edmundus y Silvia decidieron, sin hablarlo, regresar a descansar. El día estaba ya repleto de suficientes vivencias. Un tanto bloqueados sus sentidos de orientación se encaminaron mal y fueron a parar a las jaulas transparentes de los exhibicionistas porno. Ocho jaulas para machos y dos jaulas para hembras... esa era la demanda promedio. Un hombre con una tremenda verga en erección —había medicamentos y ejercicios para adquirir tamaño y vigor— pasaba varias pruebas de coito ininterrumpido... era preciso ser visto para mantener la excitación... público siempre había... los *voyeurs* estaban asegurados. Era caro acceder al interior de las jaulas, pero merecía la pena ahorrar por poder llegar a vivir aquellas intensas experiencias, según se decía en la secciones erotológicas especializadas. En el instante en que aquellos dos transeúntes que no se sentaban como lo habían hecho el resto pasaban por delante, fornicaba a una simulación de rata gigante... después de haber pasado la prueba con una mujer real, con una muñeca artificial y con una araña a escala humana... En la jaula contigua, una mujer erotómana se hacía lamer por cuatro especialistas a la vez y según figuraba en los gráficos ya era su quinto éxtasis amoroso seguido, después de haber sido penetrada dos veces y sodomizada otra dos al tiempo que se estimulaba con consoladores —«sin duda, en la ayuda de las drogas estaba todo este éxito»—, anotó mentalmente sin siquiera pensarlo voluntariamente el abuelo. Contiguas a las jaulas con sexo real se hallaban las cabinas con sexo virtual: el ludópata o el poseso entraba en un juego de escenarios realistas donde se sucedían historias con prácticas sexuales, con seres irreales pero ciertos, fingidos pero verdaderos... así lo atestiguaban los orgasmos con jadeos reales y gritos que podían ser seguidos por los *voyeurs*. Este era el único reducto legal en el que podían ejercitarse los pedófilos y en general los *macrinófilos*.

Finalmente respiraban el aire y el frescor de la noche exterior. Qué alivio. Todo aquel enjambre de salas, luces, excitaciones y juegos extremos... lo habían experimentado como un laberinto espasmódico y como un zoológico de extraños seres. Bien los conocía Edmundus, que trataba todas estas conductas a diario. A Silvia le resultaban totalmente familiares, de ayudar al abuelo, pero verlo en directo añadía una crudeza que los hacía distintos.

Tomarían un robotaxi y en pocos minutos estarían en el hotel. Eran ya las dos de la madrugada. Disponían de tiempo para descansar lo justo y estar el próximo día plenamente despiertos. Por hoy se habían agotado las palabras, todo eran emociones.

A primeras horas de la mañana el doctor declaraba para la televisión local:

—La diferencia entre el bien y mal es que el bien es costoso, normalmente, mientras que el mal suele surgir sin esfuerzo y a veces por puro recreo. Si además se trata de un mal elaborado, premeditado... las consecuencias perversas se ven multiplicadas... Raquel no había muerto por accidente, sino dentro de una trama de atentados... y todo aquello era doloroso porque demostraba que los malos estaban ganando, mientras que los buenos no tenían otro refugio que la consolación y la aceptación... de aquello se podía salir si una gran mayoría aprendía a ser radical y lúcida con las principales decisiones de su vida: ¿cómo necesita la sociedad que se eduque a sus niños?, ¿qué valores son prioritarios?... y en esto hay todavía una buena parte de la población que se manifiesta indiferente... ¿no son los indiferentes cooperadores... utilizados?

Y en medio de preguntas cortas y de elaboradas respuestas, la entrevista llegaba ya a su fin. En las VS de los hogares de Windhoek podía oírse: «El mundo en el que vivimos es el mundo que hemos sido capaces de diseñar... No habría narcotraficantes, si no hubiera consumidores», acabó ejemplificando, con su natural inclinación a la pedagogía, pero consciente de que aquello era una gran simplificación; con esta frase se dio por terminada la entrevista al famoso filósofo y reconocidísimo terapeuta.

El abuelo y su nieta se reunieron después de la grabación televisiva y se dirigieron al aeropuerto. «No vamos a Astur. Iremos a Bonaire. Yóbrek puede necesitarnos. Tengo esa impresión» —le dijo a Silvia a sabiendas de que ella estaría de acuerdo—. «Sí, seguro que la boca del lobo existe. Y no sería justo dejarle solo», —respondió, contenta de que el abuelo pensara como ella.

35

Yóbrek había llegado un día de sol radiante a Bonaire sin ningún percance. Adolph le estaba esperando, en la sombra, a distancia. Vigilaba todos sus movimientos a través de mil ojos, sin que el policía de la UNWB pudiera advertirlo. La red de informantes funcionaba con la precisión de una máquina. Grandes flujos de dinero estaban disponibles para cubrir los gastos de esta operación preferente, la maniobra de acoso y derribo de Edmundus, de todo su proyecto y de todo su círculo.

Kralendijk, la capital de Bonaire, ocupa prácticamente la extensión de toda la isla. Oficialmente pertenece a la Confederación, pero limítrofe y próxima a las islas de Curazao y Aruba, abandonadas a poblamientos no confederados en el siglo pasado, funciona como un territorio de tránsito. Negocios ocultos y transacciones ilegales se realizan habitualmente en esta isla frontera. Sus calles combinan la limpieza y el orden de una ciudad confederada, periódicamente revisadas sus basuras por los robot-barrenderos, con un ambiente de abandono que procede de la desidia de los dueños de los locales y negocios: cierto aire de cutredad es indispensable para que los negocios prosperen con buen ritmo.

La densidad de población se ha disparado en las últimas décadas; sus calles están atestadas de una muchedumbre incesante, en la que es fácil pasar desapercibido. La mayor parte de estos habitantes están registrados como transeúntes, en general como turistas. Sin embargo, la práctica totalidad vive habitualmente allí, en trabajos ocasionales y arriesgados bien pagados, la mayoría asuntos criminales.

Adolph dispone de un ejército de más de dos mil sicarios, a los que gobierna a distancia a través de jefezuelos y cabecillas de bandas. No le costó mucho montar todo el tinglado en tan solo unas semanas. Los matones que creen que trabajan para una organización y para un gran proyecto actúan unidos con mucha mayor facilidad por la causa, y a medida que cobran sus dietas y que se les trata con la distinción del secreto y con el debido esoterismo, se sienten importantes y van depositando su alma en el proyecto. A muchos no les cuesta demasiado morir por la causa, si es preciso. Es importante, también, ir eliminando internamente a los que no encajan. Siempre hay uno entre diez. La dosis adictiva que les llega semanalmente añade el último nudo imposible de desatar.

De momento no le mataría. Esta suerte la tenía planeada en un plazo algo posterior. Todo a su tiempo. Si se deshacía prematuramente de Yóbrek, ¿disfrutaría lo mismo con el plan que tenía previsto para Silvia? Primero caería ella, luego él y más tarde el anciano. Las cosas había que hacerlas bien, siguiendo el ritual.

El capitán dedicó las horas del viernes, recién llegado, a inspeccionar el terreno como un transeúnte más. Vestía de paisano y no con el uniforme de capitán de la policía confederada. Tomó contacto antes brevemente con los mandos policiales de la isla, para informarles directamente de su misión oficial, se aseguró de que no había información nueva que no tuviera ya integrada en su IC y quedó en reunirse con ellos al día siguiente. «Manténganse alerta, por si solicito refuerzos; podría necesitarlos» —les dijo, al despedirse—. Observó una clara actitud de escepticismo en el espíritu policial de la ciudad. Se dirigió a las calles comerciales; allí era difícil caminar deprisa, entre la marea de personas que llenaban todos los huecos… vendiendo, comprando… vigilando, trapicheando. Las gentes tenían un olor característico, a tabaco, alcohol, cannabis fumado o a opioides y estimulantes ingeridos, inhalados, vaporizados… Se respiraba en las ropas, en el ambiente y en el humo real de las bocas que circulaban próximas… Por la expresión del rostro, por el modo de moverse y por la luz y forma de las pupilas, el avezado policía fundaba con facilidad un diagnóstico certero. Era su trabajo, especialista en eso.

«¡No puede ser!, allá, a veinte metros, ¿cómo se le parece?». Mientras se le acercaba, el capitán suponía que estaba siendo presa del típico autoengaño óptico de ver lo que se busca. Pero a unos cuatro metros, tuvo la certidumbre de que aquellas espaldas, detenidas en un mostrador que exhibía objetos de arte y joyas, eran las de Adolph Kirk. No era posible que tuviera tanta suerte. Tomó precauciones, se aseguró de la identidad del sospechoso y procedió… Los que se hallaban próximos a la escena advirtieron algo en los movimientos de aquel transeúnte que se preparaba para un movimiento inusual y cedieron un espacio a la redonda en señal de prevención… «¡Adolph Kirk!, te estoy apuntando con una pistola. ¡Pon tus muñecas en la espalda!» —dijo serena y severamente con su voz de policía—. El sospechoso llevó sus muñecas atrás, sin ofrecer la resistencia esperada y, una vez esposado, se giró sonriendo. «Sí, soy Joseph Kirk, ¿de qué se me acusa?»… pero era evidente que aunque idéntico a él no se trataba más que de un buen disfraz y de un buen trabajo estético, similar a los que habían aparecido por Windhoek. Lo supo primero por su forma de sonreír y luego por su voz… no eran las formas de ninguno de los Kirk.

Yóbrek marcó el código y las coordenadas de su situación y en pocos minutos un bólido de la policía aterrizó en las inmediaciones para llevarse al prisionero. Pero entre tanto hubo transcurrido la espera, ya no era un Adolph Kirk falso quien esperaba esposado, sino dos. El joven investigador supo que no se hallaba en el buen camino, cuando un sujeto a su espalda le abordó: «¿Tiene usted fuego?». Se trataba de otro Adolph Kirk.

En la comisaría no se avanzó gran cosa: según los dos prisioneros su disfraz no era un disfraz, iban maquillados de aquella manera porque «eran libres de ir así», se parecían porque eran «hermanos», se ganaban la vida y «¿qué tenía de malo?», no eran criminales, solo defendían sus ideas... tenían un proyecto político importante y el mundo se lo agradecería... Alguien había llevado a cabo un buen lavado de cerebro. Pistas sobre el verdadero Joseph Kirk, ninguna. Afirmaban haber estado con él ese mismo día, pero los datos concretos llevaban a pensar en otros falsos Joseph Kirk.

Por la tarde, ya eran treinta y tres Joseph Kirk los que se hallaban retenidos en la comisaría. El policía no había hecho otra cosa en aquella tarde y noche del viernes que encontrarse con él en todas las circunstancias de aquellas densas calles. El sábado, como si se tratara de una pesadilla kafkiana, el flujo de personajes josephkirkianos continuó. La ciudad de Kralendijk se había convertido en un escondite perfecto para el verdadero Adolph Kirk... la estrategia de multiplicar en espejo indefinidamente a tantas réplicas amenazaba con tener éxito: se estaba colapsando el trabajo policial y además no arrojaba ningún resultado positivo. A las siete de la tarde del sábado Yóbrek había contabilizado sesenta y ocho travestidos. Con una cadencia de unos diez minutos aparecía siempre uno más. Eran las siete y media y parecía que el flujo se había acabado. Los informes sobre las investigaciones policiales avanzaban acumulando confusión y datos inconexos. Debía centrarse en sacar alguna conclusión. Era sin duda la labor de un loco megalómano y estos nunca dan un paso sin sentido.

Los sesenta y ocho sujetos se hallaban revueltos en una gran sala, custodiados por centinelas y una vigilancia virtual extrema. El capitán se hizo con el expediente de todos y los revisó uno a uno en el orden en que habían sido apresados. Al leerlo comprobó que iba dándose una secuencia. Todos llevaban un pequeño tatuaje en el pecho a la altura del corazón; los motivos se repetían y diferían. Al verlos en orden comprobó que los diez primeros compartían el mismo tatuaje. Y los diez siguientes, lo mismo. Y así, en cadencias de diez, se iban sucediendo distintos tatuajes. Era preciso interpretar estos símbolos, que sin duda contenían un mensaje. El primer tatuaje representaba un globo terráqueo con un tercio de los continentes totalmente destruidos. El segundo tatuaje era muy parecido, pero ahora era un tercio de los mares lo que se hallaba totalmente destruido. El tercer tatuaje plasmaba una lluvia de estrellas que descuartizaba en pedazos a los ríos. El cuarto era el dibujo del sol, la luna y las estrellas, rompiéndose y apagándose. El quinto representaba a una plaga de langostas arrojándose contra una parte de la humanidad. El sexto, fuego cayendo sobre los hombres y matando a una parte. El séptimo simbolizaba a siete ángeles con siete trompetas y un símbolo más añadido distinto en cada caso.

«Era evidente que faltaban dos. Por lo menos, dos más» —se decía clarividentemente a sí mismo el capitán de policía español—. La cadencia lógica se redondeaba en setenta, y por ahora habían aparecido solamente sesenta y ocho. Tenía una idea bastante definida del significado de aquellos símbolos, pero le faltaba precisar mejor su contenido y, sobre todo, el mensaje concreto que envolvía. Una amenaza, sin duda. Sin embargo, estaba agotado, era ya la una y media de la madrugada del domingo y debía descansar, antes de proseguir las indagaciones.

36

Nieta y abuelo llegaron al aeropuerto de Kralendijk a las ocho de la mañana de aquel domingo. Habían salido a la una de la tarde de Namibia, pero viajaron con el tiempo a favor. «Abuelo, es buena hora para llamarle» —dijo Silvia nada más aterrizar—. «Cuando trasnocha trabajando, y seguro que lo ha hecho, siempre suele dormir hasta las ocho, pero no más». Se sintió sorprendido de aquella llamada madrugadora, mientras se afeitaba. «Eran ellos. ¿Qué hacían allí, qué habría pasado?». Le venían bien, su trabajo estaba algo empantanado… pero esta visita inusitada no presagiaba nada bueno. Esos no eran los planes. No debían estar allí. Quedaron para desayunar juntos en el restaurante San Martín Libertador, cerca del hotel.

Primero los abrazos y los besos. Les parecía que hacía mucho tiempo que no se veían, a pesar de haber sido anteayer. Cuando ya habían engullido unas pocas galletas energéticas, el desayuno más típico entre los confederados, añadieron después a su dieta particular algunos frutos secos, frutas frescas y varias tostadas con miel y aceite de oliva acompañadas de un aromático café venezolano. Mientras, les había dado tiempo a contarse a grandes rasgos los últimos acontecimientos. Entonces, Yóbrek pasó a desvelar el asunto de los tatuajes. El abuelo le dejó que acabara, para no interrumpirle... «Se trata del Apocalipsis bíblico» —sentenció pensativamente el anciano—. «Basándonos en ello, abuelo, podremos establecer si se trata de setenta o de un número superior» —reaccionó inmediatamente él—. Silvia ya estaba consultando en su IC las páginas de Apocalipsis VI, donde se narra el fin de los tiempos, el castigo de Dios sobre los impuros, los siete grandiosos momentos de justicia divina, traída por un caballo blanco y otros tres, negro, rojo y verdoso, y ejércitos de ángeles comandados por arcángeles, a través de señales que indicaban el fin de los tiempos, y la separación de los justos y los condenados, al son del fuego, la destrucción, el humo, el azufre, las plagas de langostas, la sangre... en medio de truenos, relámpagos y temblores de tierra.

—Son setenta, eso es seguro —dijo el abuelo, adelantándose al vaticinio que iba también a hacer su nieta, después de su rápida consulta a aquel resumen del texto bíblico.

—Son siete castigos bíblicos. Adolph Kirk los ha multiplicado por diez —añadió Silvia.

—Sí, y el séptimo castigo viene traído por siete ángeles con siete trompetas —aclaró el abuelo.

—Actúa en clave teológica. ¿Por qué? Tratándose de Adolph... —reconsideró en alto meditando el capitán.

—Está claro que faltan dos por actuar y… —animó ella con esta frase inacabada al abuelo y con un gesto para que tirara del hilo.

—El próximo actuará hoy a las siete de la tarde —estoy casi seguro, dijo el abuelo.

—Tengo la impresión de que ese no se limitará a mostrarse con su disfraz —comentaba reflexivamente Yóbrek—. El número sesenta y nueve precede al último…

—Y ha roto la cadencia de diez minutos para pasar a… —Silvia no pudo acabar su frase.

—Para pasar a moverse entre las siete de un día y las siete del siguiente… —concluyó el nieto. Mientras tanto el abuelo permanecía atento, oyendo, y a la vez muy concentrado en sus pensamientos, como tratando de inferir algo.

—Por favor, abre una pantalla virtual de noticias con tu IC, sin llamar mucho la atención… —le rogó el abuelo, con una celeridad poco habitual en él; sabía que a su nieta se le daban bien estas cosas.

Todos los principales noticiarios del planeta estaban emitiendo los mismos acontecimientos:

A la una y diez de la noche una violenta explosión había destruido el único hospital infantil de la ciudad de Boston, en Estados Unidos. Los escombros quedaron confundidos con los restos irrecuperables de cientos de niños que esperaban ser intervenidos quirúrgicamente, en la mayor parte de los casos.

A las dos y veinte, un colegio de adolescentes de la ciudad de Sucre, en Bolivia, había dado la alarma ante múltiples cadáveres atacados por alacranes y serpientes venenosas en un número inusitado.

A las tres y treinta, un barco que navegaba por el Atlántico, a la altura de las costas de Carolina del Sur, dio la alerta sobre un incendio en la sala de máquinas: navegaría durante horas a la deriva totalmente incendiado; solo un bólido de socorro consiguió reaccionar a tiempo, salvándose tan solo un puñado de marineros.

A las cuatro cuarenta, en Porto Velho, Brasil, una presa del río Madeira que abastece de agua a la ciudad saltó por los aires con millares de peces muertos envenenados… cientos de portovelheños están pereciendo a causa del envenenamiento del agua.

A las cinco cincuenta, el bosque que contornea la ciudad de Restauración, antigua frontera entre Santo Domingo y Haití, quedó envuelto en llamas y en su interior perecieron millares de ciudadanos asfixiados por el humo.

A las siete, «es decir a las seis sesenta» —pensó Edmundus—, un incendio colosal se extendía por el parque nacional de la Serranía La Neblina en la frontera entre Venezuela, Colombia y Brasil, en la selva Amazónica.

—Esto no puede ser una casualidad… —exclamó ella, que estaba comprobando en otra función de su IC la relación entre los lugares mencionados. No queriendo pasar por tonta, aclaró en qué sentido lo estaba diciendo—: Me refiero a que no puede ser una casualidad que todos estos lugares se hallen aproximadamente sobre el mismo meridiano, ¡en el que estamos nosotros ahora!

—Sí —añadió el policía—, además hay una simetría, primero hemisferio norte, luego sur, luego norte, luego sur… cada vez más cerca, aproximándose, y en medio: ¡Bonaire! Es evidente lo que está pasando.

—Así es —susurró el abuelo—, y han sido seis, Boston, Sucre, Atlántico 30 ° norte, supongo, Porto Velho, Restauración y la selva Amazónica. El siguiente paso cae aproximadamente sobre nuestras cabezas.

—Sí —dijo ella—, sobre nuestras cabezas… ¡y no hemos traído el casco! —añadió, convencida a la vez de que esa broma era en aquellos momentos bastante improcedente.

Los noticiarios hablaban de la comisión de expertos reunida para estudiar los acontecimientos, que a todas luces tenía una relación, pero ¿cuál? Se escuchaban ya algunas hipótesis y teorías… pero nada totalmente claro. El capitán decidió enviar en aquel preciso instante un informe código ultravioleta a la central de la policía terrorista de *Balance*. Redactó rápidamente las conclusiones a las que había llegado por el momento y lo envió sin demora. Ya tendría tiempo de añadir otros detalles, a medida que los fueran descubriendo. Silvia y el abuelo le dejaron hacer durante unos minutos...

—Esto se está poniendo muy serio... mucho más de lo que creía —comentó en voz queda Yóbrek mientras enviaba su informe.

—Y ya lo era mucho... pero tienes razón, esto parece fuera de todo control... —asintió ella.

—Todo sucede con un ritmo y un programa exacto... Y demuestra un inmenso derroche de medios increíble. Es más profundo... más que una poderosa banda terrorista... es evidente —dijo con su tono pensativo, que no abandonaba, el abuelo.

—Sí, eso es, cada vez más evidente... más evidente, más evidente... —añadió el capitán, como si se hubiera quedado hipnotizado o suspendido en un pensamiento del que no acababa de salir.

—No solo se han calculado los seis lugares, a distancias proporcionales, progresando hacia el centro... hacia Bonaire, el séptimo y definitivo lugar... no solo se han medido escrupulosamente los tiempos... —meditaba en alto el abuelo.

—¿A qué te refieres, abuelo? —preguntó al instante su nieto, sin ocultar la ansiedad por descubrir algún pliegue de aquella trama que pudiera revelarle la clave para una reacción posible.

—Me refiero a que el tipo de atentado ha sido también diseñado conforme a un plan. Primero, en Bostón, niños; luego en Sucre, adolescentes. Le siguieron, el barco con marineros jóvenes, después Porto Velho, donde la mayor parte son ciudadanos adultos que bebieron al levantarse para trabajar, y posteriormente Restauración, que es una conocida área de vacaciones para hombres de negocios de cierta edad que van allí a relajarse; finalmente, el parque nacional de la Serranía La Neblina, en la selva Amazónica, casi despoblado, salvo porque hay hermosas villas pensadas para el recreo de jubilados en vacaciones perpetuas.

—Lo que toca ahora, entonces, abuelo —apuntó Silvia, indicando claramente a donde quería llegar—, son personas muy viejas, con el gen longevo, como tú…

—Debes salir de inmediato para Astur —concluyó Yóbrek— ¡que te acompañe Silvia!, yo permaneceré el tiempo preciso y me reuniré pronto con vosotros. Esto hay que atacarlo desde la sede central de la lucha antiterrorista de *Balance* y con todos los medios.

—Lo que haya de suceder aquí, en Bonaire, sucederá —comentó apaciblemente el abuelo, dando a entender claramente cuál era su postura sobre la idea de alejarse del peligro—. Yo soy un objetivo en cualquier parte, por lo que puedo colegir. Si me voy, estoy seguro de que muchos más sufrirán las consecuencias en mi lugar. No han podido dejar este cabo suelto… me temo que tienen siempre un plan alternativo, y peor.

—Entonces, tenemos que ponernos manos a la obra —dijo, mientras se levantaba e invitaba a su abuelo y hermana a seguirle.

En la central de policía de Kralendijk, el capitán tomó el mando a través de un código UNWB. El abuelo y su nieta quedaron instalados en una sala del edificio de la policía, desde donde proseguían con las indagaciones. Lo primero que hizo fue organizar una toma de los principales lugares estratégicos del centro de la ciudad con la ayuda de la policía local. Solicitó un envío de cuerpos especializados del ejército que llegaron en una hora y media desde Venezuela. Había calculado que un regimiento podría quedarse corto, por eso ¡mejor dos!; los dos mil soldados especializados podrían acotar bien el conjunto del territorio de la isla, por tierra y aire. Se impondría el estado de sitio desde las seis de la tarde hasta la madrugada del día siguiente. Ese era el esquema de la estrategia del joven capitán de policía, a quien habían nombrado comandante en jefe.

La voz de alerta sobre el estado de sitio empezó a darse sobre las dos de la tarde. A las cuatro se formaron algunos tumultos rebeldes, que protestaban por la medida. Con seguridad eran tumultos organizados, no espontáneos. Algunos amotinados que habían proferido amenazas contra los soldados fueron detenidos. Se les fue liberando con una multa de diez mil denarios a medida que se fue sabiendo que habían recibido un pago de dos mil denarios por manifestarse. Las confesiones apuntaban de nuevo a un personaje siempre ubicuo, Adolph Kirk, sin duda, pero ¿dónde estaría su cuartel general?

Todo esto les tendría entretenidos hasta las seis de la tarde… solo pocos minutos antes las calles se irían quedando solitarias, calladas y medrosas. Llenas de fantasmas.

Entre tanto, en medio de un desconcierto total en el edificio policial, lleno de acontecimientos menores pero continuos y en tropel, a las 16:45 Yóbrek se dejó ver en aquel lugar de encerrona donde había situado al abuelo y a Silvia, con un refrigerio frío para los tres. Él personalmente tenía que tomarlo a toda prisa.

—Suceda lo que suceda, Adolph Kirk ya ha conseguido su objetivo… —le espetó a su hermano, al tiempo que se disponía a meter su primer bocado a aquel sándwich.

—Ojalá que fuera este su plan y nada más que todo este revuelo y este tenernos en vilo, amedrentados. ¡Pero lo dudo! —masculló él con un bocado ingerido que le estaba impidiendo vocalizar bien.

—No ha habido más acontecimientos —le dijo el abuelo, que todavía no había cogido su sándwich y que parecía no querer hacerlo—. Los analistas expertos antiterroristas, después de tu informe, han llegado a las mismas conclusiones que nosotros. Lo sabemos por la vía restringida… los medios de comunicación oficiales están ofreciendo un refrito con parte de verdad y parte de prevención… no quieren poner al descubierto lo que tememos. Es lógico. No hay más remedio que esperar a las siete, a ver qué sucede. Y que no haya víctimas… las menos posibles —dijo las tres últimas palabras casi inaudibles, como una queja oculta.

—Abuelo, ¡come!—le ordenó ella maternalmente—. Come algo —insistió cariñosamente y en tono argumentativo, como quien dice: «es mejor que comas, tienes que estar preparado, con todas tus fuerzas».

Edmundus, ocultando la ternura que aquello le inspiraba, tomó su sándwich y le dio un primer y pequeño bocado, pensativo, concentrado en algo, como si con la concentración quisiera oír algo inaudible o ver algo imperceptible. Estaba dando su segundo bocado, cuando Yóbrek se despidió de ellos, a toda prisa: «estamos en contacto, atentos a mi primera señal».

Entre las seis y las siete, los minutos pasaron lentos, saturados, silenciosos, expectantes, medrosos y plúmbeos. Fue una hora infinita: para los policías y soldados de guardia que tenían la orden de no dejar escapar ningún detalle, para el mando reunido, prisionero de la incógnita, para las piedras de la ciudad, extrañadas de tanta desolación, para él, que llevaba un tremendo peso sobre sus espaldas. Para Silvia que sufría por su hermano y por su abuelo. Para Edmundus, que sufría por no ver más claro, más profundo y más allá.

A las siete en punto una gran deflagración puso alerta a todo el mundo. Las primeras inspecciones informaron al minuto: se trataba de una inmensa cantidad de fuegos artificiales detonados a un mismo tiempo. Una luz intensa que duró varios segundos se elevó sobre el cielo al tiempo que se oía aquel estruendo horrible. Ninguna víctima, por el momento.

A las siete y siete una nueva alerta llegaba al puesto central: un sujeto se había suicidado, colgándose de lo alto de la torre de la iglesia unionista, una hermosa construcción de finales del siglo XXI en la plaza central. Se trataba de Edmundus Delmundo, su aspecto no ofrecía duda, a aquella distancia. Todas las pantallas del mundo se apresuraron a emitir aquellos acontecimientos... Cuando fue bajado el cadáver a tierra pudo observarse que llevaba tatuado en la frente el signo de Lucifer. Para ese momento ya se hallaban allí una patrulla policial que tomó palmo a palmo la plaza y en torno a aquel cuerpo, el alcalde de Kralendijk, el coronel de las fuerzas armadas de la isla, dos forenses, Yóbrek, Silvia y el verdadero Edmundus, inspeccionándolo en todos sus detalles.

A las ocho y diez, setenta minutos después de la deflagración, el capitán, su hermana y el abuelo se hallaban a la vera de la iglesia unionista, esforzándose en estudiar minuciosamente el escenario del crimen, para que no se les escapara nada importante... entonces, setenta litros de pintura roja cayeron sobre sus cabezas, tirándolos a tierra y dejándolos heridos y en un estado lamentable.

—¡No abráis los ojos! —les gritó con desesperación el abuelo— ,¡cerradlos! hasta que nos hayamos limpiado cuidadosamente.

—Me pican, abuelo, creo que ya es tarde...

—A mí también me pican —añadió él.

Todo aquel suceso estaba siendo emitido en directo por una gran cantidad de cadenas de todo el mundo. El alcalde de Kralendijk, el coronel de las fuerzas armadas de la isla y los dos forenses habían resultado solo salpicados por la pintura —Adolph Kirk, que estaba siguiendo entretenido todo aquello en su pantalla veía no salpicaduras de pintura, como decían los comentaristas, sino de sangre... ya acabarían viéndolo todos—. Las ambulancias llegaron en pocos minutos y trasladaron a aquellos tres cuerpos totalmente embadurnados de rojo. El líquido rojo —sangre de buey, rata, atún, lechuza y pintura en su mayor parte— resultaba ser un preparado viscoso, pegadizo, maloliente y abrasivo. La salud de los tres estaba en serio peligro.

La policía no tardó mucho en dar con el terrorista que había arrojado el líquido desde lo alto de la iglesia. Era Adoplh Kirk, el número 69 de los Adolph Kirk.

A las once de la noche, el primer parte médico reconoció que el capitán de la policía de la UNWB y su hermana habían perdido la vista. Y que se temía por la del filósofo. Habían perdido el cabello y estaban siendo tratadas las abrasiones que habían sufrido en diversas zonas de su cuerpo.

Una semana después, los tres fueron trasladados al hospital central de Astur. En aquellos aciagos siete días, el abuelo había comentado con sus nietos que el número setenta estaba aún por llegar, sin duda el verdadero Adolph Kirk. Y que lo haría o bien al mes justo a las siete de la tarde. O a las siete semanas o a los siete meses, o al año justo, quizá, quién sabe cuál era exactamente su plan. Además, este número siete contenía en sí mismo a los siete ángeles con las siete trompetas, y muy posiblemente iban a sonar una a una. Tenían que estar preparados. Mejor, tenían que anticiparse, como fuera.

37

La prensa había seguido el trance del atentado y la evolución de sus enfermedades con todo pormenor. Adolph Kirk estaba así directa, gratuita y mediáticamente bien informado, al tanto de la evolución de los acontecimientos. El once de mayo habían ingresado los tres en el hospital general de Astur, en la falda del monte Naranco. El 31 de mayo fue dado de alta el abuelo, totalmente rehabilitado, salvo por el cabello deslavazado; necesitaría unos pocos meses para adquirir el mismo aspecto que tenía. Al día siguiente se había incorporado a sus consultas. Tenía que reorganizarlas: reubicar todas la citas canceladas de los casos que llevaba muy personalmente. El gen longevo no solo le daba una larga vida, también favorecía que los procesos curativos fueran óptimos. El 5 de junio salían caminando del hospital ambos hermanos, ciegos, y por lo demás totalmente restablecidos, con una cabellera rapada pero sin las calvas que habían llegado a verse. El proceso de limpieza de todo aquel líquido pegajoso, adherente y corrosivo se había llevado a cabo en Bonaire, pero los detalles de las zonas más delicadas prosiguieron en el Monte Naranco. Los ojos habían quedado totalmente dañados, irrecuperables, con la córnea carbonizada. Se habían iniciado los primeros análisis para un trasplante de ojos robóticos.

El 6 de junio se había organizado una gran comida familiar. Era un domingo soleado, algo fresco, pero radiante. Ambos hermanos viajaban en un bólido particular con dirección a la finca de sus padres y pudieron percatarse del frescor del aire, del ambiente luminoso y de los plácidos rayos de sol a través de la nueva sensibilidad que estaban desarrollando, en la piel, en la forma de respirar y de oler. Los dos hermanos, en la parte de atrás, iban en silencio, cogidos de las manos... electrizadas en el mutismo de sus sensaciones táctiles, las manos se empeñaban en reavivar ánimos de ida y vuelta. Yóbrek acariciaba tenuemente el dorso de la mano de su hermana, con todo mimo, como pidiéndole perdón por haberla metido en todo aquello. Se sentía culpable por no haberlos puesto a ella y al abuelo a salvo más taxativamente. Transigió demasiado. Aquella pintura debía estar dirigida exclusivamente a él, el único que por oficio debía estar allí.

Silvia adivinaba lo que estaba pensando su hermano. Siempre había tenido un alma excesivamente protectora... se le veía venir ya desde que era un niño. Su amor a ellos, y también al género humano, pretendía abarcar siempre demasiado... por eso tendía a sentirse responsable por aquello que ni dependía de su previsión ni de sus capacidades. Tenía alma de héroe. Había leído tantos tebeos y libros heroicos como ella, pero él se los había tomado demasiado en serio. Lo mejor era cambiar de tema, pasar de la aflicción del daño al optimismo de los proyectos que se les abrían. Él había sido ascendido, el comandante más joven de *Balance*, y se le había asignado un área importante en el control antiterrorista. Ya no era precisa la acción física. Incluso cuando con los ojos robóticos recuperara una buena parte de la visión, su vida iba a ser más relajada, menos aventurera, menos arriesgada y más intelectual. Las próximas navidades las celebrarían ambos luciendo sus galas *cyborg*. Después de todo tampoco era ninguna tragedia, salvo que la mirada al hacer el amor ya no sería seguramente idéntica.

Él se consolaba con la idea de que su hermana iba a poder ver, con los ojos robóticos... Era en serio su insistencia para que imitaran al máximo el color del iris irrepetible que ella tenía... no era algo secundario. Le reconfortaba también su espíritu optimista... había dicho que sí inmediatamente a la oferta de la Universidad de Shanghai, para proseguir las últimas etapas de su tesis con el método para ciegos. Su tesis no iba a ser pospuesta demasiado.

La comida recordaba a la cena de Nochevieja, salvo que ahora era al aire libre. Los dos hermanos oían todas sus voces, sus olores al abrazarlos y, de este modo, adivinaban también sus gestos. Ninguno de los saludos hizo alusión a la ceguera... era difícil hablar de ello, ambos lo comprendían... aunque ellos dos eran los que menos estaban dispuestos a dramatizar sobre el accidente. Una gran mesa para cuarenta y cinco personas cubierta con tres grandes manteles blancos se había montado en mitad de la finca. A cierta distancia, otra mesa aparte para que los pequeños diablos, siempre con ganas de jugar, pudieran comer a sus anchas, sin distraer a los adultos.

Marie y Marco, los padres de Yóbrek y Silvia, hacían esfuerzos visibles para sobreponerse... ellos habían organizado la fiesta. La vida debía seguir adelante, la aflicción y la depresión eran un refugio demasiado cómodo. Bien se veía por las cuencas de los ojos, oscurecidas, que llevaban noches sin dormir y que habían llorado uno y otro abrazados por sus dos pequeños ahora ciegos. El segundo susto que recibían, pero este parecía muy definitivo... los ojos robóticos nunca serían lo mismo. Treinta y dos años de matrimonio lleno de recuerdos entrañables... años de orgullo paterno por aquellos dos niños criados tan sanos, tan pujantes. Su vanagloria de padres se había quedado arrugada, como un globo pinchado, pero se sentían en la obligación de insuflar nuevos bríos y de plantar cara a la adversidad... porque era injusto que dos carreras tan florecientes y dos seres tan llenos de vida se quebraran bajo el gesto de un asesino... al que despellejarían con sus manos si pudieran.

Presidían la mesa Marco y Marie, pero entre ellos dos habían sentado a Yóbrek, al lado de su madre y a Silvia, junto a su padre. Los dos hermanos permanecían juntos... ellos lo agradecían, les daba seguridad recíproca. Los chicos habían sacado rasgos de uno y otro: en Marie destacaba su piel tostada y sus exóticos rasgos rematados por unos labios gruesos, mientras que en el rostro sajón de Marco nada llamaba especialmente la atención, solo el timbre de su voz grave que le daba personalidad propia. Los mellizos mantenían sus semblanzas pero de un modo muy particular. Las facciones, el color de la piel y de los ojos y el grosor de los labios se habían quedado a medio camino de uno y otro progenitor. Los hermanos no podían negar su parentesco, aunque cada uno tenía su propio estilo. El pelo del chico era algo más oscuro que el de su hermana y levemente más lacio, mientras que sucedía al revés con el color de los ojos, algo más rasgados en ella que en él. Silvia había retenido algo más el grosor de labios de su madre, pero el dibujo de la boca recordaba mucho al de su hermano. Ahora sus caras estaban algo desfiguradas, rapadas sus cabezas y sus ojos cerrados, inexpresivos, bajo dos discretas gafas. Hacia los cuatro, a ellos dos y sus padres, se dirigían todas las miradas. También hacia el abuelo, sentado justo frente a ellos.

Edmundus tenía allí a su nieta, Áurea, a su biznieto, Marco, y a sus dos tataranietos, Silvia y Yóbrek. Tanto con su hija, Rosalie, que no había podido asistir, anciana ya, como con Áurea y con Marco mantuvo mucha relación durante su niñez y a lo largo de todos sus estudios, pero no tan intensa como la que iría a mantener con sus dos tataranietos; sus ocupaciones políticas y públicas, muy absorbentes entonces, tampoco le permitieron más. Hoy se veía en él una figura llamativa, en mitad de aquella extensa mesa, con aquel gorro tejido a mano por Heloise, la amante del filósofo: «debes cubrir este pelo desastroso, hasta que retome su antiguo aspecto», le había dicho con su ternura habitual.

Áurea estaba sentada a la derecha de Edmundus, junto a su marido, Nicolai; este, no podía disimular sus trazos germánicos. A su izquierda, el viejo tenía a Cloe y André, los padres de Marie y abuelos maternos de los chicos. Primos, tíos, familia política y algunos amigos muy allegados llenaban el resto de los asientos. También habían asistido el jefe de la unidad de policía, junto con el capitán Tullio, su amigo inseparable, y el director de tesis de Silvia. A Rómulo ella había querido tenerlo alejado de todo aquello conscientemente; además, a él no le iban este tipo de reuniones

familiares. Muy cerca, aquella bella y elegante señora; era Heloise…
Él quería que todos la fueran conociendo más.

El menú se había elegido cuidadosamente para que ofreciera las mínimas dificultades… donde el tacto pudiera sustituir a la vista fácilmente. Gazpacho, frutos secos, empanadillas, croquetas, rollo de carne relleno de vegetales, macedonia de frutas y arroz con leche. El arroz con leche no había sido encargado, era casero, lo había hecho Marie con todo el mimo del mundo, según la receta tradicional que había pasado de padres a hijos.

Las conversaciones menudearon en grupos de dos, de tres y de cuatro. Yóbrek aprovechó para seguir hablando con su hermana: quiso saber cuándo pensaba ir a Shanghai… de estos detalles hablaron mucho rato… sus padres estuvieron pendientes de este tema… interviniendo con preguntas y consejos… y viendo que la vida de su pequeña continuaba con sus entusiasmos acostumbrados. Luego Silvia quiso saber con detalle cuándo pensaba su hermano empezar a trabajar y qué planteamiento se estaba haciendo… pudo advertir que no se había mentalizado aún bien de que debía dejar la vida de acción… Lo primero que quería hacer era cerrar algunos asuntos pendientes de su anterior cargo… había planeado un viaje a Roma, para dejar definitivamente bien encauzado el tema de Bárbara… «El tema de su seguro de estudios», explicó técnicamente… tenía un interés especial por este caso, se sentía directamente responsable. La ciega conocía bien a su hermano, sabía que los ojos de su hermano, si los tuviera, se iluminarían al pronunciar aquel nombre: "Bárbara".

Como riachuelos diferentes que discurren cada uno en su curso separado, todas las conversaciones fueron centrándose en un mismo tema… subyacente desde el principio. Los grandes avances robóticos de las últimas décadas y las grandes posibilidades que se abrían, especialmente para los ojos… El patriarca, con su fino oído, era muy consciente de lo que estaba tejiéndose entre el conjunto de las conciencias allí sentadas… y supo que tenía que mover ficha, por eso, con la autoridad de que siempre estaba revestido, se levantó y pronto todos fueron callando. Propuso un brindis: «por el pleno restablecimiento de los ojos de sus dos queridísimos nietos». Comentó que en una semana ya estarían disponibles los ojos robóticos y que la operación podría hacerse en breve. «En un par de semanas, calculo, podrán empezar a ver y en poco más podrán empezar a controlar sus visiones». Y añadió: «Sin embargo no es esto lo que yo quería deciros a todos; porque tengo la esperanza de que dentro de un año o aún menos, puedan ver con sus propios ojos». Todos quedaron estupefactos, sabían que el abuelo era incapaz de bromear con estos temas y sabían, además, que si lo había dicho en público era porque prácticamente ya lo daba por seguro... A los dos mellizos se les electrizó el vello de todo el cuerpo: «A qué se refería exactamente el abuelo, no veían cómo podía ser posible». Era sabido que a través de la clonación de órganos, podía sustituirse la práctica totalidad de las partes del cuerpo lesionadas. Pero era también conocido que la medicina se había topado con un problema que era por el momento incapaz de solucionar. El nervio óptico orgánico una vez roto volvía a quebrarse con gran facilidad ante la mínima invasión bacteriana... conservaba una memoria epigenética que lo llevaba a reaccionar repitiendo rupturas anteriores. Todavía no se había dado con las claves para vencer este escollo. Todos los ojos orgánicos implantados hasta la fecha habían fallado al cabo de unas semanas. Sin embargo, los ojos robóticos, varios cientos de miles en todo el mundo, no presentaban problemas especiales después de varias semanas. El abuelo era consciente de que todo esto se hallaba en el ánimo de todos los comensales, se trataba de cultura médica conocida por todos, hasta por los niños. Por eso, añadió: «antes de ser más explícito, he de rogar a todos que nos disculpen unos momentos... He de hablar con mis dos nietos, y con Marie y con Marco». El abuelo se levantó y empezó a dirigirse al interior de la casa, se detuvo un momento para asegurarse de que era seguido... vio que Marie y Marco estaban de pie abrazados a sus dos hijos que todavía permanecían sentados, petrificados. Casi todos en la larga mesa tenían alguna lágrima de emoción en los párpados o la contenían visiblemente. Ambos hermanos se levantaron, de la mano, se agarraron a sus padres y se dirigieron hacia donde les esperaba el abuelo. Los niños habían acabado de comer hacía ya un buen rato y corrían a lo lejos con sus gritos, pero en aquel preciso instante nada se oía salvo todas las miradas, incluidas las del grupo de chiquillos a distancia, concentradas en los cuatro personajes que estaban de pie y el quinto que les esperaba a unos metros. Algo extraordinario estaba sucediendo… unas con otras, las sensibilidades fueron cayendo en la cuenta, por contagio, hasta que todas estuvieron alerta.

38

—Abuelo, ¿qué pasa?, ¿qué has querido decir? —comenzó Silvia, en voz bastante más baja que su volumen habitual.

—Abuelo, ¿a qué te refieres? —añadió Yóbrek, animándole a empezar y subiendo un poco el volumen.

—Estoy avergonzado, he de pediros perdón… no puedo contaros lo que sucede sin que antes sepáis que siento haberme equivocado…

—¿De qué tienes que pedir perdón? No entendemos… —intervino Marie.

—Tengo que pediros perdón por haber guardado un secreto que deberíais haber sabido hace un tiempo… ¡los dos habéis heredado mi gen longevo!

Ninguno de los cuatro supo qué decir, ni cómo reaccionar, por eso Marco alentó para que siguiera hablando:

—¿Y eso qué tiene que ver con los ojos?

—El nervio óptico tiene una memoria epigenética reversible antes de los veinte años, es uno de mis descubrimientos recientes. Basta con una intervención cuidadosa en el Pozo.

—¿Y los veinte años? —pidió explicaciones Marie, mientras Marco cabeceaba asintiendo con la misma cuestión, al tiempo que sus dos hijos, que ya lo habían comprendido todo, se abrazaban alegrándose el uno por el otro.

—Los ojos de vuestros hijos no tienen más de quince años. Como sabéis, el gen longevo ralentiza los procesos de envejecimiento, aunque no los de crecimiento y expansión.

—Entonces, es verdad... será posible... no es un sueño... —comentaba Marie, mientras empezaba a abrazarse a sus dos hijos.

—Sí, es verdad... una vez que el nervio sea tratado en el Pozo, la implantación de unos ojos clónicos no tiene por qué dar problemas.

—¿Desde cuándo se sabe... desde cuándo se sabe que lo heredaron... el gen longevo? —preguntó Marco.

—Lo sé desde el uno de enero. Tenía previsto comunicároslo el mismo día de la tesis de Silvia. He sido muy egoísta... pensé que esto la descentraría.

Hubo un silencio, como para encajar bien toda su trascendencia, entonces el abuelo añadió:

—Está comprobado que esta noticia va acompañada de una borrachera mental y de una pérdida del ritmo habitual de vida muy severa. Nadie se libra. Calculé que influiría en un retraso de más de un año en Silvia, y que a Yóbrek no le beneficiaría en su búsqueda de Adolph... la noticia da una sensación de inmortalidad... una falsa inmortalidad, muy peligrosa.

—Abuelo, hiciste lo que tenías que hacer —dijo su nieto.

—Sí, abuelo, yo también pienso igual —añadió ella.

—Os agradezco que me consoléis con todas estas palabras... comprensivas... pero no tuve derecho a hacerme dueño de vuestro destino... al menos debería haberlo consultado con vuestros padres.

—A nosotros nos hubiera parecido bien lo del día de la tesis... —dijo Marco, mientras consultaba sus palabras mirando hacia Marie, que asentía.

—Hubiera sido un buen día para una doble celebración —remató Marie.

Era claro que al abuelo, por su gesto, todas aquellas amables frases no llegaban a convencerle; según él había cometido un grave error: basándose en su buena intención, había ocupado un territorio que debería haber compartido… Haber querido cargar con todo el problema tenía algo de soberbia, porque al llevar aquel peso también había tomado decisiones que no eran solo suyas. Ahora lo veía con toda evidencia. «¿Por qué tienen que suceder desgracias, para que se nos abran los ojos en toda su amplitud?».

Al cabo de unos minutos, los cinco salían cogidos y abrazados, el abuelo en medio, en una estampa entre misteriosa y mágica. Los comensales dejaron sus charlas y permanecieron expectantes, hasta que cada uno de ellos volvió a ocupar su asiento. Como el silencio duraba algo más de lo soportable, Áurea, con la autoridad que le daba ser la primera en la línea que emparentaba a Edmundus con los chicos, dijo en nombre de todos: «Bueno, qué, ¿no vais a decirnos lo que pasa?».

Entonces, tal como lo habían planeado poco antes de salir, los dos mellizos se pusieron de pie. Primero habló ella:

—Tengo algo muy importante que deciros sobre mi hermano. Si todo sale bien, podrá recuperar sus mismos ojos, sus ojos clónicos, gracias a su gen longevo. Mi hermano también tiene el gen longevo del abuelo.

—Sí —continuó él—, pero lo que no os ha dicho mi hermana, que no puede dejar de bromear, ni siquiera en estos momentos, es que ella también tiene ese gen longevo. Ambos lo tenemos. Para los dos será posible una clonación con éxito… si nada se tuerce.

—¿Y verdad, hermano, que si solo uno de los dos lo consiguiera, estaríamos dispuestos a compartir uno de nuestros ojos?

—Abuelo, ¿ese trasplante sería posible? —preguntó su nieto.

—Sí, sí lo sería, pero espero que no sea necesario.

—O sea —remató Áurea—, que vosotros dos también viviréis doscientos años, y recuperaréis vuestra propia vista.

—Con el permiso de Adolph —intentó decir en alto Silvia, pero sus palabras quedaron ahogadas en el espontáneo aplauso general que se elevó tras oír a Áurea. Después, todos formaron una cola para abrazarles y felicitarles.

39

Aquellos ojos robóticos provisionales empezaban a funcionar. Silvia ya podía ver sombras y bultos, todo envuelto en una gran neblina. Al menos podía ir y venir ella sola. No chocar con obstáculos que siempre salían al paso era un progreso. Una liberación que ya no tuvieran que acompañarla a todas partes. Rómulo se había portado muy bien; se trasladó durante aquellas semanas a su apartamento y estuvo pendiente de todas las pequeñas necesidades menudas y hogareñas. Ayer mismo se habían despedido: «Romi, puedo arreglármelas sola... nunca olvidaré esto... tenemos que mantener nuestra amistad como hasta ahora... será lo mejor». A pesar de su gran perspicacia, no se percató de que él se debatía entre sentimientos encontrados. Rómulo empezaba a sentir que ella ya no era para él solo su mejor amiga y una buena amante ocasional, con la que compartir tantas complicidades y ratos divertidos. Mientras conllevaba todas aquellas cotidianas nimiedades le había ido aflorando algo que no pudo controlar: ahora le gustaba estar con ella a todas horas y no tenía conciencia de perder su tiempo o de derivar sus planes. Una sensación de bienestar le embriagaba al estar con ella. No podía decirle esto, hasta que no se asegurara de que ella sentía lo mismo por él. No era el momento de venir con un problema. Ya tenía bastante.

Sola, subiendo las escaleras de su casa, después de todas estas semanas a ciegas, en las que había desarrollado mucho todas las sensaciones que entran por la piel, además del oído y el olfato, esperaba recuperar cuanto antes una visión decente. Por eso, y después de haber pasado su primer día íntegro en la biblioteca de la clínica revisando parte de su material audio, ahora, mientras entraba en su apartamento, percibió algo nuevo en el ambiente que no era capaz de identificar del todo. Probablemente aprehensiones, fruto de tantas nuevas experiencias tan agudas.

No eran aprehensiones. Su gen longevo potenciaba mucho, y ella todavía no lo sabía, la sensibilidad y la recepción estética y por eso captaba más allá de lo que un sujeto común puede sentir directamente en una situación dada. Sin contar todo el entrenamiento de sus semanas de ceguera.

Adolph Kirk actuaba osada y tranquilamente en esa frontera donde nadie puede observarle. Silvia estaba vigilada por el ojo del satélite y por los guardaespaldas policiales que la seguían a todas partes. Ahora estaban dando el relevo nocturno a los robots grabadores apostados en la calle y a la mínima sospecha todas las alarmas se pondrían a girar. Una intervención en un margen de cinco minutos estaba asegurada.

La cuestión había sido introducirse en su apartamento sin dejar rastro de ello. Y poder salir después impunemente. No fue difícil entrar a través de la mudanza que aquel mismo día se había operado en el piso contiguo; el portal siguiente formaba parte de un mismo proyecto arquitectónico, de manera que los áticos quedaban separados por un discreto muro. Los vecinos de terraza de Silvia, ancianos de cerca de ciento veinte años, tenían razones para trasladarse a vivir más cerca de su hija y de su nieto, ahora que además ya entraban en un declive visible. Habían recibido una oferta incomprensiblemente alta por su antigua vivienda y ese dinero era justo lo que necesitaba su hija para salir de los apuros en que se hallaba tras el intento de negocio que había tratado de poner en marcha. No importaba que todo hubiera que hacerlo con las prisas impuestas… todo aquello les convenía se mirara por donde se mirara. Así que ese mismo día, 7 de julio, se hizo la mudanza.

Adolph Kirk estaba irreconocible, se había hecho varios trasplantes y múltiples intervenciones estéticas. Su cara no era su cara y sus colores de pelo y piel habían sido sustituidos por otros. Su atuendo había cambiado enormemente. Solo su mirada, sus gestos, su olor corporal y su estatura continuaban siendo los mismos. Sus huellas dactilares estaban recubiertas por unos finos guantes especialmente confeccionados, que prácticamente no se quitaba sino para renovarlos. En su nuevo IC figuraba el nombre de Michael Rächer;

ahora era un ciudadano canadiense; tenía la misma nacionalidad que Edmundus. Su imagen facial había sido reconstruida siguiendo el modelo escultórico del arcángel San Miguel que se encuentra en la basílica de la Merced de Barcelona. A la altura de sus omóplatos se había hecho tatuar dos grandes alas de águila. Una armadura sintética que imitaba la de los antiguos generales romanos le protegía el torso. Bajo la armadura, en el pecho, había tatuada una espada que cortaba en dos a una serpiente.

La estuvo observando durante un cuarto de hora, el tiempo preciso para que se pusiera cómoda. Conocía su gusto por el vestuario de siglos pasados, pero no sabía que lo llevaba hasta ese extremo, ese camisón con dos capas finas de seda, transparentes, la hacía más hermosa aún de lo que ya lo era vestida. El velo que enseña al trasluz y que a la vez oculta tras una sedosa ondulación componía un contraste que le parecía irresistible a Michael Rächer. Desde aquel ángulo muerto, en perfecta sombra, podía seguir bien sus movimientos.

Sentada ante una pantalla que configuró en uno de sus rincones favoritos, con su tazón de leche y las pastas artesanas que había abierto para la ocasión, «mi primer día de autonomía», buscaba un volumen idóneo que le permitiera pensar y a la vez seguir a conveniencia el curso de las noticias del día. Entre las voces que empezaron a oírse se entrelazó otra que parecía venir de allí mismo. Empezaba a volverse aprehensiva, «podía ser uno de los efectos de la "borrachera psicológica" de que había hablado el abuelo». Allí no había nadie. Rómulo se había ido. Y el detector de invasores funcionaba perfectamente. La alarma había sido reconfigurada, el mismo Rómulo se había encargado de ello y él nunca fallaba, en temas electrónicos, imposible. Lo que no sabía Silvia era que Michael Rächer tenía ya en su poder el índice de la mano derecha de Rómulo, y su IC, y con todo ello no le fue difícil volver a invertir la orden de escaneo de invasores. Él sí estaba ahora autorizado, así que se movía con total impunidad. Rómulo tenía todavía aire para veinticuatro horas, aquel angosto lugar donde había quedado amordazado no daba para más.

—¿Te gusta la leche, querida? —volvió Adolph Kirk a repetir, ahora en un volumen perceptible.

La leche caliente se le derramó por los muslos y el tazón fue a parar al suelo cuando se incorporó instintivamente para defenderse.

—No se te ocurra gritar. Sería lo último que harías.

—¿Quién es usted?, ¿cómo ha entrado aquí?

—Soy Michael Rächer. Ya le iré contando… —mientras decía estas palabras la empujó con un golpe seco para volver a sentarla. Cayó repantingada en la butaca y tiesa—. No haga nada inconveniente y su amigo podrá seguir viviendo.

—¿Qué le ha hecho a Rómulo? —fue lo último que pudo decir, antes de que una cinta adhesiva le oprimiera la boca, cerrándosela.

—Veo que se ha mojado… no se preocupe, le sienta muy bien —al tiempo que decía esto, Adolph Kirk tocaba la zona mojada y empezaba un lento manoseo. Silvia se revolvió e intentó darle una patada, pero la firme mano de él le sujetó el tobillo y se lo mantuvo en alto. Y recreó la mirada en el panorama que se le ofrecía, con la actitud de un general que repasa la estrategia de una batalla complicada pero cuya victoria cree tener asegurada.

40

Adolph Kirk a la par que había ido mutando durante los últimos meses en Michael Rächer había ido perfilando mucho mejor sus inclinaciones. No solo sus dotes para organizar aquel Ejército kirkstratos que le servía como un solo hombre, organizados en cuadrillas, falanges, escuadrones, legiones y General Vojske: respectivamente cuatro, doce, ciento veinte, mil doscientos soldados y el total de sus fuerzas distribuidas en todo el mundo. Tres órdenes sagradas circulaban en el interior de su ejército: la primera que solo Adolph Kirk —alias Michael Rächer, para sí mismo—, era el único mando supremo indestructible, la segunda, cumplir ciegamente cada misión y la tercera limpiar la General Vojske de impostores internos.

El cumplimiento de cada misión incluía juramentarse y disponerse a la autoinmolación si llegara el caso. Cada fanático es vigilado por su Sombra, un inquisidor encargado de liquidar a su compañero en caso de deserción. Los fanáticos se seleccionaban entre 2,05 y 2,07 de estatura, similar a la del jefe y de su misma complexión. En una semana todos eran *clonados* estéticamente en sosias del jefe. Cada baja había de ser sustituida de inmediato. Una lista de codiciosos aspirantes al camuflaje, atentos a cambiar su anonimato por un futuro prometedor de poder y dinero, se halla lista en la retaguardia de la organización, participando con encargos aislados mientras van siendo puestos a prueba.

No eran solo sus dotes de adiestrador, de organizador y de estratega las que iban creciendo en cada misión que diseñaba, era su misma personalidad interior la que se iba dotando de unos perfiles mucho más definidos. Ahora, con aquella cara de facciones angelicales y con aquel porte guerrero solemne, su alma había ido destilando una acrisolada personalidad, a cuyo entrenamiento se entregaba con el mismo fervor que un gimnosofista. Parte de su meditación consistía en rememorar algunas cálidas escenas que habían quedado grabadas en los pliegues más remotos y profundos de su *Mnemósine*.

Adolph Kirk reconstruía diariamente en su meditación mnemosénica el escenario en que primero su padre maltrataba a su madre durante sus iniciales ocho años de vida para dar paso después a la gran venganza materna sobre su padre hemipléjico, hasta su muerte, cuando sus dos hijos gemelos adolescentes contaban quince años. Estas escenas eran para Adolph la esencia de la naturaleza humana, que él había tenido la suerte de conocer cuando su tierna personalidad se forjaba al calor de la ley de la vida. Durante quince minutos repasaba mentalmente aquellas escenas en que entraba en acción su padre, un médico reputado de Núremberg que frisaba los cuarenta y cinco años pero que había entrado en su declive profesional, después de una fallida intervención quirúrgica muy famosa que truncó su *cursus honorum* dentro de la profesión, relegándole a casos secundarios y a un desprestigio creciente. El doctor Kirk solía llegar hacia las siete de la tarde a la casa familiar, después de su *tournée* de degustación de ginebra en el barrio nocturno —abierto todo el día—. En una de las ventanas del hogar, desde donde se divisaba la hermosa torre del Castillo Imperial, se encontraban ambos hermanos Kirk haciendo sus deberes escolares. Convenientemente beodo, pero no torpe aún de reflejos, con requerimientos instantáneos hacia su mujer que se convertían en reproches que se convertían en insultos que se convertían en golpes que se convertían en palizas que se convertían en el imperio del miedo. Dos horas más tarde hacía las paces a menudo con su mujer en el tálamo común violándola a capricho y volviendo a vejarla con frases y ruidos que llegaban hasta los agudos oídos de aquellos dos chicos que se apoyaban el uno en el otro con sus miradas, hasta que su progenitor caía definitivamente rendido a los vapores del sueño, hasta el día siguiente.

Pero la segunda parte de la meditación de Adolph elevaba su tono dramático y su intenso valor antropológico cuando entra en acción su madre. Ella cuidará de su marido durante los siete años en que yació enfermo en una cama, a causa del ictus que le dejó tan solo un habla arcaica y la mitad derecha de su cuerpo inútil. «Afasia, inhibición motriz y agnosia profundas figuraron en el único informe médico expedido». La afasia y la inhibición motriz mejoraron muy levemente los primeros meses para estancarse después durante los años restantes. La agnosia sí mejoró algo más, así que la capacidad para el reconocimiento de la realidad circundante acabó siendo suficientemente aguda. «Mucho mejor así», pensó la madre de aquellos dos gemelos. Fueron siete años de concentrado y fino cálculo de cuidados intensivos.

La madre descubrió que la venganza puede dar tanto placer como cualquier otra pasión y no tenía remansos ni caídas como le sucede a la cresta libidinosa, que una vez arrebolada se marchita. Adolph Kirk iba conociendo todos estos movimientos, los iba entendiendo, los justificaba y los alentaba con su imaginación. Su hermano Joseph vivía en el umbral de dos mundos, aquel al que le arrastraban los ruidos y asechanzas de su hogar y aquel otro al que trataba de huir leyendo las aventuras de caballeros que salvaban a damas en peligro. Adolph aborrecía leer en esta época. Más tarde acabará "leyendo", pero lo hará sin esfuerzo visual, con las audiciones sintetizadas que compendiaban cualquier obra. Los dos hermanos se servían de apoyo mutuo, porque tenían donde verse reflejados, el uno en el otro, aunque miraban hacia sitios opuestos: el uno hacia donde amanecía todos los días, el otro hacia el ocaso, donde la noche elevaba su imperio.

Nemesie cuidó de Hanuch, sí, sin saltarse un solo día, era su principal dedicación. ¿Cuánto podía soportar sufrir un ser humano? Físicamente mucho, aunque el cuerpo se acostumbraba al dolor que no mata, no porque dejara de doler sino porque se incorporaba a los hábitos y a las sensaciones esperadas. Eso llegaron a aprenderlo ambos. El gran descubrimiento que hizo Nemesie era que el sufrimiento psíquico aparecía prácticamente como un pozo sin fondo... lo importante era evitar la locura total.

La mejor comida era aquella que contenía olores penetrantes casi vomitivos... hecha de viandas rancias y agrias. La bebida tenía que hallarse infestada de microorganismos. Las heces y el orín debían retirarse después de que se hubieran resecado bien sobre la piel. Estos mismos olores era bueno que permanecieran en la habitación del enfermo. Las uñas debían crecer hacia dentro y clavarse en las propias carnes. Era una labor delicada ir afilándolas para que continuaran su cometido invasor. La piel podía escararse no solo en la capa más superficial sino en pupas de un grosor creciente; todo era cuestión de cultivarlas debidamente. Las posturas eran importantes: no era bueno que el enfermo pudiera girarse o tan siquiera removerse. Un refinado mecanismo de sujeción podía inhabilitar aún más aquella postración que ya disfrutaba por su inhibición motriz. La fórmula que se asentó fue la de mantenerle inmovilizado las veinticuatro horas; al día siguiente la inmovilización era del lado contrario. El enfermo podía mover una mano lo suficiente como para comer por sí mismo, en aquellas posturas perfectamente calculadas, en las que la deglución causaba a menudo toses y rechazos laríngeos y esofágicos. Los restos de comida y las babas permanecían pegados a las comisuras de los labios, al igual que la barba, las legañas, las postillas y la roña en el conjunto del cuello, las orejas y la cara. El pelo crecía greñudo y sin límite, qué sentido tenía cortar el pelo. La caspa, la grasa y el picor eran sus fieles acompañantes. El baño se realizaba una vez cada dos semanas, religiosamente. Un chorro de manguera con agua fría, un cepillado doloroso, una muda de ropa renovada y una vuelta a la cama. Era conveniente que el enfermo alargara su vida y que los hedores se renovaran convenientemente, con el fin de hacerse más visibles. De noche la habitación tenía una temperatura de cuatro grados, para que el frío imposibilitara un sueño profundo. De día la temperatura ascendía a treinta y cinco grados, para que el sudor, el escozor y el agobio se enseñorearan de la situación.

Sin embargo, el enfermo prefería todos estos cuidados que recaían sobre su piel al trato personal que iba dirigido específicamente al masaje de su alma. Lo más denigrante y más doloroso era el plan de estimulación psíquica: «Adolph, Joseph, ayudadme, quiero morir de una vez» —decía en alto varias veces al día—. En los minutos que permanecía con él en la habitación, la esposa desplegaba una salvaje descripción y narración sobre quién era y en qué se había convertido, en cuyas frases lo importante no eran las palabras utilizadas, sino el sentido exacto que ponían al descubierto sobre la historia monstruosa de su vida, que su mujer sabía reconstruir con la meticulosidad y sofisticación de un orfebre.

Su tenaz esposa, cautivada por su deber, le tenía preparado para el resto de la mañana, como todos los días, sus músicas preferidas, pero distorsionadas y chirriantes. Por momentos, los dientes, el vello y los oídos se electrizaban de dolor. No podía pararlo, pero tampoco podía dejar de escucharlo. La sesión duraba seis horas, después de inspeccionar la regularidad del termostato que debía pasar de cuatro a treinta y cinco grados. Por la tarde, después de la única comida del día, solo había un ayuno en las veinticuatro horas, cuando la digestión podía facilitar un breve y reparador sueño, empezaban aquellos gruñidos, graznidos, pitidos, chiídos y ruidos chirriantes e inconexos, en una sinfonía desaforada que no tenía fin hasta que la temperatura descendía a cuatro grados a las once de la noche y entonces el sonido de fondo era el de una ventisca interminable, rugiente y enfurecida que parecía situarse en medio de la habitación. Nunca había silencio. Daría cualquier cosa por enloquecer.

Una dosis de antibiótico ritualizado mantenía al enfermo sin grandes recaídas en enfermedades inconvenientes. Debía vivir lo máximo posible. Después de todo era su obligación. Adolph seguía con creciente interés la evolución del curso diario del sufrimiento paterno y esperaba que durara mucho tiempo aquel plan magnífico de expiación que iba *in crescendo* año tras año en la finura y ejecución de su estrategia. El padre acabó muriendo, después de una semana de total abandono, en una crisis de hectiquez. Tras aquel hediondo final, Adolph seguía odiando a su madre, por haber sido tan débil y sumisa. No era una excusa que todo aquello «lo hubiera aguantado por sus dos pequeños». Adolph empezaba también a odiar a su hermano; este expresaba tanta congoja como odio en sus reflexiones y esto Adolph no podía tolerárselo. «Su hermano era imbécil y un blando, sin duda».

41

Sin duda, aquellas piernas estaban magníficamente bien trazadas, en sus dimensiones, en sus proporciones, en sus curvas y en la sensualidad que desprendían. Adolph Kirk era un auténtico esteta: no tomaba más que aquello que le pertenecía, él entendía perfectamente la finalidad de la belleza del mundo. Dejó deslizarse la mano izquierda que tenía libre desde el talón muy lentamente por el tobillo por los gemelos por la corva virando hacia la rótula, deteniéndose ahí en un masaje de segundos, para seguir delicadamente su curso por la cara interior del muslo hasta el sudoroso canal donde acaba la pierna.

Aquí, los embates, rigideces y descargas de Silvia, para defenderse del tierno manoseo, aumentaron hasta el límite de sus fuerzas. Nada podía hacer, la tenía imposibilitada entre la sujeción del pie izquierdo en alto, la presión sobre su costado derecho con el talón izquierdo del agresor y la postura semirrecostada en la butaca. Michael Rächer no tenía prisa, todo lo contrario. Era un momento para recrearse. Nada más lejos de sus intenciones que una burda violación. Debía amansar a la fiera hasta conseguir conquistar su espíritu. Retiró su mano de la entrepierna y recomenzó después de breves segundos, de incertidumbre para ella, la misma operación de deslizamiento. Hubo la misma respuesta tensa; la víctima seguía sintiéndose víctima. Por tercera vez recomenzó el mismo suavísimo masaje. Saber lo que iba a suceder era un valor añadido. Aquella mujer semipostrada mantenía todo su ardor, toda su entereza. Era cuestión de tiempo. La cuarta vez abrió un capítulo nuevo. Al llegar al canal donde la pilosidad se abre como un bosque, comenzó un suave peinado de aquellos pelos púbicos de abajo hacia arriba. Los retorcimientos defensivos le producían fuertes desgarros en las zonas por donde estaba siendo sujetada: ahora la pierna libre de la mujer estaba bien entallada por el agresor. El séptimo masaje acabó, después del peinado que había introducido en el programa, metiendo el dedo corazón, con su finísimo guante, entre los labios de aquella oquedad, procurando abrirla. Un poco de saliva facilitó la operación que quería acometer. Intentó un masaje cariñoso, pero las tremendas descargas de protesta y la congestión de la cara cada vez más enrojecida le obligaron a recomenzar la operación. La batalla se reiniciaba una y otra vez, Silvia calculaba ya más de una hora de forcejeo y empezaba a buscar salidas mentales desesperadas, sin embargo apenas si había transcurrido media hora cuando Michael Rächer se disponía a su vigésimo primer masaje —no había dejado de contarlos—. Todo tenía un límite. Le había dado repetidas cariñosas ocasiones de doblegarse pacíficamente a algo bueno para ella. A medida que fueron avanzando, los masajes se hicieron más lentos y más cuidadosos, incorporando en cada uno alguna novedad que pudiera complacer a aquella hembra. Aunque aquella noche debería morir, sonaría la primera de las siete trompetas, la inmolación en el altar del placer no tenía por qué ser necesariamente cruenta.

Adolph Kirk pensó, un poco desanimado de no avanzar un ápice, que quien no entra en sus cabales con caricias acaba entrando por el terror, así que le metería miedo en el cuerpo. La terraza del apartamento estaba adornada con una hilera de plantas, solo que ese día Michael Rächer se había ocupado de trasplantarlas. Había arrojado por el *videordures* las que había y las había sustituido por una voraz planta carnívora gigante, obtenida en sus laboratorios experimentales. Convenientemente tratada, su crecimiento exponencial era inaudito. Tenía ya una masa de varias toneladas. Esa era la fórmula que había ideado para acabar con la nieta de Delmundo. Nada de sangre en esta ocasión. Sería la naturaleza vegetal la que engulliría aquellos errores humanos. Una pasada por las entrañas de aquel hábitat botánico debería aterrorizar y atemperar a aquella fiera soberbia. Acabaría consiguiendo lo que buscaba. El terror nunca falla.

Soltó la pierna de Silvia, le dio una sacudida para ponerla en pie tomando sus dos brazos atados a la espalda y la condujo con firmeza hacia la terraza. Ella no veía más que bultos, pero podía sentir el frescor de la noche. Un nuevo olor vegetal desconocido llegó hasta ella. Agradecía aquel cambio de escenario. No entendía ahora qué pretendía al empujarla hacia abajo, pero no hacia el suelo sino hacia un lugar intermedio. Sintió una impregnación y un leve escozor en su hombro y en su brazo. Después sintió que estaba siendo absorbida por una masa magmática pegajosa fría que la iba reteniendo y engullendo como en las fauces de un pantano. Sintió que caía en una atmósfera que la comprimía y la devoraba… ahora, después de dos minutos de tan extrañas repugnantes sensaciones, entraba finalmente su cabeza, y no era capaz de interpretar lo que le estaba pasando. Con su diafragma oprimido, a pesar de mantener su boca al aire todavía, podía respirar difícilmente. «Si te avienes a razones, podré sacarte de ahí»… Entonces, ella hizo un último gesto desesperado para liberarse de aquella absorción. Adolph Kirk pulverizó sobre la planta el líquido que tenía preparado y aquella tragona vomitó a su presa, irritada por la aspersión. «Tendrás una segunda oportunidad», le dijo el agresor, mientras le desgarraba el camisón que ahora se había pegado totalmente a su piel. La arrojó al suelo, le abrió las piernas y se dispuso a penetrarla sin más miramientos. Él ya estaba suficientemente preparado. De súbito, una fuerza descomunal cogió a aquel hombre en volandas y lo arrojó varios metros hasta el fondo de la terraza. Silvia había quedado liberada de repente, después de un tirón inesperado y de una intraducible interjección que salió de los labios de Michael Rächer.

—Silvia, ¿estás bien? —dijo con su voz metálica.

En un segundo todo se iluminó. Era John, ese era el nombre que le había puesto el abuelo. El robot guardaespaldas que tenía arrinconado en el cuarto de los trastos había entrado en acción por primera vez. El abuelo no daba puntada sin hilo. Ella había creído siempre que era un regalo simbólico y de adorno, como juguete para poner en su repisa. Sin embargo, ahora entendía lo que había debido meditar el abuelo. Mientras pensaba todo esto, oyó pasos rápidos, movimientos ágiles, una persecución y finalmente sintió cómo John la incorporaba.

—Mi "caso uno" ha logrado escapar. Se deslizó por el *videordures* de la casa de al lado.

—No te preocupes, pronto llegarán los refuerzos y rastrearán la zona.

—Le habría alcanzado, pero tengo órdenes de permanecer cerca de mi protegida.

—¿Cómo supiste que estaba en peligro? —le preguntó, mientras en realidad pensaba: «por qué demonios no interviniste antes».

—Tu presión sanguínea me despertó… duró mucho tiempo, pero no estoy autorizado a intervenir solo por eso… Recibí la orden definitiva al conjuntarse las cuatro variables de peligro: presión sanguínea, ritmo cardíaco, cambio brusco de la temperatura corporal y asfixia. Supe que me necesitabas. Siento haberme demorado unos segundos.

—No te preocupes, llegaste en el momento justo. Gracias. Te llamas John... —no sabía cómo debía comportarse con él—: Gracias, te debo la vida —acabó zanjando y decidió que en adelante le trataría como a un ser inteligente.

—Ya era hora, llevaba demasiado tiempo dormido, varios años. Sin embargo estoy hecho para la acción. Muchas veces me he despertado con tus gemidos y con tus subidas de presión sanguínea... pero no estaba autorizado para intervenir. A no ser que se me reprograme para esto.

Se sorprendió de aquella revelación. No sabía que la sensibilidad del robot funcionaba con tanta precisión.

—No será necesario. Tu programación es perfecta. Puedes creerme. Vamos a sentarnos. Ya están ahí. ¡Hay que buscar a Rómulo, su vida corre peligro!

Después de aquel inesperado ataque, Michael Rächer tuvo el tiempo justo de llevar a cabo el plan de retirada que había planificado. El *videordures* conectaba con la sala donde una vieja losa, una vez retirada, daba acceso a las antiguas alcantarillas, suficientemente amplias para desplazarse con celeridad. A cien metros de allí se accedía a una olvidada salida que daba a la pequeña dársena de Cimadevilla. Desde allí alcanzó con facilidad el velero que le estaba esperando. Eran decenas las embarcaciones que entraban y salían por puro recreo o porque faenaban en la pesca deportiva de la temporada. Cuando la orden de vigilancia se removía ansiosamente en los aires, la embarcación de Michael Rächer ya surcaba las olas del Cantábrico rumbo a Tapia de Casariego. Allí tenía Adolph Kirk todo preparado para una huida fácil. Con toda seguridad, el rastreo que se le estaría haciendo seguiría las rutas rápidas de la navegación aérea, ¿quién iba a pensar en la huida de una lenta embarcación a nombre de un conocido aficionado autóctono? Suponía que ya habría sido detenido el sosia adolphiano destinado para la ocasión, en su huida en bólido aéreo, sin permiso de circulación. Tiempo suficiente para embrollar su propia fuga.

El supuesto Adolph Kirk estaba siendo perseguido, y probablemente también muy pronto el pacífico Michael Rächer —después del informe de Silvia—, ciudadano canadiense que suficientemente enriquecido dedicaba su tiempo a los más variados viajes de recreo.

En un bólido con ruta legalizada, un nuevo sosia adolphiano voló con el nombre de Michael Rächer hasta la isla de Fogo en Cabo Verde. Desde ahí se trasladó a Dakar, la capital de Senegal. Era su segunda falsa huella. De este modo, simulaba un intento de borrar «pistas verdaderas. Un conato calculadamente fallido, por supuesto», pero que levantaría una verdadera falsa pista.

Adolph Kirk retomó una nueva identidad, no podía proseguir con la última, había cometido el error de revelárselo a la nieta de Delmundo, dando ya su muerte por inminente, pero salió de la nada aquel concienzudo robot. Una vez que en Astur ordenaran todos los datos daba por hecho que ella recordaría su nuevo nombre. Ahora ya había seleccionado otra de las IC disponibles, se llamaría Michel Rochelle y continuaría con la nacionalidad canadiense que le venía bien en varios aspectos. No renunciaría a Michael Rächer, por el poder simbólico que había puesto en este nombre, y entre otras cosas porque la multiplicación de su identidad venía pintiparada para embrollar la orden de persecución y captura que pesaba sobre él en todo el planeta.

A su verdadero destino se dirigió en un vuelo alternativo: Ascensión, una isla perdida en el Atlántico, a medio camino entre Angola y Brasil, frente a la panza sudamericana y bajo la panza africana, demasiado perdida y distante entre uno y otro continente.

Mientras que estarían siguiendo su rastro en Senegal: «pondrán una vez más cara de decepción al apresar al falso Michael Rächer», llegaba a Georgetown, la capital de Ascensión, antes de amanecer. Allí le esperaba el único a quien él, Joseph Kirk, rendía cuentas. Los recursos económicos necesarios dependían de aquel personaje, para él bastante insignificante, en el fondo, con quien debía aparentar una cierta subordinación. Un vasallaje necesario, pero ficticio, porque «qué duda cabía, él, con la cara de Adolph Kirk o la cara de Michael Rächer o de Michel Rochelle, era el jefe supremo, el único y verdadero». Lo demás eran medios necesarios.

42

La isla de Ascensión, totalmente olvidada de los trasiegos administrativos, pues no figuraba en casi ningún informe de la década en curso, el último la erupción de uno de sus volcanes en 2438, era un fortín de 91 Km² gobernado por la familia Kamon. Los doscientos mil habitantes que allí residían trabajaban directamente para los Kamon o eran tributarios suyos. Pero esta maquinaria de vasallaje se mantenía en el más oscuro anonimato. No se conocía a los dueños y ni siquiera se hablaba del asunto porque solo unos pocos estaban en la clave del secreto. Para la mayoría, simplemente dependían de la Administración isleña, que era independiente y mantenía su orden propio.

Mostec Kamon, con cien años cumplidos en junio, era el patriarca desde la muerte de su padre, Roger Kamon, hacía quince años. Roger Kamon y su hermano gemelo Francis Kamon habían levantado un emporio comercial de dimensiones colosales el siglo pasado. Los Kamon eran, con ventaja, los hombres más ricos del planeta, tanto que ni siquiera se reflejaban en las listas de las fortunas destacadas. Figuraban en su lugar la veintena de lugartenientes que administraban sus riquezas. El nombre Kamon resonaba mitológicamente, pero no figuraba directamente en registro administrativo alguno, más allá de su residencia postal en la isla Águila dentro del archipiélago de las Malvinas. En esta residencia argentina, que ocupaba la totalidad de los 51 km² de Águila, desarrollaban su vida pública oficial. Aquí pasaban algunos meses y semanas del año, fruto de ciertas obligaciones para atender sus negocios legales y para la puesta en escena de su vida social aparente; el resto transcurría en Ascensión, o en lugares incógnitos, sin que su actividad o su rastro pudiera trascender o ser conocido. Esta es la ventaja que daba pertenecer con una identidad a la confederación y con otra ser dueño titular de territorios no confederados. Nadie sabía, salvo la guardia pretoriana más allegada, dónde se encontraban físicamente en cada momento. Y esta guardia era renovada y cambiada de destino cada seis meses en su totalidad, y cada dos meses en un tercio. Con todo, lo que estos guardianes sabían era que trabajaban para Sus Señores, pero desconocían cuáles eran sus negocios o sus actividades concretas. La maraña de su emporio se perdía en vericuetos y pliegues sin fin, cuyo rastro era imposible seguir. Solo los tres Kamon vivos, Mostec, su hijo Thomas y su nieto Alfred, conocían la tela de araña por dentro y en su conjunto. Sus esposas estaban al tanto de lo suficiente, si llegaran a querer hipotéticamente traicionar su propia causa. Cada secretario, cada lugarteniente, cada abogado conocía una parte quebrada y centesimal del ensamblaje de negocios que componían la riqueza y poder de los Kamon, y aun así los informes y los rendimientos de cuentas eran transmitidos a través de intermediarios y de gestiones anónimas y opacas.

Esperaban a Adolph Kirk los tres Kamon, Mostec, Thomas y Alfred. Rächer solo sabía que iba a reunirse con el General, así era llamado quien pagaba todas sus facturas. Su primer contacto databa de la prisión del castillo *Dantès*.

Hasta ahora La Organización había dado el visto bueno a todas las propuestas de Adolph Kirk. Se trataba de que formara un ejército adiestrado para acabar con la familia Delmundo y a la vez con la red de clínicas y escuelas distribuidas por doquier. El primer objetivo era relativamente fácil, aunque por ahora parecían protegidos por la *Tyjé*, una especie de fortuna caída del cielo, según Adolph había escuchado leer en una de sus audiciones literarias. Lo insidioso y difícil del plan tenía que ver con la red de clínicas y escuelas. No bastaban atentados que dinamitaran todos sus cimientos, porque esto no haría más que acrecentar su reputación. Cada atentado sería rehecho con los presupuestos confederados con relativa prontitud. El plan tenía que ser aquí indirecto, y más que la destrucción física primero había que buscar ir sembrando de desconfianza y de repudio público toda aquella red edmundiana. Había que combinar la muerte física de los protagonistas con la difamación de su obra, para que no renaciera de sus cenizas. Matar era fácil, lo difícil era arrasar una idea.

En el aeropuerto, Adolph Kirk fue recogido y conducido en los bólidos de la Organización hasta Green Mountain. En este recóndito paraje de la isla tenían su guarida los Kamon. La reunión se concertó para las once y media. Desde su llegada a la residencia, a las nueve y media, Adolph fue alojado en un suntuoso apartamento, donde se aseó, se mudó y desayunó en medio de un surtido de alimentos un tanto exagerados. Prefería la austeridad, estos excesos eran síntoma claro de decadencia. Ahora no le quedaba otra que transigir. Ocultó teatralmente sus verdaderas reacciones y puso a todos sus mejores caras y sus más conciliatorios gestos. ¡La simulación!, eso era lo que le atraía de esta relación. Actuaba obsequioso pero nunca sumiso: la debilidad no debía exteriorizarse en él ni siquiera en apariencia. Con toda seguridad, el General sería informado de todas estas minucias y siempre acabarían teniendo importancia.

En el salón de los mapas se había previsto que transcurriera la reunión. Con sus dos puertas abiertas de par en par podía divisarse desde allí la sala de la gran biblioteca de tres pisos. Todo aquello no era solo un escenario de magnificencia y poder sino también de añeja aristocracia y sabiduría. Espectable en su pose regia, Mostec Kamon estaba sentado en un sillón orejero, de espaldas a la luz del ventanal, envuelto en una voluta de sombra espectral. Thomas Kamon, un recio hombre de unos sesenta y cinco años, se sentaba a su derecha, en otro orejero idéntico, que enmarcaba su cara izquierda iluminada de la que se adivinaba su otra mitad en la sombra. Alfred Kamon, con sus treinta recién cumplidos, se hallaba de pie, como si estuviera salvaguardando aquellas dos regias figuras sedentes, dos sagrados capítulos de una saga que le daba sentido a él, de pie, poderoso y activo en su beligerante radiante juventud.

—Señor Kirk, es usted puntual hasta la precisión, ya lo suponía —dijo Mostec Kamon, mientras que en ese momento un sonido lejano de reloj dejaba oír las once y media; al hablar con aquel tono de autoridad se estaba presentando y le señalaba quién era el personaje de mayor rango de los que allí se encontraban. Los otros dos permanecieron como estatuas, sin mover una pupila, conscientes de la solemnidad del momento y de su papel.

—Ha sido una coincidencia, créame. —Adolph no supo cómo debía tratarle y por ello añadió—: Una venturosa coincidencia... ¿señor...?, ¿cómo debo llamarle?

—Llámeme General. Todo el mundo me llama así. ¡General MacArthur!, hablando con precisión. Le presento a mis dos consejeros —No dijo «consejeros herederos», pero es como si lo hubiera dicho—. Peter y Paul. —Mientras señalaba primero a su derecha y después inclinando la mirada hacia arriba. Adolph adivinó que estaba utilizando pseudónimos, tácita y abiertamente... Era evidente el parecido entre los tres y evidente era el aire de familia que con la escena que representaban desprendían. Se trataba del jerarca, de su hijo heredero y del segundo en la línea de sucesión, qué duda cabía.

Thomas Kamon y Alfred Kamon, renombrados ahora como Peter y Paul, salieron de su inmovilidad por primera vez y mostraron un leve saludo de cabeza. Adolph Kirk respondió con tres saludos dirigidos a cada uno de ellos, inclinando militarmente el tronco desde la cintura en un ángulo de unos catorce grados. Este gesto complació sobremanera a los tres Kamon. El celo, la oficiosidad, la jerarquía y aquel acatamiento, aunque no llegara a la sumisión (eso se mostraba bastante evidente), eran partes fundamentales del rigor militar y de las ambiciones políticas.

—Tome asiento, por favor, señor Kirk. —Frente a ellos tres había dispuesta una cómoda butaca de dos plazas, en donde lentamente se sentó. El joven ocupó él también el tercer orejero al lado izquierdo de su abuelo, después de hacer una precisa orden con su mano derecha discretamente levantada hacia un punto tras las espaldas de Adolph Kirk. Un camarero con librea se acercó a dos metros del invitado y le dijo con solemnidad—: ¿El señor desea tomar…?

—Un café bien cargado, sin azúcar. Gracias. —El camarero, de modales paniaguados, se retiró y un minuto después apareció diligentemente con un café negro que puso sobre la mesita adosada a su butaca. Después depositó en cada una de las otras tres mesitas próximas a cada orejero otras tres humeantes tazas. Era el momento en que se informaban de las peripecias del viaje de Adolph, sobre las que el interfecto no quiso entrar en los detalles más despreciables. Se tomaron unos segundos para mojar los cuatro sus labios en el cálido líquido, conscientes todos del ritual al que estaban dando comienzo.

—Es el mejor café que jamás haya tomado… ¿venezolano, brasileño… quizá…?

—Producción propia, señor Kirk. Unas plantaciones en Barbuda, ya sabe, una pequeña isla caribeña. —Adolph tuvo la sensación de que aquella era la primera verdad que se vertía al lenguaje, desde su llegada a aquel profundo y enigmático salón hacía cinco minutos.

—Conozco muy bien el Caribe, General MacArthur. Sí, una bella isla. No me extraña que dé tan buen café.

—Bien, desde la Organización hemos querido ponernos en contacto directo con usted porque es preciso ajustar algunos asuntos. Pero primero, nos gustaría escuchar un informe directo de lo avanzado hasta la fecha, señor Kirk.

Adolph tomó entonces hábilmente la palabra, sin miedo a alargarse; le gustaba exponer su plan con detalle: dadas las circunstancias nadie se quejaría de oratoria excesiva porque obedecía al cumplimiento de una orden. Durante varios minutos sin interrupción trazó ante aquellos atentos tres oyentes no solo el proceso de acontecimientos, por ellos ya de sobra conocidos por decenas de informes remitidos por él mismo, sino también la filosofía con la que todo aquello estaba siendo diseñado, en una actuación «en círculos concéntricos», le gustaba decir. Pero Michael Rächer tenía mucho cuidado mientras exponía su plan para moverse escrupulosa y exclusivamente dentro de la geometría de ideas del proyecto oficial, sin proyectar sombra alguna sobre el resto del escenario, el plan sublime, según la denominación técnica con la que Adolph y Michael dialogaban entre sí en un mismo fuero interno, el lugar elegido donde era imposible que ningún otro penetrara, sin previa aquiescencia. Pero allí no accederían jamás sino las diversas bifurcaciones de su propia personalidad, debidamente entrenadas. Sería el final si se trasluciera que para él, el acoso y derribo de los Kamon contra Delmundo, eran asuntos tribales entre bandas competidoras, que le parecían, en realidad, a él, a Michael Rächer, despreciables.

—Ya vemos, señor Kirk —Mostec Kamon seguía hablando en nombre de los tres—, tiene usted todo perfectamente trazado. Pero lo que es imposible trazar son los imponderables, los imprevistos…

—¿Cómo podemos estar seguros de que Silvia caerá definitivamente, y de que unos meses después caerá su hermano y que finalmente desaparecerá de la faz de la tierra Edmundus —apostilló ahora, sin poder ocultar un timbre acedo, Thomas Kamon, en realidad Peter MacArthur, según las presentaciones, «porque este era sin duda un MacArthur...», se decía para sí Adolph, «...aunque de inteligencia patentemente más burda que la de su padre».

—Sí, cómo puede asegurarse, no solo esto, sino que no se descubre quién está detrás de su General Vojske, ¿qué medidas ha tomado usted? —inquirió ahora con su tono siempre más impersonal Mostec Kamon, el General.

—Las medidas que he tomado son dobles. En primer lugar, la General Vojske no existe, reaalllmmente no existe. Es un mero agregado de soldados juramentados, aislables de cuatro en cuatro, que pueden ser desarticulados a una sola orden mía. Una orden secreta que todos individualmente creen excepcional e intransferible. Cada uno debe dirigirse en misión santa e inviolable a unas coordenadas, muy diversas en cada caso, y esperar instrucciones bajo una contraseña determinada. Si las instrucciones no llegan, han de ingerir la cápsula mortal que portan todos en un minúsculo alfiler de su cinturón. Todos se han consagrado a la causa y todos están dispuestos a inmolarse por ella. La General Vojske puede desaparecer de la faz de la tierra en veinticuatro horas.

—¿Y en segundo lugar? —inquirió Thomas, verdaderamente perplejo del aspecto determinista de aquel plan.

—En segundo lugar, también he programado que la Organización debe eliminarme, a mí mismo, en caso de fracaso. No me refiero a los pequeños contratiempos, normales en un objetivo tan de largo alcance como este, claro, sino al fracaso del plan. —Esta apreciación tan directa, tan sincera y tan bien argumentada empezó a ganar el ánimo del General, que creía tener el don de distinguir el género de hombre con el que se las había. No tanto el de Thomas, aunque también. Pero no, por ahora, el del joven Alfred, que permanecía aún callado y en cerrazón puramente observadora. El pequeño Kamon quería ver hechos, realidades, las palabras le parecían todas iguales, igualmente provisionales y gaseosas.

—Así que si algo esencial falla… si algo amenazara con salpicar a la Organización… el Alemán… ¡perdone!, es así como le llamamos familiarmente… usted, el jefe supremo de la General Vojske, borrará todo rastro bajo sus pisadas. Pero ¿si no lo hace? O, mejor, ¿si no lo hace a tiempo? —con esta última observación el General quería marcar el tono de precisión en el que deberían comportarse en adelante.

—Entonces, echarán ustedes mano de esto —y Adolph sacó una cajita de un pequeño bolsillo interior dentro de otro bolsillo pegado a su costado interior—. Aquí se encuentran las claves e instrucciones, que solo yo conozco, para poner en marcha el dispositivo de autodestrucción. A partir de ahora también las conocen ustedes.

Espero que solo ustedes, si me dan su palabra —por un momento, Adolph, para dar más veracidad a su argumento, adoptó una pose de igualdad en aquellas negociaciones.

Alfred, en el ímpetu de su juventud, se dirigió hacia la cajita, la tomó, la abrió e introdujo rápidamente los datos allí guardados en su IC. Pronto desplegó la información y comprendió la trama. Mientras tanto, Thomas había retomado el asunto y añadía, en el papel fiscalizador que había adoptado desde el principio: «Sí, pero será preciso hacer una prueba». «Por supuesto, Peter», respondió familiarmente Adolph.

—General —dijo Alfred Kamon, cuya voz se oía por primera vez— me gustaría elegir a mí esa prueba. —El general miró primero a Thomas sentado a su altura y acto seguido asintió al requerimiento de su impetuoso nieto, que permanecía de pie, en medio de la escena. Entonces desplegó una pantalla virtual a la vista de todos para que pudieran seguirse los pasos que empezaba a dar. Puso el cursor en Corea, en Pionyang, en un jefe de legión y consultó con la mirada antes de pulsar.

—Le conozco personalmente, es Pii Ying, un jefe de legión, con mando sobre mil doscientos de mis hombres. Cursaré a continuación la orden de sustitución. Es uno de mis mejores legionarios… un gran sacrificio… pero quedará claro el funcionamiento de la maquinaria. Es preciso. ¡Hágalo ya, Paul!, —rogó Adolph.

Alfred, a quien Adolph llamaba obedientemente Paul, consultó de nuevo con los ojos de su abuelo, mientras decía: «Entonces… General, ¿Pii Ying?». Mostec Kamon, antes de asentir, preguntó a Adolph: «¿Dónde debemos buscar mañana?». Adolph ya había extraído su IC, en la que su nombre era ahora Michelle Rochelle, y desplegó para no ocultar nada una pantalla virtual en medio del escenario, consultó unos datos y comunicó que Pii Ying se dirigiría en veinticuatro horas a Ulán Bator. Por eso, en este preciso momento, Adolph añadió: «¿Quiere la Organización llevar a cabo alguna misión específica en Mongolia antes de veinticuatro horas? De lo contrario…» —Adolph se llevó el índice al cuello y lo movió levemente trazando un tajo imaginario. Por primera vez un gesto grosero, en medio de tantas finezas articuladas. Los brotes de espontaneidad, bien calculados, conseguirían mostrar que era más transparente de lo que pretendía. Más transparente significaba más accesible y así más manejable.

—Esta vez no habrá ninguna misión añadida, será mejor así. ¿Dónde será el lugar exacto? —expuso el General, como si llegara a aquella conclusión después de sopesarlo bien.

—A la entrada de la catedral de San Pedro y San Pablo, —dijo Adolph consultando sus datos—. A las doce del mediodía, —añadió mientras consultaba su reloj—. Pueden ustedes disponer allí de su cadáver.

Peter y Paul se miraron desconfiados entre sí, por aquella extraña coincidencia. Ambos miraron hacia el General. Este dijo finalmente: «Sea, es un muy magnífico lugar», mientras hundía firmemente el puño en el posabrazos, con el propósito de cortar de raíz los gestos reprimidos de sus dos herederos, que inusitadamente, y titubeantes, arrojaban una duda sobre su autoridad.

Prosiguieron la conversación con múltiples preguntas casi todas ellas dirigidas a los detalles de seguridad con los que estaba funcionando el plan. Adolph Kirk fue dando cumplida respuesta a todas sus dudas. El sistema de eliminación de su propia gente era absolutamente necesario y seguro. Las distintas cuadrillas se articulaban a través de una red de órdenes informáticas. Todos, por si la humana naturaleza fallaba en alguno de sus resquicios, tomaban diariamente la píldora Vojske. Y no podían prescindir de ella. La vida sin esta sustancia se volvía insufrible, oscura, vaporosa, anonadada… había que salir de aquellas sensaciones recuperando la auténtica sensación de poder, de bienestar y de superioridad. Los casos de abstinencia sometidos a ensayo habían acabado todos en suicidio en cuarenta y ocho horas. Todos los miembros del ejército de Kirk estaban dispuestos a cualquier cosa con tal de que no les fallara el racionamiento que llegaba semanalmente.

—¿Usted también necesita tomar esa píldora? —preguntó el General MacArthur.

—Un general no puede… no debe confundirse con la tropa. Si no hay línea de separación ¿dónde residiría el poder? No. Aunque quisiera, yo no podría… tengo que dirigir —respondió con orgullo Adolph.

—Lo sé, lo sé bien… un general ha de sacrificarse. La causa es lo que importa, por encima de las personas. —Después de una pequeña pausa hecha de gestos aquiescentes, el General añadió—: Lo importante es que todo acabe encajando como debe.

La actitud, las palabras y lo preciso y magnífico del plan de Adolph Kirk fueron imponiéndose sobre las dudas, reservas y desconfianzas de los Kamon. Le estaban dando mucho poder al Alemán, tanto que podía ser demasiado. Además las implicaciones se estaban multiplicando hasta un punto peligroso y difícil de controlar, sin olvidar que el plan completo llevaría unos pocos años. Las ideas planeadas por el Alemán parecían muy sólidas y, en todo caso, el sistema de retirada parecía perfecto, sin fallas aparentes. En último extremo todo lo que tenían que hacer era cargarse a Adolph Kirk y con él se derrumbaría toda la pirámide, en veinticuatro horas, disponiendo de las instrucciones de aquella cajita. Mañana tendrían con Pii Ying una primera prueba en Ulán Bator. Harían algún ensayo más, sin duda, y por su cuenta, a espaldas del Alemán… Los tres Kamon se miraron y conniventemente aprobaron invitar a Adolph a comer con ellos, mientras que un sonido lejano de reloj daba las dos de la tarde.

—Se quedará usted a comer con nosotros, señor Kirk. —Y después añadió el General sonriendo—: ¡Es una orden!

—Se lo agradezco. Es una buena idea. Podremos seguir ahondando más.

—Será bueno para la causa —añadió el segundo de los Kamon, consciente de que el clima de tensa negociación podía ir relajándose un poco.

—Entonces, a las dos y cuarto, le esperamos en el comedor. Un asistente le guiará, no se preocupe. Si necesita cualquier cosa… —finalizó diciendo el General, mientras erguido ya mostraba su hechura física, robusta como la de su hijo y su nieto.

Durante una hora y media se sucedieron múltiples platos aderezados con exquisitez que eran servidos por aquella servidumbre perfectamente adiestrada. Desarrollaban su trabajo sin hacerse notar, como sombras que atentas al devenir de las necesidades fueran maniobrando para que el engranaje de la ceremonia no se detuviera en puntos muertos. Apareciendo de esquinas ignotas, atendían las necesidades y el cambio de capítulos, con tal naturalidad que era como si no estuvieran. Todo aquello tenía un sabor sacado de libros antiguos. Mientras tanto pudieron conversar en un tono mucho más amigable que el precedente, al tiempo que el General se relamía sin recato con tantas y tantas exquisiteces y su hijo, con aparente moderación le imitaba con bastante exactitud. El joven de los Kamon, de la misma edad que Adolph, de apariencia engañosa más austera que su padre y abuelo, daba muestras de tener un gran apetito. Lo que no mostraba de sibarita lo compensaba por su perfil pantagruélico, a juzgar por el ritmo con el que ingería. Adolph ya había quedado ahíto en el tercer plato, desconocedor de que se enfrentaba a más de quince, de modo que se limitaba a tratar de seguir el ritmo y a probar un poco cada suculenta novedad. Platos con nombres innombrables.

—Esos sujetos creen poder mejorar el mundo —continuó el General con el tema del que hablaban, mientras degustaba el plato de marisco en el que ahora estaba concentrado. La mayor parte del tiempo se referían a Edmundus con denominaciones vagas, salvo que la frase se construyera como un golpe certero.

—Como si más de treinta siglos de civilización no hubiera ya mostrado a las claras cuáles son los secretos de la humana naturaleza

—Thomas Kamon había pensado decir "naturaleza humana" pero finalmente pronunció "humana naturaleza" con cierto énfasis, creyendo con esto precisar mejor el sentido de su filosofía.

—¡Son el verdadero peligro de la civilización! —dijo sin disimular cierto apasionamiento el menor de los Kamon, que casi nunca hablaba, mientras añadía la salsa precisa al guiso de cerdo agridulce que reposaba sobre su plato.

—De hecho, si no se les controla convenientemente son ellos los que traen las enfermedades de la civilización —apuntilló Adolph, que debía a toda costa ganarse más las simpatías de Paul, mientras se esforzaba en comer aquel trozo de pescado a la cazuela que había consentido que le echaran.

—Miremos a nuestro propio tiempo. No hay necesidad de alejarse por los vericuetos de la historia —continuó desarrollando su idea el General—. Pretenden que los enfermos mentales se curen a toda costa, e invierten grandes sumas en rehabilitarlos, como si la sociedad lo necesitara... ellos tampoco lo necesitan, ¿para qué? Ese tipo de enfermedad mental es una opción de vida. ¿Por qué no dejarles tranquilos en su opción?

—Conozco muchos ejemplos concretos que dan toda la razón a lo que dices... los que eligen el otro lado del espejo —le apuntilló su hijo, haciendo visible que citaba a un poeta.

—Pretenden —prosiguió el General— que todos los niños tengan una educación perfecta, como si eso existiera y como si fueran a necesitarlo, la mayor parte futuros montadores de robot y consumidores de artículos estándar...

—Esa sanidad y esa educación utópicas, que nunca llegan a realizarse, porque son inexistentes, nos absorben casi el 50 % del presupuesto de las rentas nacionales. ¡Una sangría en los impuestos que todos pagamos! Y la mayor parte es un derroche inútil, en nombre de buenas ideas. ¡Qué peligrosas son las buenas ideas! —dijo Thomas, el heredero inmediato, en el momento en que se disponía a pasar de los pescados a las carnes, de un mero a la francesa a un conejo guisado a la española, que abría la serie de las carnes.

—¡Qué equivocados están los defensores de la igualdad —retomó el General—. No existe tal igualdad. Además, ni ellos mismos pueden practicarla de veras… porque en realidad es imposible. ¿Quién puede y de qué se trata en concreto?

—Se trata de representar un poco de teatro… teatro de la igualdad —dijo, respondiendo a su abuelo, Alfred Kamon. Y añadió—: Algunos actores de ese teatro llegan a confundir ficción y realidad. Y teniendo poder, ¡estos son los peligrosos!

—Mientras tanto, todos debemos pasar por ese lecho de Procusto —continuó el General, mientras asentía a las palabras de su nieto—, que no solo es un teatro para contentar a alucinados sino que, y eso es lo peor, no deja de poner barreras inútiles y costosas a los cauces naturales.

—La sociedad necesita de alguien que la dirija. —Thomas proseguía su propio discurso que venía a trenzarse a la perfección con el de su padre—. Es la forma más inteligente para que la gran mayoría pueda dedicarse tranquilamente a vivir. Los jefes natos son los que tienen capacidad de someter a los demás. Pero no basta el orden, es preciso también el pan. Por eso, el jefe nato debe reunir además la virtud de los emprendedores. Todo lo demás discurre de forma natural. Pero siempre hay ilusos, enfermos intelectuales, que quieren cambiar el estado de las cosas: la igualdad, la democracia… pero qué demonios significa eso, ¿alguien lo sabe?

—¿Cómo afecta a las empresas de la Organización exactamente —esta última palabra fue vocalizada con mimo— la ilusa actividad de Edmundus? —planteó esto Adolph con el equilibrio que da el llevarse un oscilante, dorado y embadurnado flan a la boca. Durante unos segundos todos los ruidos de la sala enmudecieron, hasta que el frufrú de las telas y las manillas de los relojes antiguos llegaron a la conclusión de que después de todo era una cuestión esperada e inocente.

Los dos Kamon maduros empezaron a articular una malla de datos que daba fe del daño y de la torpeza de los idealistas e inútiles esfuerzos confederados por seguir el programa de los llamados valores democráticos e igualitarios. Adolph Kirk sacó en conclusión lo que ya sabía, pero ahora con datos nuevos. Los impuestos a los negocios florecientes suponían un desgaste continuo y un freno al esfuerzo loable de hacer que funcionara a buen ritmo el flujo de las riquezas. Pero esto no era todo, un sinfín de leyes obligaba a muchos negocios a permanecer en las catacumbas de la ilegalidad y a tener que emplear medios adicionales muy costosos para poder funcionar.

—Sin embargo, a ustedes los MacArthur...—aquí, Adolph, volvió oficial el parentesco entre los tres comensales, inocente atrevimiento que daba muestras de su benévola transparencia—, ...quiero decir, a la Organización, este estado de cosas parece irle francamente bien. ¿Por qué no dejar ese teatro, ese circo, como alimento espiritual necesario para tantos mediocres que necesitan algún tipo de autoengaño?, ¿por qué no dejarlo... si mientras tanto sigue siendo posible hacer negocios?

El patriarca de los Kamon se apresuró a tomar la palabra, consciente de que aquello era un punto crítico:

—Hay dos razones, señor Kirk, que a usted, como persona inteligente, no le deberían pasar inadvertidas. La primera es que los emprendedores, algunos de ellos al menos, no solo deben crear riqueza, también deben ocuparse del orden. Puede asumirse el goteo, pero no el chorro, porque este anuncia el escape incontrolado. Usted ya me entiende...

—Ya veo, ustedes creen que el exceso democrático, esa pantomima de la igualdad y sus gastos desmedidos, esa vegetación oportunista... empieza a invadir demasiado terreno, poniendo en peligro los buenos cultivos. ¿Es eso lo que Ustedes creen? —Adolph prefirió seguir abundando en el plural, parapetado en su ego engarbullado, cuyas maquinaciones se tejían a múltiples bandas.

—Lo ha dicho muy exactamente. Las ideas complejas pueden exponerse en toda su sencillez, ese es un mérito doble. —Adolph expresó su reconocimiento a este cumplido con un movimiento de cabeza— Y… como le decía, hay una segunda razón… porque hasta ahora estamos hablando de que los negocios pueden mejorar o empeorar, pero no se trata solo de eso…

—Por favor, General, me tiene usted en vilo… sería usted un buen literato —se atrevió a galantear Adolph la inteligencia de su benefactor, devolviéndole el cumplido anterior y a la vez poniéndole a prueba: escaneando en su vanidad. Comprobó que no era inmune a la adulación.

—Sí, bueno, en mi juventud, y no solo…, algo tengo publicado con seudónimos. Pero hace ya un tiempo que estos inocentes recreos intelectuales los dejo para los jóvenes. —Lo dijo volviéndose hacia las inmensas estanterías que se veían más allá de la doble puerta acristalada que conectaba el comedor con la biblioteca y consciente de que su nieto Alfred no tenía el mínimo interés por la literatura, pero sin despreciar que su biznieto quizá pudiera heredar sus dotes…— El caso es que estamos ante la segunda razón, la más poderosa y definitiva.

—Cuando el General acabe de exponernos su teoría, tomaremos los cafés y los licores en la biblioteca —señaló el heredero de los Kamon al *maître*, en señal de que ya daban por finalizado el ágape del día y para, conscientemente, realzar, con esta frase cuidadosamente elegida, la conclusión inminente que el patriarca de los Kamon iba a pronunciar con el estatus de una verdadera filosofía.

—En síntesis —retomó con natural oratoria el General—, hay un punto en el que no se trata ya de estar avanzando a buen paso o lentamente, hay un punto en el que todo el proceso peligra de muerte…

—No llego a entenderlo del todo bien, General —dijo Adolph con discreta entonación.

—Lo entenderá cuando acabe, seguro que lo entenderá... El problema es... el verdadero problema es que, en contra de lo que muchos creen, sí es posible que triunfe la opción mala. Podrán asfixiar hasta tal punto la energía de los emprendedores que acabarán arrinconándolos como marginados sociales. Sería posible un mundo igualitario, falsamente igualitario ya se sabe. Sería posible que gobernara durante mucho tiempo este torvo modelo: en una sociedad cada vez más pobre, menos dinámica, menos inventora, más conformista, más infantilizada... una especie de sistema paternalista que llena los estómagos y entretiene el gregario aburrimiento... impidiendo que los emprendedores, los conquistadores, los que arriesgan, los que tienen ideas, los que resuelven problemas... hagan su verdadero trabajo social.

—Ya veo, es muy interesante —dijo Adolph, como dando a entender que desconocía algo que para él era ya sabido desde su primera juventud.

—Y esto que digo es así porque quizá por primera vez en la historia de la humanidad... —afirmaba esto siendo consciente de haber llegado a aquellas conclusiones gracias a todas sus dotes observadoras corroboradas por tantas lecturas, en realidad, la mayor parte «audiciones-perlas» (en esto Adolph y el General habían seguido un método de estudio igualmente comprimido: los libros podían leerse en breves florilegios en formato audio, que permitía repeticiones y memorizaciones fáciles, mientras que se conducía, se viajaba o se dormitaba)— ...por primera vez en la historia de la humanidad —repitió solemnemente— se dan las condiciones materiales para que los treinta y cuatro mil millones de habitantes del planeta vegeten a cambio de poco trabajo gracias a la tecnología acumulada en los siglos anteriores.

—Y obviamente ¡eso es un problema! —precisó Thomas que daba muestras de querer pasar ya a la Biblioteca.

—Sí, es un problema —remachó el patriarca— porque supondría el comienzo de una larga época de declive material y de decadencia moral… seguramente comparable a lo que sucedió en la llamada Edad Media. En aquel entonces, creyeron encontrar la fórmula perfecta, el camino al cielo… ¡qué ridículo! Ahora, estamos a punto de que la humanidad entera se crea ese otro paraíso… pero no es más que un espejismo. La vida es lucha, conquista y producción de bienes. Pero solo unos pocos saben luchar, conquistar y producir… el resto debe ser guiado, ¡esa es la cuestión! —Se incorporó, para no contrariar excesivamente el deseo que Thomas expresaba con el gesto de su cuerpo, y cuando estuvo de pie levantó el dedo de la mano derecha y estirándolo hacia un punto de la sala, que en su mente figuraba el inmediato futuro, dijo—: ¡pero esto no vamos a consentirlo los que vemos ese peligro! ¡Y aquí entra usted, señor Kirk! ¡Es preciso que su plan triunfe! Digo más: ¡Si no es usted deberá hacerlo otro! ¡No lo consentiremos! ¡No!

—Así es, abuelo… ¡General! —dijo Alfred, con una actitud ambigua a mitad de camino entre el tono familiar y la distancia jerárquica impostada—: ¡Así es!, somos suficientes ya los que seguimos esa filosofía… —y se levantó y se unió a su padre y abuelo que se dirigían ya a la Biblioteca. Adolph guardó una cierta distancia y les imitó en sus movimientos.

43

Unas cómodas butacas ocupaban un cálido lugar dentro de la biblioteca. En una mesa central se hallaba dispuesto un servicio de té y de café y una bandeja de licores surtidos. Todos ocuparon su lugar acostumbrado. Empezó a sonar una agradable y acogedora música de fondo a todas luces preprogramada. Alfred sirvió al abuelo el café y se puso para él otro, mientras que Thomas hacía lo propio con el suyo. Adolph, adivinando la costumbre, se sirvió un café humeante sin estropearlo con la leche.

—Este no es el café de Barbuda, tiene un aroma diferente —se atrevió Adolph a romper el silencio ritual de aquel momento, animado por la confianza que en él estaban depositando.

—No, por supuesto —aclaró Thomas, mientras el abuelo, sentado entre su hijo y el Alemán, expresaba en su gesto toda su admiración por aquella ingenuidad— nunca confundimos el café de media mañana con el café *d´après-midi*. ¿No le gusta este, señor Kirk?, si lo prefiere, podemos...

—No, al contrario, este es igualmente excelente... creí que el anterior no podría ser igualado, pero me equivoqué, es evidente.

—Este café es de Tafai, una isla especialmente bien dotada para cafetales muy exclusivos —aclaró el General.

—Tafai, ¿en las islas Tonga, en la Polinesia? —preguntó retóricamente Adolph, pues conocía muy bien estas islas.

—No se le escapa nada, señor Kirk. Es usted competente en más de una cosa, no cabe duda.

—No olvide, General, que no tengo en esto demasiado mérito, he vivido varios años relativamente cerca de allí, en Samoa. Lo que no sabía es que fuera tierra de café.

—Veo que no adivina usted todavía todo lo que puede conseguirse con buen método... —dejó caer el General, y apuntilló su frase—: Sí, es una de nuestras islas. Antes de nuestra adquisición estaba totalmente abandonada, por estéril. ¿Qué tiene que ver lo volcánico con lo estéril? ¿Ve!, aquí tiene otro ejemplo de lo que hablábamos antes...

—¿Y la biblioteca, cuántos volúmenes...? ¡Déjenme adivinar! Uhmmm...

—No podría adivinar bien, puesto que no todos están a su vista — intercedió Thomas, viendo que el patriarca entraba en el complaciente trance de humillar comedidamente a sus subalternos.

Adolph hizo una anotación rápida y suelta, y añadió, queriendo más bien entrar en una especie de juego, en lugar de en una discusión viciada por la petulancia:

—Ya he anotado la cifra. Ahora pueden explicarme los pormenores. Pondré a prueba mi sagacidad.

—A la vista tiene usted treinta mil volúmenes —aclaró Alfred, de quien se adivinaba que ni siquiera conocía las categorías de ordenación de aquella biblioteca.

—¿Qué cifra ha apuntado?

—Efectivamente, unos treinta mil había calculado a la vista. Y como toda buena biblioteca tiene una trastienda que multiplica su corpulencia por dos, por tres y hasta he llegado a ver que por cuatro… entonces, partiendo de estos datos y a la vista de que los MacArthur son inmensamente ricos y buenos coleccionistas, me he inclinado por ciento veinte mil volúmenes. —Mientras los tres Kamon se miraban un tanto molestos, Adolph añadió—: Aquí tienen, lo tengo anotado. ¿No me habré quedado corto…? En ese caso les pido disculpas.

—Son exactamente noventa y cinco mil trescientos cuarenta y uno —dijo el General un poco seco y cortante. Y añadió retador—: ¿Dónde ha visto usted, señor Kirk, bibliotecas particulares de ciento veinte mil volúmenes?

—Oh, sí, quizá haya exagerado… ya sabe… los falsos recuerdos… En mi juventud universitaria… abuelos de algunos amigos… creo que podría asegurar que excedían los cien mil, eso es casi seguro.

—Con el casi no basta, señor Kirk —rezongó el General. Adolph, un poco molesto con aquella situación, sacó su IC, introdujo unos datos y desplegó el ranking de las bibliotecas particulares registradas.

—Vean, hay varias con más de cien mil... La suya no figura... sería la sexta. Pero no todas las bibliotecas particulares están registradas… Miren, fíjense, en vigésimo quinto lugar encontramos la de Edmundus Delmundo. Tiene sesenta y dos mil quinientos ocho volúmenes. Hasta podemos saber cuáles han sido sus últimas adquisiciones… *Divina comedia*, *Ética*, Proust… libros bastante antiguos…

—¿Pero qué tienen esos datos de fiables? Cualquiera podría mentir a su antojo.

—Sí, pero no dejan de ser datos. No todo el mundo descubre razones para mentir. Créanme, hay mucha gente cándida. Seguro que alguno de estos bibliófilos es un ingenuo y hasta nos enseñaría su colección.

—¡Dejémoslo estar!, nosotros los Ka…, nosotros los MacArthur —dijo el General, visiblemente enervado— no pretendemos competir en esto con nadie. Es una sana y pura afición de coleccionistas que se arrastra desde que heredé las de mi padre y mi tío, ambas de unos treinta mil cada uno. Tras el expurgo por las repeticiones, quedaron cuarenta y tres mil, que son el origen de esta colección familiar. — Sin embargo, con la mirada que proyectaba sobre Thomas y Alfred, aquellos datos que inocentemente había levantado Adolph, estaban despertando un volcán dormido en las tripas del General, que tanto su hijo como su nieto ya habían traducido correctamente: era preciso ocupar aquí también el primer lugar. Y el trámite más rápido sería comprar íntegra alguna de esas grandes bibliotecas que figuraban en ese ranking. Todo podía ser comprado y siempre había linajes en trance de arruinarse… Así se haría.

Después de servirse los licores, que Adolph rechazó con una broma: «¿Quieren matarme ustedes prematuramente?», cada uno de los tres Kamon tomó de una caja una pastilla y la ingirió ayudándose del orujo portugués, del whisky escocés y del *liqueur* francés, este último algo dulzón en apariencia, que había elegido el cachorro de los MacArthur.

—¿Toma una, señor Kirk? Es una pastilla para la digestión y el adelgazamiento… ya sabe.

—Creo que por un día me las arreglaré sin ella. ¿Son sus comidas siempre tan olímpicas como esta? —Adolph había pensado la palabra "bacanal", pero prefirió decir "olímpico", mucho más aristocrático.

—Oh, no, no, qué más quisiéramos, no todos los días podemos – replicó humildemente el General, quien entraba ahora en otra etapa de su digestión y por tanto en otra fase de su humor, ahora más benigno—. Cuando no estamos viajando o con algún ímprobo trabajo, si podemos, disfrutamos de estas comidas, cuando disponemos de tiempo. No siempre se puede. En ese caso, estas pastillas son imprescindibles… queman las grasas y el exceso de hidratos y de proteínas antes de que se adhieran a nuestras carnes… ¿sabe usted?

—Sí, claro, mucha gente las toma. Lo sé. Yo… en verdad, siempre he sido muy austero en el comer… y en casi todo. Con los afanes en que ando no consigo engordar ni un gramo desde hace muchos años.

—¿No disfruta usted de los placeres de la vida, señor Kirk? ¡No pertenecerá usted a una de esas extrañas religiones?

—Oh no, al contrario, creo que Dios se suicidó hace muchos siglos… Su omnipotencia también le permite esto —aclaró Adolph—. Cuando comprobó que el hombre medio, la gran mayoría, no tenían remedio. ¿No lo sabía, General? Dios era demócrata y no pudo soportar ver que solo el dos por ciento iba a salvarse.

—¿En qué se basa usted para decir que era demócrata?

—Oh, bien… bueno, no soy teólogo, pero… «Dios hizo al hombre a su imagen y semejanza» —recitó con algo de solemnidad— ¿Le parece esto poco democrático?

—¿En qué siglo se estima que se suicidó?

—Oh, bueno, yo no sé tanto… Busque usted en su biblioteca el último milagro constatado y creo que encontrará la fecha más o menos exacta.

—Si alguien pudiera inventarse un dios creíble a la altura de nuestros tiempos… —siguió filosofando el General, mientras que Thomas hacía esfuerzos por no cabecear, al tiempo que Alfred enredaba en los datos de la cajita de Adolph—. Sería algo estupendo. Creo que es lo que le falta a nuestra actual civilización. Un dios que impusiera respeto absoluto y un orden único. Hay demasiadas verdades a la vez. Nuestro tiempo es un caos. Por eso somos nosotros quienes tenemos que ponerle un orden. ¿Comprende, señor Kirk?

—Estoy de acuerdo en todo con usted. Y su última tesis me ha maravillado… por la precisión de su diagnóstico. Hay una tendencia creciente al desorden... a lo que llaman igualdad, como usted,

General, muy bien expuso. Y en un punto de este desorden, el sistema puede colapsarse y volverse irreversible… durante mucho tiempo… muchos siglos. Eso es lo que he interpretado yo humildemente de su tesis…

—Lo ha interpretado usted perfectamente —dijo, mientras visiblemente algo crecía en su ego, contrariado a la vez por la primera cabezada de Thomas, su heredero, que no era capaz de sostener una aguda charla de sobremesa… sin duda, habría comido en exceso.

—¿Sabe usted, General, uno de los últimos datos que he leído? —Adolph mentía, eran datos bastante antiguos en sus redes neuronales. Pero le explicó cómo habían ido evolucionando los porcentajes de la economía básica frente a la libre, en los últimos siglos, con datos suficientemente manipulados, tal como solían citarse en los círculos libres.

—Nos entendemos aún mejor de lo que había adivinado. Esto es bueno para nuestra causa, supongo que lo sabe, señor Kirk.

Inusitadamente, Alfred, que parecía que estaba a lo suyo, mientras su padre dormía una plácida siesta, entró en la conversación como si nunca hubiera salido:

—Sí, ese proceso que nos amenaza… pero ¿cómo y cuándo empezó todo?

—Las grandes bases se pusieron en los siglos XXI y XXII —comenzó, como en una lección, el General. Era visible que estaba bien documentado y que era dos o tres veces más inteligente que su progenie—. Se buscó un ajuste en el XXIII y el XXIV y en el XXV ha recomenzado una espiral hacia este desorden de la igualdad.

—Sí, pero estoy seguro de que la idea de igualdad por sí sola no mueve todo este proceso —Alfred parecía haber hecho ya la digestión.

—Bueno, todo empezó en el siglo XIX, con la organización de las clases obreras… —dictó el General. A Adolph le hubiera gustado sugerir aquí el papel anterior de los gremios, cofradías, estamentos y montepíos pero se reprimió—. Las masas pasivas e indolentes, los que creían en el maná, después de tantos siglos de un dios proveedor, se dieron cuenta de que individualmente eran infinitamente más débiles que sus patronos… así que dedujeron que si se unían, podrían expoliar las rentas y el patrimonio de los industriosos y ricos. ¡En lugar de intentar convertirse en empresarios! Era más cómodo unirse y protestar… para que les aseguraran los bienes básicos. Como si estos bienes tuvieran que ser asegurados por alguien. ¿Por quién? Así fue como se inventó el Estado proveedor y paternalista… ¡una verdadera sangría! ¡y el sustituto de Dios!, que ya debía haberse suicidado por entonces.

—Sí, abuelo —a Alfred se le escapó "abuelo", ya no importaba…— pero la clase obrera se convirtió en el siglo XXI en una clase media aburguesada, satisfecha con sus pequeñas rentas.

—La mitad se convirtió en esa clase que dices, la otra mitad tenía serias aspiraciones a lo mismo y parte entraba y salía en esa situación, en función del ciclo económico… Sí, es cierto.

—¿Entonces fue esa mitad insatisfecha la que continuó con sus cómodas exigencias y así hasta nuestro tiempo?

—Más o menos, ese sería el resumen. Sí.

A Adolph le parecía estar asistiendo a una clase de historia elemental. Se estaban olvidando muchos datos, pero no era cuestión de ensombrecer la sabiduría, nada despreciable, del General, por ello, añadió:

—Bueno, si me permite, General, le daré mi opinión; extraída de la lógica de las tesis que hace un momento usted mantenía —de este modo, todo lo que dijera, lo estaba poniendo indirectamente en boca de su cicerone, con lo que podría explayarse, si se daba la ocasión, sin humillar al contertulio—. Lo que Paul debe estar buscando es cómo esa mitad desunida consiguió alcanzar su propósito.

—Sí, cómo unas minorías pudieron salir adelante con sus injustas exigencias. ¡Eso es! — replicó Alfred, que encontraba divertido que le llamaran Paul.

—La verdad es que estas minorías nunca llegaron a unirse en un solo grupo… permanecieron desunidas con sus ambiciones respectivas. Pero todos se ponían de acuerdo en una cosa…

—Todos tenían hambre —dijo Alfred, en un arrebato de agudeza.

—No es solo eso, Paul —en este momento se despertaba Thomas, que se extrañó de ver a su hijo tan embebido en una conversación.

—¿De qué habláis? Lo siento, creo que me he dormido un poco… esta noche… —intentó disculpar su somnoliento estado, consciente de que un cuerpo dormido ya no puede mentir tanto… «¡Espero no haber roncado ni…», estuvo a punto de decir, mientras ocultaba la vergüenza y se limpiaba disimuladamente las comisuras de los labios.

—Hablamos sobre cuándo empezaron las injusticias reinantes… —resumió el General—. Prosiga desarrollando mi teoría, señor Kirk. Le corregiré en cuanto se desvíe, no se olvide…

—Bien, Paul, Peter… seguiré examinándome. El General no tiene piedad de mí. Espero obtener, al menos, un aprobado. ¿Cómo las minorías desunidas fueron consiguiendo lo que pretendían?

—Interesante, ¿me he perdido algo? —dijo uniéndose a la charla totalmente despierto ya Thomas. Adolph, entonces, dirigiendo la mirada hacia Peter y Paul, continuó:

—Esas minorías daban continuos problemas, sin necesidad de organizarse. Las migraciones desorganizadas eran un caos para la pacífica convivencia, las cárceles salían muy costosas. Proliferaban los sin techo, la mendicidad se recrudecía en las depresiones económicas, la pequeña delincuencia importunaba al burgués acomodado. Era un mundo con un crecimiento vegetativo exponencial muy elevado. Recuerden que podían tenerse cuantos hijos se quisiera.

—¡Qué barbaridad! —opinó sagazmente Thomas.

—Las familias pobres tenían muchos hijos que había que educar y mantener sanos… y los niños pasaron a ser algo sagrado, algo de todos… una especie de idea fija, que por rutinaria pasó a ser una verdad absoluta. El caso es que al Estado del Bienestar le fueron goteando más y más obligaciones que había que atender, en un mundo donde sufrir ya no estaba bien visto. El respeto a la vida se convirtió en sagrado, no el mero respeto a la vida, tan natural, sino la vida de todos… ¡tenía que ser forzosamente la de todos!, y por ahí venía el problema. Y no solo fue la vida, sino la calidad de vida. Todos tenían derecho a la exigencia, a exigir calidad… ¿¡Se imaginan, qué caos!? Lujo para todos… un todos que no cesa de crecer. ¿De dónde se sacan tantos recursos? Al menos, ahora, el crecimiento vegetativo está limitado… nos hemos civilizado, en esto.

—Por ahora va bien, señor Kirk. Muy bien. Continúe —sentenció el General sobre el verdadero valor del razonamiento en curso.

—El verdadero problema para el que no había una solución era cómo convencer a los vagos de que debían buscarse un trabajo. Un trabajo que ellos pedían gratis y cómodo, como si alguien tuviera la obligación de conseguírselo. No entraremos en los problemas psíquicos de los que tanto sabe nuestro gran amigo Edmundus —los tres rieron la gracia.

—Esa es la idea que casi todo el mundo da hoy por buena—se quejó inteligentemente Alfred. Y añadió algo de su cosecha—: El atropello del orden natural…

—Lo que había empezado a instaurarse poco a poco era la obligación del Estado de dar un trabajo a todos los ciudadanos. Primero esto funcionó a través de la Renta Mínima Humanitaria, un salario gratuito universal, pero esto tuvo que arreglarse después, ¡claro!

—Otro contrasentido, ¡que el trabajo caiga del cielo! —subrayó Alfred visiblemente encorajinado.

—Y este escenario es el que arroja fuera del guión de la historia a los emprendedores, a los que tienen inventiva… Se les arrinconó en un territorio lleno de leyes. Como si las leyes fueran suficientemente ágiles. En este punto estamos. Y Delmundo uno de los líderes más convencidos de estos contrasentidos. Y al final este claro peligro de un paro cardíaco total del mercado Libre. ¡Bien! ¿Es esto suficiente para un aprobado, General?

—Me ha gustado, señor Kirk. Como resumen. Aprobado *cum laude*.

—Es evidente que ese modelo es una amenaza —reflexionó en alto Thomas, que finalmente había llegado a captar bien el tema de que se hablaba—. ¡Acabará con la aristocracia moral! El planeta se convertirá en un rebaño de gentes. ¡Igualdad para todos!, gregarismo, simplificación... —repetía las frases que estaban acuñadas en su ambiente natural. De haber sabido que Voltaire también se irritó contra el populacho y la *canaille*, lo hubiera citado, pero no lo conocía.

—Y el motor de la humanidad desde que el hombre es hombre: la lucha, la fuerza, el poder, el liderazgo... sustituido por un Robot racionador de alimentos —sentenció Adolph, para poner un broche de oro a las tesis expuestas. Pero también, porque con esta idea renovaba en voz alta, valientemente, y ante su fuero interno, no solo la distancia a la que estaba de Edmundus sino a la que se encontraba del sucio poder del General. Su modelo nada tenía que ver con uno ni con otro. Los MacArthr eran un medio necesario, pero él barrería todos esos falsos valores del linaje y se sentaría en el trono con su sola fuerza personal.

—Sí, ¡los fuertes vencidos por los débiles! ¿Vamos a consentir esto? —se inflamó de leve ira Alfred, mientras el General se levantaba, dando con este gesto por terminada la sobremesa, al tiempo que con una mímica algo divertida salmodió en tono solemne: «Señor Kirk, se queda a cenar con nosotros. Todavía no conoce a nuestras esposas. Es una orden».

44

La cena transcurrió entre risas y ocurrencias. Adolph ya había conquistado a los tres MacArthur, a cada uno a su manera, así que el clima fue absolutamente favorable para que también conquistara a sus esposas. Con su inteligencia innata, con su penetración para diagnosticar lo que exigen las distintas circunstancias, con su facilidad teatral y con esa preclara fuerza que le lleva a persistir en los objetivos que se propone, acabó convirtiéndose en un amable bufón con el que todos gozaron en familia, como ya hacía mucho tiempo que no sucedía.

Las tres esposas, Auguste, Claire y Blanca, habían pasado la jornada en Londres, Madrid y Casablanca... con este itinerario feérico conseguían respetarse las manías de cada una... ¡Habían dedicado el día a las compras! Durante varios minutos explicotearon a todos sus hallazgos pomposos e inanes. Con ese espíritu milenario del humano cazador intemporal, las mujeres querían tocar, probarse en directo, elegir y desechar, aconsejarse, comparar, indagar, arriesgarse y decidir... pasiones muy distintas a las que ante una pantalla se despliegan introduciendo medidas, estilos y prototipos, para que un robot en un frío encargo las depositara al día siguiente en tu *receiver*. A veces no había más remedio, pero si podía evitarse... Y ellas disponían de tiempo, dinero e ideas.

La única que se salvaba como persona, a los ojos de Adolph, era Blanca, la mujer de Alfred. No solo por ser joven y tremendamente atractiva, sino porque Auguste y Claire se habían ido convirtiendo en cacatúas gesticulantes parladoras casquivanas, infladas de una importancia que trataban de irradiar a dos metros a la redonda de sus convencionales cuerpos femeninos, cada vez que hablaban o se movían o se sentían observadas.

Blanca había conocido a Alfred en la Universidad, y a los veintitrés años había caído en la trampa de abandonar su afición a la meteorología por todas las riquezas que Alfred le había puesto al alcance de la mano, con solo alargarla y ser mínimamente complaciente. «Alfred no era un mal tipo, algo aburrido y limitado de espíritu, pero muy tratable en el fondo», le había confesado su propia esposa. A la vista estaba que Blanca empezaba a estar henchida ya de aquel aburrimiento que consistía en tener de todo pero a cambio de ir renunciado poco a poco a sí misma.

Precisamente, porque no estaba dispuesta a renunciar, después de las dos animadas horas de cena conjunta, se las ingenió para introducirse en la habitación de invitados donde estaba alojado Adolph e ideó rápidamente con su encanto y su sensibilidad cómo abordar y conquistar al Alemán. No lo hacía como venganza hacia Alfred, sino por ella misma, por los sentimientos que Adolph le despertó. Qué le importaba que su marido desapareciera todas las noches, en busca de aquel harén de doncellas, entre las que iba eligiendo, sin que aquellas tiernas jovencitas pudieran oponérsele, si querían conservar su lustroso trabajo y si querían obtener aquellos fantasiosos regalos con que las obsequiaba cada vez que obtenía sus favores íntimos. «He nacido polígamo, qué quieres Blanca», le decía para volver laudables sus infidelidades, pues había sido él quien se había empeñado en casarse por el rito de la fidelidad recíproca del «hasta que la muerte os separe». No aguantaría mucho más. En cualquier ocasión aprovecharía para volar. Quizá a través de Adolph.

Durante las horas de la cena, y las posteriores, Michael Rächer había atado muchos cabos sueltos. El General MacArhur, Peter y Paul eran en realidad Mostec, Thomas y Alfred Kamon. Seguiría actuando como si lo desconociera. Los nombres de las esposas eran auténticos, pero nunca revelaban sus verdaderos apellidos. Los Kamon mantenían múltiples negocios lícitos en la práctica totalidad de los barrios *full night* de todas las grandes ciudades del mundo, en una variedad de comercios y en los casinos. Los MacArthur, o sea los Kamon, lo que todos llamaban la Organización, controlaban gran parte del tráfico entre los márgenes ilegales del mundo confederado y el fragor económico del mundo sin federar. El bastión donde ahora se hallaba, un palacio fortaleza rodeado de una auténtica muralla vigilada continuamente por un ejército de robots armados con las últimas tecnologías de ataque y defensa («mantener esto debía ser inmensamente caro, teniendo en cuenta los altísimos impuestos y lo costoso de estar al día en las últimas adquisiciones, es evidente») era posible gracias a un goteo incesante de intereses, impuestos y convenios, según los cuales, millones de prostitutas, millones de transacciones de armas y de narcotráfico, millones de actividades de blanqueo de dinero y toda una red de tráfico de gentes insatisfechas o desgraciadas, que asumían ciertos destinos a cambio de salir de situaciones funestas, pagaban el canon debido a la tela de araña que los Kamon-MacArthur habían tejido durante varias generaciones.

Los Kamon tenían doce islas de su entera propiedad repartidas por todo el mundo. Adolph ya conocía, por sus cafetales, las de Barbuda y Tafai, además de su residencia oficial, Águila, y la capital del imperio, capital incógnita, Asunción, el lugar donde ahora se encontraba. Era todo un honor. Le habían invitado al *sancta sanctorum*, porque pretendían afianzar el proyecto y porque necesitaban controlarle en corto. Eso significaba que era, sin duda, un hombre muerto, tarde o temprano, bien lo sabía... a ver cómo se las arreglaban, en su momento: él no sería una presa fácil.

«¡Qué lejos estaban de adivinar que sucedería muy al contrario!». De momento era «el Alemán» quien estaba decidiendo sobre la suerte de los Delmundo. Los Kamon disponían de una inmensa riqueza, con ellos los recursos precisos para sus planes no estaban limitados, justo lo que necesitaba. Tenía que avenirse a un cierto teatro, ¿y qué?, hasta que todos supieran quién era realmente él: Adolph Rächer, o Michael Kirk, lo mismo daba.

La aventura con Blanca le había servido para saber, aunque eso no le importaba demasiado, que era una hembra ardiente a quien su marido tenía relegada, «no disimulaba que tenía ansiedad y ganas de hombre» y que era una «ingenua criatura: imaginarse que podría escapar a su antojo de aquella jaula de oro, con todo lo que ella ya sabía, aun sin quererlo... no podía imaginarse dónde se hallaba atrapada». Para él, en el fondo, sería sin duda un contacto útil. «En el futuro será muy conveniente un acceso por la puerta de atrás a los Kamon». Le había prometido que seguiría viéndola. Prefería tomar a las mujeres por la fuerza, pero en ocasiones algunas se encaprichaban de él y si resultaba que podían serle de alguna utilidad, Adolph no lo desperdiciaba.

La revelación que sí tenía gran valor haber descubierto a través de Blanca, y por la que merecía la pena toda aquella carnal aventura, fue la antigua unión de los Kamon con Delmundo, que por razones obvias se habían abstenido de revelar. Los Kamon no solo veían en el doctor un enemigo para sus negocios… el odio era mucho más antiguo y hundía sus raíces en inveteradas venganzas. El padre y el tío del General, Roger y Francis Kamon, habían sido compañeros de juventud del doctor. Amigos muy unidos hasta los treinta años, en la Universidad, empezaron a distanciarse con los primeros éxitos profesionales del filósofo, a quien no le costó obtener su cátedra ni unos años después desarrollar una carrera fulgurante en política. Mientras tanto, Roger y Francis, hijos de una familia de gran alcurnia, no obtuvieron más que puestos secundarios. Sus ideas políticas fueron distanciándose más y más de las de Edmundus y llegaron a una manifiesta enemistad cuando este consiguió sacar adelante, con protección oficial, su programa de sanatorios mentales y de *paideias*. Las vidas de Roger y Francis, hermanos gemelos, terminaron dedicándose a combatir al famoso político. Alejados definitivamente del favor de la opinión pública y del prestigio intelectual, a partir de los cincuenta años se dedicaron intensivamente a los negocios… y acabaron consiguiendo una de las mayores fortunas. Vigilaron la estela del doctor a quien atribuían sus infaustos males, y cultivaron un encendido resentimiento que transmitieron a su hijo y sobrino Mostec. Este hizo lo mismo con Thomas y ahora estaba recibiendo su dosis Alfred, ¡el linaje obliga!

Parte de la fortuna durante un siglo la habían dedicado a combatir el imparable avance de las ideas de aquel poderoso contrincante, un soñador con suerte al que el futuro tenía reservado un aciago día de San Martín. Sin embargo, no le llegó, todo lo contrario, su fama se afianzó. Francis moriría a los ciento doce años, sin hijos, legando todo a su sobrino. Roger fallecería a los ciento veinticinco años, anciano. Ambos llegaron a saber que el filósofo les sobreviviría en muchos años porque había heredado ese extraño gen longevo, una novedad de mediados del siglo XXIV.

Ahora, el linaje airado tantos años rencoroso había puesto precio a su cabeza y se habían empeñado en señalar el fin de sus días, de su estirpe y de sus ideas.

VI

Feeling

¡Ay amorosa cadencia de los mundos remotos,
de los amantes que nunca dicen sus sufrimientos,
de los cuerpos que existen, de las almas que existen,
de los cielos infinitos que nos llegan con su silencio!
[...] [...]
Quiero vivir, vivir como la hierba dura,
como el cierzo o la nieve, como el carbón vigilante,
como el futuro de un niño que todavía no nace,
como el contacto de los amantes cuando la luna los ignora.
[...] [...]
¿Voy?
¿O vengo?
Ignoro si la luz que ahora nace
es la del poniente en los ojos,
o si la aurora incide su cuchilla en mi espalda.
Pero voy, yo voy siempre.
Voy a ti como la ola ya verde
que regresa a su seno recobrando su forma. [...]
Dime, dime; te escucho.
¡Qué profunda verdad!
Cuánto amor si te estrecho mientras cierras los ojos,
mientras retiras todas, todas las ondas lúcidas
que permanecen fijas vigilando este beso.

(Vicente Aleixandre: fragmentos de «La luz», «Soy el
destino» y «Que así invade», de *La destrucción o el
amor*, 1935).

45

Silvia viaja en un vuelo regular a Shanghai, mucho más económico que los bólidos privados, pero va acompañada de John, su robot guardaespaldas. Desde que le había salvado la vida no se separaba de él. Algunos viajeros no pueden evitar miradas curiosas. No es tan corriente ver a un robot sentado como pasajero. Estos de servicio personal especializado no tienen más de veinte años, se ven aún muy pocos...

Con la ayuda de John habían encontrado a Rómulo, amordazado, desangrado e inconsciente. Agonizante. El dedo que Michael Rächer le había arrancado, había sido reconstruido clónicamente; ahora su cuerpo debía volver a reconocer aquel dedo. Cuestión de tiempo. También era cuestión de tiempo curarse de aquel enamoramiento bajo cuya hipnosis todavía se hallaba. En los días de su recuperación, pudo ver con claridad que Silvia sentía por él un gran afecto, una gran ternura y una connivencia carnal, hecha de inercias compartidas. Pero ella no estaba enamorada de su Romi. Podía prescindir de él, sin entrar en un largo letargo de tristeza. Por eso Rómulo le dijo, en la reciente despedida, que ya había aceptado la oferta de una de las mejores empresas informáticas, en Calcuta. A juicio de ella, no le extrañaba nada: «Él era uno de los mejores ingenieros informáticos del mundo».

«Será mejor que cerremos esta etapa, Viucha», fue la fórmula que utilizó Rómulo, para añadir a continuación con aquella inocente sonrisa suya: «Pienso echarme una novia india; dicen que son de las mejores», y al besarse en la despedida, la despreocupada mujer, ignorante hasta entonces de todos los recovecos de su relación, intuyó como en un claro de luna que barre la oscuridad, la enorme generosidad de Rómulo que elegantemente le quitaba toda preocupación a ella, «tonta y ciega», por no haber visto hasta ahora que él estaba sufriendo bajo un intenso sentimiento hacia ella.

«Romi, tú y yo es imposible que nunca nos separemos», y había añadido: «Seremos almas gemelas, siempre: ¡libres!». Pero Rómulo, al tiempo que sonreía, sabía para sí que no quería ser libre de esa manera.

Habían pasado unas pocas horas y Silvia ya le había enviado cinco mensajes desde el aeropuerto y el avión poniéndole al tanto de sus estados de ánimo y de sus zozobras. A todas había respondido con prontitud, noble y bien dispuesto. «¿En qué crisol se había fundido toda aquella generosidad? Si pudiera saberse… Si se conociera esa fórmula...», se decía, sorprendiéndose una vez más de que en este mundo hubiera personas tan distintas como Adolph y Rómulo.

La famosa nieta Delmundo era más observada por miradas curiosas de lo que ella podía prever. Ahora empezaba a defenderse bastante bien con su visión maquínica, distinguía bien los bultos y su imaginación y experiencia ponían el resto. La pareja a su altura al otro lado del pasillo, dos tórtolos que no paraban de besarse, sin duda en su luna de miel, un hombre como de unos treinta de tez bastante negra y otro de unos cuarenta de tez mucho más clara, entre ósculo y ósculo, a veces un piquito rápido y a veces una parada apasionada, dedicaban el resto del tiempo a inspeccionar con gran curiosidad la imponente figura de John. «¿Será su guardaespaldas o su amante?», había llegado a oír Silvia, por más que ellos lo habían simplemente musitado. Nunca se le había ocurrido pensar, a pesar de que sí conocía remota y teóricamente esta posibilidad, que las mujeres, y algunos hombres, pudieran preferir un amante de "hojalata" (con este arcaísmo lo pensó) a uno de carne, pero según parecía sí debía ser un uso algo extendido. John no estaba preparado para esto, era evidente que había versiones que reforzaban las características protectoras y que eliminaban totalmente el equipo sexual. En verdad ella estaba llegando a apreciar a John, pero se trataba de una valoración muy distinta a la que se mantiene con las personas. Aquellos dos sujetos, a los que había bautizado por su cuenta como Ping y Pong, el primero de voz algo estridente y el segundo más bien la de un barítono, se hallaban en la fase en la que el contacto carnal con el otro produce un reiterado estremecimiento singular y embriagador… por ello, una y otra vez repetían la operación, para cerciorarse de que aquella fuente inagotable de placer no tenía término. Solo esperaba que mantuvieran la contención debida, que no le hicieran allí mismo el numerito completo, llevados por la erupción del volcán de Dionisos. De momento estaba tranquila, todo hacía pensar que aquello se inclinaba más al placer de la ternura que al placer de la pasión. Y sin meditarlo demasiado bien, de pronto se oyó decir a sí misma:

—¿Estás bien, John?

Evidentemente el robot interpretó la pregunta como un «¿todo va bien, John?», porque respondió:

—Nivel de riesgo tendente a cero. Hay novecientos setenta y nueve pasajeros. Veintiocho niños y adolescentes. Cuatrocientos cincuenta y cinco en viaje de trabajo o negocio. Por placer: ciento noventa y cuatro viajan solos y trescientos dos van en pareja, de ellas doscientas ochenta y seis son heterosexuales, ocho lesbianas y ocho homosexuales. Todos desarmados y con el ritmo biológico de agresividad muy bajo. Los más próximos, dos hom...

—Está bien, John, ya me he hecho una perfecta idea. Gracias —le interrumpió con prontitud la voz a cuyo timbre el robot obedecía sin contrariar jamás.

Shanghai era la ciudad más populosa del mundo. Cincuenta millones. Hay otras diez de similares características. Se había llegado al índice límite urbanístico legal. Debía seguir una política de contención, una observancia muy difícil, pues todos los flujos económicos compelían a lo contrario: una vez que se ha originado una inercia ascendente, sorbedora de su entorno, frenar el proceso supone ir a contracorriente. La dieta urbanística era extremadamente difícil de seguir. La ley de acumulación y de atracción es mucho más potente que la de desagregación. Por ello, las megalópolis habían empezado una nueva era expansiva, con contención de su crecimiento demográfico. Los "esquemas intermegalópolis" unían a dos, tres, cuatro... cercanas entre sí, con una política de agilización de flujos automatizados de personas, recursos y mercancías. Esto hacía posible que creciera su actividad sin que creciera su población.

Al tiempo que se trasladaba del avión al aeropuerto en el ascensor aéreo, empezó a concentrarse en su nueva vida: ¿cómo llenaría sus ratos de ocio? Por ahora nada había planeado, lo había dejado abierto... ya vería lo que le salía al paso.

Lo primero que hizo al instalarse en su estudio universitario fue llamar a su hermano que había viajado ese mismo día él también a un asunto del que no quiso de momento darle muchos detalles. Había llegado a Roma mucho antes que ella a Shanghai, claro. De momento estaba siguiendo una pista, «ya le contaría».

La estancia en Shanghai la había previsto para un mes. Se trataba de sus ojos robóticos, sí, pero sobre todo de colaborar con aquel nuevo descubrimiento que los mejoraba. Ya habían transcurrido cinco días. La rutina estaba funcionando a buen ritmo. Cinco horas de trabajo matutino en la biblioteca de la Universidad, con un control del rendimiento técnico experimental todas las mañanas de dos menos cuarto a dos y cuarto. Esto era algo incordiante pero había que ser agradecidos y prestar este mínimo apoyo a la investigación oftalmológica. Ese era el contrato. Con aquel tratamiento que utilizaba su visión era prácticamente normal, por no decir que en muchos aspectos era mejor.

Como los controles experimentales había que hacerlos en grupo y a la misma hora, había conocido el segundo día de su estancia a Tsang Coupeaud, al que había observado a distancia junto a todos los demás que como ella se habían prestado a aquel intercambio. Tsang había llegado dos semanas antes y ya conocía todas las triquiñuelas del asunto, así que habiendo observado el primer día alguna vacilación en aquella atractiva mujer se había atrevido el segundo día a facilitarle algo los trámites. El tercer día ya no hacía falta la ayuda, pero Silvia admitió pacientemente la reiteración de las lecciones ya asimiladas; el cuarto día se puso de manifiesto que aquella ayuda estaba de más, así que el señor Coupeaud se las ingenió el quinto día para invitarla a comer. «Si a su guardaespaldas no le parece mal, podríamos comer menos solos, ambos» dijo de manera tan asertiva que resultaba difícil oponerse... pues planeaba en el ambiente que hacer lo contrario implicaba una clara mala acción. «Claro, por supuesto, comeremos juntos... hay que poner freno a tanta encerrona de estudio...», y de este modo iniciaron su particular amistad, gobernada por esa especie de simetría en la que entran los polos que, al repelerse, se atraen.

Tsang Coupeaud era un hombre cercano a los cuarenta, por tanto con algo más de experiencia vital que ella, al menos previsiblemente. Seguro que aprendería cosas nuevas. Visto entre muchos, a distancia, llamaba la atención por su *look*. No llevaba ningún corte de pelo conocido, de las muchas modas imperantes; su melena color ceniza crecía natural, silvestre, hasta rebasar el cuello, cayendo lateralmente a ambos lados de la cara tapándole parcialmente las orejas. Aproximadamente de la misma talla que su hermano, algo más alto que Rómulo y más bajo que el grandullón de Tullio. No daba la impresión de ser un tipo gregario, en todo caso justo lo contrario... lo que podía ser también igual de peligroso. De cerca, al tratarle, crecía mucho más su fuerza personal. La influencia oriental racial era evidente en su rostro, pero no pertenecía a una tipología pura, había ya muchas mezclas dispares. Sus ojos eran muy rasgados, exageradamente, muy negros y brillantes y profundos; nariz roma y delicada, una boca con los dos labios gruesos por igual y un mentón propio de faraones. El rostro ondulado, ni redondo ni ovalado, sino dibujado con un patrón intermedio, entre la cuadrada frente, los pómulos resaltados y la barbilla con su hoyuelo poco profundo, más bien como una leve cicatriz. Pero lo que más llamaba la atención era su forma de gesticular, y sobre todo su mímica cuando hablaba. Entre los dos, la comunicación fluida se produjo al instante... ningún cálculo, ninguna distancia, ningún manierismo protocolario.

Sonreía ahora al ver que él se había salido con la suya y que finalmente se disponía a comer todo lo que le había recomendado a ella, muy distante de sus iniciales preferencias. A ver si era verdad que acertaba con sus gustos gastronómicos.

—¿No creerás que no sé quién eres? —le dijo, cuando empezaban el primer bocado.

—Claro que lo sabes, una vidente robótica igual que tú —ambos se miraron, entonces, a los ojos, tras aquellos brillos metálicos.

—Eres la famosa nieta del doctor Delmundo. Más conocida que Greta Borga —dijo en un piropo, comparándola con la archiconocida actriz de moda tan laureada.

—Mi abuelo sí merece ser famoso, ¿pero yo...? —adoptó por unos segundos un tono de seriedad.

—Pues lo eres, y lo serás aún más.

—¿Cómo lo sabes?

—¡No hay más que verte! —fue toda la explicación que dio, muy extraña, a juzgar por lo aficionado que se mostraba a trabar largos, sinuosos y sorpresivos discursos. Después de un breve intervalo rumiando en parte la comida y en parte las últimas palabras, Silvia retomó el pulso:

—Bueno, hablemos seriamente, ¿tú, quién eres?... porque a pesar de la impresión de conocerte de toda la vida, no sé casi nada de ti.

—¿Por quién quieres que empiece, por el real o por el legendario? —Era evidente que un cierto tono de broma le acompañaba siempre en su escenario... ¿también en los momentos serios?

—Primero uno y luego otro, o si no vete mezclándolos... seguro que los distinguiré —respondió retadora.

— Soy Tsang Coupeaud, me preceden tres generaciones chinas, y a estas, otras catorce de orígenes dispares hasta reencontrarme con tu tierra y con mi apellido hispano-francés... en realidad francés, pero en mi caso trasladado a España en el siglo XX. Tengo treinta y siete revoluciones copernicanas terrestres, aunque aparento más. Estoy en mi año sabático. Y reparando mi última avería: estos ojos caídos en desgracia...

—Sí, dijiste que un accidente, un accidente teatral… pero no llego a entender muy bien…

—Mezcla del momento inoportuno, de mirar para donde no se debe y de poner la mano en el fuego indebidamente por algunas personas…

Ella quiso ordenar todas aquellas metáforas cuanto antes y para ello tomó la iniciativa de las preguntas:

—¿Qué momento inoportuno?

—Un chorro de luz experimental encendido de repente cuando estaba pegado a él, allá en lo alto, a treinta metros de altura. Ya sabes que me dedico al teatro. No pude cerrar los ojos a tiempo. Pretendía revisar de cerca su ángulo y su dirección… una temeridad… culpa mía, tomé demasiado riesgo.

—Supongo que hay para eso unas gafas especiales…

—Supones con exactitud.

—De quién te fiaste tanto que te falló y te quemó.

—De mí mismo…

—Vamos, no me engañes, ¿de quién más?

—No podré ocultártelo por mucho tiempo. Me ayudó mi exnovia.

—Totalmente involuntario, claro.

—La verdad es que nunca llegué a saberlo bien. Estoy seguro de que no quiso hacerme tanto daño, pero no de que no interviniera un travieso tentador diablo… Cuando pudieron bajarme, ella estaba en un mar de lágrimas. Vino a verme los dos primeros días, y me pidió mil disculpas… luego se despidió… «Chancu, —me dijo— no puedo soportar verte así, es superior a mis fuerzas… Tomaré unas vacaciones. Escríbeme cuando te hayas repuesto». Yo le di un beso en la frente y le dije que debía cuidarse, que había quedado ella más malparada que yo.

—¿Y lo habéis dejado desde entonces?

—No, ya lo habíamos dejado un mes antes… lo llevábamos bien, eso creía al menos.

—¿Pudo hacerlo accidentalmente?

—Difícilmente, se precisaba la sintaxis de dos gestos elaborados…

—Entonces, seguramente, como diría mi abuelo, «un repentino e incontrolado deseo de desagravio, fugaz, puntual, irreversible e impremeditado, seguido de un atroz y ambiguo arrepentimiento». Un rapto de locura temporal. Una efusión de celotipia, como se diría en el siglo XVIII.

—Tu abuelo tiene que ser un personaje excepcional. Aunque tú no me interesaras por ti misma, me interesarías por tu abuelo...

—Vaya, ya veo... Hipócrita, es evidente, no pareces mucho.

—No tengo más remedio que ser hipócrita... el teatro me obliga a fingir sentimientos y cualidades que no poseo.

—Pero se conoce muy bien cuándo actúas, aun fuera del escenario. Así que declaro aquí solemnemente —dijo teatralmente— que quedas a salvo de la infame acusación de hipocresía. No presumas de vicios que no tienes. Presuntuoso, un poco, sí eres.

—Sí, y me parece que empiezas a ver demasiado bien, ¡tendré que ponerme a salvo! —dijo encogiendo sus estirados ojos hasta hacerlos una raya, que no ocultaron del todo el brillo metálico en sus cuencas cíborg.

—¿Y vives del teatro?... ¿pero es que hay alguien que siga viendo teatro?, me refiero a alguien que no sean los alumnos de clásicas, en sus clases obligadas.

—, ¡No!, no vivo del teatro, ¡qué más quisiera!... eso es pura ficción y afición pura —dijo en un simulado retruécano. Él seguía esforzándose en conquistarla.

—Entonces... ¿te alimentas del aire, pides caridad a la puerta de alguna iglesia? —Silvia quiso suponer que sabría de qué hablaba... esa inveterada costumbre de misericordia perdida en la noche de los tiempos... A un hombre de teatro esto no se le escaparía.

—¡Vaya!, creía que eras historiadora, no policía... ¿o has aprendido el arte de interrogar de tu hermano?

—Eres tú quien me ha invitado a comer. De algo tenemos que hablar. No voy a disculparme por querer saber...

—De acuerdo, de acuerdo, como de costumbre tienes razón. Soy arquitecto, arquitecto de espacios, una especialidad... los hay que construyen los sólidos y los que, como yo, nos ocupamos de los espacios vacíos.

—Vaya, ¡eso debe salir muy barato! —Y se rió estridentemente como lo hacía de vez en cuando, como lo hizo profusamente durante la última Nochevieja. Todos en la sala se volvieron hacia ella unos segundos para confirmar que todo seguía bien... y acto seguido prosiguieron con sus vidas privadas. Consciente de su exceso, se ruborizó tenuemente, justo una sombra tímida y sonrosada en el arco de sus mejillas. Tsanchullo, pues este era el nombre que ella había mentalmente decidido ponerle, mientras tanto, la observaba absolutamente arrobado por su encanto y su descaro y su inteligente sensibilidad, sonriendo sin ruido alguno, acompañando su risa, con un gozoso connivente gesto.

—Sabes que no es verdad —dijo con tono de molestia fingida, después de dejar un tiempo para las celebraciones de la ocurrencia cómica de su nueva amiga, «algo maga y muy mágica» le dio por pensar—. Sabes que lo que más encarece todo no son los materiales, son los metros cuadrados... Este planeta se nos ha quedado pequeño, ¿¡quién mejor que tú, y además una Delmundo, va a saberlo mejor!? Nosotros somos los más odiados de los arquitectos. Muchos nos aniquilarían.

—No yo, ni menos mi abuelo. Para que te consueles un poco.

Después, Tsanchullo siguió hablando durante un buen rato, enfebrecido con las ideas que bullían tras su profesión, mostrando no solo lo necesario y trascendental de pensar escrupulosamente en los espacios sino en todo lo que quedaba por hacer en el futuro inmediato de la humanidad, «si quería salvarse», añadía sentenciosamente. Era un "idealista" rematado, de los que ya no existían. Los proyectos de futuro ocupaban la mayor parte del fulgor de aquel temperamento explosivo en ideales, «¿o eran idealismos baratos?»; un personaje entre millones. Por lo visto había elaborado toda una teoría sociológica, «absolutamente necesaria para cerrar el triángulo del Modelo Delmundo», según lo llamaba. A la Clínica y a la Pedagogía había que añadir la Teatralidad del espacio urbano, según él. Se le atropellaban las ideas, de tantas como tenía y de tan claras como las veía, dejaba muchos hilos sueltos, trazaba líneas de fuga, elaboraba un cuadro impresionista retocado con mil expresionismos, dentro de una arquitectura de ideas totalmente trabada, pero llena de ínfimos detalles de filigrana, orfebrería de la imaginación y el entendimiento. «¡Qué bien se entendería con el abuelo, no hay duda!». «Todo aquello debería explicármelo con más calma».

Sin disculparse, Silvia tomó su IC, llamó a Rómulo y comenzó una conversación delante de Tsang Coupeaud: «Romi, qué tal, ¿hace mucho calor en Calcuta?», esperó unos breves momentos y luego «¿Ya has encontrado a tu india?», y añadió tras un silencio, «¿Entonces ya me has olvidado tan pronto?», bromeó. «Me alegro. De pronto, me acordé de ti y quería mandarte un beso. No era más que eso. Adiós. Volveré a llamarte mañana», y colgó. Luego sonrió a Tsanchullo y le espetó:

—Necesitamos mucho más tiempo, tu rollo es muy largo… ¿Por qué no vienes a dormir conmigo? —Como viera que esto último había sonado un poco ligero, añadió—: Me refiero a que podrías dormir en mi estudio, hay sitio suficiente. Así tendríamos todos los ratos intermedios del día para seguir hablando. Todo lo que me has contado me interesa.

—También podrías venir tú a mi estudio… y podrías despedirte cuando quisieras. Si me invitas y acepto, no sé si después sabré irme a tiempo. Soy muy apasionado.

—Tiene que ser en mi estudio. John podría mosquearse… quiero decir que debería reprogramar algunos detalles… —John, al sentirse aludido, sentado como un tercer comensal, allí al lado, sin moverse hasta el momento, empezó a hacer un balance—:

—«El señor Tsang Coupeaud tiene un nivel de agitación mental elevado aunque equilibrado y ha comenzado a crecer notablemente su biorritmo ero...».

—Es suficiente, John, gracias. —Le dejó hablar durante unos segundos, porque no dejaba de sorprenderle aquel enigmático robot y quería saber más sobre su comportamiento... Además, Tsanchullo le escuchaba con animada y agradable sorpresa.

Aquel día, Tsang prefirió despedirse después de la comida de aquella mujer que tanto le atraía sensualmente y que le interesaba intelectualmente como hacía tiempo nadie había hecho. Sintió que no era bueno pasar de primera a directa en un acelerón, sin disfrutar de todas las marchas intermedias. No pretendía hacer un viaje supersónico, más bien añoraba una larga travesía que contuviera todos los ritmos. Además, era tal el imán que aquella mujer ejercía sobre él que no se hubiera podido contener, y eso iba contra sus principios más elementales.

Lo que Silvia sintió no fue exactamente decepción, sino intriga. ¿Por qué un hombre que a todas luces se sentía atraído por ella la había rechazado después de haberle facilitado el camino? Era un enigma digno de resolver. Ella le hubiera tendido una emboscada nocturna, sin lugar a dudas, y le hubiera atrapado en el centro de sus deseos. ¿Por qué había huido él de esta hedónica prisión? Las cuestiones eróticas las tenía perfectamente claras y delimitadas. Las personas intercambiaban ideas, gustos, saludos... y también intercambiaban caricias. Saludos con casi todo el mundo, ideas con muchos, gustos con bastantes y caricias con unos pocos selectos, ese era todo el misterio. Era un hombre que ya había pasado su test de tolerancia: «No era obsesivo, posesivo, acomplejado (de superioridad o inferioridad) ni primitivo y era independiente y tenía valores propios, muchos valores. No tenía nada que perder. Con hombres así, si algo se tuerce, siempre se puede volver al punto clave de la independencia. Los peligrosos son los victimistas, dispuestos a deprimirse o a suicidarse por amor a la menor de cambio, o los posesivos, faltos de riqueza espiritual pasan pronto a disponer de la persona a la que huelen íntimamente sus sudores, sintiendo que eso les da derecho: una propiedad etológica».

Los días sucesivos comieron juntos como una costumbre aceptada y asentada. Se contaron recíprocamente los detalles importantes de su infancia, de su adolescencia y de su primera juventud. A cada uno le parecía apasionante lo que oía narrar al otro. Tuvieron tiempo para entrar en los recovecos de la tesis de ella y en los planes teatrales de él. Pensaba que aquello que él le contaba tenía que conocerlo el abuelo y que había que considerarlo muy seriamente... no eran ideas vanas, eran ideas políticas de fondo.

El segundo fin de semana, ambos se habían escapado a Camboya a ver los maravillosos templos de Angkor Wat. Hicieron allí noche, después de un extenuante día de recorrido entre aquella riqueza arquitectónica enclavada en medio de tanta naturaleza lujuriante. Pero Tsang prefirió seguir alquilando dos habitaciones. Un beso en la frente y una mullida caricia en el antebrazo al agarrarla era toda su demostración de afecto íntimo.

El tercer fin de semana organizaron un rápido viaje a Kioto, para ver de cerca su arquitectura, especialmente el templo de Kinjaku-Ji, el Pabellón de Oro, donde él le confesó que en la quinta y sexta generación sus antepasados habían sido japoneses. Y desde allí siguieron un circuito seleccionado por Tsang para abarcar al máximo el periodo Kamakura de los siglos XII al XIV, que le había resultado a él tremendamente aleccionador, cuando profundizó en sus características sociológicas. ¡Cuántas sutiles ideas habían quedado apresadas en los templos, palacios y castillos! Solo había que hacer hablar a las piedras, a aquellos materiales seculares, a los colores y a las formas. Y Tsang conocía las claves que había que tocar. ¡Hacer hablar a las piedras!, parece una impostura... no más que hacer cantar a las cuerdas de un violín... todo consiste en conocer las técnicas. En Kioto, el beso en la frente y la caricia en el antebrazo vino acompañado por una aproximación corpórea en la que él sintió cómo los senos de ella le presionaron con su turgencia. «Mañana más, querida Silvia. Hay muchos días, nos quedan muchos momentos… lo sé», y le guiñó tiernamente los dos ojos mientras discurría por estos pensamientos.

El tiempo de su estancia en Shanghai tocaba a su fin. Las técnicas oftalmológicas habían puesto de manifiesto un ritmo de recuperación en la señorita Delmundo anormalmente elevado. Le plantearon un mes más con nuevos experimentos para descubrir las razones de esa "arritmia benéfica". La nieta del famoso filósofo tuvo que poner a los investigadores al corriente de su gen longevo y de sus implicaciones. Le rogaron, ella rehusó, no quería invertir en aquello más tiempo… le rogaron, ella se negó de nuevo… le rogaron otra vez y ella finalmente accedió a una semana de prórroga, no más. Tsanchullo tenía un programa de siete semanas, así que ahora el final de sus estancias finalizaría a la vez. Tenían siete días más para seguir reconociéndose y sobre todo para hablar de su futuro, pues de un modo u otro ambos sabían que el futuro les unía.

La cuarta semana Tsang había accedido a visitar el estudio de Silvia y a preparar allí cenas caseras que ella le proponía. Llegado el momento clave, el teatral amigo saludaba tiernamente y se despedía de ella hasta el día siguiente. El arquitecto había observado en ella al conocerla una fuerte personalidad caprichosa, que había ido poco a poco conteniéndose. Empezaba a estimar que Silvia ya estaba lista para una aproximación duradera.

—¿Sabes?, me quedo una semana más.

—Lo estaba presintiendo… ya tenías que haber empezado a despedirte… y no lo hacías.

—Mañana, entonces, empezaremos a hablar de nuestra despedida. Supongo que ya te vas… siempre te vas a esta hora.

—En la última semana, hay que sacarle media hora más a cada día. Nadie notará que hurtamos este tiempo. Además, para celebrar que nos hemos conocido, toca brindar… con este ron añejo.

Tsang tomó dos vasos que llenó hasta la mitad y le ofreció uno a Silvia.

—¿Te das cuenta, mi preciosa criatura —dijo esto en tono de broma, para quitarle importancia—, que este ron ha esperado veinte años de reposada barrica para estar tan maduro… y que gracias a eso ha conseguido concentrar todas sus delicias? —y mientras que decía esto brindaba por segunda vez y se sentaba en su butaca muy pegado a ella.

—Me han dicho que está muy bueno también el de diez años y el de cinco, ¡incluso! —bromeó ella—. Pero es verdad, este está delicioso, increíblemente penetrante y se adivina que no trae resaca. Tan refinado es, que se mezcla con la sangre engañándola y enamorándola… —ella llevó la mano sobre la cabellera de su amigo, a la altura de la oreja derecha. Como si lo hubieran ensayado, él hizo exactamente el mismo gesto en el mismo momento. Tocó su cabello de color imposible como si fueran hilos de seda exquisitamente delicados y ella se dejó hacer. Fue masajeando su cuero cabelludo, contorneando toda la superficie de su cabeza, muy lentamente, recreándose en aquel suave tacto—. John, puedes retirarte a tu cuarto —le dijo con afecto a aquella máquina inteligente. Mientras tanto, ella acariciaba su cabellera y su rostro y él con la mano a la altura del cuello que ahora rozaba con la yema de los dedos la fue atrayendo hacia sí, suavemente, mientras John cerraba su puerta, hasta que sus labios quedaron a la distancia de cinco centímetros… entonces sus ojos metálicos se miraron, conociendo que se miraban desde otra parte de sí mismos, y el resto de su cuerpo vibró y supo de otras mil miradas contenidas en aquellos ojos percibidas desde recónditas zonas de desconocidas células vivas de sus cuerpos.

Y se besaron. Su primer beso, después de tantos deseos. Sus labios se reconocieron, poco a poco. Se devolvieron una tenue tibia y cálida humedad. Y el primer beso trajo al segundo, imantado por él, y luego vinieron otros como prisioneros condenados encadenados a seguir los pasos del anterior. Tiernos y superficiales, durante un tiempo, y luego fue toda la boca la que besó.

Pero la boca es la puerta de la casa y, si el calor entra por ella, calienta rápido toda la estancia interior. Por eso, para huir del ritmo del incendio que se propagaba, de tanto en tanto, Tsang hacía un esfuerzo, y le decía a Silvia:

—¡Brindemos otra vez! ¡Que sus veinte años nos recorran! —Paladeaban aquel néctar y volvían a retomar con naturalidad y rapidez la historia de sus entreverados sentidos donde la habían dejado. «El cuerpo es sabio, en las cosas que le competen conoce muy bien lo que tiene que hacer» —pensaba ella—. «Solo tiene que ser acompañado de buenas ideas, y de ideas silenciosas» —parecía que le replicaba Tsang.

De la boca, del cabello, de la boca, del cuello, de la boca, de besarse cada centímetro del rostro, y de volver siempre a las lujuriosas bocas fueron pasando a desnudarse poco a poco, a medida que les molestaba no llegar a la piel misma. Se acariciaron acompasada tierna y lascivamente la espalda, el busto, el pecho de él adornado de suave vello y los pechos de ella, «maravillosas dos masas de carne viva, risueña y encrespada» —meditaba Tsang en medio de su ebriedad erótica. «Qué bien sabe tocarme», replicaba ella muda, «¡Sí creo que sepa hacer hablar a las piedras!».

«Dos cuerpos en simpatía profunda: un terremoto inevitable. No, claro...», pensaba John a distancia, pues el robot nunca dormía (salvo que fuera desconectado), «...como el de 2335 que había sacudido a la humanidad. El Gran seísmo. Una actividad sísmica y de tsunamis desconocida hasta la fecha. Las costas de Japón y el sudeste asiático, y las de Chile hasta California temblaron casi al unísono. Los geólogos descubrieron un nuevo fenómeno que denominarán «simpatía interplacaria». Determinados puntos cruciales en las placas tectónicas no solo ocasionan un terremoto y maremoto localizados sino que reenvían una señal a otro punto que entra en actividad a continuación y así hasta que se cierra la serie. Murieron 300 millones de habitantes. El proceso de unión política a escala planetaria se incrementó entonces también aceleradamente. En esos años la unión global ya era algo fáctico aunque no oficial; funcionaba, aunque las distintas cuatro áreas de influencia no habían encontrado aún el modelo de unión legal. Pero el 30 de junio de 2350 se celebrará después de innumerables plebiscitos la ceremonia oficial y solemne de la Confederación de Naciones, fruto de la unión política de las cuatro grandes áreas de influencia previamente unidas».

Él seguía besando, totalmente poseído ya por esa rueda sin fin, besaba sus pezones, su cuello y su vientre, recorría todos estos lugares con parsimoniosa voluptuosidad, como en un ballet que fuera barriendo toda la escena, sintiendo sensaciones nuevas en cada nuevo lugar. Sintiendo cómo ella le respondía con el lenguaje de su piel.

Ella le devolvía los besos, cuando la corriente erótica de él se remansaba un poco y la dejaba hacer... le besaba en los hombros, en la espalda, en las manos, en el vientre. La temperatura de la sala era perfecta, permitía tener la tez al descubierto sin asomo de escalofrío.

Conquistado medio territorio, cuando llegó la hora de desembarazarse de los pantalones, ella se arrodilló sobre el suelo y le fue retirando suavemente en un gesto continuado el resto de su ropa. Llevó sus manos a lo largo de sus muslos con movimientos de masajista, acarició después la planta de los pies y sus dedos. Se sentó en el suelo, estiró las piernas de él sobre su regazo y le refregó durante un largo rato untándole los pies con un ungüento oloroso. Le posó los pingües pies sobre una toalla, estiradas sus piernas y fue remontando sus centímetros desde el tobillo a la ingle, midiéndoselos a besos y a caricias de sus dos manos avaras. Le tocó el escroto y lo amasó en sus manos, la bolsa se fue hinchando de placeres, y cerca se erguía una enhiesta torre imperante amarfilada que pujaba por crecer por encima de sus propias dimensiones máximas. Silvia le sentía entregado, sin máscara alguna, sin teatralidad ninguna ahora, en sus vibraciones prístinas, y le gustaba sentir que estaba tan cerca de él.

Cerca del paroxismo, él reinició el ataque. Se ocupó de ir desnudándola al completo. Era una especie de ser cada vez más perfecto a medida que iba siendo descubierta, hecha de carne. Serían precisos años para reconocer todos aquellos sensuales secretos allí contorneados y encarnados. Jugó con sus nalgas y con sus muslos, ella de espaldas, rozó sus rodillas y sus tobillos, volvió incansables veces a las nalgas y a los muslos, giró su cuerpo a lo largo del sofá, él arrodillado en el suelo, y acarició el divino césped en el que Venus da sus paseos. Unió el vientre al pubis en un único masaje, separó luego suavemente con sus dedos los muslos de la ingle, dibujó con la yema el contorno de las sinuosidades en donde los muslos, el vientre y el sexo vienen a unirse. Besó, como un sacerdote oficiante, la rosa de sus vientos. Ella tembló, mientras con sus manos amasaba dulcemente su cabeza hecha de cabellos. Con movimientos pautados le fue tomando de la mano y le arrastró en un vuelo hasta su tálamo, y yacieron sus dos cuerpos encarados, entre caricias que no cesaban, que iban y venían, y besos. La sed se fue volviendo más aguda, el estremecimiento de ambos cuerpos ya no contenía célula alguna que no temblara. La situación se volvía insostenible... entonces los dos sexos se buscaron... el uno horadando y el otro absorbiendo... y entonces vinieron los caballos, enloquecidos, se cabalgaron en sus cabalgaduras, él encima, con fieros relinchos de lujuria, ahora ella encima, intentando borrar el límite donde uno acababa y empezaba el otro... y vino una lluvia de estrellas abrasadora que fundió la carne en un deleite inenarrable. Y de aquellas sensuales profundidades solo los jadeos daban una tenue remembranza de lo que estaba sucediendo en la raíz escondida de los cuerpos. Y dos gritos de placer barrieron como un recio viento huracanado todo aquel conglomerado de sensaciones que no podían seguir hinchándose sin hacerse mil añicos. John, en su tecnológica evaluación a distancia, traducía aquello como «un estado de salud perfecto». Y sus dos cuerpos fueron de nuevo renaciendo, saliendo de aquella luz y aquella fiebre, y se fue amansando el fuego y los sentidos retenían la miel y los olores, hechos de trozos del otro, de su calor, de su sudor, de esperma y de flujo vaginal y de una bajamar de calmadas olas algo espumosas y tiernas y enamoradas.

«Como un impacto caído del cielo, uno y otro se dejaron una marca imborrable», seguía lucubrando John... «Similar a la del famoso Gran meteorito de 2199, una roca de 90 km de diámetro que colisionó con la tierra, aunque después de haberla troceado en masa pulverizada y en tres enormes trozos restantes de unos 3, 2 y 1 kilómetros, el mayor de los cuales arrasó el área geográfica de Kazakhstan; mientras el de 2 kilómetros se precipitaría sobre el mar Caspio, expulsando casi la mitad de su agua con graves inundaciones sobre Azerbajan y Turkmenistán; y el de 1 kilómetro yendo a parar al norte de Irán, que tuvo que ser evacuada durante dos meses a causa de lo irrespirable de su atmósfera. Murieron 400 millones de habitantes de un total de 24000 que habitaba el planeta, la mitad por los impactos directos, pero la otra mitad por las secuelas y el pánico que reinó durante más de un año en aquellas áreas damnificadas. La confederación todavía no existía; pero este acontecimiento impulsó la necesidad de una mayor unión entre algunas de las áreas que ya funcionaban excluyentemente muy asociadas en su interior. La primera de ellas había sido la Unión Europea que se fraguó lentamente a lo largo del siglo XXI» —estos contenidos podían leerse en la literatura histórica especializada y John los había asimilado en su cultura maquínica desde que era consciente de la profesión de su dueña.

Durante media hora no dijeron apenas una palabra... se miraban, se tocaban, se besaban con ternura, con agradecimiento de que el otro existiera. Muy pronto reiniciaron las tareas de donde habían renacido y volvieron a cubrir el ciclo de los libidinosos deseos. Aspiraban a cansarse uno de otro, para cerrar el día. Y fueron sabiendo que aquella no era una noche para ser dormida. Que eran esclavos de la extenuación de los cuerpos que embebidos uno en otro vuelve a renacer de nuevo... hasta que a las siete, con la madrugada, quedaron abrazados, dormidos como niños, inocentes y derrotados por el deseo.

46

Los últimos días se derritieron como siete exhalaciones, uno a uno, como gotas que aunque quieren congelarse, se escurren y fluyen. Tsang se había trasladado definitivamente al estudio de Silvia desde hacía seis días. Continuaban con sus horas de trabajo y después compartían el resto del día. El momento de la despedida había llegado. Era su última noche. Mañana, ella saldría temprano en un vuelo hacia el aeropuerto de Astur. Él volvería a Beijing, donde residía actualmente. Disponían de nueve horas.

—No acabo de verlo. Tienes margen de acción... ¿por qué no te animas y vienes un par de semanas conmigo? Planificaremos todo mucho mejor y podrás contarle tu proyecto en directo al abuelo.

—Lo haría. Por mil razones. Pero hay una que me obliga a empezar por ordenar mi propia casa. Atar todos los cabos sueltos que tengo allí. Sobre todo, despedirme en condiciones de todos los que trabajan en el proyecto... y coordinarme con ellos para estudiar bien la posibilidad de realizar el primer ensayo en Astur. A mí me has convencido, son unas condiciones ideales... esperemos que lo que me has dicho de tu abuelo sea como imaginas.

—Ya se lo he contado por alto. Él está entusiasmado. Quiere conocer más detalles.

—Haz tú de embajadora mía. Con lo que ya sabes y con el plan de acción que llevas por escrito, tu abuelo tendrá un tiempo de reflexión, antes de que nos entrevistemos ambos... En un mes o dos espero haberlo arreglado todo. Si se prolongara, te prometo que me dejaré caer... no podré dilatarlo sin sufrir... Y, ya me conoces, el sufrimiento gratuito no entra en mis principios.

—Sí, lo sé. «El ser humano siempre está drogado cuando se siente feliz» —Silvia enfatizó teatralmente esta frase, una de las antológicas de él. Y continuó exponiendo sus ideas, como una alumna que se sabe bien la lección. Las más fáciles de obtener eran las drogas narcotizantes o estimulantes: de extracción (el alcohol, el tabaco), o de diseño, como tantas y tantas... Pero había, según Tsanchullo, todo un arsenal de drogas endógeneas, producidas por el cuerpo; y suelen ser fruto del esfuerzo: las drogas que estimulan en la lucha airosa y que se dejan acelerar con el humor, la acción, el esfuerzo y la creación. Hizo este repaso escolar, entre la ironía hacia sus obsesiones y la complacencia de quien se adhiere a sus ideas.

—Ya veo, has aprendido a recitarlo… ¿Tan pesado he sido? —Y después de unas tiernas miradas prefirió postergar las caricias que le pedía el cuerpo hasta asegurarse de que el conjunto de ideas que ella relataba no se reducían a ideas sueltas. No te olvides de las conductas adictivas: al juego, a las compras, al trabajo, al sexo…

—Lo sé, lo sé… las drogas ocultas, que trabajan en silencio, emboscadas... las que buscan ondularnos con sus formas.

—Vaya, veo que te lo sabes de veras.

—Tampoco me olvido de las conductas de huida y rechazo: victimismo, sumisión, venganza, asesinato, depresión, suicidio… también adictivas, paradójicamente —apostilló asertiva.

—Sí, paradójicamente. Se puede disfrutar con el sufrimiento propio o el ajeno. Sade y Masoch le pusieron nombre. Teorías que no son mías, las he aprendido, entre otros de tu abuelo… pero yo creo haberlas situado dentro del teatro... del teatro de la vida.

—¡Vaya si lo has hecho! A mí me has convencido, y tengo fama de escéptica.

—Pero no conoceremos su validez hasta que tengamos datos empíricos y de campo.

—Diez años pasan pronto. Entonces tendremos pruebas, ¡lo verás! Tus drogas podrán cuantificarse en radio y potencia.

—Una cuantificación parcial, solo sobre la ciudad donde se experimente.

—Pero será el botón de muestra. ¿Por qué no soñar como Platón con la *Calípolis*, la ciudad bella?

—No te excedas, será simplemente menos infeliz y menos grotesca… si todo sale bien.

—El abuelo está entusiasmado con tus drogas sociales, tan buenas como las mejores de las endógenas.

—Sí, las más difíciles de construir bien, la drogas de la interacción. El primer gran paso adelante lo dieron los griegos, con el teatro.

—Lo que me parece genial es el eje desde donde todo eso encaja. ¿Cómo se te ocurrió?

—Lo ideé después de meditarlo durante toda la vida, cuando diseñaba los espacios urbanos vacíos y veía que a la ciudad le faltaban funciones. Y lo pensé después de romperme una fibra en el gemelo. Tuve que prescindir de mis partidos de tenis y del teatro… entonces, intensifiqué las horas de creación literaria… y me sometí a un análisis completo de neurotransmisores. Comprendí entonces que el ejercicio, la creatividad y la interactividad son vasos comunicantes en algún nivel biológico.

—Sí, el abuelo ha desarrollado teorías muy parecidas, pero tú has visto algo que él no había visto, y por eso está entusiasmado.

—Me halaga eso más que cualquier cosa. ¿Quién podría ser mejor juez?

—Las teorías del abuelo y tu aportación encajan perfectamente: la peculiar arquitectura de nuestras sensaciones, mucho más sociales de lo que cabía suponer… Y la importancia de la creatividad.

—Sí, porque la creatividad no tiene su expresión superior en una dimensión individual sino en una función social —apostilló Tsang, dando a esto la máxima importancia—. En este nivel es donde el ser humano entra en el equilibrio más estable y armónico, el de mayor salud…

—Salud física, mental y social… —redondeó Silvia, en aquella exposición desarrollada como si se tratara de una composición musical a dúo.

—Por eso he dedicado los diez últimos años a este proyecto, a intentar ponerlo en práctica en el espacio urbano. No basta con trabajar y con dormir, tampoco con satisfacer las necesidades perentorias. Echamos en falta la droga social, la de los lazos y las dependencias…

—No basta sobrevivir en el hedonismo.

—No basta, no. Si no estamos con otros, es como si no respiráramos del todo.

—Pero esta droga, ¿no debería tener un nuevo nombre? ¿Por qué no… *pharmacum*?

—Sí. No es una droga convencional. Debe tener su propio nombre, tienes razón. El *pharmacum*, me gusta.

—La bioquímica conoce desde hace tiempo toda esta cara endógena de nuestro cuerpo. Pero nadie se había atrevido con la "bioquímica" social.

—Bueno, estudié con mucho detalle el comportamiento urbano, las razones del flujo humano dentro de la ciudad… qué se busca o por qué nos desplazamos...

—Y ahí es donde viste un porcentaje altísimo de flujos errantes y evasivos… flujos de angustia, me dijiste.

—Eres una discípula perfecta —Y después de una breve caricia y de una profunda mirada de enamorado continuó con el recorrido de la teoría—. Durante la infancia y la juventud, el formar parte del grupo ocupa un lugar importante en estos flujos, pero después disminuye aparatosa y peligrosamente... El campo para que las dependencias dañinas, las manías y las mil patologías crezcan...

—Conozco a muchas personas cuyo ideal es hacer lo mínimo posible, que aman vegetar…

—Lo sé, pero quisiera comprobar que realmente eso lo eligen después de haber descubierto alguno de sus poderes creativos. Aunque fuere a un nivel muy elemental. Me temo que de lo que huyen es de sus malas experiencias anteriores, de los gustos impuestos…

—Ojalá que tengas razón. Ojalá que sea verdad que todos pueden recorrer todas las escalas del propio *pharmacum*.

—De momento, solo se trata de darle a la ciudad más posibilidades…

—Cuando el abuelo conozca todos los planes de detalle en que has pensado, quedará asombrado...

—Estoy seguro de que le quedan aún muchas pinceladas... inagotables, y él puede ayudarme... Pero la alegría del ánimo no se completa sin la alegría del cuerpo... —y empezó a besar sensualmente a Silvia con la intención de no parar.

47

En el viaje de regreso, Silvia se sintió algo angustiada por primera vez en su vida. Hasta entonces amor e independencia habían encajado en ella de manera natural. No quería prescindir por nada del mundo de ninguna de las dos partes de ese difícil enigma. Pero, honradamente no veía la salida... ¿cómo podía no deteriorarse la independencia? Por eso, para salir de este círculo vicioso recurrió a John:

—John, ¿qué opinas de Tsang Coupeaud?

El robot no tardó más de un segundo en empezar lo que parecía una exposición que amenazaba con durar horas:

—El señor Tsang Coupeaud ha desarrollado en los últimos días unas intensas fuerzas que le arrastran hacia ti... y viceversa —el robot titubeó por primera vez... el análisis de Silvia no había sido solicitado. Después de que ella hubiera observado esta zozobra, le dio consentimiento con un gesto para proseguir, y entonces continuó— Las fuerzas de atracción son recíprocas y muy intensas, algo más intensas en el señor, y mientras la señora —el robot adoptaba un tono distante y objetivo, al parecer— no ha integrado estas fuerzas con otras muy poderosas que la atraviesan, él ya lo ha hecho. ¿Su causa? Él ha entrevisto un final, un lejano final, quizás coincidente con la muerte, y ha aceptado que hay un final. Y si fuera preciso que este final acaeciera antes de lo deseado, así lo aceptaría... por eso, el señor ha resuelto ya una contradicción que se arrastró durante las tres primeras semanas.

—Pero John, tú cómo sabes eso... no eres psicólogo, ¿o también sí?

—Bueno, no tienes que hacerme totalmente caso. Esta no es mi especialidad. Solo cruzo los datos de tres procesadores: la actividad neurovegetativa, las funciones comprensivas superiores y la de la voluntad planificadora.

—¿Pero tú no eres un guardaespaldas?

—Precisamente... he introducido el supuesto de que él pudiera llegar a hacerte daño. El resultado es cero. Más bien, moriría por ti. Y para resolver este supuesto tuve que cruzar esos tres procesadores... Sé que no te hará daño, el resto son especulaciones colindantes, conclusiones probables sobre lo que me has preguntado. Debes saber que no siempre acierto.

—¿Así que yo no he resuelto mis contradicciones?

—Pero la señora no debe inquietarse, todo indica que lo conseguirá muy pronto.

A la altura de Roma, muy cerca ya de casa, volvió a pensar en su hermano y en que le había dicho que tenía que contarle... «algo nuevo que había sucedido», y que tenía que ser «en directo».

No se refería, claro, a los terribles atentados conocidos por todo el mundo, en los que él estaba metido hasta el cuello. Se refería a algo más que había sucedido. De carácter personal, estaba segura.

La mente de la nieta de Edmundus volvía rítmicamente a tratar de encajar alguno de los datos en los que indagaba en su tesis. Pero cada vez más sus ideas se mezclaban con otras que involuntariamente le invadían la mente ¿Qué iba a ser de este amor impetuoso que se estaba apoderando de ella? No tenía por qué salir mal. Y finalmente anunció en voz alta: «No será una hecatombe». Idea que transportó a John a pensar «en la hecatombe que se anunciaba dentro de nueve años, en 2455. Los oceanógrafos tenían previsto que la corriente del Golfo invertirá su curso. El cambio climático será notable, especialmente perceptible en Europa y América del Norte. Las temperaturas caerán cada año visiblemente. Una etapa parecida a una semiglaciación en el hemisferio norte. Ya se habían empezado a sentir los golpes que estaba dando en la puerta, antes de entrar y tomar posesión. Un paulatino descenso del nivel del mar será inevitable y temperaturas en España entre menos veinte y más veintidós grados. Más al norte las temperaturas se agudizarán mucho más.

»Las anteriores glaciaciones del planeta hace muchos siglos no tuvieron que soportar una población tan elevada. Ahora, el espacio habitable es un bien tan preciado como antes lo era la energía. Las estaciones de la Luna y de Marte han sido poco exitosas, salvo para la investigación científica. Nadie se anima a invertir en aquellos lares, bajo tales condiciones de vida». Después de esta reflexión, John, siempre activo, continuó observando y catalogando todo lo que veía relacionado con Silvia en su derredor. Y cuando acababa de procesar los datos inmediatos, se daba a las asociaciones libres. Ahora, aquel estado de enamoramiento que envolvía la reciente personalidad de su dueña, le llevaba a pensar en las propiedades de la miel, del azúcar y de los sabores concentradamente almibarados... y no sabía muy bien a dónde le llevaba todo esto; quizá debido a algún error en la programación, pero su ánimo no se alteraba, porque era consciente de que su función esencial de guardaespaldas funcionaba con un rigor matemático.

48

Mientras que las cinco semanas en Asia de Silvia habían resultado para ella redondas, Yóbrek no podía resumir ese mismo periodo de tiempo en Roma, a pesar de todas las mieles, sino amargamente.

El mismo día que Silvia, hace más de un mes, había viajado hacia Shanghai, Yóbrek había tomado un vuelo hacia la capital italiana. Una pista importante de su investigación le obligaba a trasladarse allí. Llevaba varios meses haciendo un mapa detallado de todas las actividades de Adolph, de la extensión de su ejército, de todos sus progresos, de todas sus amenazas probables. Trataba de dar con la clave del plan estratégico conjunto pues «¡seguro que lo había!».

Era difícil dar con Adolph en persona, siempre escondido en el juego sorpresivo de las muñecas rusas... la estrategia de los sosias y de las múltiples pistas falsas le estaba funcionando. Su identificación siempre llevaba a sujetos falsos. Todo apuntaba a que muy pronto intentaría algo muy gordo… el atentado contra su hermana había resultado fallido gracias a John y eso despertaría aún más sus afanes belicosos.

Se había detectado un aumento importante de la actividad de su ejército en Roma, por eso viajaba ahora hacia allí. Apenas diez minutos de vuelo y ya estaba en la urbe eterna.

En la ciudad del Tíber tenía pendiente un segundo asunto, menor y prescindible, pero al que concedía en su fuero más interno paradójicamente un interés similar. Se sentía técnicamente responsable de aquella desheredada criatura. Bárbara había quedado a cargo de la Confederación, había perdido a toda su familia. Le asistía el derecho de formarse, antes de empezar a trabajar en el sistema productivo. Era suficiente que en su IC se ingresara mensualmente la beca aprobada; dada la edad adulta de la víctima, la Confederación no tenía más deber tutorial que este. Pero al flamante comandante le arrastraban corrientes más profundas no del todo bien conocidas por él. Mañana empezaría su trabajo programado; de momento, su primer día en la ciudad de las fontanas lo dedicaría a ir aterrizando… Podría adelantar el caso Bárbara y quedar de este modo despreocupado… «Dejarlo para el final era peligroso, porque todo prometía que aquel asunto del ejército adolphiano se iba a enredar mucho».

—¿Bárbara Hapostolikos? Soy…

—¡Sé quién es usted! El capitán confederado…

—Sí, bueno... —Yóbrek era ahora comandante, pero eso no importaba ahora.

—Le estaba esperando.

—¿Sí?, ¿algo no va bien? —como no respondiera, continuó, inquieto— ¿Es por sus estudios?, ¿no estará usted enferma?... ¿qué le sucede?

—No, no, todo va bien… —Hubo un silencio, de meditación— ¿No lo recuerda… me prometió una visita?

—Claro, lo sé, lo sé… hasta ahora no he encontrado el momento… Pero ya ve que no lo había olvidado.

—Me alegro… esa era la idea que me había hecho de usted.

—Tengo esta tarde libre, si le viene bien, podríamos vernos… al menos un momento… no solo por el informe… Si le viene bien… Si no, dentro de unos días quizá…

—A las cinco, en la Fontana di Trevi, ¿le parece?

—Allí estaré. Muy bien. Hasta entonces. —Y a modo de despedida añadió—: ¡Cuídese!

—Sí, sí, me cuidaré. Hasta las cinco.

A las cinco menos cinco Yóbrek contemplaba cómo Neptuno imponía su imperio a los salvajes caballos ayudado por sus tritones al tiempo que domaba las aguas borbollantes que todo lo envolvían y lo arrastraban. Mientras él era observado a distancia, su mente estaba absorta en aquellas dos grandes líneas de fuga contrapuestas que entraban en equilibrio: la fuerza bruta que buscaba escaparse de la misma fuente y las fuerzas racionales que contenían la escena en movimiento. Bárbara le observaba en la esquina, interpretando sus movimientos y su estado de ánimo. Llevaba dos minutos inmóvil, pegado a la escena… hipnotizado, sin volverse, sin muestras de ansiedad… Para ser un policía, hacía un blanco fácil. Sintió que una mano se le posaba en el hombro derecho.

—Creí que eras una estatua más —Y le dio un beso en la mejilla. Él observó que había empezado a tutearle.

—Sí, bueno, estaba pensando que no me importaría que Neptuno me prestara alguno de sus poderes… —Le devolvió el beso en la otra mejilla. Ella estaba más bella aún que hace unos meses, en la entrevista oficial…— ¡Veo que estás estupenda! —Él también optó por pasarse al tuteo, mucho más cercano, menos burocrático… después de todo se habían empezado a hacer algo amigos, en Astur, por ciertas señales evidentes compartidas… porque se trataba de eso, de una nueva amistad.

Siguió inmóvil donde se hallaba, girado hacia ella, contemplándola, como si examinara ahora la belleza de una estatua, pero mientras la observaba hablaba con frases mecánicas: «un asunto oficial le había traído a Roma», «que no se había olvidado de ella», «que estaría unos días», «muy ocupado», «que se alegraba de verla». Su lenguaje corporal y sus palabras pertenecían a dos reinos distintos; con sus frases, pretendía quitar importancia a su presencia allí, pero con su cuerpo y su mirada la estaba recorriendo en toda su profunda extensión. La entonación y los signos paraverbales no acababan de encontrar su cauce... Se sentía incómodo cuando ella le miraba fijamente a los ojos, «¡aquellos no eran sus ojos!, eran provisionales».

—He seguido el asunto de... ¡los ojos! —acabó por decir— Menos mal que... ¿cuándo será la operación?

—La operación está al caer... será pronto. De momento, me arreglo bien con estos otros... mi visión es casi normal.

Como seguía esculpido en el mismo lugar donde se habían saludado, en medio de dos aguas, las que llevaban a un encuentro oficial y las que llevaban a algo más personal, sin arrojarse ni a unas ni a otras, Bárbara le cogió del brazo izquierdo y empezó a arrastrarle.

—Vamos, te guiaré, conozco muy bien Roma. Serás mi invitado de honor —Y desde aquel momento la joven se hizo con el dominio de la situación y de la *tournée* turística.

Le contó sus éxitos universitarios, lo bien que se había aclimatado a vivir el ritmo de aquella ciudad y otros detalles que salían al paso, mientras cogidos del brazo, como si fueran un matrimonio entrado en años, avanzaron por un menudeo de calles sin fin hasta llegar al Panteón de Agripa, donde se detuvieron por breves momentos a contemplarlo; «hagamos alguna foto, para el recuerdo», fue la expresión que usó mientras le situaba y le fotografiaba y luego daba órdenes a su IC para que captara un ángulo determinado y les enfocara a ambos. Avanzaron luego sin parar de contarle sus andanzas, ella a él, por el Corso del Rinascimento, cruzaron como arrastrados por una tempestuosa agua el río Tíber y se adentraron en la Via della Conciliazione, encararon la Plaza de San Pedro y avistaron la Basílica del Vaticano.

—Te traigo aquí, ¡ateo!, para ver si te conviertes —dijo entre divertida y seria, pero con talante de broma. El largo rato de animada conversación y la proximidad física ya había servido para que se desvanecieran las precauciones artificiosas que trae normalmente la falta de roce—. Yo vengo a menudo, me gusta oír misa aquí.

Entraron en la Basílica de San Pedro, caminaron más con la mirada puesta en lo alto que en el frente, llevados por el impulso de altura que da su hechura arquitectónica y se quedaron un buen rato atraídos por la línea de fuga que lanza la cúpula con sus geometrías, su colorido, su luz lateral y su luz cenital, allá muy alto, tocando al final una especie de cielo.

—Cuántas cosas hermosas hay… y esta lo es… mucho… —Yóbrek sintió deseos de añadir, al tiempo que él pronunciaba estas palabras, que ella también era una de las cosas más hermosas que el mundo encerraba, pero se reprimió… ¡cuán ridículo hubiera sido! «Menos mal que no decimos todo lo que pensamos», meditó, mientras observaba el aspecto de sus ojos elevados a lo alto, con una luz y un brillo imprevistos, que la hacían en cada esquina más y más hermosa.

—No llego a entender por qué personas tan sensibles como los Delmundo sois ateos —sentenció en el momento de salir a la explanada de la plaza, y lo dijo con la misma solemnidad con que aquella columnata contorneaba aquel grandioso espacio.

El enamorado no creyó oportuno empezar a hablar en ese momento de tema tan enconado, y se limitó a decir:

—Bueno, Bárbara… ¡no es lo mismo religión que Dios! ¡Y no es lo mismo Dios que transcendencia! ¡Y no es lo mismo transcendencia que espiritualidad! Algún día hablaremos de todo esto con calma… Y te diré en qué creo…

A Bárbara le gustó escuchar más que ninguna otra cosa ese «algún día». Dejaba traslucir que en él también como en ella estaba presente un futuro entre ambos.

—Tienes que conocer mi apartamento. Te interesará para tu informe —bromeó— Tengo hambre. Cenaremos allí. Te invito. ¿Dispones aún de tiempo, no es verdad? —él asintió sin decir nada y volvieron a caminar ensortijados por los brazos.

—Cerca de la Piazza di Spagna, no más de una hora, ¿no? Si puedes contener el hambre, prefiero volver andando… —El jovencísimo comandante no quería que se esfumara aquella sensación de poseerla para él solo—. Hacía tiempo que no disfrutaba tanto caminando…

—El hambre siempre puede esperar… —y empezaron a dirigirse a su apartamento a ritmo tranquilo… ninguno de los dos quería romper el hechizo.

En la Via Ludovisi, desde donde se divisaba un ángulo de la Piazza di Spagna, había tenido la inmensa suerte de encontrar, a través de sus contactos clericales, un apartamento codiciado por cualquier estudiante. Se trataba de un edificio muy antiguo, muy diferente a las edificaciones modernas también en su interior. La puerta de la escalera daba lugar a un pasillo largo y sombrío, desde allí se divisaba a lo lejos una primera estancia llena de luz. A Bárbara le gustaba la magia de la luz de fondo y por eso no encendió la lámpara del pasillo. Le sacó a él también unas zapatillas, para que se pusiera cómodo. Yóbrek empezó a incorporarse con sus nuevas pantuflas y se encontró a Bárbara de pie esperándolo, a pocos centímetros. A su espalda resplandecía la luz de fondo y ella se recortaba como una silueta a contraluz, con el rostro a oscuras. Sintió que ella ponía su mano derecha sobre su hombro izquierdo y que se aproximaba para besarle en la mejilla. Él se dejó hacer, como un sumiso invitado que recibe un rito de acogida. Luego ella puso también su mano izquierda sobre su hombro derecho y permaneció así un rato mirándole y a medias pegada a él. Sus dos manos resbalaron desde los hombros hasta su cuello, torció levemente la cabeza y depositó un dulce beso en sus labios. «Perdóname, pero no puedo evitarlo». Y volvió a besarle con algo más de ardor; él no se resistía: «¿Qué sueño es este?». Entonces, el policía se envió un aviso mental en el que se comunicaba a sí mismo que no entraría de servicio hasta el día siguiente. Rompió su indecisión y dejó de nadar entre dos aguas. Se percató de que toda la tarde había estado apergaminado por el miedo de hacerle daño... pero ella ya no era una niña... Y, en todo caso, él no había empezado aquello... aquel peligroso juego. Era seguro que no iba a hacerle daño, tenía perfecto dominio sobre sí, y no le haría nada que ella antes no le impusiera. Sentía una terrible atracción por aquella criatura, y quizá era mayor aún la adoración que le profesaba. Ella dejó resbalar sus dos manos, desde el cuello por sus brazos hasta la cintura, le cogió la tersa casaca que se había puesto aquel caluroso día y se la arrastró de abajo arriba hasta sacársela por la cabeza y la arrojó al suelo. Acarició sus pezones y sus pectorales y volvió a besarle en el cuello y en los labios. Ella se desembarazó en dos rápidos movimientos de su sedosa blusa y la echó junto a la casaca. Pegó su torso al de él y se restregó mientras le seguía besando en la boca, en las orejas y en el cuello. Él devolvía todos estos besos, obedientemente, con una excitación contenida. Las yemas de sus dedos estaban posadas sobre la cintura de ella y las movía en aquel entorno tenuemente. Con manos de prestidigitadora ella le aflojó el cinturón y arrodillada le quitó los pantalones, arrastrándolos suavemente por los talones. Avanzó por él como subiendo por un árbol y a la altura de la cintura le desnudó por completo. Volvió a subir con las palmas de las manos rozándole el vello y la piel y de pie ella se libró de su faldita liberando el prendedor de la cintura; con una inclinación circense y ágil se retiró sus braguitas. Ya no tenía escapatoria, estaba en sus manos. No había otra opción que someterse a aquel sacrificio. La sacerdotisa avanzaba a través de su rito y él iba a ser inmolado de un momento a otro. «¿Es que tenía algún sentido sustraerse al desarrollo de aquel envolvente deseo?», por un momento se lo preguntó, pero no encontró ninguna razón para la huida ni para domar aquellos cientos de caballos que encabritados se contenían en sus vísceras. Sentía que le envolvían unos vapores exhalados desde algún paraíso. Le empujó suavemente hacia atrás, hasta dar con el tabique y le apoyó en un saliente del mueble, de pie y semisentado, y, entonces, ella tomó con la mano su exultante mástil y con una diestra maniobra lo introdujo en su interior, allí donde su ser se contraía, rezumaba, ansiaba, absorbía y latía de deseo. Se frotaron con ansiedad, perdieron toda vergüenza (después de todo eran dos desconocidos, el uno para el otro), pegaron sus cuerpos con fuerza, ella se batió cabalgando, le tomó la mano a él y se la condujo hasta su entrepierna y allí donde una fiera indomable buscaba saciarse se llenó su dedo corazón de mieles corporales y los relámpagos del espíritu empezaron una danza loca de furor, locura y dicha. Y ambas bocas se besaron y gozaron un sabor que nunca antes habían sentido. Pasaron varios segundos de reposo exhausto. De espera y de silencio.

—¡Esta es la primera vez que hago esto! —pronunció con un asomo de paradójica sincera vergüenza tras su cara arrebolada—. Mi alma lo había deseado ya cientos. Siempre contigo.

Yóbrek quiso decirle que aquel había sido el instante más maravilloso de su existencia, que él jamás se hubiera atrevido a desear tanto, que empezaba a sufrir por el exceso de su dicha... que ahora añadía un importante nuevo problema a su vida: ¿dónde poner aquel tesoro a salvo? Y, en medio de estos pensamientos, mientras ambos empezaban a vestirse, se oyó decir:

—Pero Bárbara... ¿esto ya no es un pecado? —la voz sonó con un tono absolutamente serio pero algo en el trasfondo de la escena hizo que sonara cómico.

—¡Tonto!... eres un tonto.

Decidieron no hacer una cena formal sino fría, picando aquí y allá, hasta que saciaron el hambre. No hablaron mucho. Solo lo justo. Mientras comían se miraban, se sonreían y se daban breves besos de confirmación. Luego, él la arrastró a la cama y le hizo el amor. Quedaron prisioneros el uno del otro, sin demasiadas palabras con que expresar su sorpresa y su dicha. Y ambos se quedaron dormidos.

A las siete un despertador sonó, el comandante se levantó, se duchó, se vistió, se acercó a ella que le esperaba con un tazón de café humeante, lo bebió, le dio un beso en la boca. «Tengo que irme, estaremos en contacto, te llamaré hoy mismo», y ella replicó: «¿por qué no te trasladas aquí y dejas el hotel?», y él hizo un gesto de «es posible», le lanzó un beso en el aire y se esfumó por aquel oscuro mágico pasillo.

49

A las ocho, el comandante Delmundo entraba en la central de policía confederada de Roma. Celebró la reunión que había previsto. Se distribuyeron los trabajos. Él, acompañado de un teniente y de un sargento, se dispuso a hacer la inspección que tenía programada. Antes de salir a la calle, a las nueve treinta, se detuvo un momento y envió un mensaje: «Bárbara, te llamaré a las siete.YDS». Luego compuso un segundo mensaje: «¿Qué hay de nuevo por Shanghai? En Roma, mejor imposible. Pero no me refiero a Adolph… ese es otro tema que irá para largo. Ya hablaremos. Cuídate. YDS».

En las últimas semanas, sosias adolphianos habían llevado a cabo con descaro múltiples actividades. Habían inspeccionado y fotografiado sistemáticamente muchos lugares de la ciudad. Su estrategia era la acostumbrada: levantar polvareda, ruido, sacrificar a los peones y en medio de la confusión trazar su línea de atentado principal confundida entre todas las demás falsas pistas. Una criminal devastación iba a producirse de forma inminente, era casi seguro, por todos los indicios. En el cuartel general se tenía la impresión de que los objetivos finales serían muy probablemente o la basílica vaticana o el coliseo romano o el arco de Constantino o las termas de Caracalla. Una fuerte corazonada le empujaba a pensar al comandante más que en ningún otro sitio en el Vaticano. Varios ojos de satélite estaban trabajando intensivamente, recogiendo información sin despreciar ninguna posibilidad, pero el nieto de Edmundus había influido para que fueran dos los ojos que se centraran en la inspección de la ciudad vaticana, uno a escala de personas humanas y el otro buscando cualquier diminuto artefacto.

Se sucedieron los días y las semanas. La investigación de *Balance* avanzaba lentamente. Las horas del comandante se distribuían entre las maniobras de patrullaje diurnas y las noches de calor, deseo y ternura. Yóbrek había hecho prometer a Bárbara que durante un tiempo no asistiría a sus rezos en el Vaticano… debía elegir alguna de las cientos de capillas que existían y no repetir nunca. La actividad del ejército adolphiano proseguía como un molesto ruido que no cesa. Cientos de sosias visitaban regularmente los principales escenarios turísticos, merodeaban, trataban de perderse en esquinas insólitas, fotografiaban todo infinitamente y se iban, cruzándose después entre ellos en lugares anodinos de la ciudad, en algún interior, para borrar sus rastros personales precisos. Las rutas de huida que dejaban señaladas eran tantas, tan mixtas y con puntos de referencia tan parecidos que ninguna de ellas pasaba a ser relevante para ser interceptada. Se necesitaba una teoría que descifrara todo aquel trajín. Él ya la tenía. Pero no le ayudaba demasiado. Por cada cien movimientos solo uno era significativo, los otros eran pura distracción. Estaban preparando un atentado: ¿contra personas, contra edificios, masivo, selectivo…? ¿Dónde y cuándo? Muy pronto: aquel trasiego duraba ya más de un mes y según la regularidad con la que trabajaban aquellos terroristas, el objetivo era inminente. El dónde dependía de la clave simbólica con la que se estuviera trabajando. El apocalipsis… los ángeles vengadores… las señales divinas de castigo… aquello tenía demasiadas formas de ser interpretado. Pero ¿no tenía Roma un lugar sagrado por excelencia? Por eso el comandante estaba prácticamente convencido de que era la basílica de San Pedro el punto de mayor riesgo… pero ¿con qué criterio abandonar las pesquisas sobre el resto de los lugares amenazados para concentrar todo el esfuerzo en esta hipótesis del comandante? El joven policía tenía ya un grupo de detractores en el ejército de *Balance*. Las maniobras de Adolph no se dirigían solamente a objetivos terroristas, funcionaba también un aparato de propaganda y de presión, que actuaba sutil, pertinaz, chantajista, insidiosamente.

Sin embargo, el expediente del comandante seguía arrojando un altísimo nivel de aciertos y el desempeño de los distintos casos que se le habían encomendado dejaban una estela extraordinaria: tenía una intuición y unas dotes policiales excepcionales. Los mandos supremos seguían otorgándole su confianza.

50

La noche del siete de agosto llovió torrencialmente. Rayos y truenos se enseñorearon sobre los cielos romanos con sones de fin del mundo. Densas tormentas de verano parecían centrar sus iras sobre aquella vetusta y beatífica ciudad. Bárbara y su novio habían hecho el amor por segunda vez. Cuando no caían agotados por el sueño, su hambre resultaba insaciable. Una pasión se apoderaba de sus cuerpos y les impulsaba a buscarse repetidamente, al mínimo asomo de fuerzas.

—¿Qué harás cuando llegue el fin del mundo, ateo? —Bárbara dijo esto, mientras sonaba uno de tantos truenos, en el exterior, esta vez con un leve tono de preocupación, aunque sin desprenderse del sentido irónico que siempre utilizaba cuando retomaba este obsesivo tema. Él decidió que era el momento de lidiar aquel toro... había que cogerlo por los cuernos, antes de que se sentaran precedentes escurridizos... difíciles después de desplazar; antes de que aquella broma amable y seria se convirtiera en una verdad por repetición.

—Yo sé qué haré. Pero ¿qué harás tú entonces, que llevas preparándote toda tu vida? Eso sí que me interesa —aquello empezaba a sonar a una especie de primera pequeña pelea de pareja...

—Me llamarán a la derecha del Padre. Puedes estar seguro. Quizá tenga que pasar unas horas de Purgatorio, para descargarme de mi noble orgullo... quizá unos días, si se me tiene en cuenta la lujuria, aunque no creo que como yo la siento sea mala... pero estaré a la derecha al fin... —Se detuvo, y añadió con un gesto profundo que recordaba a la Pietà de Miguel Ángel—: No soportaría que tú no estuvieras conmigo.

—No guardes cuidado, te escribiré a menudo desde el Infierno. Te mantendré informada. Y como es seguro que no nos lo han contado todo, habrá algún régimen de visitas o algo así... en fin, que podremos vernos en algún lugar intermedio y seguir gozando de lo que nos une.

—Me temo que a los blasfemos redomados no les dejarán escribir, ni mandar mensajes. Además, en el infierno te volverás feo, horrible, distinto ¿acaso seguiré queriendo verte?, te perderé para siempre...

—Soy yo quien debe preocuparse. Tú debes estar tranquila. Ni siquiera sufrirás al verme en la cola de los malos. Te harán algo para que no sufras. En el cielo es imposible sufrir.

—Te equivocas, quizá sea ese mi purgatorio.

—Lo mismo me da, dejarás de sufrir muy pronto. La presencia de Dios en persona borrará cualquier impulso hacia mí. No debes pensar que vas a sufrir por mí.

—Pero nada puede evitar que ahora mismo sufra... con la posibilidad...

—¿De verdad crees que nos condenaremos o nos salvaremos por las ideas en que creemos y por cómo tememos el futuro? ¿O quieres decir que te crees más buena que yo, y que por eso tú te salvarás y yo me condenaré?

—Quiero decir que si no se cree será difícil salvarse.

—¿En qué te basas?, ¿cómo puede una sola idea así, tan discutible, ordenar el conjunto de tus ideas?, ¿cómo puede ser esa idea la piedra de toque que jerarquiza a todas las demás? Has de estar muy segura para eso y has de poder, entonces, explicármelo.

—No es cuestión de saber o no saber, ni de explicaciones, es cuestión de fe.

—Y la fe es cuestión de la gracia divina, y a ti Dios te la ha dado y a mí no, ¿no es eso? Menudo lío han montado los teólogos... con sus círculos viciosos. Si tuviera que ser religioso, sería de los que pondría el amor por encima de eso que llamáis fe y en el lugar de esa esperanza, que tiene mucho de embaucadora amenaza. Poner la fe como requisito, esa fe tan turbia, removida con frases de reformadores o de santos, quizá muchos impostores, que dicen haber sido iluminados, es sencillamente elevar la religión sobre el chantaje. ¡La verdad, me da pena ver esa forma de creer! Lo que es seguro es que, de ese modo, aumentáis el infierno en la tierra.

—¿Es que hay otras formas de creer? ¿Por qué dices que te «da pena ver esa forma de creer»?

—¡Claro que hay otras formas de creer. Y la paradoja está en que cuando se alcanza el fin del trayecto de las "bellas creencias"... entonces, las historias para niños, los cielos y los infiernos, la vida paradisíaca futura... se desvanecen como caprichos infantiles. Y se libera uno del chantaje y de la minoría de edad. Y las ideas pasan a ser gobernadas por uno mismo y no por un conjunto de dogmas amenazadores, cuyo sentido positivo hay que situar en otros contextos ya muy pasados. *Sapere aude*, "atrévete a pensar por ti mismo". He ahí un momento de inflexión importante. —En este punto del razonamiento en el que Yóbrek estaba siendo azotado por las furias que te encienden cuando ven peligrar la dignidad humana, se prometió a sí mismo que mañana sin falta buscaría el Tratado Teológico-político de Spinoza y se lo regalaría. Era la mejor argumentación que podía ofrecerle: Un Dios que cuanto más se profundiza en su historia sagrada, más se va borrando su *vera effigies.*

—Sí, te entiendo, no solo está la fe. Lo primero es el amor a Dios y lo segundo más importante el amor al prójimo. Tienes razón.

—No estamos hablando de lo mismo. Tú estás leyendo unas tablas de la ley. Lo defiendes porque crees en la tabla, no por lo que dice esa tabla. Si el segundo mandamiento hubiera dicho que había que matar al incrédulo, no tendrías más remedio que creerlo...

—Pero la tabla de la ley no dice eso.

—Pero los intérpretes de Dios lo han dicho hasta la saciedad. Cuántas muertes en nombre de Dios. El que cree está obligado a dar coherencia a todas sus creencias y a todas las consecuencias de esas creencias ¿Nunca lo has pensado?

—Yo solo puedo ser culpable de mis actos, ¿cómo podría yo hacerme cargo de lo que han hecho otros y de los errores de otras épocas?

—¿Y el pecado original?, ¿acaso estabas tú en el lío ese entre la serpiente y Adán y Eva? —Yóbrek quiso añadir: «Un mito muy hermoso, no lo niego», pero ya no pudo, porque su novia se le echó encima sin darle respiro.

—Pero eso hay que saber interpretarlo…

—Todo lo que tú quieras. Pero tú has nacido en pecado, un pecado que otros cometieron por ti… —Y muy velozmente, esta vez, introdujo su comentario personal, sin darle tiempo a la réplica— ¡No creas, es una idea muy potente! Es de lo que más me convence de vuestras creencias. Pero tú no pareces creértelo.

—¿Cómo que no lo creo?

—Hace un momento has dicho «Yo solo puedo ser culpable de mis actos». Y sin embargo dices que crees haber nacido en pecado. ¿Ves a qué me refiero con lo de pensar en clave de chantaje y de hablar por boca de otro? Dejas de pensar por ti misma y tienes que dedicarte a unir los cabos sueltos… que finalmente unirás, ¿qué te lo va a impedir? Pero mientras tanto estás pensando para dar apariencia de coherencia a los cabos sueltos y te olvidas de dar coherencia al conjunto de tus ideas, sensaciones, experiencias y vivencias profundas. Piensas con las ideas de otros hechas dogmas. Tener fe es un estado de minoría de edad, sí. Una virtud psicológica solo positiva cuando es mejor fiarse de otro que de uno mismo, para no perderse. Sin duda fue muy útil en otros tiempos. Y quizá ahora lo siga siendo, pero dado todo lo que sabemos y todo lo que el aprendizaje puede hacernos madurar como personas más autónomas, quienes necesitan apoyarse en algún tipo de fe solo pueden justificarlo, a mi juicio, por razones estéticas, no dogmáticas, ni basadas en una religión concreta.

—¿Cómo que estéticas?, ¿Qué quieres decir?, ¿Qué tiene que ver la estética con Dios?, y no digo que no tenga algo que ver, pero…

—Utilizo la palabra estética en el sentido que la emplea mi abuelo. La estética une todo nuestro ser. Va desde las sensaciones más dérmicas hasta los sentimientos más recónditos, va desde la estructura de todos nuestros aprendizajes e interiorizaciones aposentados durante años, donde la infancia tiene tanta importancia, hasta la forma en que nuestras ideas más racionales influyen en nuestros sentimientos, emociones y pasiones y pueden hacernos mejores o peores personas. Va desde nuestros gustos, convicciones y apegos más ordinarios hasta nuestros sentimientos más sublimes... ante una obra de arte, por ejemplo.

—La estética es, entonces, el alma. ¡Crees en el alma!, creía que los ateos no creían en el alma.

—Sí, el alma, pero un alma funcional.

—¡Ya estamos, con la manía de poner pegas!

—Es un alma que no aspira a salvarse, sino a tener consistencia y a ser coherente... aspira a vivir con la mayor nobleza de espíritu que pueda.

—Como los santos.

—Pero los santos actúan como niños chantajeados...

—Los santos son almas puras, no se dejan chantajear, ¡te equivocas!

Yóbrek no replicó inmediatamente. Se quedó pensativo. La miró con distancia y análisis durante varios largos segundos. Ella se sintió incómoda, analizada, observada, enjuiciada. Luego reanudó el discurso, pero el volumen lo bajó, como si se hubiera puesto a pensar en alto...

—No sé, creyendo lo que creéis... todos los creyentes deberíais ser santos... pero no lo sois, y eso demuestra el lío mental, la hipocresía racional y el infantilismo de los dogmas defendidos. Se trata de que te cuenten una mentira tranquilizadora, para no tener que esforzarse más. Eso es lo que parece... Como diría mi hermana, los cristianos tuvieron quince siglos de total prevalencia en Europa y América y pudieron demostrar qué tipo de cultura y de personas podía llegarse a ser con sus creencias... Una sociedad de santos, eso es lo que hubiera debido ser, en toda su coherencia. ¿O es que Dios jugaba a los dados con aquellas criaturas? Y la cultura cristiana no ha sido un caso ejemplar… se adelantaron civilizatoriamente durante algunos siglos pero no fue por sus creencias religiosas, aunque ello tuviera que ver, sino por las herramientas científico-filosófico y técnicas que tuvieron a mano… De esa cultura nació el arte barroco, la literatura del Siglo de Oro y la música de Mozart, lo sé, pero también la caza de brujas, las guerras de religión y la persecución religiosa hacia los pecados de la carne… y esa cultura no tuvo empacho en transitar hacia la explotación del mercado laboral. No pretendo echarle la culpa al cristianismo, hizo lo que pudo, como las demás culturas… pero no fue en esencia mejor, si nos basamos en que contaban con la ayuda del "verdadero Dios", y con un orden social que obedecía a la creencia en él.

—Ya veo, tú quieres relacionarlo todo…

—¿Y tú no?

—Yo lo que quiero es salvarme.

—¡Pues sálvate! ¡Sé coherente! Y ahí es donde entra lo de la estética de antes…

—No acabo de entender por qué la estética…

—Ahora tengo que citar a mi abuelo. Lo que sé lo he aprendido de él. Pero él no es un dogma para mí, sino una brisa de aire fresco que me ayuda a pensar mejor.

—Entonces… ¿tu abuelo es el causante de tu ateísmo?

Yóbrek la miró, hizo un gesto de desesperación y de perplejidad, porque entendió que ella pretendía que si él no llegaba a dibujárselo en el aire, entonces, ella no le creería… Y sin responder a esta última provocación, añadió:

—Puedo llegar a entender que alguien, por razones estéticas, estime que todo se le conjuga mejor apelando a un mundo trascendente, más allá de este mundo. Monismo metafísico, lo llaman los filósofos. Pero que luego no venga a meter allí a un Dios personal, con inteligencia y voluntad, y a una religión muy determinada… con todos los chantajes que ello arrastra.

—Pero tú, sí crees de esa forma metafísica, monista, ¿no?

—No. Para empezar, veo gratuito apelar a la trascendencia, a algo fuera de esta realidad material. No digo que esta realidad material haya sido siempre así, pero sí me parece más coherente pensar que eso desconocido está dentro y no fuera: que está conectado racionalmente y no que se distancia mágicamente.

—Pero no querrás reducir todo a materia.

—No reduzco todo a materia "física". Hay más tipos de materias. Pero todos esos géneros distintos de materias no son autónomos ni se dan separadamente de la materia física. La materia física tampoco se bastaría a sí misma sin la complicidad que mantiene con los otros géneros materiales. Y ahí es donde entra otra vez la estética. La estética, lo que tu llamas el Alma, es la manifestación del entrelazamiento profundo en que esos distintos géneros materiales se relacionan.

—Ya veo que tu abuelo te ha llenado la cabeza… —Bárbara se detuvo un momento y eligió sarcásticamente la palabra—: ¡de dogmas, de sus dogmas!

—No voy a discutir de palabras. Llámalos dogmas si quieres, por venganza o estrategia. Yo los llamo teorías. Lo que importa es que "mis" dogmas me ayudan a pensar mejor y que puedo dejarlos por otros mejores cuando los vislumbro. Pero tus "dogmas" no me ha parecido que te ayudaran mucho a pensar mejor. Da la impresión de que si los abandonas, te derrumbas tú entera… Y, además, se tiene la sensación de que te contradices sin cesar…

—No me contradigo en absoluto. Lo que pasa es que no quieres entenderlo. Son dos posturas irreconciliables, como estar mirando hacia lados opuestos. Mi "allí" no es tu "allí".

—En eso estoy plenamente de acuerdo. Ya miramos un poco hacia el mismo lado.

—Pero entonces, si no hay trascendencia, tú ¿en qué crees?

—Creo en la inmanencia. Creo en ti, en lo que he visto en ti que me gusta. Otra vez la estética. Creo en mí, en que soy un pequeño protagonista de mi propia vida, bien poco, pero al menos un papel en el conjunto del universo, más que nada… y quiero hacer mi papel del mejor modo posible, por un terrible afán estético de disfrutar al máximo, de comprender al máximo, de ordenar los acontecimientos al máximo y de no dar cuartel a los malos… por eso soy policía: por estética, también.

—Pero Adolph es malo también por estética. Tu idea sirve para justificar cualquier cosa.

—Adolph es malo también por estética, sí. Pero la estética, como la música, puede chirriar o sonar bien. Y ahí es donde la estética echa mano de su hermana gemela, la ética. La ética es la que le recuerda a la estética, en sus febriles combinaciones posibles del mundo, que existe lo útil y lo inútil, lo verdadero y lo falso y lo bueno y lo malo. Y que el único modo de ser libres es elegir siempre lo mejor.

—¡Ya!, entonces no todo lo une la estética.

—La estética da unidad al sujeto. La locura es un estado de desquiciamiento estético. Pero además de la unidad, hay que contar con la necesidad de estar eligiendo infinitas combinaciones estéticas posibles.

—Pero quién gobierna a quién, ¿la estética a la ética, o la ética a la estética?

—El polo positivo gobierna al negativo y el negativo al positivo. Puro electromagnetismo.

—Ya veo, la cosa no queda definida…

Él hizo un juicio sumario de lo último que oyó con la mirada, lo rechazó estéticamente y prosiguió:

—La ética se encarga de elegir bien, en continua tensión con los impulsos estéticos. Pero si se elige de cualquier manera, puede sobrevenir el desastre.

—Entonces, mandan las dos, poniéndose de acuerdo.

—Sí, es un equilibrio de poderes. Cuando ambas se entienden todo va bien. Aunque puede suceder que tire cada una por un lado… entonces sobreviene o la locura, o el crimen, o el desarraigo, o el culto al mal… Adolph es un ejemplo. Él ha engordado desmesuradamente su estética y ha convertido en algo raquítico a su ética. Así no hay forma de que haya equilibrio. La ética nunca acaba su trabajo. Es la estética la que manda en él, una estética deforme para muchas cosas.

—Vale, pero veo que tú no crees en Dios, ni siquiera por razones estéticas, y no entiendo por qué no puedes abrirte a lo misterioso y dejar esa soberbia.

—Sí, un misterio que tú pareces conocer, ¿no?... Pero si hay misterio hay misterio y no nuevas trampas, por eso, ni siquiera por razones estéticas creo en un dios. Lo que creo es en los múltiples "dioses" encerrados en las posibilidades que están en nuestras manos, pero esto ya no tiene que ver con la religión, sino con la hermosura de las catedrales, de la música gregoriana, del arte, del brillo de unos ojos limpios, de la valentía, del afán de justicia y de la atracción por la verdad. Creo en "Dios", si quieres oírlo así, pero en "el Dios de Spinoza". El *Deus sive Natura*. Donde Dios es igual a la Naturaleza infinita. Sí, puedo creer en el infinito.

—Así que finalmente crees. Nos hemos reconciliado.

Bárbara le tomó de la mano y lo llevó hasta el lecho. En otras circunstancias hubieran hecho el amor, pero ese día ya estaban bastante henchidos de sensaciones estéticas suficientes, como para sentirse repletos.

—Vamos a dormir.

—Sí, vamos a dormir.

En el trayecto, él pensó que se quedaban muchísimas cosas en el tintero... la dimensión social estética... el cuerpo interno y el externo… Pero después de un cuarto de hora dormían, en un abrazo que les unía, en el calor del otro, en un silencioso apego. Aunque la noche siguió tronando fuera, no oyeron nada en varias horas. Ambos cuerpos quedaron magnetizados el uno en el otro.

51

La mañana del ocho de agosto empezaba a despejarse después de la noche de bochorno y tormentas que habían azotado a la ciudad. El día prometía ser tan caluroso como el anterior. Era sábado, día de culto. Un porcentaje muy alto de católicos elegía Roma como residencia... allí habitaban más del 60 % de ellos. El comandante pasó sus dos primeras horas de trabajo en el cuartel general. Revisó cuidadosamente los datos seleccionados por los robots y por los especialistas intérpretes de imágenes. Nada. ¿Era creíble que todo se redujera a una maniobra de distracción para minar las fuerzas del oponente? Con solo fotos no podía llevarse a efecto un atentado. En el momento en que cruzaba el umbral, una voz le detuvo: «¡señor!» oyó y se volvió. Era un joven sargento. Por alguna razón se estaba saltando la cadena de mando y había decidido acceder a él directamente. No le pidió ninguna explicación. Al girarse, con el ademán de todo su cuerpo se puso a su disposición.

—Señor, quiero mostrarle algo.

Se dirigieron ambos a la mesa del sargento. Una mesa muy poco ordenada: fruto de un ritmo de trabajo incesante... o tal vez fruto de la pereza. Era un hombre muy pequeño, apenas 1,80, pero ágil de movimientos, rápido en la ejecución de actos y certero en los objetivos. Cualquiera podría pensar que se trataba más bien de un robot.

—He estado investigando por mi cuenta. Los datos que suministran los robots son a veces demasiado previsibles —El comandante asentía interesado—. No solo hacen fotos... todos comen caramelos o mascan chicles. —Pasó múltiples escenas seleccionadas en las que cientos de actos coincidían en llevarse algo a la boca, acercarse a una papelera y depositar allí el envoltorio o el desecho.

—Esto tiene una importancia crucial. Creo que ha dado usted en el clavo. Le felicito, sargento. Fácilmente esta debe ser la clave. Hemos de darnos prisa. Las escenas que me ha mostrado, ¿se concentran en días especiales o...?

—Las escenas se refieren a todos los días desde que comenzó la investigación... esa actividad es rítmica, pautada, constante e idéntica.

—Ya lo tenemos. Gracias, sargento —el comandante salió como un misil, mientras manipulaba su IC, dando órdenes a distancia.

Horas más tarde se hacía balance. Todas las papeleras de los lugares críticos de la ciudad contenían chicles pegados disimuladamente en sus paredes o en zonas exteriores en partes bastante inaccesibles. Sin embargo, las papeleras de la plaza de San Pedro y alrededores estaban atestadas de diminutos trozos, del tamaño de chicles masticados, de goma dos, un antiguo y desfasado potente explosivo, que solo los historiadores bélicos recordaban. Lo peligroso era el conjunto que se había logrado disponer. Su detonación en cadena hubiera echado abajo toda la plaza de San Pedro. Y el día elegido no debía rondar lejos... ya habían conseguido un buen número, miles de «chicles», como para conseguir su objetivo. Se dio la orden de detener a cualquier sosia que rondara por aquel lugar. Detenerle con goma dos encima sería un triunfo. Para sorpresa de todos, aquel día no hubo tránsito de réplicas adolphianas en el Vaticano. Los policías de *Balance* eran, sin duda, vigilantes vigilados. Ya se sabía, pero siempre sorprendía hasta qué punto de finura conseguía trabajar aquel ejército parsimonioso.

El caso parecía que se había encauzado. Los superiores de la UNWB, desde Washington, daban órdenes de detención masiva de los sosias. Podría demostrarse fácilmente su implicación en el intento de atentado. Sin embargo, Yóbrek no creía que el caso estuviera enteramente cerrado. Adolph acostumbraba a guardarse un as en la manga. Si había sospechado ser descubierto en el tema de las papeleras, ¿qué otro giro de los acontecimientos había previsto? Muy probablemente él en persona se hallaba en Roma dirigiendo todo aquello, pero quién sabe con qué personalidad y con qué rostro. Los detectores de huellas dactilares y de pupilas no habían delatado ningún indicio, pero eso ¿qué quería decir, tratándose de Adolph?

Durante todo el día la caza de sosias fue ininterrumpida. Ninguno de ellos tenía coartada, todos se dejaban incriminar fácilmente, como si fuera parte del plan a ejecutar. El comandante solamente dirigió a distancia aquella caza, prefirió delegar aquella investigación en su hombre de confianza en Roma. Él seguía buscando más allá... sabía —«¿lo sabía?, era la eterna duda»—, "sabía" que la solución ya no estaba en aquellos prisioneros. Ordenó registrar y repasar las paredes interiores y exteriores de los edificios vaticanos. Se encontraron más trozos de goma dos, estratégicamente pegados.

A las siete de la tarde, Bárbara no pudo resistir más y se acercó a la plaza. Estuvo tras el cordón de seguridad a bastante distancia, pero pudo ver cómo trabajaba su comandante. Estaba claro que aún seguía alarmado, como si el hilo de la trampa todavía no se hubiera desenredado del todo. Quería ayudar, pero no sabía cómo. Sí lo sabía: no debía entrometerse. El enamorado policía no había hecho signo alguno, pero ya hacía algunos minutos que la había atisbado a lo lejos, entre el tumulto enardecido de gente. La noticia había corrido de boca en boca como la pólvora. Nunca se llegaba a saber el origen del chisme, cuando los acontecimientos desbordaban la estricta cadena de mando.

A las siete y cincuenta y nueve, un individuo estrafalario, ¿quién iba a suponer que aquel sujeto era Adolph en persona?, arrojaba su cigarrillo a medio consumir a los pies de un árbol. Nadie se percató de aquel incidente anodino. El sujeto volvió sobre sus pasos y se alejó del lugar, como si fuera a irse o como si, al contrario, buscara un lugar mejor centrado para ver lo que pasaba. Nadie podía saber que se estaba dirigiendo hacia Bárbara. Había llegado la hora. Muchos días había vigilado personalmente a "la parejita", «y ella se encontraba en el lugar equivocado», concluía salazmente mientras en su fuero interno ya había preparado cómo tomarla de rehén y someterla a un repertorio completo de experimentos —«nada tenían de lúbricos, como oficialmente se quería hacer creer»—, hasta que tuviera que deshacerse de ella.

El comandante finalmente se decidió a enviar al teniente a buscar a Bárbara, la señaló allá a lo lejos, entre los curiosos. Cinco segundos después un árbol había empezado a arder. Todos los ojos centraron la atención en aquel nuevo acontecimiento. Como si estuvieran conectados, un segundo árbol comenzó a arder de inmediato. Y un tercero, y un cuarto y una hilera de ellos, como por arte de magia. En el mismo instante en que un gong y múltiples campanas anunciaban las ocho, una gran explosión se oyó por toda la ciudad, a la vez que un resplandor cegaba a los que miraban en aquella dirección. Toda la basílica de San Pedro se vino abajo. Sucedió como cuando se derriba de modo controlado un edificio. Tras la explosión y el estallido de luz, el desmoronamiento seguido de una gran polvareda que todo lo ocultaba. Apenas hubo heridos en las inmediaciones. El Papa, los cardenales, los eclesiásticos y todos los que habitaban en aquel momento aquellos muros quedaron enterrados bajo toneladas de piedras y escombros. A Bárbara le dio un vuelco el corazón. ¿Cómo podía aquella casa secular de Dios venirse abajo de aquel modo, tan fácilmente? Era lo más horrible que sus ojos habían contemplado nunca. ¿Cómo podía tanta belleza desvanecerse con una simple explosión? ¿Cómo podía Dios permitir todo aquello? Todos sus esquemas valorativos quedaron hechos añicos. Su mente se obnubiló y quedó gris, gris turbio, incapacitada de pensar y de asimilar lo que veía. Era mucho peor que un intenso sufrimiento infligido sobre sus carnes. Era pánico, desesperación, odio, impotencia, horror y vértigo en una síntesis diabólica. Sintió que una mano se le posaba en el hombro, «Bárbara, tenemos que irnos», oyó a sus espaldas mientras una inyección la dejaba inerme, un minuto antes de desvanecerse en el bólido en el que fue metida como una sonámbula.

A Yóbrek le entraron textualmente ganas de llorar. Tuvo que sobreponerse. Pensar que en un momento la Capilla Sixtina se había venido abajo, con su bóveda y su Génesis, con todas sus paredes hechas ladrillos y su Juicio Final hecho polvo. La Pietà y el Laocoonte inencontrables. El fresco de la Escuela de Atenas con todos sus filósofos definitivamente cada uno por su lado. La biblioteca vaticana desvanecida como tinta en el agua. Y aquella mágica basílica y aquella majestuosa e inigualable plaza. No solo Miguel Ángel, Rafael, Botticelli, Caravaggio, Giotto, Leonardo, Perugino y una gran fila de geniales artistas estaban ahora removiéndose en sus sepulcros en señal de impotencia infinita sino que millones de personas van a permanecer unidos y atónitos ante tanta destrucción junta y el resto de la humanidad va a sentir el intenso morbo del cataclismo irreparable, al sentirse ellos mismos vivos y poder ver tanta mítica grandeza venida abajo en unos pocos parpadeos. «Con todos estos sentimientos contaba trabajar, sin duda, la refinada inteligencia de Adolph».

—Comandante, lo siento, no la encuentro, ha desaparecido. Hay muchos casos de desvanecimientos. —«En medio de un mar de rostros helados y horrorizados», completó mental y automáticamente Yóbrek—. Quizá…

—Déjelo, teniente, ya la busco yo mismo.

Bárbara no apareció. Se la había tragado la tierra. Nadie había observado nada anómalo ni extraordinario. Él sí sabía qué había pasado. Debía actuar y rápido.

A la mañana siguiente, Roma amaneció nevada, no con copos fríos sino con pasquines de papel del tamaño de la palma de una mano infantil, papel a la antigua usanza, como se veía en las películas. En todos ellos aparecían los edificios vaticanos derrumbándose dentro de unos ojos que miraban con odio… era la efigie de Edmundus Delmundo. Solo una frase remataba el mensaje: «La religión ha pasado a ser una rémora histórica». Aunque no aparecía el nombre del doctor, todo el mundo reconocía aquella cara y muchos conocían que aquella frase había sido defendida por el gran filósofo en su época de gran político. Muy pronto, la gente común ataría los cabos que había que atar… La semilla del mal estaba sembrada. Adolph continuaba en su empresa de desprestigio de la familia Delmundo… Los juicios de Angola habían abierto el dique, aunque allí el ataque se había planeado demasiado obviamente… La duda es una planta que prospera sola con facilidad… Ahora se trataba de desatar un odio prerracional, de tocar teclas sentimentales que seguían operativas en la mayoría de los psiquismos humanos. El principio del fin del imperio Delmundo se anunciaba. Entre la gente normal ya crecía vegetalmente la molestia por este protagonismo personal desmesurado y por tanta muerte como gravitaba en torno a ese mítico personaje.

Yóbrek había tomado una determinación. Lo venía rumiando desde hacía unas semanas, pero ahora lo había decidido en un segundo de fulgor. Pasaría por el quirófano de operaciones. En dos o tres sesiones de cirugía estética esperaba estar listo. Esta vez no le diría nada al abuelo. Solo lo sabría Silvia, y con absoluto secreto. Ella debería apoyarle y entenderle, aunque sabía que durante unas horas se resistiría todo lo que pudiera. *Alea jacta est.*

VII

Acoso

Bajo Atila, Azote de Dios, bajo Gengis-khan y bajo Timur,
el jinete destruye y funda con violento fragor dilatados
reinos, pero sus destrucciones y fundaciones son ilusorias.
Su obra es efímera como él. Del labrador procede la
palabra cultura, *de las ciudades la palabra* civilización,
pero el jinete es una tempestad que se pierde.

(Jorge Luis Borges: *Prosa completa*, «Historias de jinetes»)

52

El abuelo echaba mucho de menos a sus dos nietos, «no siempre van a estar a mi lado», se decía consolándose mientras empujaba cuesta arriba su maduro corpachón, sin ningún claro atisbo aún de vejez.

Reflexionaba caminando como de costumbre, a las ocho y media de la mañana por las cuestas de la Providencia hacia su Sanatorio. Pensaba en las insidias, en su manera peculiar de funcionar. «Ataques injustos que se cuelan por todos los lugares, y por los más insospechados, con total facilidad. Se expanden gratuita y velozmente, como sibilinas imposturas, y su falsedad es muy difícil de demostrar».

En los últimos dos días, desde el sábado, se habían cursado infinidad de cancelaciones de citas en todos los sanatorios de su red mundial. El 10 % de los casos en tratamiento se habían ido a probar otros métodos. Era casi un alivio, porque la presión del trabajo ascendía sin cesar. El ritmo de expansión de su método no podía seguir el paso de la demanda. Así que, visto de ese modo, iba a venir bien la racha de mala fama que sin duda iba a extenderse durante unos meses, quizá unos años. Pero no se trataba de eso, sino de la perenne lucha entre el bien y el mal. «Estoy muy lejos de caer en el maniqueísmo, creer que todo se balancea en dos mitades exactas: lo bueno y lo malo, no es eso. Pero sí es verdad que, localmente, a veces, lo que tenemos es la eterna lucha entre el bien y el mal». Y este era un caso claro, su caso frente a Adolph y su ejército y la organización que lo amparaba.

Empezó a concentrarse en el primer paciente de la mañana del lunes, del 10 de agosto, que iba a recibir a las 9:15. Mateo, un joven de dieciséis años, que no tiene ninguna patología grave, que no necesita ninguna medicación especial ni mucho menos ser bajado al Pozo. Un caso para principiantes, que a él le gustaba de tanto en tanto seguir recibiendo. Prefería no perder el contacto con todas las variantes de eso que llaman «la realidad», el doctor prefería llamarlo «la prosa de la vida». Después de ojear los puntos esenciales del expediente, se concentró durante el tiempo que le quedaba escuchando Tristán e

Isolda, una ópera romántica del siglo XIX, de aquel estrambótico músico genial, Wagner. Disfrutaba especialmente con la voz soprano de Brunilda, más que con la de Isolda, y más que con la de Tristán. Era la voz más heroica de toda la composición, la que reunía los tonos más agudos, más sublimes… la que daba, según él, el sentido más coherente y superior a toda la historia… Brunilda, la que sufre por los seres queridos y la que siente la impotencia y la que conoce el atavismo trágico de los hechos...

Mateo venía por segunda vez. La primera cita transcurrió tomando sus datos, anotando sus síntomas, realizando algunos test elementales, para descartar patologías extrañas y para roturar un mapa aproximativo de su perfil. También se inició una primera charla de conocimiento mutuo. El doctor le había dicho en pocas palabras lo que opinaba del problema: «que era un proceso natural de la edad, que, por supuesto, podía enquistarse y que era mejor prestarle la atención debida… pero que no había que hacer una tragedia de lo que era un simple "paso dramático"». Le explicó lo que esto significaba, dándole una pequeña clase de literatura. El chico quedó agradecido al ser elevado a la importancia de un autor dramático, aunque fuera de escala secundaria... así fue como lo entendió.

—¿Qué tal te ha ido, en estas dos semanas, Mateo?

—Las vacaciones son un tedio total. Todos mis amigos están fuera. Mis padres me han castigado sin vacaciones. Laura, mi mejor amiga, casi mi novia, empieza a mirar a otro… Estoy fenomenalmente, ¿se puede estar mejor?

—La verdad es que te veo muy bien. El sentido del humor, la ironía y el sarcasmo son indicios de saber dónde se pisa… Así que no es fácil caerse.

—Pues yo me he caído y me cuesta levantarme.

—¿Cómo que te cuesta levantarte?, ¿no querrás aburrirte con una vida fácil?

Hubo un momento de tránsito, mientras se procedía a los saludos y a encender el diálogo, coincidiendo con el cierre gradual de la pieza musical en los últimos compases de la escena, con un sistema de apagado en el que el volumen iba gradualmente desapareciendo para no interrumpirlo abruptamente. La sala quedó en silencio. Y el silencio suele producir algún tipo de vértigo, él lo sabía.

—Bien, empecemos por el principio —El doctor revisó el cumplimiento de los ejercicios que le había señalado el día precedente durante un par de minutos, mediante una exploración rápida, con respuestas de simple asentimiento o negación. Después le invitó a que hablara, sin interrupción; debía contarle qué había sucedido desde la última vez que se vieron. Durante diez minutos el chico ensartó muy bien la historia de sus desventuras... y cuando empezaba ya a reiterarse, el doctor intervino—: Sigues odiando a tus padres, ya veo. Pero lo que quiero saber exactamente es si ha ido a más, a menos o si se ha detenido.

—Ha crecido, los aborrezco más cada día... no los aguanto. Me gustaría independizarme ya. ¡Perderlos de vista!

—Eso a tu edad ya sería posible, lo sabes. Pero debes firmar la emancipación económica. Y eso supondría que tendrías que mantenerte a ti mismo. Las becas de estudio te darían amparo, pero al menos el 25 % de tus necesidades deberías conseguirlas con tu trabajo productivo. ¿Es eso lo que quieres?

—Lo que quiero es vivir tranquilo.

—Como todo el mundo. A nadie le gusta que le empujen, que le atosiguen, que le dirijan en exceso, que le corten sus alas de volar... Es un indicio de salud que quieras eso. No sé de qué voy a tratarte —y sonrió con tono irónico, mientras se aseguraba de que Mateo captaba bien el planteamiento. Viendo que así era, prosiguió—. Ese odio que te ha nacido no puede desaparecer de la noche a la mañana, ni yo puedo con una varita mágica convertirlo en indiferencia o en amor. Eso es lo primero que tienes que saber. Es como un grano que hubiera salido, necesita desaparecer mediante un proceso de maduración.

—¿Y no puede extirparse?

—Pero es que ese grano eres tú mismo, no puedo extirparte sin matarte o destruirte parcialmente. La metáfora funciona hasta donde funciona, nada más. Son realidades que hay que captar directamente. O se ven o no se ven. No valen microscopios, telescopios, gafas, ni lupas...

—Sí, ya entiendo. Soy un grano que le ha salido al mundo.

—Eso es, eres un adolescente que quiere saber quién es.

—¿Y quién soy?, ¿cómo puedo saber quién soy? Y ¿por qué odio a mis padres? La verdad, me gustaría no odiarlos, pero los odio. Desearía que nunca hubieran nacido.

—La única forma de saber quién eres es indirecta y no tiene respuesta inmediata.

—Indirecta, ¿eh?, ¿cómo es eso?

—¿Quién quieres llegar a ser? Si empiezas a responder a eso, podrás ir desvelando quién eres...

—¿No me está usted haciendo trampas?

—Júzgalo tú mismo.

Transcurrieron unos segundos en silencio, sin que Mateo viera dónde podía agarrarse en el discurso. Qué tenía que juzgar él mismo, ¡quería respuestas, no preguntas! Ya tenía demasiadas dudas para que la terapia consistiera en sembrarle nuevas dudas. Edmundus prosiguió, después de observarle y de ver que no insistía en la idea de las trampas.

—¿Crees que tu odio es malo o bueno?

—Siempre me han dicho que el odio es malo.

—Pero ¿crees que tu odio es malo o bueno?, ¿cómo lo sientes tú?

—Lo siento como bueno y también como malo.

—¿Ves?, ya vamos viendo un poco más claro.

—¿Usted cree?

—Totalmente. ¿No crees que tu odio actúe como un mecanismo de defensa?

—Sí, sí, como un mecanismo de defensa, ¿cómo lo sabe?

—Entonces tu odio es bueno. —Transcurrieron unos segundos, necesarios para dar importancia a aquella gran conclusión—. ¿Y no crees que te está haciendo daño, que te impide desarrollar facetas positivas que han quedado destruidas?

—Por supuesto que me está haciendo daño, por eso estoy aquí. No puedo soportarlo más.

—Entonces tu odio es también malo. Tu odio es bueno y es malo a la vez. Ese es el gran dilema que tenemos.

—No me dirá ahora que debo madurar, que debo esperar, que es cuestión de tiempo…

—¡Has ido a alguna otra consulta!

—Sí, ¿cómo lo sabe?

—Entonces me mentiste. En el cuestionario del primer día, ¿recuerdas?

—Creí que no tenía importancia, que era mejor así…

—¿Crees ahora que haberme mentido es bueno?

—No me parece tan grave…

—Pero ¿crees que ha sido bueno o no?

—No ha sido bueno, en realidad… no había necesidad. Quería evitar rodeos.

—¿Pero el rodeo era mío o tuyo?

—Bueno, me equivoqué. Actué a la ligera.

—Eso es lo que importa.

—¿El qué?

—Que llegues a catalogar tú mismo lo que has hecho. Cometer una ligereza, me parece un diagnóstico muy ajustado.

—¿Y por qué es tan importante eso?

—Porque significa que eres capaz de mirarte a ti mismo al espejo, con distancia, como si fueras otra persona, y es así como empieza uno a conocerse a sí mismo. No engañándose. ¿Crees que es fácil engañarse a sí mismo?

—Totalmente.

—Pues eso. Estamos de acuerdo. —Transcurrieron los segundos de cambio de acto y el doctor prosiguió, y lo hizo volviendo a un tono irónico—. Bueno, ya sé lo que voy a recetarte. Que vayas limpiando tu odio malo cada día y que dejes actuar tranquilo al odio bueno…

—Sí, pero cómo hago eso. ¿No se estará riendo de mí?

—Sí, me río de ti. Pero cariñosamente.

—Ya, cariñosamente. ¿Y de qué me sirve? —Transcurrieron más momentos de silencio. A Mateo empezaba a darle la sensación de que el doctor no tenía mucha intención de tratarle en serio, de que no debía parecerle grave lo que tenía… Por eso añadió—: ¿Lo que me pasa tiene algún nombre o no?, ¿tiene cura o no?, supongo que no es grave, pero ¿puede agravarse?, ¿cuánto? Si no va a curarme, acláreme por lo menos lo que usted sabe y yo no sé… para que la visita no sea inútil del todo…

—Mateo, ya has empezado a curarte. Pero tú no puedes saberlo. Fíate de mí. Lo que hay que hacer es que el proceso se acelere y sea irreversible.

—¿Y cómo hacemos eso?

—Es importante determinar si tus padres son culpables o no. Tú, ¿qué crees?

—Totalmente culpables, yo no soy un niñato… mimoso… mal educado… quejica…

—Por los datos que me has suministrado en los cuestionarios, puede decirse que sí, que son culpables… Ahora, trata de poner nombre a su culpabilidad…

—No se es padre ni madre para pasar de tu hijo como de la mierda… Lo único que saben es castigarme, cuando algo de mí les importuna. No hablan conmigo y nunca lo han hecho. Jamás han jugado en la infancia conmigo. Siempre me han llevado a campamentos mientras ellos disfrutaban de vacaciones sin el lastre de su hijo… Me alimentan, me vigilan a distancia y me ponen y me quitan castigos… Todo eso podría aguantarlo… tener unos padres grises… pero lo que no puedo aguantar es que me den mal ejemplo, en mi propia cara.

Empiezan a beber a primeras horas de la tarde, en la cena ya ni pueden hablar normal. Los fines de semana y las vacaciones... ¡es mucho peor! Todo empieza por las mañanas. ¿Es que tengo que seguir el criterio de dos alcohólicos?

—Tus padres son, según esa versión, ¡culpables! Ahora, concéntrate. ¿Es culpa tuya que beban en exceso?

—No, ni hablar, yo siempre me he portado muy bien... no les he dado disgustos...

—¿Puedes, desde tu posición, hacer algo por ayudarles?

—¿Yo?, ¿ayudarles yo a ellos? Yo no soy el padre, soy el hijo.

—Pero podrías o no ayudarles en algo.

—Podría, pero muy poco, poquísimo, prácticamente nada.

—Pues es eso lo que te va a curar, irreversiblemente: lo que puedas hacer por ayudarles... ¿Sabes que un porcentaje altísimo de hijos de bebedores recaen ellos también en el mismo vicio?

—¿Quiere decir que yo también voy a volverme como ellos? ¡Ni de coña! Antes me muero —dijo con juvenil arrogancia.

—Dentro de unos años, si no curas bien esto... habrás, no obstante, pasado página... Y algún día tendrás alguna crisis de adulto que superar... Y, entonces, sin que tú lo relaciones, empezarás a beber, como tus padres, y te parecerá que lo que tú haces es distinto, pero te convertirás en un alcohólico como ellos.

—Me da asco solo pensarlo.

—Tus padres son culpables. Tú eres inocente, de momento. Pero te has contagiado de un afecto negativo, que te acabará haciendo mucho daño. Así que debes convertir ese afecto negativo en uno positivo. ¿Sabes por qué tus padres beben?

—Creo que su vida está vacía. Es su forma de llenarla.

—¿Tienen ellos la culpa de que su vida esté vacía?

—Supongo que no toda la culpa.

—Eso ya nos da un margen para la compasión.

—¿Podrías decirles que quiero verlos?, en mi consulta.

—Sí, claro, pero no van a querer venir. No quieren curarse. Ya me lo han dicho muchas veces. Ellos creen que su opción no es tan mala… que no hacen daño a nadie… que ojalá que todo el mundo fuera como ellos, ciudadanos trabajadores y pacíficos.

—Tú, diles que tengo que verlos, que es por ti. Vendrán, por curiosidad, pero vendrán.

—De acuerdo.

—¿Crees que odias a tus padres o a los alcohólicos en que se han convertido?

—Odio a los alcohólicos, lo que son ellos…

—Pues eso también es importante distinguirlo.

—¿De qué me sirve?

—Te sirve porque de ese modo puedes no odiar a tus padres cuando van a trabajar sobrios, y no odiar a los padres que fueron en el pasado antes de empezar con su hábito… y estar dispuesto a no odiarlos si en el futuro se curaran… Si divides y separas tus odios y si comprendes los procesos por los que se generan… puedes llegar a sustituir ese afecto por una gran fortaleza para buscar cosas que den sentido a tu vida. ¿No crees que consiguiendo eso, tus padres se alegrarían?, ¡por ti! ¿Y que eso también es una forma de hacer algo por ellos?

—O sea, que tengo que curarme, curándome.

—Eso es. Lo has comprendido. Te veo dentro de dos semanas. No dejes de hacer los ejercicios que te señalo —mientras tanto, hacía el gesto del habitual teclear que mediaba entre el paciente y la receta clínica—. Espero la llamada de tus padres. *Bon courage*, Mateo.

—Perdone, doctor, qué era lo que escuchaba poco antes de entrar yo.

—Lo que escuchaba… ¿yo?

-Sí, la música.

—Ah, ya, sí. ¡Espera un momento! —Y poco después le entregaba una grabación de la ópera—. Esto es también lo que te receto hoy. Escúchala e investiga sobre ella. El próximo día me cuentas tus impresiones.

Con el fin de que el esquema mental del doctor no tuviera que dar saltos abruptos, la mañana iba a transcurrir con otras cuatro sesiones más, todas patologías similares. Siempre que podía, las disponía de esta manera. Las consultas evolucionaban sin sustos, como un río bien embocado en su lecho. Pero una enorme tormenta mediática se había desatado en las principales cadenas de todo el mundo. Especialistas, expertos, admiradores y detractores: el caso era hablar del filósofo. Era evidente que aumentaba mucho las audiencias.

53

El domingo 9 de agosto Yóbrek tramitó un código violeta para él, de absoluto secreto, con un único enlace exterior. Eligió a su amigo Tullio. Sería el único con quien el comandante mantendría contacto oficial. En realidad, también quería contar con la complicidad de su hermana, sabía que podía confiar en ella sin reservas. Pero esto solo lo sabrían ambos. Sería su plan B, si todo lo demás fallaba. Cogió un avión desde Roma, después de despedirse de Tullio y de haberle aclarado su misión en aquella maniobra, y desapareció del mapa. Aterrizó en Praga, eso pudo constatarse, pero a partir de allí se le perdió la pista.

Entre el 9 y el 16 de agosto, valiéndose de su código violeta, pudo llevar a cabo su plan en una clínica especializada, con absoluto secretismo. Fueron precisas tres operaciones y muchas horas de quirófano. En las largas horas inmovilizado, sedado, para aumentar el proceso de recuperación, se fue enterando confusamente de los atentados que siguieron al de Roma, contra el judaísmo, el islamismo y el hinduismo, los días 10, 12 y 15.

El domingo 16 de agosto, muy de madrugada, viajó hasta León, donde se citó con su hermana, en San Marcos, a las doce del mediodía. Ella tardó varios segundos en reconocer a su hermano y en darse cuenta de lo que estaba sucediendo. «Silvia, soy yo, ya sé que no puedes reconocerme», pero ella le reconoció por la voz y por los gestos, después de permanecer un rato atónita e incrédula. «¡Cómo había dado aquel paso, sin contar con ella! Se lo hubiera impedido, por eso actuaba con hechos consumados». Ahora ya era demasiado tarde. Lo mejor sería no añadir más obstáculos de los que ya había. «Haré todo lo que me pidas», aun cuando no estaba en absoluto de acuerdo con todo el riesgo que iba a correr... un riesgo que se esbozaba demasiado a la aventura, al azar. Apenas le mostró reticencias, «de qué podían servir ahora»; si hubiera estado en sus manos...

Le contó por alto los planes a su hermana; él mismo desconocía el detalle; lo iría trazando según se presentaran las circunstancias; era claramente una reacción a la desesperada. Lo crucial era dejar exactamente establecidas sus claves de contacto, previendo lo imprevisto. Le hizo prometer que hasta que no fuera necesario no le diría nada al abuelo; no por desconfianza, claro, sino porque el plan incluía que él no lo supiera. Se despidieron con un abrazo. Silvia sintió un respingo indescriptible al abrazar a aquel ser aborrecible que era ahora su hermano. John había permanecido discretamente a treinta metros de distancia, apostado en el puente viejo sobre las aguas del Bernesga; esas habían sido las indicaciones de su ama. Ahora, junto a ella, se encaminaban en el bólido rumbo a Astur, mientras aquel otro extraño personaje se había ya desvanecido. «John, ¿sabes con quién he estado hablando?». «Con un falso sosias de Adolph, amigo tuyo», respondió.

Después de despedirse de ella, Yóbrek llamó por teléfono. «Abuelo, voy a estar un tiempo muy ocupado, una misión especial... ya sabes, todo puro secretismo»; el viejo no quiso importunar y se limitó a decirle que se cuidara mucho y que esperaba verle cuanto antes. «Bueno, abuelo, te llamo para saludarte pero también para preguntarte algo: mañana es 17 de agosto, la quinta trompeta, ya sabes, cada 25 horas, ¿dónde has calculado que será el próximo atentado?». El filósofo le contó con detalle sus conjeturas pero no se atrevió a aseverar nada rotundamente. El nieto sacó sus conclusiones, las precisas.

Llegar a Bodhgaya, en la India, le llevaría algo más de un par de horas, con un vuelo autorizado de altura. Una vez allí, el ritmo no podría ya ser el mismo, había que guardar las apariencias. El abuelo se inclinaba claramente por el budismo, «el guión lo exigía», había dicho; los lugares elegidos hasta la fecha estaban todos ellos cargados del máximo simbolismo sagrado... había mencionado varios hitos budistas sagrados... había tantos y en tantos países... entre ellos el lugar donde el Buda había recibido la Iluminación.

Si el nieto de Delmundo tenía algún don, sin duda era la gran capacidad para seleccionar con acierto, siguiendo su olfato, en realidad siguiendo también un cálculo de probabilidades y de variables que era capaz de elaborar con inusitada rapidez. De todas las referencias que le dio el abuelo, aquella ciudad era la que reunía todas las condiciones requeridas, porque no había que despreciar que cuanto más originario era el símbolo tanto mayor poder simbólico tenía. Había tenido en cuenta que el lugar de nacimiento de Sidhartha Gautama no dejaba de pertenecer a una etapa suya más oscura. Así que, bien entrada ya la tarde (el cambio de horario no perdonaba) se encontraba inspeccionando, con discreción, el templo budista Mahabodhi en Bodhgaya. Efectivamente había trazas de algo inminente.

A las tres cuarenta y cinco de la madrugada del lunes 17 de agosto, Yóbrek seguía con tensión nerviosa el desarrollo de los acontecimientos. A las cuatro se oyó una gran explosión y una inmensa polvareda que provenía del templo del Iluminado. Desde el lugar donde estaba apostado, vigilante a aquella intempestiva hora, la prevista, «¿De qué servía conocer las claves del juego si no se podía interceptar?, aquello era un tobogán siniestro», pudo percatarse de la presencia de una arrogante figura, en nada parecido por su aspecto a Adolph pero que, ponía la mano en el fuego, quién sino él.

Además de a Adolph había observado a una cuadrilla de sosias, más o menos disfrazados cada uno a su manera, que estaban entonces especializados en la disposición exacta de los bólidos de fuga que el

Jefe utilizaba. Imposible seguirle a él directamente. Pero seguir a la cuadrilla, ya de retirada, era relativamente fácil. El cabecilla iba acompañado de un perro. El dóberman tenía unos tres años y estaba muy bien aleccionado. De Bárbara, ni el menor rastro por ahora. No era fácil que se hubiera desecho de ella ya, tratándose de la novia del nieto de Delmundo. Con toda seguridad querría utilizarla. Pero ¿dónde podía estar?, aquella guerra adolphiana tenía demasiadas sinuosidades.

Fue la primera misión que le encomendaba a Tullio. Debía enviarle un dóberman exactamente igual en cuestión de horas. Se desplazaría a recoger el perro a Varanasi, aquella bella y populosa ciudad a la vera del Ganges, para no levantar sospechas si se movía demasiado en Bodhgaya.

A partir del lunes por la tarde se dedicó intensivamente a amaestrar a su nuevo perro. No le había resultado demasiado difícil hacerse con trozos de ropa de los miembros de la cuadrilla. El animal debería reconocerles como amigos. El martes, Knochen, así se llamaba el can, estaba suficientemente entrenado para poder iniciar el plan.

Apresó a Stephen, el jefe de la cuadrilla, a través de una orden emitida a la UNWB y se deshizo de él en los calabozos policiales hasta nuevo aviso. Lo mismo hizo con su dóberman. Yóbrek pasó a ocupar el lugar de Stephen en la cuadrilla. Ya se había metido, como pretendía, en la boca del lobo. Los dos dóbermans eran como dos gotas de agua. Tullio había hecho un excelente trabajo. En principio, con el talante aspérrimo que mostraba Stephen —desconfiado, serio, distante y rígido—, el joven comandante no debería tener especiales problemas de interpretación. Había dedicado todo el tiempo libre, además de a amaestrar a Knochen, a imitar la voz de Stephen, y también sus gestos ante un espejo digital. Suerte que era un personaje en exceso hierático, y de pocas palabras. Las grabaciones de alta calidad a distancia, asequibles a la policía en sus últimas versiones tecnológicas, daban pie a infinidad de refinados ejercicios de imitación…

Las órdenes emitidas a la cuadrilla habían sido realizadas en la noche del lunes a través de los IC, a cada guerrillero. Bodhgaya había sido empapelada con la efigie de Edmundus y con la inscripción correspondiente: «Sidharta Gautama: "El remedio del sufrimiento es olvidarse de todo anhelo"» y a su lado, en contraste, otra inscripción: «Edmundus: "El primer escalón para sufrir menos: proponerse una meta, y mejor que sea feliz"». Los textos pecaban de intelectuales, pero de eso se trataba. Eran citas literales. En definitiva, examinado atentamente, entraban en franca contradicción. Pero el mensaje tenía que ver más bien con el icono. El texto llevaba una imagen de fondo que aclaraba por sí misma las frases: una cara desorbitada casi lasciva del doctor en cuya boca engullía al apacible Buda meditabundo y santo.

Stephen había desaparecido, pero ninguno de sus secuaces le echaba de menos. Los tres restantes hacían cada uno su trabajo; habían recibido el aviso de que su líder tenía una misión especial. De madrugada debían viajar a Qufu, en China, y estar allí listos a mediodía. A la espera de las consignas. Yóbrek, ahora nuevamente disfrazado, y acompañado siempre de su dóberman, conoció estos detalles en el IC de Stephen, que tuvo que mantener en vigilia hasta que Tullio pudiera cumplir el segundo encargo y se lo entregara en el pueblo natal de Confucio, a donde se dirigían. Necesitaba un dedo clónico de Stephen para poder acceder con comodidad a su IC, cerrándolo y abriéndolo. De lo contrario levantaría sospechas.

La primera orden que dio a su nueva cuadrilla, a través del IC, decía así: «En adelante, cada uno deberá convertirse en un personaje de ficción elegido libremente e imitarle. El fin: sembrar el caos entre los confederados. Son órdenes del Jefe Único. Firmado: Holmes».

Sobre uno de los envíos del Jefe Único, Yóbrek se atrevió a escribir esto: «Con su permiso, señor, he tomado una iniciativa. He ordenado a mis hombres que imiten cada uno a algún personaje de ficción. El fin: crear más confusión y caos. Propuesta: ¿sería útil su generalización? A sus órdenes siempre. Holmes», y a continuación se lo remitió.

Veinte minutos más tarde, recibía la respuesta, cuando estaban a punto de tomar tierra cerca de Qufu. «Quiero verle de inmediato. En Qufu, preséntese al teniente de guardia. Él le guiará hasta mí. El Jefe Único».

Había conseguido su objetivo mucho antes de lo que hubiera imaginado. Iba a estar cara a cara con Adolph. Pero se hallaba totalmente perdido, no conocía el entramado interior, «¿quién era el teniente de guardia y cómo encontrarlo?»; si comenzaba a mostrar torpeza de movimientos, sería un blanco fácil. «¡Watsones!, —les llamó, dirigiéndose a sus tres secuaces, en la misma cabina del mismo bólido. Ellos ya sabrían que se trataba del juego de las imitaciones, suponía...— aquí va una prueba de agudeza práctica: ¿cuál es el camino más rápido para entrevistarse con el teniente de guardia? Tenéis treinta segundos». Ellos se miraron extrañados, sonrieron después como buscando la sorna al asunto pero cuando oyeron «¡veinte segundos!» enmudecieron reconcentrados. «¿Y bien?». Fueron levantando la mano uno tras otro. Estaba claro que lo difícil no era entrevistarse con el teniente de guardia, eso era algo habitual, la pega estaba en que debía ser por el camino más rápido. Watson-P defendió que lo más rápido era pedirle entrevista con el IC. Watson-M estimó que más rápido aún era dirigirse directamente al cuartel general mientras se le pedía entrevista. Watson-H terció y propuso que todavía más rápido sería ser conducido por un PM al cuartel general, mientras se le pedía entrevista; bastaba con colocarse el pañuelo color azafrán al cuello.

Yóbrek dejó pasar algunos segundos... aquella voz que imitaba a la de Stephen pero que a su vez se diferenciaba de ella, porque presuntamente estaría él mismo imitando a su Holmes, le estaba dando buen resultado. Por si fuera poco, se permitía el lujo de ir extendiendo el repertorio de sus teatralizaciones. Sus secuaces empezaban a considerarle un líder más aventajado de lo que habían siempre supuesto. El dóberman ponía punto final a cualquier duda que pudiera surgir. «Bien, desde hoy mismo empezaré a puntuaros. Watson-H, ¡tienes un punto!» —le dijo mientras le miraba y mientras Watson-H se percataba de que tenía un nuevo nombre en el argot de su líder—. «El segundo punto será para el que mantenga el pañuelo azafrán impoluto». Los tres sacaron su pañuelo de una hendidura a la altura del corazón. Yóbrek imitó su gesto y extrajo el suyo propio, mientras comprobaba que él también lo tenía. Los tres pañuelos watsones estaban nuevos, sin utilizar, el suyo tenía alguna arruga. «Bien, hay empate. El punto, para nadie», se atrevió a chancear. El bólido acababa de tomar tierra. «En marcha, ya sabéis lo que tenéis que hacer», remató ahora circunspecto. Se dirigió a una amplia plaza muy transitada y se colocó el pañuelo azafrán en el cuello.

Media hora más tarde se encontraba en presencia de Adolph. La sala era amplia, vacía y sombría. Yóbrek, es decir Stephen, es decir Holmes, permanecía de pie a la espera. Nadie le vigilaba aparentemente, aunque bien sabía que más de un arma le apuntaba. Apareció a varios metros de distancia, al fondo, en medio de una neblina de penumbra, e hizo ver que ese trayecto no podía ser transgredido. Un juego de luces y sombras separaba dos escenarios: de una parte la aparición, de otro quien testificaba. Llevaba una careta muy bien ajustada al contorno de su faz. Vestía como si fuera un ángel bíblico, estrafalariamente, pero con tal aplomo que se convertía en majestuosidad.

—Holmes, ¿sabe en presencia de quién está?

—¡Es un honor!, —titubeó internamente buscando el tratamiento que le daría, pues aunque ya lo llevaba pensado, lo iba a decidir allí mismo; visto el escenario, era preciso cierta ostentación— ¡Es un honor, Gran Único Jefe!

—¿Qué le lleva a esa conclusión?

—Señor, no entiendo… —dijo con humildad, bajando el tono y cambiando el tratamiento.

—¿No es usted muy osado? ¿Cómo sabe que no soy su lugarteniente? ¿Cómo tengo que castigarle para corregir tal atrevimiento? —el Arcángel buscaba confundirlo y rebajar su inicial seguridad. Se había dirigido a él por IC, sin ser requerido. Era un atrevimiento, tenía que aclararse con este tipo.

—Señor, todo ha sido un error —titubeó imperceptiblemente y decidió huir hacia adelante— ¡merezco un castigo, estoy dispuesto a la autoinmolación!, Gran Único Jefe.

—¡Explíquese mejor!

—¡Ningún fuego se confunde con la luz del sol! —Yóbrek se arriesgaba por la pendiente de tentar la vanidad, con el peligro de su doble filo.

—Está bien, ¡no tengo tiempo que perder! ¿Qué idea suya es esa? —Adolph ya había dejado establecido con patencia suficiente que lo tenía a su merced.

—Es para confundir al enemigo. No dejan de observarnos. Si les entretenemos, los confundiremos.

—¿Qué le hace suponer que eso es preciso?

—Bueno, también es… hay otra razón.

—¿A qué espera? ¡Hable!

—También es por la moralización de la tropa… para reforzar su moral.

—¿La moral de la tropa? —Adolph empezaba a impacientarse y estaba presto a enfurecerse. Aquel sujeto empezaba a entrometerse.

—Cuando uní las dos ideas es cuando lo vi claro, señor.

—¿Qué vio claro?

—El ejército está muy bien adiestrado… no es eso, señor. Es… lo siento. Merezco un castigo. Por entrometerme. Es… es que no puedo dejar de pensar. Me pasa desde niño. Soy un ser despreciable. Quedo a su merced. ¿Puedo retirarme ya?

—¿Qué ha observado en la tropa?, ¡hable!

—He observado que tienen el mismo fanatismo que el primer día.

—¿Y eso es un problema?

—No, no, en absoluto.

—Empiezo a cansarme. ¡Explíquese bien!

—El fanatismo debería haber crecido, ¡señor!, como una hoguera.

—¿Le parece una hoguera pequeña?

—Es una hoguera enorme, señor. ¡Pero merecería crecer sobre sí misma! —enfatizó, mostrando convicción.

—Le ordeno que se explique de una vez —Adolph, aunque aquello le importunaba por no proceder de él mismo, no podía dejar de estar intrigado.

—Señor, la idea es muy simple. Me pareció buena… ahora ya no estoy seguro —el osado detective sabía que tenía que rebajar su arrogancia… el mero hecho de estar allí era tremendamente arriesgado…— Me explicaré: si cada soldado representa un papel, no solo confundiremos al enemigo, sino, lo más importante, todos y cada uno se sentirán más protagonistas… esto es lo que quiero decir con una mayor hoguera y con aumentar la moral. No se trata de corregir un defecto, sino de echar viento sobre el fuego.

A Adolph todo aquello, por alguna razón, empezaba a gustarle y a parecerle interesante. Un ángulo que él todavía no había tenido necesidad de considerar… pero las buenas ideas había que tomarlas de donde surgieran… El mérito era reconocerlas, él lo sabía bien. Toda su vida se había construido sobre ese presupuesto.

—¿Cree que es bueno que se sientan protagonistas?, ¿no basta con que se sientan ardientemente… obedientes?

—Mientras que el alimento semanal no falte, la fidelidad está asegurada —Yóbrek se refería abiertamente a la droga repartida todos los domingos. Con este tipo de valoraciones se situaba en una altura de igual a igual, por eso disimuladamente había que volver a una capa inferior, por una suave pendiente—. Pero si cada uno se llega a creer aún más importante para el objetivo final… eso, eso… ¡será una combinación mortal! Así lo pensé y no pude reprimirlo, pensando en la causa, ¡por la que espero poder dar la vida pronto! —Mientras hablaba, observaba que Adolph se iba relajando en su actitud visiblemente. Estar allí, tan cerca de él… era una ocasión que quizá no se presentaría dos veces… no podía dispararle, le habían desarmado al entrar, pero, se trataba de unos pocos metros… podía matarle con sus propias manos… estaba entrenado para esto. Luego ya se las arreglaría. Si él también tenía que morir, ¿no valía la pena?

—¡Una combinación mortal!, ¿sí? Pero hay un problema…

—No podía ser todo tan sencillo, señor. ¡Soy un cretino!

—Si se da una orden… y si no se tiene un poder estricto sobre esa orden… puede acabar siendo contraproducente, dejada al azar. ¿No cree? —con la interrogación levantó de tal modo la voz que se ponía de manifiesto su claro y disimulado oculto interés, eso pensaba el joven comandante.

—Lo siento, señor he sido un iluso —y advertía que Adolph se iba apropiando poco a poco de la idea; así que había que dejarle hacer a él. Mientras tanto no había cesado de meditar en su fuero interno, al estar considerando si no se estaría equivocando por postergar el ataque. Estaba seguro, y no era la primera vez que lo consideraba… Adolph tenía un dispositivo montado en caso de ser reducido o liquidado, no podía ser de otra manera. Y con seguridad debía tener carácter apocalíptico… mucho peor que lo que estaba ahora sucediendo… una vez todo perdido, la destrucción no tendría miramientos… ya no habría que doblegar a la opinión pública, se trataría pura y simplemente de venganza… Era preciso hacerse con los planes de toda la operación y con las órdenes secretas que tendría ya dispuestas, antes de atentar contra él o de hacerle prisionero. De otro modo, el riesgo era demasiado grande.

—A partir de ahora, estará, Holmes, muy ocupado. Le enviaré instrucciones escritas. Me informará a mí personalmente. Su IC actual no tendrá suficiente potencia —Al policía le sobrevino en ese momento un rociado de diminutas gotas de sudor por todo el cuerpo, algo parecido al vértigo y al pánico de ser descubierto. Si el cambio de IC iba a hacerse acto seguido, estaría perdido, ¿cómo disimular al no poder cerrar ni abrir su IC? La impostura sería imposible de tapar.

Adolph extrajo su carnet y estuvo consultando algún dato y después de algunos segundos prosiguió—: Bien, canadiense, Stephen Harber, alias Holmes. Me viene usted bien. Necesito algunos datos. Cúbrame la encuesta 310, ahora mismo, en caliente. Acabo de enviársela.

Yóbrek introdujo su mano en el bolsillo donde guardaba sus dos IC encastrados, el suyo y el de Stephen. El suyo lo distinguía por la marca que le había puesto... así que apartó el suyo y cogió el IC de Stephen, sacándolo del bolsillo con aplomo... A todas luces, aquello iba a durar un par de minutos, al menos, así que Adolph introdujo otro pequeño golpe de timón.

—Compruebe que le ha llegado. Envíemela dentro de media hora. Retírese.

Hizo un ademán de haberla recibido bien, mientras que iniciaba una especie de reverencia indefinida hacia su jefe, reculando hacia atrás, como un saludo que se juramentaba militarmente. No se había establecido ningún tipo de saludo oficial, que él supiera, así que esto debía de ser improvisado.

Adolph, con prisa visible, con gesto arrogante y de desprecio por el mundo, se llevó la mano derecha con la palma extendida a la altura de la cabeza y la llevó sobre su pecho, cerrándola en puño, con ademán fanático. En su retirada de gusano pusilánime (su valor propio) y altivo (la causa a la que servía), caminando hacia atrás, en un saludo difícil de describir, pasó a imitar al instante el saludo militar con el que su jefe definitivamente le despedía: levantó su mano derecha a la altura de su cara y cerró el puño sobre su corazón con expresión de poner toda su resolución y fuerza al servicio de la causa. El saludo hubiera debido iniciarlo él, pero entremezclado como estuvo con aquel avasallamiento en retirada que recordaba modales feudales, a Adolph no le desagradó ver también en el saludo una originalidad añadida que realzaba la trascendencia de su jefatura.

El arcángel San Miguel estaba acostumbrado a ver personajes atípicos. Este era uno, qué duda cabía. Por eso, le sacaría toda la sustancia hasta llegar a sus tuétanos.

54

El miércoles 19 de agosto, a las 7 de la mañana, el templo de Qufu, pueblo natal de Confucio, fue reducido a cenizas. Y Yóbrek cooperó a su destrucción. A la misma hora, las noticias internacionales hicieron saber al mundo que otro tanto había sucedido en templos de Taiwán, Seúl, Osaka, Xian y Ulán Bator. Era la sexta trompeta. Lo aterrador de las trompetas que siguieron a la primera de Roma era que seguían sonando, sin que nada pudiera pararlas, ni siquiera una policía internacional que contaba con medios sin límite. Sin embargo, todo debía desarrollarse conforme a la ley y a los derechos constitucionales de la Confederación de naciones. Algunas cabezas entre los dirigentes de *Balance* empezaban a caer cada día. Los nervios y las responsabilidades, las presiones externas y las disensiones internas iban ocasionando un goteo de bajas. La inestabilidad crecía. Y aunque no se consideraba oficialmente, ni siquiera como hipótesis improbable, que la Confederación pudiera entrar en crisis, el fragor de la amenaza iba creciendo en la opinión pública mundial desconcertada ante todo aquel enigma por resolver, un poco más con cada acontecimiento.

Las tropas del ejército adolphiano empezaron un nuevo movimiento táctico en la madrugada del jueves 20 de agosto. Hubo un despliegue desde distintas partes del planeta hacia otros veinte destinos diferentes, muy masivos, y hacia otros confusos itinerarios con dotaciones reducidas, mucho más discretas y más difíciles de reconocer. Entre ellas estarían los próximos objetivos militares, pero como de costumbre ¿cuáles serían? La cuadrilla de Holmes fue asignada a partir hacia Winnipeg, en Canadá.

El nieto de Delmundo vio con suficiente claridad que ese iba a ser el séptimo objetivo. Fueran cuales fuesen el resto de destinos, cuya estrategia global solo conocía el Único Jefe, no podía ser una mera estratagema: Winnipeg era la ciudad natal de Edmundus. Yóbrek sabía que en realidad había nacido en Park, un pueblo a varios Kilómetros del centro de esta famosa capital de Manitoba, asentado prácticamente en sus arrabales. Winnipeg era conocida en el mundo entero por ser la ciudad natal de Apoloniev Bergam, el más grande matemático del siglo XXII, que tenía su monumento frente al Ayuntamiento. La fama de esta ciudad aumentaba también a medida que crecía la de nuestro filósofo, porque en las enciclopedias se mencionaba como su lugar de nacimiento. Los bachilleres sabían que Apoloniev Bergam había resuelto el problema de los números antitransfinitos, base del cálculo de la nueva mecánica cuántica, gracias a la cual pudo establecerse la tabla transperiódica de las partículas subatómicas y superarse la paradoja de los quarks en la que el siglo XXI y parte del XXII se habían encontrado anclados.

El comandante estaba muy atareado, casi no le quedaba tiempo para ir matizando su plan de caballo de Troya. Ahora trabajaba para Adolph y cada vez le exigía y le exprimía más. Parecía como si estuviera poniendo a prueba sus capacidades. Se había iniciado entre ellos dos una relación de correos digitales sin interrupción. Un informe diario sobre el progreso de las incidencias de la nueva tarea dramatúrgica y de su control debía pasarle Holmes al Jefe Único. El arcángel de aquel ejército bíblico parecía divertirse mucho con estos datos: le requería a Stephen continuos detalles, que incluía nuevas exploraciones. El 20 % eran míticos deportistas actuales, otro 20 % eran estrellas del cine, hasta el 15 % habían tomado su alias de famosos asesinos y delincuentes de la actualidad conocidos de todos; otro 10 % lo habían extraído de personajes históricos famosos por su capacidad destructiva, Atila, Genghis Khan, Barba Azul, Hitler, Makila, Saleph y similares. Los lectores de cómic y de la nueva literatura de ciencia ficción también se dejaban agrupar. Otros porcentajes menores se identificaban con personajes de los relatos más intemporales, sin que faltaran los Aquiles, Ulises y Hércules, lo que demostraba que había capturas también entre una cierta capa culta de la sociedad. Algunos estaban clasificados en la categoría de raros. Los cincuenta personajes más repetidos congregaban a la mitad de las tropas. La imaginación conjunta del ejército terrorista se había dado a sí mismo este perfil: había muchas coincidencias y el elenco de dramatizaciones entraba prácticamente en estas pocas categorías, si se exceptuaba a los "raros". "Holmes" solo había uno, y Yóbrek estuvo a punto de clasificarlo entre los personajes raros, pero no quiso arriesgarse a ser descubierto por la sagacidad de Adolph; Conan Doyle apenas si era conocido en el siglo XXV, pero era fácilmente localizable.

Los disturbios procedentes de algunas teatralizaciones exageradas que empezaban a bullir por doquier, en todo el mundo (eso era uno de sus aspectos llamativos), estaban dando mucho que hacer a las policías locales y a la central de inteligencia de la UNWB. Pero las múltiples detenciones lo único que conseguían era embrollar el trabajo cotidiano de las comisarías. Tras de aquellas mascaradas lo que se veía era un cómico juego y tras de ello un estratégico plan terrorista, pero esto último era siempre difícil de establecer como dato fehaciente y directamente incriminatorio.

La cuadrilla de los watsones, a cuyo mando estaba Holmes, fue asignada a Park, una población a las afueras de Winnipeg. Park conservaba todavía su encanto rural.

El día y hora que había previsto para el atentado, según la cadencia pretérita, los pasó sumido en la nueva interpretación de datos que ahora tenía que coordinar, para mantener al día al Jefe Único. Sin embargo, nada sucedió el viernes 21 de agosto, como muchos esperaban. Tampoco en los dos días siguientes. Qué estaba pasando, ¿Cuáles eran los nuevos planes de Adolph?

El lunes 24 de agosto a los 0:53 minutos, todo empezó de nuevo. El edificio del Ayuntamiento de Winnipeg quedó hecho una nube de polvo. A las 1:00 le tocó al Royal Winnipeg Ballet. Cuando era la 1:07 el Edificio Administrativo de la Universidad de Manitoba quedó hecho escombros. A la 1:14, en medio del caos que vivía ya la ciudad, el Teatro Manitoba para Jóvenes se reunió con las cenizas. A estas alturas la regularidad con la que se sucedían las explosiones ya había sido descubierta. Adolph jugaba como quería con el número siete. A la 1:21 todo el mundo esperaba, y efectivamente, el Museo de los Niños de Manitoba dejó de existir. La sexta trompeta ¿dónde tronaría? Fue en el Museo de los Derechos Humanos, a la 1:28. Todos los edificios habían sido seleccionados por alguna razón que iba resultando evidente. Yóbrek, que seguía desde Park, impotente, toda la información que le llegaba, conocía cuál iba a ser la séptima y última trompeta. A él mismo se le había asignado coordinar la acción de diez cuadrillas que se aprestaban para a la 1:35 regar con una tintura roja la casa de campo donde había nacido Edmundus Delmundo. En la actualidad era una discreta biblioteca pública que el filósofo había donado a su ciudad natal.

55

En Astur eran las siete menos siete, cuando empezó toda esta danza macabra de explosiones sucesivas. A las 8:35, en tiempo real, el abuelo conocía por la llamada de Silvia y por las noticias que rápidamente se oían en múltiples cadenas que su casa natal se había librado del derrumbamiento pero, en cambio, había quedado señalada por una tintura de sangre, como una amenaza de muerte venidera. Pero lo que más le dolía no era un edificio más o menos en el mundo, sino todas las muertes inocentes, todo ese sufrimiento inútil, toda esa perversidad sin sentido, «¿sin sentido?», y también, «por qué no confesárselo a sí mismo, ver mi nombre enlodado con todos esos siniestros acontecimientos».

Yóbrek había recibido el domingo 23 de agosto uno de los múltiples mensajes que se cruzaba personalmente con Adolph que decía «He decidido cambiar el texto alusivo al Gran Cerdo. —Ese era el apelativo de Edmundus en ese momento— Quiero que coordine una recogida de propuestas. Las quiero para esta noche, antes de las once. Si hay demasiadas, seleccióneme cien y mándeme el resto aparte». El comandante de la UNWB, ahora totalmente absorto en coordinar trabajos del bando enemigo, se puso manos a la obra, para contentar a Adolph, costara lo que costara, e ir teniendo la posibilidad de acceder a sus datos más íntimos. Además, no dejaba de pensar en Bárbara,

«¿estaría... recluida... aterrorizada?». No quería ni pensarlo, pero en su fuero interno una voz le repetía: «¿la habrá violado?», e incluso: «¿cuántas veces, con qué frecuencia y con qué métodos la habrá vejado y ultrajado?». Era sabido, entre la soldadesca, que viajaba acompañado de una especie de cohorte con una especie de pequeño harén, siempre ilocalizable pero siempre disponible para saciar el hambre del Jefe Supremo. Poco más se sabía, pero eso no había podido ocultarse. Y todavía en una capa aún más desconcertante, en la que el enamorado no se atrevía a pensar, pero donde palpitaba ocultamente una inquietud: «¿sufrirá el síndrome de Estocolmo?», y se sentía muy mal, por llegar a tener todos estos furtivos volátiles vergonzosos pensamientos.

Se reunieron trescientos mensajes. Había muchos, claro estaba, que deseaban ascender. En tan poco tiempo, trescientos eran muchos. Lo que más le costó fue seleccionar los cien mejores, pues llegó a tomarse la selección en serio. La mayoría eran burdos, obscenos, bárbaros o simplemente estúpidos. Seleccionó veinte algo presentables e introdujo otros ochenta, los mejor redactados, o que tuvieran alguna afinidad con los textos de los atentados precedentes. Desconocía que el texto que Adolph había compuesto y que por alguna razón había desechado decía: «Los pecados de Edmundus se han amontonado hasta el cielo y Dios se ha acordado de sus iniquidades. Será castigado con tormentos y llantos». El abuelo, de haberlo sabido, enseguida hubiera caído en la cuenta de que se trataba de una cita del Apocalipsis, 18.

Poco antes de enviar la selección, a las 10.50, «me quedan diez minutos», ponderó por última vez la idea que le venía rondando. Él también había compuesto un texto, el suyo propio. En realidad había compuesto dos textos, pero solo uno le gustaba. Tenía que ganarse al máximo posible la confianza del Jefe, pero no dejaba de entrañar un riesgo elegir el texto potente: «En bien de la comunidad internacional y de los sagrados valores de todos, Edmundus debe morir. Matarlo es un deber de humanidad. La mano bienhechora pasará a la historia de los héroes. Nos dirigimos hacia un mundo mejor y hacia una paz duradera». Finalmente lo envió entre los cien mejores seleccionados. A Adolph no le costó elegir el mejor, y le complacía que fuera el de su último íntimo ayudante. Una llamada directa a la yihad, un sentido preciso dirigido a los fieles y en lenguaje inteligible. Algo que iban a entender muchos de sus secuaces como una orden directa. Pero también algo que iba a hacer dudar, aunque fuera infinitesimalmente, a los que estaban a favor del doctor. «No sería ningún desastre si con su muerte todo este aquelarre, toda esta pesadilla, se acabara», se dirían algunos solo ante su fuero interno y quizá a hurtadillas de sí mismos. La idea de perseguir «un mundo mejor y una paz duradera» le había gustado sobremanera a Adolph, porque sabía de antemano que muchos confundirían las palabras con el sentido de las cosas: «¿y si realmente el objetivo de estos aparentes criminales fuera esa paz perpetua de la que hablan?», se preguntarían los más tibios. «¿Y si todo esto iba a estar encaminado a la desaparición de esos dos antagonismos, y, por ello, iba a ser verdad que finalmente podría volverse al orden y a saber que las demoliciones terroristas ya no tendrían sentido a partir de ese momento?», se dirían los más conspicuos. A Adolph, definitivamente, le gustaba. El único inconveniente que le veía era que alguien consiguiera, en efecto, adelantársele y le desbaratara sus planes, porque estaba reservada a él mismo la suerte de liquidar directamente al gran hombre. Pero había llegado a la convicción de que nadie llegaría a conseguirlo, teniendo en cuenta los medios con los que contaba la policía de *Balance* y lo protegido que estaba el filósofo. Entretanto, se armaría ruido, bulla y desorden. Y lo mejor: se alejaría la atención de la verdadera trama exitosa.

Yóbrek se había decidido a enviar aquel mensaje, después de quedar él mismo convencido de que solo Adolph estaba capacitado para atentar contra su abuelo, y que el resto de amenazas serían no más que intentonas que podrían ir sembrando, quién sabe, señales que quizá acabarían haciendo carambolas a favor de *Balance*. Esperaba que esto le abriera alguna posibilidad de futuro para entrar en el *sancta sanctorum* de aquel loco genocida asesino.

La ciudad de Winnipeg y el pueblo de Park quedaron sembrados con aquel mensaje. En realidad, Adolph había introducido una pequeña firma personal, en el mensaje, haciéndolo así suyo: «En bien de la comunidad internacional y de los sagrados valores de todos, Edmundus, el Purpurado, debe morir. Matarlo es un deber de humanidad. La mano bienhechora pasará a la historia de los héroes. Nos dirigimos hacia un mundo mejor y hacia una paz duradera». ¿Qué significaba eso del Purpurado?: ¿revestido de falsa dignidad religiosa, cubierto de quimérico honor, cubierto de sangre? Qué más daba lo que podía significar exactamente, «introducía un elemento misterioso y sacro», eso era lo que le había complacido al Arcángel.

La imagen del fondo que servía de soporte al texto, esa, la había elegido exclusivamente Adolph: un sátiro con la cabeza de Delmundo, desnudo y con sus vergüenzas rijosas al aire, de semblante lascivo y en una lúbrica postura corporal. Se mezclaban sentidos heterogéneos, entre la imagen y el texto, pero en su conjunto estos filos penetraban en lugares verdaderamente pérfidos en la mayor parte del común de los mortales: el sacrifico, el heroísmo y la lujuria sazonados con la promesa de paz.

Aquel miliciano acompañado siempre de su dóberman empezó a ser conocido por la soldadesca del ejército adolphiano. Se le tenía por uno de los favoritos del Único. Empezaba él mismo a inspirar temor también, por su porte y por la leyenda que empezaba a correrse, pero también por sus continuas atrevidas operaciones y porque comenzaba a estar en la vida de todos, a través de aquellos cuestionarios que había que reenviar todos los días.

Mientras Holmes y el resto trasladaban su destino siguiendo las nuevas órdenes, aprestándose para la siguiente batalla, en los medios de información mundiales se había impuesto aquellos días la interpretación de uno de los matemáticos invitados a las tertulias que seguían millones de telespectadores. Según este profesor de la

Universidad de Buenos Aires, el cálculo seguido para la realización del atentado se había basado esta vez inicialmente en minutos: 7 elevado a 7, arrojaba 823543 minutos, que eran 13725,71667 horas, que suponían a su vez 571,9048613 días. Esta cifra, dividida sucesivamente tres veces por siete, iba arrojando las cantidades de 81,70069447, 11,67152778 y 1,667361112 días. Este era el número mágico con el que había pasado a operar el Terrorista. A la vista estaba que luego lo que hacía era multiplicar esta cifra por el número π (3,1416), lo que arrojaba el total definitivo de 5,238181668 días de distancia entre la sexta trompeta y la séptima. Los hechos encajaban bien con estos cálculos. El redondeo preciso pertenecía a la voluntad del Terrorista. A partir de esta fórmula, [(7x7x7x7x7x7x7) / 7/ 7/ 7] x π, algunos historiadores expertos en cabalística y también algunos santones actuales que conservaban fresca la gimnasia de la magia numérica, y que gracias a su extraño saber estaban revalorizando exponencialmente la importancia de su dignidad social, daban cumplida explicación del significado de siete (voluntad divina), de siete elevado a siete (fin del mundo o fin de una era), de la división tres veces por siete (intervenido por la voluntad del Padre, del Hijo y del Espíritu Santo), y de la multiplicación por el número π (número sagrado y oculto del mundo, representado por una circunferencia). Estas no eran, por supuesto, las únicas interpretaciones fundamentadas.

Yóbrek suponía que Adolph jugaba con la magia de lo sagrado, de los números, de los símbolos arcaicos, de las fórmulas científicas y de la música; música que acompañaba a los comunicados oficiales enviados por Adolph y que llegaban a las principales redacciones del mundo.

Con qué facilidad podía uno dejarse enredar, reflexionaba el comandante, en procesos que eran totalmente independientes: las matemáticas, la magia y el terrorismo.

El comandante infiltrado pensaba que claramente se entraba ya en el territorio de la locura colectiva disparatada cuando se trataba de seguir las elucubraciones elaboradas hasta el infinito de los expertos sobre los 5 días y 5 horas, es decir 10, el número mágico de los pitagóricos, o de 43 minutos, 4 más 3, es decir 7, el Número por antonomasia. Los análisis se volvían esperpénticos, a su juicio, pero tenían muchos seguidores y adeptos cuando se demostraba que 5 más 5 más 7 (de sumar 4 más 3) daba 17, es decir, el séptimo de los números primos (que eran: 2, 3, 5, 7, 11, 13 y 17). Para quedarse sobrecogido y pasmado con toda aquella precisión. Precisión inagotable porque los números escondían el secreto de otros números en detalles llevados al infinito, como podía demostrarse al comprobar que $5 + 5 + 43 = 53$, tras el 19, 23, 29, 31, 37, 41, 43 y 47, era la cifra del decimosexto número primo, cuya suma de dígitos independientes, de 16 (1+6), volvía de nuevo al 7. Adolph dedicaba con gusto buena parte de sus asuetos a seguir estos devaneos televisivos, que le parecían sencillamente sublimes, porque adivinaban entre caminos tortuosos sus verdaderos designios. El mundo empezaba a funcionar como él quería.

56

Era domingo, un 23 de agosto caluroso. Edmundus quería estar solo, y descansar. Pensar y descansar.

«Primero el día ocho, luego el diez y después… fue relativamente fácil ver la secuencia… siete por siete, cada cuarenta y nueve horas. Seis cadenas de atentados abominables, sin nombre».

Miraba absorto a través del gran ventanal de su casa, miraba la zona verde que desde allí se divisaba, miraba sin ver, como descansando tanto pesar en un consuelo inocente y vegetal.

El anciano había vivido lo suficiente para ver demasiados horrores. Venganzas, chantajes, abusos de poder… convertidos en asesinatos, atentados despiadados y masacres. Pero lo que estaba sucediendo aquellos días de agosto, le estaba afectando en estratos muy sensibles... Tantas vidas humanas, tantos monumentos históricos y tantos símbolos seculares.

Y terminó por formularse en voz baja:

«Se pretende hacer daño no solo a los hombres, también a la humanidad. Destrucción excesiva, hiperbólica... cuyo fin es derribarme, ¿por qué no acaban directamente conmigo?... de hecho lo intentaron ya, ¿qué les ha hecho cambiar?

»Ya sé que no solamente quieren rematar mi vida... buscan acabar con mis ideas. Lo consiguen poco a poco, la cadena de atentados es casi una obra de arte. Pero dudo si habrán calculado bien... "mi obra" ya no es "mi" obra... ¡en esto somos muchos, innombrables ya!... más convencidos que yo mismo».

Prácticamente permanecía inmutable, solo concentrado, fija la mirada.

«Sin embargo parece que lo están logrando... La mente humana no puede profundizar continuamente, es preciso quedarse a veces en la superficie... y en la superficie, tienen razón... tengo demasiado poder, mucha influencia sobre centenares de miles de personas... a quienes no interesan mis ideas... sus negocios se ven perjudicados, así es. ¿Qué podría hacer yo? ¡Si fuera una solución el suicidio! ¡Salvar a muchos sacrificándose uno!».

Sabía que era una salida en falso, pero necesitaba profundizar en esa idea... «un suicidio solidario» —susurró para sí y aprovechó para variar levemente la postura—, «ahora solo pretendo pensar, explorar, abrir alguna luz».

Estaba solo en casa. Todo se hallaba en silencio.

«Ver tu nombre asociado a la destrucción de tanto inmenso valor, el Vaticano y todos sus tesoros viniéndose abajo... no quiero decir que sea por el nombre, por la fama... ni siquiera por la honra. No, no es eso. Es por una sensación más elemental, más básica... es el mero hecho de la contigüidad... de tener que ver con ello... de pertenecer al mismo orden de cosas...».

Solo una brisa se movía fuera, tras las vidrieras.

«Mi cara adoquinando todo Roma, y luego todas las pantallas del mundo. ¡Qué vergüenza! Una vergüenza ni personal ni íntima... no tengo nada de qué avergonzarme. Pero la vergüenza está ahí, en lo que sucede, en lo que se sugiere, en lo que se manipula, lo que se suscita, lo que se infiere esquivamente, lo que se trama malévolamente, lo que se silencia cómodamente… en el dar a entender, en el opinar fofo, en el descrédito instantáneo…».

Cambió la postura. Llevó la mano del mentón a sujetarse la cara, que inclinó levemente.

«Si hablo, casi todo lo que digo se interpreta indefinidamente… y se me hace decir y pensar lo que ni pienso ni digo… si callo, mi silencio es sospechoso, luego oscuro para muchos, más tarde, ladino para bastantes, y, finalmente, cómplice para algunos».

Llevó la mano de la cara a la boca, tapándosela.

«Y si solo hubiera sido contra Roma… el simbolismo de fondo hubiera podido quedar contenido, un contagio parcial… pero ahora el contagio es total… Seis terribles cadenas de atentados cada dos días y una hora… hubo alguna confusión para precisar esta regularidad, por el cambio horario de lugares tan alejados… pero Adolph lo maquinó matemáticamente, siempre tomó la hora del lugar del último atentado como punto de referencia para la siguiente… eso es todo. Y no quiero decir que el contagio se haya agravado en contacto con la sensibilidad religiosa, no es eso… la sociedad actual es agnóstica o escéptica, cuando no es atea, muy pocos defienden la espiritualidad religiosa, la creencia en un principio inteligente exterior, transcendente… son realmente una minoría, minoría lánguida, romántica… casi siempre ingenua, desinformada… son muy pocos, tan solo un puñado, los que creen con conocimiento de causa… y suelen ser místicos, y si no, son estetas que plantean un enfoque totalmente diferente de la religiosidad… No es por una oculta religiosidad por lo que todo esto avanza como un fuego devorador».

La tarde fue cayendo lentamente y el primer crepúsculo del día dejó un poco a oscuras aquella sala orientada hacia el oeste. Edmundus apenas se inmutó, permaneció sin encender lámpara alguna, no la necesitaba para reflexionar.

«He visto a Silvia muy agitada. Se ha enamorado de veras. Mañana volverá a hacerme una visita. Yóbrek anda tras los pasos de Adolph. No sé nada de él, no sé casi nada y su hermana poco más me ha dicho. ¿Por dónde iba? Sí, la fuerza ambigua de la religión». Acercó el vaso de agua a los labios y sorbió un trago; todavía estaba fresca. «El lugar donde crecía la religiosidad algunos lo han sustituido por otros valores, aunque la gran mayoría ha dejado ese territorio yermo... pero la tierra es difícil que sea totalmente estéril, casi siempre crece algo... y lo que ahí crece, lo he visto muchas veces, es la fantasía, la credulidad, el escepticismo irracional, el pábulo espontáneo, la superchería y la laminación de niveles... ya no hay diferencias, ni matices, ni estratos... todo se comprime con la fuerza del miedo o del odio o de la envidia o de la pereza».

Algo en el exterior sonaba.

«Sin embargo, el territorio de lo sagrado sigue en pie: las cosas antiguas, las valiosas o las que pertenecieron a nuestros ancestros. Hay historias y recuerdos que todos quieren siempre preservar. Y son estos símbolos los que han sido atacados».

Esbozó un gesto imperceptible de protesta.

«Cuando trato de explicarme... en las entrevistas, mis apreciaciones se malinterpretan, el concepto de sagrado se vuelve borroso... algunos vuelven a traducirlo directamente por "religioso", otros lo traducen por "mágico", otros por algo "metafísico"... y ya se ha liado... ya es imposible entenderse. Lo sagrado es previo a toda religión instituida, no sé por qué otros no lo ven igual de claro que yo...».

Tomó un sorbo de agua.

«Primero contra los católicos y luego contra los judíos. No contra ellos, sino contra sus símbolos, contra los herederos de sus símbolos. Después de Roma, Jerusalén y Nueva York. Pero cuando el miércoles 12 de agosto a las 23 horas saltó por los aires la Kaaba en la Meca y al mismo tiempo la gran mezquita de Teherán y la de Kabul, una gran masa de población extendida por todo el mundo se sintió agredida. Y mi efigie impostora alfombraba esos santos lugares».

Posó el vaso de agua.

«Si no era famoso suficientemente, ahora lo soy. Algunos darían casi la vida… por poder hinchar el ego sin medida… ¡Cuánto daría yo por ser completamente desconocido!, solamente para evitar estos desastres».

El nivel de glucosa le estaba bajando, llevaba horas sin comer. Empezaba a pensar flojamente. En ese preciso momento una voz por el interfono del IC, posado al lado, le saca de su abstracción «Ya llego, estoy entrando, hoy cenaremos juntos, ¿se ha ido ya Silvia?».

«Es Heloise. No puede evitarlo, su afán protector».

«No te preocupes, te dejaré continuar con tus cosas… no te molestaré… si quieres algo… Prepararé de comer». El viejo sabía que esta promesa duraría una hora, que después trataría de consolarlo. Pero antes empezaría hablando, casi seguro, de todo el dispositivo de seguridad que había visto desplegado… no podrá obviarlo. Las personas detallistas, al menos tienen que hacer un mínimo apunte, antes de asfixiarse en el silencio.

«Están consiguiendo su objetivo, me están destruyendo».

Y volvió a beber un sorbo de agua.

«Renunciaría a todo tan solo por no ver aquella carita aterrorizada, corriendo entre llamas, en Katmandú, una de las víctimas del atentado contra el templo hinduista del Nepal. Mientras que en Nueva Delhi, Calcuta y Bombay sucedía otro tanto, a una hora tan intempestiva, las tres de la madrugada del sábado 15 de agosto, cuando todos los niños duermen. Los llamados expertos elucubraron un día antes sobre a qué religión llegaría ahora el turno. Es curioso ver el poder teorizador de la mente humana. Barajar múltiples posibilidades abre la inteligencia, pero te aleja del descubrimiento certero de quien va a tiro fijo. Si para estas cosas valiera el instinto. Yo di mi opinión. En realidad acerté, aunque no sirvió de gran cosa. Todo quedaba muy indeterminado, inconcreto… cuatro lugares sagrados del hinduismo, vete tú a saber dónde exactamente. Siguiendo la lógica del poder simbólico que hay detrás de todo esto le llegaba la hora al hinduismo o al budismo. Pero Adolph carga aun más el sentido, juega también con el tiempo.

»El catolicismo fue la religión más poderosa y la primera en ser derribada simbólicamente, luego hubo que retroceder por esa vía en el tiempo, y ahí está el judaísmo. Después volver a avanzar por esa ruta, y le tocó al islamismo, la segunda religión más poderosa pero mucho más joven. Por tanto, ahora había que volver hacia atrás en el tiempo, en ese zigzag que está trazando. Por eso la lógica llevaba al hinduismo, religión tan ancestral como el judaísmo. ¿Pero cómo saber que esa era la única variable? De nada sirvió proteger el Taj Mahal, porque no hizo falta; allí no pasó nada. Qué alivio, algo es algo. La duda, en estos temas voluntariosos, siempre persiste… aunque se trate de una mente obsesiva. Después no tuve titubeo, pero no tenía modo de demostrarlo. Le tocaba al budismo. Por su poder simbólico, le tocaba, pero además, una afinidad similar a la que hay entre catolicismo y judaísmo se encuentra entre el hinduismo y el budismo: Jesucristo y Gautama Buda son una nueva rama de la antigua religión.

»¡Qué delirio!, ¡qué paradoja! Pasó a ser importante saber predecir. Se convirtió de algún modo en un juego de acierto y error. Como no hubo medios para frenarlo, todo el mundo trató de cubrir su crucigrama, ¿es que hubo alguien que no tuviera su propia teoría? Una verdadera investigación colectiva sobre la historia de las religiones, eso sí, fue para lo que sirvió. Adolph nos puso a todos a jugar a su juego. Lo están consiguiendo, lo están consiguiendo… El templo budista Mahabodhi en la India y otros cuatro más, en Bangkok, Kuala Lumpur, Hanoi y Yakarta se volvieron cenizas el lunes 17 de agosto a las cuatro horas de Katmandú. ¡Cuántas dimisiones se pidieron! "¡Tenía que haberse previsto! ¡Estaba tan claro!", gritaban muchos. Pero qué era lo que estaba claro. Todos los templos del mundo habían sido vigilados e inspeccionados. Adolph no iba a ser tan ingenuo. El método de la goma dos lo cambió por una sustancia líquida más moderna, muy fácil de filtrar en mil sitios, y muy difícil de localizar. Para el hinduismo y el budismo tenía reservado el líquido. La Kaaba musulmana, tan inaccesible, había sido muy fácil, fue cosa de ocho lunáticos suicidas. "¿Es que iba entonces a pasarse a algo gaseoso?", se preguntaban muchos».

Se abrió un nuevo abanico de posibilidades. Entraron en el juego Confucio, Lao Tsé, el sintoísmo y, se citaron tantos otros… aztecas, incas, mayas… Le tocó a Confucio. El miércoles 19 de agosto, después de elevarse levemente el sol, a las siete, el templo de Qufu, en China, en el pueblo natal del gran sabio, se localizaba una de las seis catástrofes. Las otras en templos confucianistas de Taiwán, Seúl, Osaka, Xian y Ulán Bator. Edmundus no podía sospechar que en este atentado había colaborado activamente su nieto Yóbrek.

«Queda la séptima, se supone que siempre hay siete trompetas. Pero la última no llegó el día esperado, en la madrugada del viernes del horario de China. El viernes transcurrió sumido en una morbosa espera mediática. Pero nada sucedió. ¿Qué pasaba?, ¿qué se proponía Adolph? El sábado, igual expectación, nada. El domingo, igual extrañeza, nada».

El doctor meditaba sobre todos estos eventos, recluido en su casa, sin apenas moverse, en aquel lánguido domingo de agosto. No esperaba nada bueno, pero lo último que se necesitaba era quedar vencido por el miedo o por la prevención excesiva.

«Cariño, vamos a cenar. Ya van a dar las once», oyó que le llamaban. Heloise había preparado una ensalada con patatas asadas, tomate, cebolla, aceitunas negras, aceite de oliva, nueces, pasas, trozos de queso, vinagre y miel; y huevos cocidos con espárragos.

—Yo no tomaré vino. Mi semana abstemia, ya sabes. Tómalo tú —le dijo a Heloise, mientras le daba las gracias con el gesto. Y volvió a llenarse el vaso de agua.

La cena transcurrió casi en silencio, no era posible entre ellos ningún tipo de tirantez… las miradas y una plácida expectación fueron llenando los huecos. La situación se rompió por donde tantas veces, con el humor, un humor ácido.

—Bueno, qué me dices ¿Qué se siente siendo tan importante?

Su mente reaccionó con dos respuestas totalmente contrarias. Por cuál empezar. Eligió seguir con el tono de humor.

—Me siento ingrávido, una gran masa inteligente que no pesa. Siento que mis miembros rodean todo lo que alcanza mi mirada y mi imaginación. Que soy enorme. Que estoy hecho de cristal irrompible transparente, y en su núcleo interior indestructible el diamante, el platino y el venusio forman una mezcla perfecta.

—Me tranquilizas… me pareció verte pesado de movimientos. Qué tonta, resulta que era la cámara lenta de una montaña…

El filósofo dio entonces su segunda versión. Pero forzó su imaginación para unirla a la primera.

—Sí, pero ahí dentro, en ese núcleo indestructible vive un gusano, el centro inteligente de esa enorme estructura. Ese gusano soy yo, Heloise, lo demás es el teatro del mundo, en lo que tiene de bueno y de malo.

Pasó un minuto en silencio. Y después recomenzó.

—Sé que soy muy importante, pero no me siento importante. Me siento importante, pero sé que en realidad no soy importante. Y siento ambas cosas sin la menor contradicción. Sencillamente faltan las palabras. ¿De lo que no se puede hablar, mejor es callarse? Tal vez, en algunos casos, no siempre. A veces hay que horadar los territorios de la incógnita conciencia. Forzarla a desplegarse.

—Ya sabes que me encanta oírte, es como una función de teatro para mí sola.

—Preferiría que tú también entraras en escena. ¿Tú, qué piensas?

—Que todo es muy confuso y muy claro. Que todo está revuelto, pero se ve lo suficiente…

—Lo mismo pienso yo. Hay muchos pliegues. Y pliegues de pliegues. Como todo lo que alcanza regiones profundas… es fractal.

—Sí, coges una idea y se te rompe en pedazos más pequeños, eso es…

—Y la única manera de no caer en un pozo sin fondo es salirse de los matices y volver al negocio de la vida: qué hacer.

—Entonces, ¿no sacas ninguna conclusión?

—¡Que han de ser eliminados, hasta el último resquicio posible, todos! ¿Te parece poca conclusión?

—¿Eliminados… todos…? Suena a una nueva guerra.

Hubo un silencio. Luego Heloise prosiguió:

—Sí, ¿y con qué armas? Las suyas ya las estamos viendo… Fuego, crímenes, humo, chantaje… Y las nuestras... ¿serán entelequias?

—¡Ojalá que mi muerte fuera la solución! Pero no lo es.

—¿Acaso has llegado a pensarlo alguna vez?

—Yo no lo he pensado nunca, pero he puesto a las ideas a pensarlo por mí…

—No estamos bromeando. Esto es serio. —Tras un momento de enfado cariñoso, Heloise volvió al asunto—. ¿Con qué armas vamos a luchar? ¿Esperando a que la fortaleza sea más duradera que el asedio?

—Pues, sí. Sin eso estamos perdidos. Pero no solo eso basta ahora.

—¿Entonces?

—Entonces hay que volver a la educación, a las mentes infantiles y juveniles, para que crezcan bien alimentadas. Hay que volver a la salud pública. A la búsqueda de sentidos. Hay que volver a las leyes y a los espacios de impunidad y estrechar el cerco al máximo. Hay que volver a insistir, no quedarse a medias, profundizar el proyecto, volverlo irreversible… por que sea tanto lo que haya que perder que se vuelva impensable para el conjunto retroceder…

—Entonces no hay guerra. Porque ¿qué guerra es esa?

—La guerra estará en llevar todo esto hasta el final. Caiga quien caiga. Primero detener a ese ejército. Detener y juzgar a Adolph. Detener a todos los mafiosos tras de él. Derribar el imperio económico que sustenta todo esto. Y a todos sus adláteres. Asfixiar los lugares donde todo esto se trafica... la Confederación ha sido extremadamente benévola con el régimen de fronteras... Y esa será una tarea ardua, donde habrá que aplicar duras leyes y donde habrá que truncar muchos negocios y muchas vidas... esa es la guerra que yo propongo.

—¿Y el gusano, donde dejas al gusano ahora?

—El gusano resultó ser un gusano de seda. Se encapsuló en infinidad de hilos. Las ideas que pudo tomar del ambiente y que pudieron nutrirle. Y el gusano se convirtió en mariposa. Y salió al exterior, rompió el irrompible núcleo, volando. Pero esa mariposa ya no soy yo. Lo que vuela son todas las ideas de las que me he nutrido. Ideas creadoras. Las que aguantan el paso del tiempo. Lo que vuela es un conjunto de voluntades que quieren lo mismo y lo quieren con fuerza, con lucidez y con afán de justicia.

—Bonitas palabras. A ver cómo se hace todo eso.

—Pues eso, a ver cómo se hace. De los pliegues a las urgencias...

—¡A la realidad! ¿Qué hora es?

—Las cuatro. Se ha hecho ya muy tarde.

Edmundus no quiso esa noche acostarse, se proponía pasarla en vela. Pero el cansancio les fue rindiendo a ambos. Necesitaba meditar y concentrarse en lo que estaba sucediendo, en todos esos desastres y en el sentido hacia donde apuntaban. Sentados uno al lado del otro, él y Heloise, se habían ido quedando dormidos, después de que él la abrazara y la allegara hacia su pecho para darse calor mutuo.

El lunes, ese fue el día, pilló al doctor en duermevela. ¿A qué se había debido este desplazamiento? ¿Una nueva fórmula introducida, para darle realce y llamar aún más la atención?

Sonó el teléfono. Era Silvia. «Abuelo, un comunicado. En tu pueblo, tu casa natal ha quedado cubierta de rojo, "bañada en sangre". Y seis explosiones en Winnipeg han arrasado...». Eran las 8:35 del lunes 24 de agosto. Ese lunes no tenía pacientes en la clínica, disfrutaba de una semana de vacaciones.

—¿Qué dice el comunicado? —mientras que seguía hablando, él mismo puso la televisión y corroboró lo que su nieta le decía. «Abuelo, voy para allá, quiero estar contigo. No creo que puedas trabajar con normalidad», añadió antes de colgar.

57

Las órdenes que llegaron a todos los IC de la soldadesca adolphiana eran muy claras: se concedían siete días de vacaciones. Las cuadrillas debían permanecer unidas y debían mantenerse alerta. El 1 de septiembre todos deberían hallarse en su emplazamiento correspondiente. Recibirían las coordenadas y nuevas órdenes. Solo una condición más: todos deberían seguir interpretando su personaje imaginario y enviar a diario el informe requerido. El único, así pues, que realmente no tendría vacaciones sería Holmes. Adolph aprovecharía, entretanto, para maquinar con finura su próximo trabajo, su fuente de satisfacciones continuas. Las vacaciones eran parte de su plan. Era tiempo de preparar al detalle el remate final.

Yóbrek no tuvo más remedio que contactar con Silvia. Procuraba mezclarla lo mínimo posible, pero no quiso arriesgarse con otras alternativas que había barajado. Debía asegurarse. Necesitaba un programa *ad hoc* que pudiera interpretar todos aquellos datos que venía acumulando. Desde su carnet personal contactó con su hermana: «Necesito un buen informático, el mejor, recuerdo que me habías dicho…». No dudó en ponerse en contacto con Rómulo, «el mejor informático del mundo». Desde Bombay, su exnovio se alegró mucho de que ella todavía le necesitara para algo. No había dejado de adorarla.

Holmes despachaba diariamente el conjunto de incidencias, ordenaba las respuestas a los cuestionarios, incentivaba con puntos y sancionaba las conductas relajadas de aquel gran teatro universal en que se había convertido el ejército adolphiano, y tenía informado escrupulosamente de todo ello al Único Jefe, pero no solo hacía eso, porque en cuanto podía le daba el relevo al policía que llevaba dentro, que iniciaba su propia tarea de búsqueda. ¿Qué buscaba?

Sirviéndose de programas especializados de la policía, ya había elaborado un mapamundi del emplazamiento de las tropas y ya había adivinado la lógica interna de la intendencia adolphiana: los corrimientos de zona y los desplazamientos de tropas. Dedicaba hasta el 50 % del personal a los atentados y el resto circulaba en lugares heteróclitos creando la máxima confusión. Le quedaban por concretar los próximos movimientos. Estaba claro que trataba de aniquilar al filósofo, pero en cuántas "trompetas" había pensado hasta llegar a él. Su hermana era un escalón —trataría de volver sobre ella, Adolph no es de los que renuncia— y con seguridad él mismo también lo sería, pero qué más.

Los tres primeros días de vacaciones le sirvieron para tener una idea del lugar de procedencia de aquella soldadesca. En su mayor parte, se habían dirigido a sus lugares de origen. Y en su mayor parte, la voluntad de cada cuadrilla quedaba determinada por la de su líder. Él mismo se había dirigido con sus tres watsones a Edmonton, en Alberta (Canadá), la localidad del verdadero Stephen. «Tenéis libertad para ir individualmente donde queráis», les había dicho, «Pero a una orden mía quiero veros en cuarenta y nueve minutos en el número 1 de la Jasper Avenue. Si os emborracháis no olvidéis llevaros el *aspid*. Si os convoco, necesitaréis tomarlo. No admito dilaciones», y redondeó esta última recomendación con un signo de rebañamiento de cuello y de un crujido gutural cacofónico: «krajj», mientras acariciaba la cabeza del dóberman, sentado siempre a su lado.

De los datos que estaba analizando, hubo uno que le llamó especialmente la atención. La ciudad de Alejandría aparecía por primera vez en el mapa de operaciones, sin historial pretérito. Eso no tenía nada de particular. Lo llamativo era que allí se habían dirigido diecisiete usuarios de IC de la red que él controlaba. Y lo curioso era que ese mismo día, ocho de esos diecisiete estaban siendo sustituidos por otros ocho diferentes. Se trataba, creía, del nuevo emplazamiento de Adolph. Debían ser los cuatro capitanes de su guardia personal, cada uno con su cuadrilla, y el propio Adolph que utilizaba un IC como si fuera un número más. Y cada tres días debía relevar a la mitad de la guardia, en un flujo constante.

«Alejandría, no era una mera coincidencia». Desde principios de agosto se había hecho público en los listados oficiales que Silvia defendería su tesis doctoral en la Universidad de Alejandría el martes 15 de septiembre de 2446. La medioceguera y su reciente enamoramiento la habían impulsado a abrir una nueva etapa. Para ello, debía cerrar la anterior, y se proponía hacerlo de inmediato, sin postergaciones ni dudas. Por eso aceleró los trámites. Finalmente obtuvo la fecha del 15 de septiembre. La tesis ya estaba terminada.

Así pues, Adolph pensaba aparecer en ese acto académico, de un modo u otro, y se proponía dejar su huella. ¡Qué duda cabía! Por eso era urgente ponerse manos a la obra con el programa informático que Rómulo le había enviado ese mismo día. «Lo que estoy haciendo puede costarme la carrera y hasta la vida», le había escrito Rómulo. «Lo que he hecho es absolutamente ilegal. Quiero que lo sepas. A Silvia no puedo negarle nada. Ella tampoco me lo pediría si no fuera absolutamente necesario. Ya sé que me has prometido su posterior legalización, a través del código violeta, pero eso está por ver. Me fío, puesto que tu hermana tiene fe ciega en ti. Pero no todo este embrollo dependerá solo de tu voluntad. Así que has de saber que este programa, si cae en malas manos, puede desestabilizar toda la red internacional, y aún no se ha introducido el programa antídoto, como puedes suponer. Deposito en tus manos mi cuello. Espero que te sea útil. Adiós».

Yóbrek necesitaba saber qué órdenes tenía establecidas Adolph en caso de que se atentara contra su vida. Durante tres días se aplicó a tratar de entrar en el sistema secreto de aquel psicópata terrorista. Sobrevolando e imitando los propios automatismos de su sistema operativo, el programa de Rómulo se clonaba en espejo con el de Adolph, pero solo durante los procesos automáticos. Extraía la información a jirones, en piezas que después había que recomponer. Este era el único modo de no ser detectado, con las alarmas actuales.

El comandante advirtió en el examen que iba recomponiendo que todos los soldados del ejército adolphiano estaban dotados de un explosivo peligrosísimo que debían utilizar a la señal convenida, bajo contraseña secreta establecida para cada uno. Stephen debía saber la suya, pero este dato nunca llegó a poseerlo. Envió a sus tres watsones el siguiente mensaje: «Órdenes. Quien haya olvidado su contraseña secreta debe comunicarlo. Se le entregará otra, después de pagar su multa. Posible simulacro inmediato». Recibió, casi de inmediato, tres respuestas: «Imposible. Yo no podría olvidarlo. ¡Listo para morir!». «Conozco mi contraseña mejor que mi propio nombre. ¡A la orden! Moriré por la causa». «El día que olvide mi contraseña, me suicidaré. Tengo preparada una verdadera sorpresa. Después moriré orgulloso por la causa». Aunque no hubiera visto el nombre del tercer watson, hubiera adivinado que se trataba de Watson-H, el más despejado de los tres y el más creativo. Asunto confirmado: había una contraseña secreta y comportaba la autoinmolación.

Los jirones de información los iba articulando Yóbrek como un puzzle. Aquel sistema era prometedor, pero muy lento. Le llevaría tiempo, con seguridad más de un mes. Y solo disponía de tres semanas. Tenía que idear algo. Arriesgar si fuera preciso.

La hipótesis más plausible que barajaba el comandante infiltrado —porque muchos datos le llevaban a esa conclusión— era que si Adolph caía, entonces se desencadenaría una orden de autoinmolación de todo su ejército, hombre a hombre. ¿Pero cuáles serían los objetivos?, ¿miles de objetivos dispersos, cada hombre un atentado, o cientos concentrados y más destructivos y espantosos? Y lo definitivamente importante: ¿cómo desarticular y redirigir estas órdenes?

La tecnología bélica había hecho tantos progresos que era fácil reducir a cenizas con poco esfuerzo edificios enteros. Aunque las innovaciones armamentísticas permanecían secretas durante un tiempo, en manos de los máximos responsables políticos, tarde o temprano se filtraban, se divulgaban y se usaban para fines privados o antisociales. Eso, sin tener en cuenta que existía una investigación paralela ilícita muy poderosa, en el *limes* de la Confederación. Las armas más destructivas eran inmensamente caras, pero su tráfico ilegal al menudeo era tremendamente rentable, así que había varios oligarcas muy enriquecidos gracias a este negocio y a este monopolio. Sus transacciones funcionaban en los márgenes de la Confederación, pero sus efectos penetraban como finísimas agujas en su interior.

El policía había llegado a la certeza de que Adolph renovaba a una hora del día determinada una señal especial, de contención, que de no ser generada provocaría la orden mortal de destrucción final. «Así pues, si le sucedía algo (muerte o detención), la orden se generaría ella sola», pensaba. No tenía sentido que lo hiciera más de una vez al día, ni tampoco era necesario agruparlo cada dos días o cada tres o más, porque suponía ampliaciones que arrastraban riesgos innecesarios. La señal diaria de contención debía darla a través de un temporizador, para que se ejecutara a una hora precisa, seguramente uno de los elementos determinantes para que la orden fuera válida. Había que suponer que para esta misión no utilizaría su IC habitual, sino una especie de "teléfono rojo" con conexión directa e independiente de cualquiera otra red.

Por tanto, todo el trabajo de rastreo le iba dando datos sobre los movimientos de Adolph, pero nunca le daría aquel elemento preciso que buscaba, porque era externo a la red que trataba de piratear. Un esfuerzo inútil, digno de un Sísifo. Yóbrek estaba atrapado en el centro de un laberinto de donde no iba a poder salir. Salvo que como Dédalo se fabricara unas alas de cera para volar, y procurara no derretirlas al sol, como hizo Ícaro, su hijo, que deseó volar demasiado alto.

Debía tenderle una trampa. ¿Era siquiera posible?

Holmes escribió en un anexo al informe diario que enviaba a Adolph lo siguiente: «Gran Jefe Único. La batalla final se ve próxima. El día del triunfo se acerca. Después de derrocar al gobierno confederado y de eliminar el proyecto del Gran Cerdo, ¿qué futuro se nos depara, a nosotros tus soldados? He descubierto esta inquietud entre las tropas. Tengo una idea, pero no puedo expresarla aquí. Siempre a sus órdenes». Este mensaje lo envió justo el mismo día en que estaban a punto de recibirse las instrucciones sobre el próximo objetivo.

La respuesta de Adolph no tardó en llegarle: «Mañana, en Alejandría, a las 12:00, le escucharé. Búsqueme como de costumbre».

De momento había conseguido ser asignado al mismo lugar donde iba a librarse la batalla principal. Lo más probable es que les hubiese sido asignado otro territorio. Era difícil repetir al lado del Jefe Único, casi imposible. Estaba claro, una de las debilidades de Adolph era que no se resistía a las intrigas. Además, no tenía nada que perder. Y estaba dispuesto a aprovechar todas las ideas que acrecentaran su poder.

Reunió a sus tres watsones, y junto con su dóberman, en la madrugada del 1 de septiembre se encontraban todos en la ciudad que había fundado aquel gran civilizador, Alejandro Magno, según les expuso poco antes de tomar tierra, con el fin de insuflarles nuevas y poderosas ideas imperiales.

A Yóbrek le pareció encontrarse en la misma gran sala que la vez anterior. Sin duda era otra distinta, aquello no podía ser trasladado como un mueble. Pero los efectos de sombras y luces, y las dimensiones, y el casi inexistente mobiliario, y los símbolos en las paredes y en el techo —efectos fáciles de reproducir a través del programa de proyección de decorados— eran los mismos. Por segunda vez iba a estar a unos metros de su objetivo. Pero apenas si había mejorado su situación. Seguía maniatado. En el breve minuto de espera, Holmes tuvo la osadía de fotografiar todos aquellos emblemas a modo de pendones colgando en los muros de un cuartel general. Lo hizo con el IC de policía en un modo imposible de detectar... como si simplemente estuviera consultando algún dato. Luego lo volvió a meter en su bolsillo especial de IC. En el cacheo recién pasado solo le retuvieron sus armas. Los dos IC, el de policía era extrafino, los podía acoplar de manera que parecieran uno solo. Con un leve desplazamiento en un ángulo determinado, ambos podían después ser separados.

De una zona oscura en la que no se penetraba con la vista, salió una voz:

—Tengo que felicitarle por el trabajo que ha desarrollado —pasaron unos segundos, sin que nadie dijera nada—. En su día será recompensado —volvió a transcurrir un tiempo de silencio—. A no ser que con otra de sus "ideas brillantes" acabe manchando su expediente. ¡Hable! —Lo primero que hizo Holmes, entonces, fue saludar militarmente dirigiéndose hacia aquella mancha oscura y hacia aquella voz.

—No busco recompensas. Solo servir a la causa. ¡Señor! —Como no encontrara réplica, prosiguió—: Los soldados están dispuestos para la muerte. Ese sería un brillante final. Pero, si el nuevo gobierno mundial quisiera rodearse de una guardia pretoriana de élite, ¿de dónde iba a sacarla mejor que de entre los que han sido ya probados para ello? Y habría que seleccionarlos de entre los mejores. Eso requeriría tener en cuenta las puntuaciones de su expediente pero además habría que hacer un simulacro, para asegurarse de que no hay ninguno que llegue a titubear. —Hizo un gesto paradójico, de titubeo, y de manera modosa, como para darle toda la veracidad posible, añadió—: Y si puedo decirlo así, señor, me preocupa también mi futuro, me gustaría seguir sirviéndole...

—¿Un simulacro? —Adolph suponía en qué sentido debía decirlo, pero debía ponerle a prueba en todos los detalles. Era curioso que este Holmes le estuviera sugiriendo lo que él ya había decidido: hacer una prueba general, con vistas a deshacerse de los débiles, de los lentos y de los irresolutos. De hecho, las vacaciones formaban parte de la prueba. Le estaba mostrando quiénes se extraviaban con facilidad.

—Sí, un simulacro que revele quiénes están dispuestos a llegar hasta el final.

—¡Explíquese!, ¿cómo saberlo si ha de ser un simulacro?

—Está la sorpresa señor. Todos tenemos una misión suicida pero antes contribuimos con una hazaña propia —había llegado a este conocimiento a través de la respuesta de Watson-H: «Tengo preparada una verdadera sorpresa. Después moriré orgulloso por la causa», había dicho. Con unas preguntas añadidas que le hizo a este respecto, acabó de redondear la idea—. ¡Se trataría de realizar un simulacro que consistiera en medir el tiempo de reacción de cada uno y en conocer los hechos que acaecerían, simulados! —dijo elevando el volumen de voz e imprimiendo resolución en la idea.

—¿Y?

—De este modo, pueden seleccionarse los hombres verdaderamente ocurrentes, valientes y animosos. Se sabrá por el proyecto que ellos mismos van a aportar y por la prontitud y exactitud que tomen en hacerlo —Para Adolph, todo esto venía a completar la prueba que él mismo estaba llevando a cabo, así que este Holmes mostraba nuevamente una sagacidad oportuna.

—¿Y la selección, cómo la haría, Holmes?

—Como el plan suicida ha de ser aplicado a partir de transcurridas veinticuatro horas exactas, para que todos puedan tomar sus posiciones geográficas —dato que también se lo había sonsacado a Watson-H, siempre dispuesto a sobresalir— se eliminaría a todos los que se distanciaran más de una hora…

—¿Sí?

— Y después se seleccionaría como pretorianos a los que hubieran ideado un atentado sorpresa sobresaliente.

—¿Eso es todo?

—Habrá quienes piensen en improvisarlo más o menos. Recuerde, señor, que después van a morir. Enseguida sabremos quién ha tenido que improvisar cualquier cosa. Esos no interesan: ¡demasiado flojos!

—Bien, dispóngalo todo. Me fío de usted. No me falle, Holmes, sería su última idea de gracia... ¡Ya sabe! —En este punto, Holmes debía asentir, saludar y retirarse.

—Hay algo más, señor. Debe fijarse la hora más conveniente. Y la misma hora general para todos, estén donde estén. De esta manera, podrán hacerse las mediciones.

—Dispóngase a trabajar. Será a las 0:00 horas, horario de Greenwich. Holmes saludó entonces con efusión militar y ya se retiraba, mientras que Yóbrek, oculto por ahora para Adolph, se alegraba de que todo le estuviera saliendo como lo había deseado, cuando oyó nuevamente la voz.

—Dígame Holmes, ¿por qué no quiso exponerme esto por escrito? ¿Qué necesidad había de una entrevista conmigo?

—¿Sabemos con seguridad que no somos interceptados a veces? Usted, señor, quizá pueda estar seguro, pero yo no. Y con este tipo de planes generales el riesgo ha de ser cero. ¿He hecho algo mal, señor?

—A Adolph empezaba a caerle simpático este chusco personaje. Pero no podía permitirse ese lujo, debía dudar de absolutamente todo el mundo, por sistema. Lo contrario es una debilidad, impropia de un verdadero Líder.

—Si ha hecho algo mal, lo sabré muy pronto. ¡Retírese de una vez!

A las 0:00 horas señaladas, Holmes tomaba todas sus mediciones de datos. En un minuto se devolvieron las respuestas «OK» del 95 %, el otro 5 % lo hizo en el minuto siguiente. Solo hubo dos casos que no respondieron. Se emitió una orden especial de eliminación de los dos "desertores". Una hora más tarde Holmes supo que sus cadáveres eran recogidos por la policía local. De momento, comprobaba que el entrenamiento del ejército era muy bueno. Un margen de error muy bajo. Lo mejor fue, para el comandante, que durante ese minuto de continua actividad pudo escanear al completo el entramado de datos de la base de Adolph. Y, efectivamente, allí no estaba la clave que buscaba. Pero sí el resto de los datos.

El policía de *Balance* volvió a contactar con Rómulo. Había conseguido su objetivo, y le daba infinitas gracias. Pero allí no había encontrado todas las respuestas. «Faltaba la clave para acceder a la estructura de la orden final, para poder después manipularla», le decía. «Ha de tenerla en otra fuente». Le explicaba después en qué se basaba y finalmente cerraba el mensaje con un «Estoy perdido, ¿qué me sugieres?».

Rómulo le respondió al cuarto de hora: «Necesitaría alguna foto o firma icono o imagen o símbolo personal del personaje que buscas. Y necesitaría saber tres coordenadas espacio-temporales exactas donde hubiera estado ese personaje».

Le envió rápidamente las coordenadas espaciales de Qufu, Winnipeg y Alejandría y las horas correspondientes. Le envió también las fotos de Adolph que tenía en los archivos.

Dos horas más tarde, Tullio respondía: «Estas fotos no me sirven. Intenta otra cosa y mándamelo. Sin ello, no tendremos nada».

Yóbrek buscó entre sus datos, en los ficheros, en todo lo que había procesado en las últimas semanas, revolvió todo repetidas veces, buscando a qué agarrarse. ¡Nada!

Probó con tres ideas más, pero al cabo de dos horas de intervalo con cada una de ellas recibía la misma respuesta de Rómulo: «No me vale». Transcurrió toda la noche en medio de estos vanos esfuerzos y estaba agotado. Y Rómulo debía también estar ya harto. ¿Qué derecho tenía a abusar de tanta generosidad? Empezó a pensar que quizá el plan debía consistir en una redada en Alejandría el día 15 y arriesgarse a la hecatombe final. Al menos ahora estaría minimizada, ya que tenía el mapa de los atentados previstos. Un segundo antes de desistir, mientras se preparaba un café bien cargado, tuvo una última ocurrencia y como una especie de presentimiento. «Es el cansancio y la borrachera mental del "ya está". Todo inútil, pero qué puedo perder, salvo que Rómulo me mande a la mierda». Recordó la foto que hizo de los emblemas de la "sala del trono" —nombre con el que mentalmente la había catalogado— y se la envió: «Rómulo, mi último intento. No se me ocurre nada más. He removido todo, ¡y nada! Gracias de todas formas por tu impagable esfuerzo. Te debo una. Adiós».

Pasaron las dos horas de rigor —Yóbrek supo después que se convertía el dato enviado en un guarismo digital único, una cifra kilométrica, en un proceso largo y delicado, y con esta especie de código de barras se escaneaba en los datos almacenados dentro de las tres zonas geográficas consabidas por si aparecía algún indicio de este "objeto", según le explicó Rómulo—. Holmes debía incorporarse a su actividad diaria, reunirse con sus hombres, y dedicar después unas ocho horas a estudiar y ordenar los datos que le llegaban de las distintas teatralizaciones. Además, debía enviarle pronto a Adolph el informe sobre las conclusiones de la selección de los pretorianos. Estaba saliendo de su habitación cuando recibió un mensaje de Rómulo: «Eureka», decía, y le enviaba un adjunto. El comandante no podía entretenerse más tiempo con este tema. Respondió rápidamente: «Gracias, Rómulo. Qué grande eres. Quizá estemos salvados, gracias a ti». Y se puso en camino. Tomó una pastilla, para poder mantenerse despejado durante toda la jornada.

¿Cuándo convenía informar de todo esto a Silvia?, ¿y al abuelo? Hasta ahora el viejo había permanecido al margen, porque era muy arriesgado entrar en un *tête-à-tête* con él y porque, además, pensando en su sufrimiento era mejor que tuviera conocimientos generales y no concretos. Sobre todo, sabiendo que todo pendía de un hilo tan fino. Ya llegaría la hora de ponerle al corriente, e, incluso, de pedirle ayuda. Tenía trece días para pensar cómo salvar a su hermana. De Bárbara no había descubierto todavía nada. «Supongo que ese miserable no se habrá atrevido a liquidarla». ¿Cómo recuperarla, sana y salva?

Se dirigió con sus tres watsones a la Universidad, después de que sobre un mapa virtual les explicó la estructura urbana, las vías principales, los lugares de interés, para sus planes, y las estrategias de fuga. Tenía órdenes ese día de estudiar bien la ciudad y de reconocer en los próximos días veinte emplazamientos, haciendo fotos y memorizando a la perfección esos lugares. Alejandría era una de las grandes megalópolis del planeta, con 32 millones de habitantes.

En la Universidad Mahfuz —el gran bioquímico del siglo pasado que nanotecnologizó todo el ADN—, Holmes, seguido a una prudencial distancia de dos metros de sus tres sumisos soldados, penetró en el Aula Magna, precedido de un conserje robot que le habían facilitado para que le condujera por aquellas dependencias. Yóbrek se había entrevistado minutos antes con el Rector, y se había presentado como un policía de incógnito que venía en misión de reconocimiento. «Es totalmente confidencial, dependo de su discreción, señor Rector». «Estoy con usted, por supuesto. No dude en pedirme lo que necesite», le dijo en confianza después de que le mostró las credenciales de policía y pudo cotejarlas en la base.

En el Aula Magna hizo profusión de fotos y de medidas, después de haber ordenado a sus tres watsones, dividiéndose el trabajo, que inspeccionaran al dedillo todo el contorno exterior del edificio. «Quiero un informe preciso», les había dicho. «Después, volvéis aquí, tenéis media hora».

Estudió con atención dónde iba a sentarse el tribunal, aquellos diez ilustres catedráticos, y dónde estaría sentada su hermana, dónde los invitados principales —el abuelo y los demás— y dónde elegiría situarse Adolph, que seguramente asistiría con alguno de sus disfraces. ¿Y cuándo decidiría actuar? La práctica totalidad de los psicópatas, siempre lo dejan para el final. En los últimos minutos desencadenaría su plan, mientras tanto se relamería en su función de *voyeur* privilegiado y todopoderoso. Adolph no iba a ser en esto una excepción, él no iba a renunciar a este inmenso placer, la delectación que les causa a estos maniáticos contemplar a su víctima indefensa durante un tiempo prolongado. Cuando llegaron sus tres fieles, puntualmente pasada media hora, él ya tenía todos los datos que quería. «Bien, ¿qué habéis visto?». Los miró uno a uno y adivinó por su semblante más o menos lo que iban a decirle. Solo Watson-H traía una verdadera noticia, que mantenía en secreto, sin compartir con sus compañeros. «Recibiré los informes individualmente», con esta orden procedió a hablar de uno en uno.

Watson-P llevaba un reportaje interesante, muy completo, de fotos. Se las copió. «Nada de particular», así lo suponía Holmes. «Habrá que fijarse bien, nunca se sabe», le explicó aquel chico malo que había crecido y que no había llegado a madurar del todo en edad mental.

Watson-M se había especializado en las entradas, puertas, ventanas bajas, huecos por donde acceder a pie. Llevaba un croquis acompañado de fotos. A todas luces, demostraban tener experiencia. Llevaban ya múltiples casos y Sthepen, sobre todo el Stephen original, les había adiestrado en todo esto bastante bien. «¿Algo de particular?». «Bueno, como ve, señor Holmes, es un edifico antiguo, de piedra, con muchas sorpresas». Watson-M estaba aprendiendo deprisa. «¿Y?». «Pues eso, que en total hay veinte entradas: seis puertas y catorce accesos posibles más». «¿Cuántas de esas entradas van directas hasta el Aula Magna?». «Creo que solo dos, señor Holmes», y señaló cuáles creía que eran en su croquis. Nunca le había oído decir tantas palabras seguidas. Sin duda, para cualquier ojo acostumbrado a los edificios habituales: acristalados, transparentes, funcionales, iluminados y extremamente racionales, la arquitectura antigua resultaba siempre barroca, oscura, sorpresiva y no se dejaba comprender al primer golpe de vista.

Le tocaba a Watson-H. Funcionaba entre ellos este orden. Al igual que las gallinas en el gallinero tienen una jerarquía de derecho al picoteo, estos hombres conocían bien su escalafón interno en el grupo. Watson-P imponía por su simplicidad, que se convertía en contundencia, y era el más veterano; con eso bastaba. Watson-M era extremadamente parco, no pretendía sobresalir y valoraba más que nada la independencia. Watson-H era el más novato, había venido a sustituir a un caído en combate. Era el más inteligente, pero eso aquí no contaba, en principio. Traía un informe muy elaborado de su investigación, según pudo adivinar Holmes por el lenguaje corporal. El edificio histórico de la Universidad se alzaba en el centro de una plaza ovalada. Estaba rodeado de jardines y arboledas. Se accedía a través de ocho calles, todas ellas grandes avenidas. Los accesos por robotaxis y metro eran abundantes. Las salidas aéreas funcionaban continuamente y como toda megalópolis disponía de un corredor de entradas y salidas de emergencia. «Es un buen informe. La zona queda inicialmente bien cuadriculada así, Anubis» le dijo llamándole por su nombre teatral. Él sonrió, normalmente no solía haber ningún tipo de confianzas, y en las horas de trabajo la personalidad imaginaria no debía sobresalir especialmente. Era para las horas de actividad libre y para la nómina de méritos extraordinarios. Anubis, la deidad perro que acompañaba siempre a la diosa Isis. ¿Quién sería para él la diosa Isis? Yóbrek suponía que debía de ser Adolph. Antes de ingresar en el ejército adolphiano, Watson-H elaboraba programas de viajes culturales, especializados en las civilizaciones antiguas, y en la cultura egipcia él era casi una autoridad. Su hobby había sido durante mucho tiempo aprender el lenguaje jeroglífico de los egipcios. Ahora ya dominaba aquella hermenéutica. En consonancia con esto, invertía gran parte de su tiempo libre en solucionar crucigramas especializados. Estaba federado y competía oficialmente. Había alcanzado ya la segunda división y sus resultados a final de temporada eran prometedores. Era un personaje peculiar. Raro, pero pacífico. ¿Qué hacía un sujeto así en este aberrante ejército? ¡La venganza!, una de las más arcaicas motivaciones etológicas. Natural de Kazajistán, había vivido desde los veinte años en El Cairo y había aspirado a un ascenso laboral, que fue a parar a otro. Este se había valido de las ideas de Anubis y con ellas había ladinamente destacado. Finalmente, le arrebató también a su novia, que le dejó por el triunfador. Eso era lo que cabía deducir del informe test de ingreso en aquel ejército. Seguramente, no pudo soportar más aquel ambiente de traición y abandonó su profesión. Lo que pensaba no estaba muy alejado de la verdad: en un ataque de despecho, golpeó a su nuevo jefe, al enterarse de que había obligado laboralmente a su novia a viajar con él y la había después acorralado hasta conseguirla. Un cancro de desprecio hundió raíces en sus entrañas contra la humanidad. Ebrio de venganza, se presentó a las pruebas de selección que corrían de boca en boca en ciertos lugares y las superó. Reunía las condiciones. Tenía la estatura, la edad y las habilidades requeridas. Y había asegurado tener las convicciones exigidas: «Decisión de limpiar el planeta de alimañas», era uno de los puntos cruciales que había motivado su selección. Quienes se alistaron en origen desconocían exactamente las actividades que iban a desarrollarse. El objetivo era genérico, y planteado en tono heroico: salvar la civilización, ordenar el planeta y asegurar la felicidad de todos. Se pagaba bien. Después vino el lavado de cerebro progresivo y las dosis de piropitrina. Ahora ya no podría salir, aunque quisiera.

—Hay algo más —dijo Anubis.

—¿Algo más? —inquirió con curiosidad Holmes.

—Sí, el subsuelo. Las rutas de metro activas pasan a 150 metros de la Universidad, pero hay otras clausuradas, antiguas, que conectan por respiraderos con estas, a tan solo 50 metros. Y estos respiraderos tienen salida a los patios interiores de la Universidad. Hay dos, al norte y al sur.

—¿Cómo ha tenido tiempo de indagar tanto, Anubis? —insistió con este apelativo, al observar que le agradaba.

—El subsuelo de Alejandría lo conozco hace tiempo. La inspección de hoy me ha hecho unir una y otro. Creí que podría interesarle.

—Es una investigación magnífica. Claro que me interesa —y permaneció unos segundos con el gesto suspendido— Lo malo es que los informes que tengo que dar de usted quizá le lleven a ascender y no me gustaría prescindir de su valiosa ayuda. En ese caso, me alegraría por usted… yo… —finalmente, para acabar de ganárselo, remató—: ¡Isis, una diosa egipcia!, ¿no es verdad? —Anubis asintió sorprendido— ¿Tiene algo que ver con usted?

—Sí, era el nombre de mi novia.

—¿Era?

—Era y es —dijo, convenciéndose a sí mismo.

—Dígame, ¿qué diámetro tienen esos respiraderos?

—Dos metros —respondió, aseverando el dato.

Yóbrek ya había empezado a hacer planes a este respecto. Con un gesto, confirmó lo interesante del dato y con el mismo gesto se despidió de Watson-H, dándole a entender que muy pronto le haría un encargo especial. Cuando ya se iba, le añadió.

—Todo esto, Anubis, queda entre usted y yo. Ya sabe. El secreto es nuestra arma más segura.

58

Bárbara se pasaba la mayor parte del tiempo durmiendo o adormecida. Una dosis narcoléptica diaria la mantenía así. Sabía que no estaba sola, que había otras como ella, pero nunca había podido contactarlas. Todo sucedía entre sombras, ecos confusos y ensueños.

Adolph era seguido siempre, cumpliendo sus órdenes, por un bólido con un harén de mujeres que era trasladado a una villa aislada y discreta, en alquiler. Casi todos los días el Jefe hacía una visita. Los guardianes rotaban en sus puestos en un escrupuloso turno diario. Ninguno de ellos repetía una sola vez. Solo el coordinador de la operación se involucraba una semana, y era sustituido a la siguiente por otro y así sucesivamente sin reincidencia posible. Recibían las consignas, cumplían y se reinsertaban en otros destinos.

Bárbara sí recordaba con total precisión una escena de intento de violación. No estaba segura de lo que había sucedido finalmente. Se dejó hacer durante unos minutos hasta que pudo coger desprevenido a aquel odioso sujeto. Le asestó, con todas las fuerzas que pudo reunir, un golpe en los genitales y le puso en retirada durante un tiempo. Después recuerda unos terribles arañazos con una mano mecánica que le recorrieron todo el cuerpo y que le ensangrentaron también la cara. No sabía qué aspecto tenía en el rostro, pero podía percibir, con la yema de los dedos, los surcos que le habían quedado en las mejillas. Los profundos arañazos del cuerpo sí podía verlos, bastante curados ya; eran cicatrices profundas y anchas. ¿Qué mano había hecho aquello? No sabía por qué se pasaba la mayor parte del tiempo durmiendo. Seguramente lo ingería en la comida o en la bebida. Durante unas cuatro horas al día se despejaba; era el tiempo en que tomaba su ración diaria y para la higiene personal. Entonces llegaba a oír otros ruidos y susurros y a veces como voces. El recinto donde se hallaba era de unos veinte metros cuadrados, había una cama, unos pocos muebles y un baño. Un encierro y un aislamiento opaco. En aquellas circunstancias era una suerte tener tanto sueño. ¿Dónde se hallaba?, ¿dónde estaba Yóbrek?

59

Las dos primeras semanas de septiembre las pasó Holmes sumido en los trabajos de reconocimiento que le eran encargados. Todo transcurría como se esperaba, poco a poco, con paso firme y siguiendo un plan trazado, según todos los indicios; un plan que solo conocía el Jefe Único. El comandante de *Balance*, por su cuenta, dedicaba todo el tiempo que podía a desdoblarse y a su propósito fijo: acabar con Adolph y con todo aquello, con el menor número de víctimas. Ahora conocía el interior de la base de datos adolphiana, y sus recovecos. El plan que tenía diseñado, la minuciosidad, los ritmos, las medidas de seguridad, los programas alternativos... era una obra de ingeniería digna de un genio. Solo esperaba que no introdujera novedades de última hora, que ya estarían fuera de su alcance.

Por fin, gracias a Rómulo, tenía la última clave. Todo el conjunto del sistema abierto dependía de una base de datos independiente, que era la que cerraba el círculo. La orden final, en caso de ser capturado Adolph, procedería de aquí. Tardó algún tiempo en comprender que Li, así se llamaba, era un robot. Procesaba todo lo que sucedía y estaba programado para desencadenar una serie de órdenes a partir de un punto cero. Todos los días a las 23:23 (hora de Núremberg, la ciudad natal de los Kirk, según concluyó al reunir todos los cálculos) le llegaba una orden que anulaba el punto cero. Esta orden la emitía

Adolph desde un IC incógnito, con la antelación suficiente cada día, se memorizaba y se activaba a la hora oportuna. De no ser así, en veinticuatro horas se produciría la debacle programada a escala mundial. Fue el último trabajo que tuvo que desentrañarle Rómulo: la clave de este puente de mando. Adolph había tomado todas las precauciones del mundo, pero había cometido un error, imperceptible, pero un error. La imagen del arcángel San Miguel era su emblema y figuraba tanto en la base general, en Li como en su IC ultrasecreto. Un rasgo de vanidad o de narcisismo fue el peldaño en que tuvo que apoyarse para unir estos tres anclajes.

Era verdad que la clave cambiaba a diario, pero también era verdad la obsesión adolphiana por las matemáticas. Utilizaba números primos que eran cambiados siguiendo una pauta. Por ahora todas las previsiones de Yóbrek habían dado en el clavo. Aunque siempre podía estar guardándose Adolph una carta en la manga, y haber previsto introducir alguna variación circadiana justo en el momento definitivo. Pero nada de esto figuraba en Li, salvo que llegara a hacerlo con una manipulación directa sobre el robot. Llegado el momento era muy importante no olvidar esta posibilidad.

Bárbara permanecía inexistente. Ningún rastro de ella, a pesar de que ya había entrado hasta la cocina en los datos de Adolph. No podía creer que la hubiera eliminado. Demasiado simple. No sabía, cómo podía saberlo, que Adolph disponía de un cuarto sistema para sus asuntos más personales. No podía saberlo, pero algo intuía, porque diariamente ocho soldados quedaban descatalogados, como puestos entre paréntesis, y al día siguiente reaparecían cada uno en sus destinos normales. También, cada semana, un cuatrero desaparecía y volvía a aparecer. ¿Dónde iban, de dónde venían? Era difícil averiguarlo, en aquella maraña de movimientos siempre recomponiéndose. Era evidente que Adolph tenía secretos. Y era evidente que eso no aportaba nada nuevo.

VIII

Luz y niebla

La necesidad es casi siempre el nivel de la conducta de los hombres.

(Jovellanos: «Informe sobre la libertad de las artes», *Obras completas*, X, pág. 513)

¿Por qué, si el Dios celestial, incorpóreo e inmaterial, es la fuente de la religión, hay tantas «apariencias zoomórficas» de la divinidad? ¿Por qué, si el hombre es el Dios del hombre, tuvo que erigir a tantos animales en deidades? Esto es lo que resulta inexplicable por las teorías no zoomórficas de la religión.

(Gustavo Bueno: *El animal divino*, 2ª ed., Escolio 3)

60

Todo estaba dispuesto para aquel gran día tan esperado. Silvia estaba feliz. Tsang la acompañaba desde las últimas semanas. El abuelo y su novio no podían haber hecho mejores migas. Yóbrek podría picarse de envidia, si los viera. Su única preocupación, la suerte de su hermano, la tenía a medio resolver. Hace tan solo tres días, en el último contacto hipersecreto, según todas las prevenciones que ella detectaba, le había dicho: «Todo va bien, te lo aseguro. Tienes que fiarte de mí». No podía entrar en más detalles. Se verían el día 16, después de la presentación de su tesis, «cuando ya seas doctora», le había añadido cariñosamente. No podía decirle nada más.

El nieto de Delmundo había decidido que nada de todo aquello podía ser revelado a nadie, si quería que no hubiera interferencias indeseables. Solo Tullio, su contacto oficial exterior, recibía un informe escueto de los progresos y de todos aquellos datos que el comandante entendía que debía conocer, por si a él le sucediera algo. «Si fuera preciso relevarle, debía dejar franca esta eventualidad. Todo no podía recaer sobre unas solas espaldas. Demasiado arriesgado. Pero era igual de peligroso que sus pasos pudieran dejar alguna huella inoportuna».

A las doce estaba previsto el acto de defensa de la tesis. Una hora antes la sala estaba ya atestada. Permanecían libres tan solo los asientos reservados. Periodistas, historiadores, estudiosos, filósofos… habían querido asistir, viniendo de muy lejos. En las últimas semanas, Silvia había debido atender numerosas entrevistas, serias algunas y muchas otras ávidas de cotilleo. Pero era difícil esquivar a estas últimas, e imposible burlarlas a todas. Así que también había curiosos. Venían a ver en persona lo que salía en los medios. Era un procedimiento directo de poder ser protagonista de «lo que estaba sucediendo en el mundo», así lo experimentaban. Si por fortuna llegaban a quedar grabados públicamente, aquello podía ser motivo de satisfacción social y de parabienes familiares durante muchos meses después, figurando estas imágenes en todo tipo de redes menores.

Cuando entró en la sala Edmundus con un pequeño grupo acompañante, se elevó un clamor sordo similar al que producen las estrellas del espectáculo en una ceremonia comedida. Tenía reservado un asiento en la primera fila, a pocos metros de su nieta. Era imposible que se perdiera este acto, él, el verdadero director, aunque en la sombra, de la tesis. El aire de preocupación que se mezclaba con la plácida sonrisa que llevaba esbozada en el rostro, procedía de la profunda incertidumbre que le embargaba sobre el paradero de su nieto. «Sí, le habían tranquilizado, le habían dado explicaciones, pero por qué no estaba allí aquel día, haciendo un paréntesis, cualquiera que fuera su misión actual, y sobre todo, no llegaba a entender que no le llamara en todo aquel tiempo. Aquello no podía ser bueno». Junto a Delmundo se sentó Tsang, a un lado, y al otro, John, que no perdía de vista a Silvia ni un solo instante.

Los diez miembros del tribunal ocuparon sus asientos en una larga y solemne mesa. Se trataba de una de esas ceremonias que seguían cultivándose con el sabor de tiempos pretéritos. La fuerza de la tradición era uno de sus atributos. Los diez debían ser neutrales. Se impugnaba su puesto de inmediato si existía algún punto de contacto personal entre sus currículos y la del doctorando. La independencia estaba asegurada. Resultaban de un sorteo, que proponía a cien, y de una selección de estos siguiendo criterios de independencia, pertinencia, relevancia y ocasión. Los diez conocían bien de antemano lo que allí iba a ser juzgado. Disponían de síntesis de los principales apartados recibidas en las últimas semanas y estaban en posesión de un original íntegro de la tesis que había sido analizado con lupa convenientemente por ellos mismos y por sus respectivos equipos de investigación. "El dado ya ha sido lanzado", pero, con todo, el acto de defensa siempre podía añadir un último giro o una última revelación.

Dos filas más atrás que Delmundo, Adolph, que había perdido todo rastro de su habitual efigie, esperaba pacientemente y emocionado su momento.

Silvia, desde una mesa lateral, en diagonal al tribunal y al público, subida también en el estrado, a cinco metros de sus jueces y a otros tantos de la primera fila de asistentes, sin nervios aparentes pero con toda la tensión exigida en momentos de máxima concentración, presta a defender su tesis, prefirió ponerse en pie. La presidenta le había otorgado la palabra, después del saludo y de la introducción ceremonial. Disponía de una hora. Salvo algún ruido de levísimo y controlado carraspeo y del roce del movimiento de los cuerpos, todo el silencio restante estaba pendiente de ella. Saludó primero y luego comenzó propiamente a hablar. Recordó, como introducción, las partes de que constaba su trabajo y luego empezó con los análisis y las valoraciones.

—Sé que la tesis que voy a defender nace en medio de dos corrientes "marinas" —enfatizó la metáfora— difícilmente conciliables. Las principales objeciones que seguramente van a hacérseme tendrán que ver con ello. Pero he preferido pensar en el mar como un todo. Y he querido ver unidos los océanos a los climas. Así pues, no doy importancia a que estas corrientes no confluyan sino al hecho de que entre ellas y los climas que describo haya una sólida consistencia —la doctoranda empezó aquí a acompañar su voz con ilustraciones (imágenes, gráficos, esquemas…) que aparecían en distintas pantallas virtuales programadas con antelación y distribuidas proporcionadamente en la sala. Iba combinando, así, su discurso, entre la argumentación de su retórica y las oportunas detenciones aclaratorias cada vez que pretendía subrayar aquella parte de su razonamiento que quería adquiriera un relieve determinado. En este momento era cuando utilizaba las ilustraciones. El relato se fue configurando entre la fluidez de una historia bien contada y el énfasis de puntualizaciones importantes.

—Mi tesis pretende reconstruir los últimos seis siglos. Pero no quiere ser el mero acto de una buena memoria selectiva ni solo una síntesis de un camino de regreso. Pretende establecer un orden, una clasificación, una racionalidad interna. Y aspira a mostrar algunas de sus causas profundas porque, osadamente, lo sé, ensaya también entrever la fuerza inercial lanzada hacia nuestro inmediato futuro.

Se detuvo algunos minutos en las imágenes de algunos precedentes que en su tiempo también intentaron un propósito similar, *mutatis mutandis* —así lo dijo, en un lenguaje doctoral—, y explicó lo fundamental de sus teorías. Se trataba de una mera selección, en la tesis podía encontrarse un capítulo entero dedicado a unos cincuenta historiadores y filósofos de la historia. Desfilaron por su boca nombres como Hegel, Comte, Marx, L. Morgan, Darwin, Nietzsche, Spencer, A. Toynbee, Max Weber, Marvin Harris, Gustavo Bueno, Ramírez, el gran historiador mexicano del siglo XXI; y más recientemente, H. Polanski, la filósofa polaca, V. Müller, la historiadora alemana, y Hashimoto, el japonés que consiguió unir las historias de Oriente y Occidente, y en los años presentes destacó a la profesora neozelandesa V. Domett y a Edmundus Delmundo —«de quien lo he aprendido casi todo», apostilló al decir su nombre.

—Soy consciente de que los historiadores serios desconfían de los grandes relatos, aunque se basen en una estricta historiografía. Pero ¿cómo podríamos hacer historia si no estuviéramos dotados de escalas de medición como la Prehistoria, la Antigüedad y el Medievo? ¿Es que estas síntesis no son grandes relatos? —sentenció con fuerza, consciente de que el principal obstáculo que tenía que superar era mostrar que sus tesis filosóficas no se alejaban de una verdadera praxis historiográfica.

Siguió con este mismo argumento unos minutos más, hasta que le pareció que la idea que defendía había quedado ya perfilada para quien quisiera verla: «Sin "filosofía de la historia" no hay historia».

Ya había transcurrido más de media hora y, por ello, Silvia se dispuso a entrar en la defensa de las grandes conclusiones a las que había ido arribando en todos aquellos años de estudio.

—Mis principales conclusiones tienen que ver, primero, con un nuevo modelo de idea de Progreso, cuestión compleja en la que aquí no voy a entrar. Segundo, con una propuesta de ordenación de los últimos seis siglos: Ilustración, el "cuello de botella" que une el pasado con nuestra época. —En el gráfico proyectado se veían claramente las distintas fases recorridas: Edad tecnológica (siglos XIX y XX). Edad globalizada (siglos XXI y XXII), «en la que se hizo imposible la "independencia" política y económica», aclaraba. Edad holizada (siglos XXIII y XXIV), «en la que los cambios llegaron a todos y cada uno de los seres humanos del planeta» —«eso implica la holización», lo pensó pero no lo dijo, era un término sobradamente conocido.

Le tocaba entrar ahora en lo que sabía más polémico. Interpretar el presente, no solo desde la inercia anterior sino, además, como instrumento del "futuro histórico", concepto aberrante para algunos.

A Adolph le atrajo singularmente la idea de ese futuro "histórico", interpretado a su manera.

—Tercero, la propuesta de que estamos entrando en nuestro siglo XXV en lo que podría denominarse la Edad "patológica". Con ello he querido apuntar el conjunto de enfermedades límites que quizá no nos sea posible, ya no eliminar, sino ni siquiera poder controlar adecuadamente. Son enfermedades del espíritu, una vez que las físicas han sido controladas por la medicina genética, la nanotecnología y el controlador subatómico —estas etapas fueron ilustradas con una selección de gráficos que contenían datos que mostraban las grandes tendencias apuntadas con sus conceptos.

—Cuarto, las causas a gran escala que están actuando como soporte de estos desplazamientos históricos. En el breve tiempo que me resta, solo podré mencionar las conclusiones más gruesas, con apariencia de poco fundadas, pero invito a todos a recorrer sus cimientos construidos con toda la minuciosidad de que he sido capaz —decía esto a sabiendas de que a partir de ahora la tesis era ya pública.

—Si he llegado a una conclusión suprema, sería esta... —y se centró en describir las causas profundas subyacentes que venían troquelando la vida social de la humanidad: hasta el siglo XVIII, la supervivencia fue la clave de todo. A medida que el afán de sobrevivir entraba en una inercia estable, los siglos XIX, XX, XXI y XXII se centraron en el dominio del hombre sobre la naturaleza. A la altura del siglo XXIII, las leyes naturales han sido ya controladas hasta un punto en que el ideal de supervivencia de la especie solo está amenazado por su propia autodestrucción o por hecatombes cosmológicas o climatológicas.

—Parece que se ha alcanzado en las últimas décadas un equilibrio bastante estable, aunque estos últimos meses creemos haber entrado en una nueva crisis —comentó fuera de guión, y Adolph se revolvió vanidosa y levemente en su asiento, sabiendo que aquello se decía en su honor.

—Me atrevo en mi tesis a postular que ya hemos abierto una nueva edad que se encamina hacia un dilema: llenar el lugar que habían ocupado las religiones durante siglos con una nueva "estética axiológica" —se disculpó con el gesto por el tecnicismo, aún desconocido para muchos— o degenerar como especie. Sé que es una hipótesis osada, pero puedo afirmar que todas mis investigaciones tienden a coincidir en este punto.

—Estoy convencida de que tenemos medios para no degenerar como especie —dijo esto último a sabiendas de que era su última frase, con magistral concinidad discursiva, cuando el reloj frisaba el minuto sesenta, y a modo de colofón, cierre y saludo. Aunque eso era lo habitual, sonó un clamoroso aplauso, que llenó aquella sala de calor y de optimismo. Después de todo, las dos plantas estaban abarrotadas y tantas palmas debían resonar en oleadas unas con otras, potenciadas por el techo abovedado que devolvía sin saberlo el aplauso enardecido.

Cuando los agasajos se iban ya diluyendo en entusiasmos cada vez más inaudibles, la Presidenta del Tribunal agradeció a la ponente el haberse ajustado al tiempo y anunció que se procedía a una hora de preguntas que irían planteando por turno ellos, los jueces de aquella prueba académica. Fueron tomando la palabra, en un orden señalado, uno tras otro —el tribunal lo componían cinco hombres y cinco mujeres.

El estribillo que fue sonando se refería sobre todo al desencaje que podía haber entre el conjunto de datos bien historiografiados —en esto iban coincidiendo todos— y las tesis filosóficas generales a las que se quería llegar.

Silvia iba tomando nota de las cuestiones que se le planteaban, envueltas en aquellos considerandos, e iba trazando el mapa mental de la estrategia de defensa, no solo una a una, sino del conjunto. Tras la exposición del tribunal, habría veinte minutos de descanso, que el doctorando utilizaría para preparar su defensa. Y, después, media hora de respuesta a las cuestiones planteadas. Finalmente, el tribunal se reuniría para deliberar y, en un plazo no superior a una hora, establecería la calificación obtenida. Normalmente este último trámite se resolvía en diez o quince minutos. Poco después de las tres de la tarde, todo habría acabado ya. Y podría empezar su nueva etapa, como profesora de Universidad.

Tomó finalmente la palabra la Presidenta. En primer lugar hizo un rápido esbozo de las coincidencias que se apreciaban en el conjunto del tribunal. En segundo lugar, procedería a dar su opinión personal y a plantear su cuestión... Muchos se fijaron en que espurreaba con su saliva al hablar.

Un clamor empezó a subir desde el discreto silencio hacia un inesperado desorden. La Presidenta presintió en los primeros segundos que su crítica era antiacadémicamente rechazada, ¡aquello era intolerable!, pero acto seguido se apercibió de que en el extremo derecho de la mesa presidencial un miembro del tribunal se había desvanecido desplomándose de golpe. En el otro extremo sucedió lo mismo con la catedrática de Chicago. Ella misma empezaba a sentirse mal, mareada. Entre el público, la excitación iba en aumento, imparablemente. Por todas partes se hacían remolinos. Aquí y allá caían desvanecidos, como muertos. Y todos empezaban a sentirse mal. ¿Qué estaba sucediendo?

Sentado en la tercera hilera de asientos, Adolph asistía impasible a aquel ceremonial del derrumbe. Cinco minutos antes, había puesto en marcha desde su carnet el dispositivo de expulsión del gas *koimezeico*. Aquel edificio todavía conservaba los antiguos conductos de un sistema de calefacción ya en desuso. Los datos del subsuelo que le había enviado Holmes, más sus averiguaciones sobre la red de alcantarillado antiguo le habían dejado expedita la entrada nocturna en aquel vetusto edificio. No más que coser y cantar. «Las alarmas de seguridad podrían renovarlas más a menudo» —pensó Adolph—, aquellas no fueron difíciles de neutralizar. Dentro de un minuto todos habrían caído, menos él, el único que había tomado el antídoto. Sus dos robots guardaespaldas, para los que no había permiso de entrada, recibirían su orden, entrarían, se enfrentarían a John y le inutilizarían. Él, entonces, recogería del suelo a Silvia, y salvándola de aquella hecatombe la llevaría en brazos hasta su bólido, aparcado a unos pasos, y saldría volando. Dentro de siete días exactamente, el cadáver de la nieta de Delmundo colgaría del faro de Alejandría —su réplica del siglo XXI— con el siguiente mensaje: «Quien osa cambiar la recta línea de la luz, ha de morir, para que el faro intemporal siga iluminando a la humanidad». La policía seguiría las múltiples pistas falsas, en las que algunos de sus hombres inevitablemente caerían. E invertirían el resto del tiempo en indagar cómo pudo suceder aquello. Si actuaban rápidamente, muchos se salvarían del gas tóxico, Edmundus seguro, por su gen longevo. Él, mientras tanto, desde Antioquía, esperaría siete días y después a Pérgamo, y en el plazo justo, caería el nieto. La opinión pública mundial nadaba en un mar de zozobras; el mejor escenario para introducir su reforma definitiva. Casi todos accederían cuando conocieran las condiciones: favorables para el gran dócil rebaño. Este era el plan trazado por Adolph.

61

¿Qué hacían aquellos dos hombres pretendiendo sujetarle? ¿Quién se atrevía? Si le habían descubierto, deberían no obstante desplomarse enseguida. El gigantón de Tullio, por el costado derecho, y Anubis, por el izquierdo, intentaban retener a Adolph, que se había puesto a la defensiva y pugnaba por coger su carnet para llamar a sus guardaespaldas. Entonces, con un gran grito, se hizo oír y en breve penetraron aquellos dos robots en un Aula Magna sembrada de cuerpos. A las órdenes de Adolph se abalanzaron sobre John, pero cuando ya lo tenían inmovilizado, detuvieron de repente sus movimientos y se quedaron congelados, como si sus funciones hubieran sido suspendidas.

Desde el piso superior, el único superviviente de esas alturas, sujetó con fuerza una soga sintética, invisible a la vista humana, y de un salto circense se plantó ante Adolph. «Holmes, ¿qué hace aquí? Libéreme de inmediato. Se lo ordeno».

—Soy Yóbrek, Holmes ya no te obedece. ¡Has caído en tu propia ratonera!

—¿Tú, Yóbrek?, ¿qué has hecho en tu cara? —lo decía mientras le observaba fijamente ahora y se sentía engañado con felonía. Una gran decepción iba ennegreciendo su espíritu: ¿cómo ni siquiera había llegado a suponer aquella posibilidad de trampa?

—¡Yóbrek!, ¿tú? —se oyó decir al abuelo mientras se fijaba en aquel rostro horriblemente desfigurado. El anciano y Silvia permanecían abrazados, sin entender bien todavía todo lo que estaba sucediendo. Tsang, plantado de pie a su lado, en señal de protección, también sin desvanecerse. En el mar de cuerpos, solo siete seguían en pie. Siete y tres robots. El nieto hizo un gesto hacia su abuelo, consciente de que no podría reconocerle con aquella facha, pero seguro de que pronto empezarían a colaborar con él. Ya lo estaban haciendo.

—¡Cuidado! —gritó el comandante a Tullio y Anubis, comprobando que era ya demasiado tarde. Adolph, había conseguido que sus prensores se relajaran y un poco más libre de movimientos llevó su barbilla a la altura de la clavícula derecha, donde presionó con fuerza.

—¡Silvia, préstame a John! —Su hermana hizo un gesto de rápido asentimiento a su robot y este siguió con celeridad la carrera que había emprendido el policía hacia el exterior.

—¡Knochen!, ¡a por él! —le gritó a su dóberman, mientras señalaba a Li, el robot más peligroso sobre la faz de la tierra en aquel momento.

Knochen inició una espectacular carrera y después de diez aventurados segundos saltó sobre Li y le desequilibró tirándole al suelo. El can consiguió retener brevemente a aquel peligrosísimo robot, en el que Adolph había depositado su apocalíptica orden. Mientras, Yóbrek miró a John a los ojos y le dijo: «Vete a por él y no permitas por nada del mundo que siga vivo». John inició una veloz carrera en el acto y cuando Li se incorporaba insensible a los mordiscos de Knochen, consiguió agarrarlo por el brazo, pero Li se desembarazó de un golpe y activó la apertura del bólido en el que con un salto aparatoso se coló. John, como su sombra, le imitó y también se coló en el asiento del copiloto. El bólido se puso en marcha y desapareció en las alturas rumbo al mar. El perro estaba en el suelo, en un charco de sangre, agonizante. Li le había asestado una penetrante cuchillada en el cuello. Cuando se agachó para inspeccionarlo, el can soltó un último quejido, y su cola por última vez se movió levemente, al tiempo que oía la voz de su amo. Knochen había muerto y no había tiempo para intentar reavivarlo quirúrgicamente. Pasados cinco minutos la probabilidad se acercaba a cero. Además, el peligro de Li, huido, y de Adolph, apresado, seguía siendo urgente. Regresó al interior. Desde la puerta, Silvia y el abuelo habían seguido los acontecimientos. Tsang permanecía dentro reforzando a los dos captores.

—Adolph, ¡miserable! ¿Qué ganas asesinando a tantos cuando ya no tienes escapatoria?

—Empecemos a negociar —dijo, mientras sonreía triunfante—. Soltadme ahora mismo y de inmediato frenaré la orden que porta Li.

—¿Es que acaso es reversible?

—Sabes que sí. No solo es la venganza final. Es también mi salvoconducto.

—Frena, primero, esa orden y luego negociaremos.

—¡Prefiero la muerte a ser tomado por estúpido! ¡Soltadme!, detendré la orden, porque en libertad ya no tendrá sentido que se cumpla, y podréis pillarme en otra ocasión.

—Es preciso saber cuál es la fuente original —intervino el abuelo, dando a entender que con ella quizá se podría anular la orden— ¿De cuánto tiempo contamos?

—De no más de veinticuatro horas.

En el cacheo, el comandante extrajo el IC de Adolph y le arrancó el dispositivo que llevaba incrustado en su indumentaria, como un colgante, entre el cuello y el pecho. Le retiró también con brusquedad los anillos.

—¿Dónde tienes a Bárbara y a las demás? Si cooperas desde el principio, la pena podrá paliarse, lo sabes.

Adolph sonrió, como si fuera él quien agarrara la sartén por el mango. Yóbrek manipuló en el IC del asesino y con desesperación dijo: «¡No es este! Hay otro». Adolph volvió a sonreír. Ni Tullio ni Anubis dejaban de sujetarle con fuerza y ya le habían esposado con las manos a la espalda.

—Está bien. Otro vendrá detrás de mí. Estoy preparado. Moriré heroicamente —se detuvo unos instantes y redondeó su idea—: Y conmigo se inmolarán millones.

Empezaron a llegar las ambulancias. Habían transcurrido unos diez minutos. El mensaje de alerta enviado poco antes de su salto circense estaba funcionando perfectamente.

El comandante Delmundo extendió una nota al jefe del operativo de ayuda. Allí iba escrito el antídoto que había que dar a los intoxicados. Era una suerte que Adolph no hubiera elegido un gas enteramente mortal, seguramente para preservarse más él mismo o quién sabe por qué otra razón. Había accedido a aquellos datos, todos en la base central del Jefe Único.

—¡Nos vamos!, el interrogatorio será en la comisaría —le asestó Yóbrek a Adolph Kirk, mirándole a los ojos, como si se tratara de un golpe. Le transmitía, así, que quien mandaba era el orden y la ley, no los chantajes ni las argucias. Mientras tanto, por la mente de Adolph pasó una tenue asociación de ideas: «¡Esos ojos!, debí haberlos visto en aquel Holmes», sin embargo, siguió pensando «Esta no será la última partida».

—¡Quiero un abogado!

—Lo tendrás, en cuanto lleguemos.

—¿No felicitas a tu hermana, ¡la doctora? —dijo, cuando ya se dirigían a los bólidos, para mostrar que no se daba por prisionero definitivo, a sabiendas de que gracias a él, aún no era doctora. El acto se había suspendido. Y no le iban a encarcelar tan fácilmente. Antes tendrían unas palabras. Sabía cómo ahormar a los espíritus civilizados.

62

Por primera vez, dispusieron de unos breves minutos para abrazarse y mirarse los dos hermanos y el abuelo.

—¿Qué fachas son esas, hijo mío? —le dijo el anciano— Con razón no has querido saber nada de mí en todo este tiempo —le estaba lanzando un reproche y un saludo tierno, a la vez.

—La idea me la diste tú, abuelo. ¿Te acuerdas de aquel cuento que nos gustaba oírte contar, de niños, el de aquel que se volvía terriblemente feo y ya nadie, por eso, le reconocía, hiciera lo que hiciese?

—Alguna pesadilla he tenido yo, desde que... —bromeó Silvia— ¡Seré tonta!, ¡no os he presentado!, este es...

—¡Tsang!, sí, ya nos hemos saludado. —Tsang asintió. Se habían saludado con una mirada de mutuo reconocimiento. Se conocían sin conocerse, y ahora se reconocían. Aunque Tsang se había sorprendido al verle tan estrafalario; la prueba de que Silvia no se había ido de la lengua.

—Entonces, fue ayer, cuando Tullio vino a vernos, para tranquilizarnos... que estabas en Japón... fue ayer, ¿no es así? —lo que le preguntaba Tsang era por qué todos habían caído desplomados menos ellos siete.

—Sí, dijo Tullio. ¿Recordáis que brindamos por el doctorado de Silvia? Fue entonces cuando quedasteis inmunizados. Sabíamos que no era mortal —añadió, para no pasar por desaprensivo.

Los dos hermanos se mostraban ambos algo inquietos y distraídos; como los que están también en otra parte. Vigilaban constantemente sus carnets, para obtener una información que la querían al segundo. Edmundus adivinó que estaban pendientes de John, al que habían enviado a una aventura peligrosa. De John y de algo más...

—Anubis, comprueba si has recibido lo mismo que yo —Luego, Yóbrek, prefirió verlo él mismo y añadió—: ¡Déjame ver! No reveles todavía el contenido del mensaje —Adolph, del que se habían hecho cargo dos policías uniformados, miró de lejos a ambos con intensa curiosidad. En lo que dijera aquel mensaje estaba parte de su suerte. La negociación con Adolph tendría más fuerza si desconocía el detalle de lo que había sucedido.

Otra señal apareció en los carnets de Silvia y de su hermano, en el mismo instante. Se trataba de John. Algo había sucedido. Ella lo supo al instante y, conteniéndose cuanto pudo, le miró, angustiada e intrigada. ¿Por qué él también recibía ese mensaje? Yóbrek hizo un gesto en el que le decía: «Silviucha, son gajes de policía...». Sin advertírselo, había tomado la identidad electrónica de John y todo cuanto le pasara, él lo conocía, al igual que su ama. Formaba parte de la estrategia. Silvia empezaba a conocer con más detalle qué había hecho su hermano durante todas aquellas semanas desaparecido. Al abuelo no le pasaba inadvertido este sordo diálogo fraterno. Y estaba poniéndose al corriente también. Tsang perdía algunos detalles, pero estaba enterándose de lo importante. El resto, nada veían, sino síntomas de inquietud, lo normal en aquellas circunstancias. Pero, Adolph, en otra sección del habitáculo algo distante, trataba de descifrar por su cuenta aquellas señales.

Una vez que pusieron a buen recaudo en un calabozo al temible psicópata, pudieron por fin hablar abiertamente.

Silvia se abrazó a su hermano y se echó a llorar como nunca se la había visto hasta entonces, ni siquiera de niña. Él no paraba de decir las mismas palabras, hundido en la miseria y con ganas de echarse él también a llorar: «Lo siento, lo siento. Fue culpa mía».

—¡John ha muerto, John ha muerto! —sabía mejor que nadie que solo se trataba de unos circuitos inteligentes, que detrás no había una persona, pero ¿dónde estaba la diferencia?, había habido protección, fidelidad, comunicación, connivencia, confianza, respeto mutuo, amistad... ¿o había sido todo una ilusión suya?

—Debí haberlo evitado. Debí poner a otro en su lugar. No voy a negar que lo había previsto. Quizá se me juntaron demasiadas cosas... Pero yo he sido el culpable.

—Tal vez podamos aún recuperarlo —terció el abuelo, sin olvidar que John había sido un regalo que le había hecho él a su nieta.

Entretanto Tsang ya se había conectado a las noticias. Las reprodujo para todos. Una gran explosión se había originado contra el faro de Alejandría. Un bólido pilotado por dos robots se había estrellado, al parecer intencionadamente. La explosión del impacto vino seguida de una gran deflagración, que había pulverizado todo y a todos.

«Seguramente —pensaba el abuelo— Adolph había dispuesto un mecanismo de autodestrucción atómica, en el caso de que Li fuera destruido». «John —pensaba Yóbrek— debió forcejear con Li cuanto pudo hasta que vio la oportunidad de estrellarse contra el faro. Le di aquella orden: «no permitas por nada del mundo que siga vivo». Y la cumplió». El faro debería ser rehecho, una vez más.

—John murió como un héroe. Yo se lo pedí. Sigo siendo yo el culpable.

—Dadas las alternativas, yo hubiera hecho lo mismo. No había una opción mejor. ¡Bendita culpabilidad! —dijo Tsang, mediando en la tragedia.

—Sí, yo también hubiera hecho lo mismo —dijo Silvia, con el rostro enrojecido, los ojos acuosos y la voz quebrada.

—Pero fui yo quien le empujó a la muerte —dijo una vez más a su hermana, poniendo todo el sentimiento en cada una de las sílabas pronunciadas.

—¡Tú eres el héroe de todo esto!, Yobrekucho —se atrevió a utilizar aquel apelativo cariñoso solo usado en la infancia o cuando, de adultos, hablaban sin testigos—. ¡Te lo has echado todo encima! El abuelo estaba dando a entender bien claramente que estaba de acuerdo con los tres y que no quería añadir nada más, pero finalmente se le oyó decir.

—Les haremos un homenaje.

—¿Les haremos?, ¿a quiénes? —se extrañó Silvia de aquel plural.

—A John y a Knochen —aclaró Tullio, que estaba al tanto del papel que había jugado el dóberman.

—Lo haremos sobre todo por nosotros, para tranquilizar nuestro ánimo —sentenció el abuelo—. Porque ellos dos no han podido tener una muerte mejor. La fidelidad era su auténtica "alma", para los dos, un programa informático y un programa biológico. Su máxima aspiración era alcanzar la fidelidad perfecta. Y la alcanzaron.

—¿Knochen?, tendrás que contarme mejor para qué necesitaste un Hueso —Silvia pensó en alta voz y tradujo aquel nombre al castellano; la emoción por la muerte de John le había impedido enterarse como los demás de la otra parte de la tragedia.

—Sí, Hueso me salvó la vida más de una vez —aclaró, mientras Anubis asentía indicando que sabía de qué se estaba hablando.

—Para estos seres, robots y animales, nosotros somos como sus dioses. Por ello, su muerte tiene un sentido, aunque solo sea en nuestro mundo simbólico —acabó comentando el abuelo.

Un policía se acercó al comandante de *Balance* y le entregó un papel.

—Ya ha elegido un abogado. Aquí están los datos. Ha indicado el número de colegiado. Nos ha pedido que usted lo supiera antes.

El comandante miró el número. Al instante, palideció y enmudeció como una estatua de cera. Todos se percataron de que algo nuevo estaba sucediendo.

63

Mientras tenía lugar el interrogatorio, el abuelo, su nieta y todos los demás se concentraron en el mismo hotel. Se les había agregado también, como uno más, Anubis. Watson-H no había dudado en seguir a Holmes, cuando este se lo había propuesto. En realidad, deseaba irse de aquella organización. Nunca había llegado a tomar aquella droga y su líder de grupo le inspiraba respeto y, sin saber por qué, afecto.

A puerta cerrada frente a Adolph, al joven comandante se le habían unido dos experimentados mandos superiores venidos de Washington.

—Te has vuelto loco. Yo no puedo ser tu abogado defensor. ¿Cómo podría serlo?

—¿No eres abogado?, ¿abogado colegiado? —añadió Adolph para que no hubiera ninguna duda de que sabía lo que estaba haciendo.

—Sí, pero no hay idoneidad. Me negaré alegando esto. Yo soy quien más quiere verte condenado. El abogado debe poder ponerse en el lugar del acusado.

—¿Y no puedes?

—¿Qué quieres decir?

—¿Es que no puedes ponerte en mi lugar? Me confieso culpable. No negaré vuestros cargos. Todo ha sido conscientemente trazado por mí. No lo negaré, pero a partir de aquí deberás poder defenderme.

—¿Cómo que "deberé poder"?

—Sí, si quieres que en la necesaria negociación que va a venir no se mezclen estorbos externos. Pero necesitaré pruebas de los acuerdos.

—¿Necesaria negociación?, ¿quién te has creído? Vete buscándote un verdadero abogado —Yóbrek decía esto ante sus dos superiores, que permanecían atentos, dejando hacer. Los tres interrogadores sabían ya que Li había conseguido emitir la orden de destrucción final, poco antes de desintegrarse. Fue su último automatismo.

El propio Holmes y Anubis la habían recibido. Pero la orden se había invertido, y eso era lo que Adolph aún no sabía ni podía seguramente suponer. «Retirada general. Código golondrina», ese era el texto real que había llegado a todos los miles de soldados adolphianos dispersos por todo el mundo. El código golondrina estaba reservado para un caso de repliegue total, a las madrigueras. Hasta nueva señal. Órdenes más específicas las había añadido horas más tarde Yóbrek, desde el carnet de Adolph.

Gracias a Rómulo, el comandante había podido acceder días atrás a Li y dejar programada una orden para que, dos décimas de segundo antes, se activara en caso de "destrucción total". La orden no era más que un negador. Donde decía «Ataque global definitivo. A Muerte» aparecería un simple «No (Ataque global definitivo. A Muerte)» en los circuitos de Li; y en el texto a emitir resultaría de aquello una consecuencia: «Retirada general. Código golondrina». Esta jugada maestra, muy arriesgada si el "No" no funcionaba, fue la que adoptó en su simplicidad. La lógica no tenía por qué fallar. Li no tenía capacidad de autorreflexión y, por tanto, tampoco de contradicción: cumpliría la última orden recibida. Yóbrek respiró, no obstante, aliviado, cuando conoció el desenlace.

—Tengo a Li, recuerda. Todavía puedo desactivarlo —Entonces, los dos mandos, por turnos, fueron aclarándole a Adolph que no tenía nada a qué agarrarse. Le resumieron la situación y el más viejo de los dos concluyó:

—Elija cuanto antes un abogado. Si no, se le adjudicará de oficio.

—¡Elijo al colegiado Sánklett! —con cierto enfado pronunció estas palabras, que daban la impresión en el aire de una capitulación, al utilizar ese nombre menos conocido, pero, en definitiva, dejaba ver a las claras su tajante determinación.

—Bien, se lo comunicaremos al colegiado Sánklett —dijo Yóbrek, irónico y amenazante a la vez, y tendrá un día para aceptarlo o para hacer alegaciones.

—Faltan entonces diecinueve horas para que se cumpla ese plazo —añadió, sin dejar su aire retador, mientras comprobaba en el reloj ambiental que eran las 20:00. No estaba dispuesto a enredarse en la treta de su enemigo. La solicitud había sido trasmitida por escrito a las 15:00.

Los tres mandos policiales se dispusieron a abandonar al detenido. Debían deliberar.

—Ah, una última cosa. Necesito un médico, un médico psiquiatra. Y ya saben a quién quiero. También está colegiado.

Volvió a quedarse tieso, entre la perplejidad y la cólera, ¿Qué pretendía con esta estrategia? Le hizo una señal para que continuara y acabara de explicarse.

—Quiero hacerlo también por escrito.

Dispuso frente a Adolph una proyección de la pantalla virtual y le hizo un gesto para que cubriera él mismo los datos. Y leyó lo que se temía: "Doctor Edmundus Delmundo".

—Necesito verle cuanto antes. Hoy mismo, si fuera posible —dijo, para rematar su actitud, condescendiente.

Los tres policías iniciaron de inmediato una conversación televirtual con Edmundus. Los cuatro acordaron que entrar en negativas con las pretensiones del detenido les llevaría a enzarzarse en problemas formales que les distraería del verdadero asunto de fondo. El viejo aceptaría ser su médico. Yóbrek no tenía por qué negarse a ser el abogado. A Adolph podía salirle el tiro por la culata. Había que templar aquellas atípicas condiciones en las que se les quería enredar. Ellos tenían el control, después de todo. Pero, lo más importante, había que avanzar en la investigación del caso: ¿quiénes habían estado apoyando económicamente aquel proyecto genocida? Eso era lo crucial, una vez detenido el jefe terrorista. Pedirían a Adolph, a cambio de la aprobación de sus dos solicitudes, su colaboración inmediata. Debía actuarse pronto, en cuestión de horas; si no, podría ser tarde para coger a los responsables con las manos en la masa. Al cabo de media hora volvieron a reunirse con el prisionero.

—El colegiado Edmundus ve su propuesta totalmente irregular.

—¿No ha aceptado?

—No

—Entonces, recurriré. Estoy en mi derecho.

—Solo habría una posibilidad. Que nos diga quienes financiaban su proyecto.

—¿Quiénes financiaban mi proyecto? ¿No piden demasiado? Eso debería investigarlo la policía, sin que yo se lo diera hecho.

—Este sería el primer condicionante de una futura curación posible, la única razón que puede asistir a un doctor para intervenir.

A Adolph le parecía extraño que no le hubieran pedido ya antes esto. Lo estaba esperando. Quería conocer en qué condiciones se produciría. El planteamiento le interesaba. Coincidía con la trama de su voluntad.

—Entonces, colaboraré, si me dan por escrito el *placet* del doctor.

Se ausentó durante un par de minutos y entró después con el consentimiento del abuelo. Se lo mostró a Adolph.

—El consentimiento conlleva una condición —le explicó—. Los datos que nos revele serán determinantes, no sirve la niebla. Y en eso, ha delegado en mí; seré yo quien lo juzgue.

—Yo también pongo una condición.

—¿Sí? —le animó el mando policial más joven.

—Deberán intervenir inmediatamente. Antes de hacerlo público. Imagino que todavía no han despachado un comunicado oficial sobre mi detención.

Los dos mandos policiales pusieron cara de póquer. «Eso es cosa nuestra», pensaron con su gesto.

—Lo digo porque supongo que están aplicando el artículo sobre delitos de genocidio y terrorismo. Eso les da veinticuatro horas, ¿no?

Los tres decidieron entonces ausentarse para unificar posturas mientras Yóbrek propuso al prisionero en sentido equívoco —justo para ganar tiempo— que podía reconsiderar su estrategia.

El trío se puso rápidamente de acuerdo y volvieron a entrar. Habló el mando más viejo, el general:

—Bien, podemos aceptar la condición de actuar en veinticuatro horas y de no declarar nada antes sobre esta detención. ¿Qué es lo que tiene para nosotros? —«¡Y tiene que ser ahora!», añadió el coronel.

—Lo tiene todo en mi carnet, señor Sánklett —el policía le miró y no comprendió. Conocía muy bien el contenido de su base de datos y nada de todo esto figuraba.

—No estamos para juegos. No le conviene.

—¿Ha mirado en el envés? —Adolph se refería, probablemente, a un tipo de IC muy especial que solo la policía en casos muy autorizados utilizaba. Eran extrafinos y contenían un doble perfil: el oficial y el secreto. Bastaba con darle la vuelta, después de introducir la clave precisa.

—¿La clave?

—No la sé de memoria —seguramente estaba mintiendo. ¿A qué pretendía jugar?—. Pero puedo dar la clave para reconstruir la clave. La palabra yihad aparece en el Corán 41 veces. Hay que localizar cada palabra anterior y posterior a "yihad" y convertirlas en un número, según el número de letras, del texto árabe. Uniendo los 41 acontecimientos se obtiene la composición total de la clave: los veintiún primeros números, tomando uno a uno el primero y el último, alternativa y sucesivamente.

—Está perfectamente claro —sonó irónica la voz del policía más joven.

Mientras tanto Yóbrek había empezado a operar en su IC. Tenía el texto árabe bilingüe desplegado delante de sí, algo agrandado para que todos pudieran verlo. Efectivamente, yihad, الجهاد, aparecía 41 veces. Tomó las palabras anterior y posterior y sumó sus letras aparte; luego las reunió y formó un número. Con gestos a medida que escribía preguntaba al taimado prisionero si estaba interpretando bien la consigna. Este asentía. Repitió el proceso hasta el final. Dispuso una larga cifra. Fue tomando delante y detrás, uno a uno cada número y formó una última cifra de 21 números. Adolph lo confirmó y Yóbrek introdujo la cifra. Efectivamente, aunque esquivamente había jugado con ellos, el carnet del reverso se activó.

—Lo tienes en la carpeta "Clan".

—Sí, pero tiene una clave —entonces Adolph volvió a sonreír poniendo fruición en la boca y malignidad en los ojos—. ¿No será otra clave coránica, no?

—No, honraremos ahora al hinduismo. Hay que buscar en los Upanishad, la palabra Brahman, en el texto sánscrito. Las primeras 21 palabras posteriores a Brahman, disponiéndolas seguidas.

—¿Tan fácil? —le dijo, mientras resolvía todas estas instrucciones.

—Pero quiero antes ese acuerdo por escrito —se le oyó todavía—, y te diré la cifra de la próxima contraseña.

—Bajo la condición acordada.

—Bien.

Yóbrek firmó primero el documento solicitado y procedió después con los datos de Adolph.

—Ahí tenéis todos los lugares, todos los nombres, todas las operaciones financieras. Y la capital del imperio.

Al comandante Sánklett Delmundo le llevó unos minutos obtener un esquema del intríngulis de aquella trama. El general y el coronel siguieron los pasos con atención. A medida que iban avanzando, se les oyó decir: «Ascensión, muy curioso», «Los Kamon, escurridizos como las anguilas»; «Los MacArthur, su alias». «Tenemos lo que precisamos para empezar».

—Si no nos has mentido, antes de veinticuatro horas tendrás lo que has pedido, número…, —y el comandante se paró unos momentos para extraer este dato— número 555555-1. Eso eres ahora, Adolph, un detenido con número. Mañana nos veremos.

Cuando ya se iban, Yóbrek giró de nuevo sobre el prisionero y acercándose a él hasta casi rozarle le dijo:

—Nos das los nombres de los Kamon, la isla Ascensión, las pruebas incriminatorias… ¿y ya está?, ¿no es todo demasiado fácil?

—Ellos y yo nada tenemos que ver, salvo porque los he utilizado.

—¿Nada tenéis que ver? No es lo que parece.

Adolph se quedó mirando pensativo unos momentos hacia un lado. Parecía recapacitar sobre aquello. Sabía que aquella batalla la había perdido, pero no la guerra. Sus antiguas fuentes de financiación eran ahora sus máximos enemigos. Le buscarían para matarle. Cuanto más colaborara contra los Kamon más creíble se volvería su rehabilitación y más podría aproximarse a su verdadero objetivo final: los hilos del gobierno del mundo. Tendría que pasar unos meses sesteando. Preparándolo todo. Así que miró fijamente a los ojos de Yóbrek y le dijo:

—Me da igual lo que parece o deje de parecer. Siempre les he despreciado. Eran mis instrumentos necesarios. Creían utilizarme. ¡Imbéciles! Después lo que siguió solo lo dijo para sí: «Tengo que reconocer que he perdido esta batalla, por culpa de una despreciable diminuta minucia: por no mirar atentamente a los ojos a Holmes, como ahora le miro».

—¿No querrán vengarse?

—En cuanto conozcan mi detención, será lo primero que hagan.

—¿Cómo cree que van a hacerlo? —Para justificar tantas preguntas, el comandante se sinceró— Ahora está bajo nuestra protección, su vida nos pertenece.

—No seguiré hablando hasta que tenga un abogado. El abogado que he solicitado. Ese asunto sigue pendiente, ¡recuerde!

El comandante Delmundo se giró hacia el coronel y el general, que permanecían atentos a unos metros de distancia, y les hizo una señal para que le dejaran a solas con él. Miró hacia uno de los ángulos de la cámara oculta y les dio a entender que siguieran el resto por el monitor. Entonces, el general dijo:

—Comandante, hemos de volver a Washington. Se hace tarde. Envíenos el informe completo en cuanto haya acabado el interrogatorio. Lo más urgente ya está solucionado —y saludó militarmente. El coronel imitó el saludo y ambos cerraron la puerta y se fueron.

Yóbrek sabía que Adolph era consciente de que ambos estaban siendo grabados. Pero estar solos, en apariencia, físicamente enfrentados a solas, podía favorecer los acuerdos que quedaban pendientes.

—¡Rata inmunda!, me da igual que colabores o no. Ya nos encargaremos con nuestros medios de tus amigos. Están acabados. Y tú también. Solo la ley te protege.

—¿Rata inmunda? ¿Esa es la ley?

—¿No es exactamente lo que eres, una rata inmunda? A mí eso me costará una multa, pero será importante que sepas cómo te califico. Y estoy dispuesto a perder varios sueldos y el empleo, ¡si fuera preciso!

—mientras tanto había empezado a amenazar físicamente al prisionero, cerrando el puño y atiesando su cara y sus músculos ofensivos. Demasiado tiempo conteniendo tensiones muy viscerales...

—¿Vas a pegarme, esposado, no puedo creerlo!

—Canalla, sucio violador, ¿dónde tienes a Bárbara?

—Ah, ¡era eso! No seguiré hablando hasta que retires los insultos.

—¿Qué insultos, no eres una rata, no vives en tus cloacas?; ¿no eres un canalla, un canalla asesino?

—Todo eso puede pasar. No es más que tu perspectiva, no la mía. Pero ¡yo no soy un sucio violador!

—¿Que no eres un sucio violador?

—Nunca he hecho nada que no me pidieran en secreto. ¡No conoces la naturaleza humana! Estás atrapado en tu estrecha moral, esa moral edmundiana. No te culpo, has debido oír tanto, tanto... ¡que te lo has creído!

El nieto de Delmundo no daba crédito. Ahora le estaba aleccionando sobre el bien y el mal. Este psicópata. Esta escoria humana. Y Adolph, viendo que su antagonista quedaba estupefacto, prosiguió:

—¿Sabes? A ella le gustaba. Quizá nunca nadie mejor que ella, en eso.

Entonces el policía descargó un golpe rabioso sobre el rostro de Adolph que detuvo justo a tiempo.

—No te has atrevido. También eres cobarde. Eso es nuevo para mí. ¡Un iluso enamorado, un estrecho y un cobarde! Vaya, vaya, vaya…

La sorna, como muchas otras armas, era parte de su maestría. Yóbrek, consciente de lo que estaba sucediendo, decidió aprovechar el filón. A ver a dónde conducía.

—Si accedo a ser tu abogado, ¿me dirás dónde la tienes?

—Lo quiero firmado, firmado y sellado, sin posibilidad de retractación.

El comandante proyectó el documento para que fuera visible y lo rellenó con rabia.

—El sello tardará cinco minutos en llegar.

—Y la disculpa. Yo no soy un violador.

—Está bien. Tú no crees ser un violador.

—Eso está mejor —concluyó con jactancia.

Esperaron unos minutos, en silencio. Observándose. Una tenue señal previno al comandante. Desplegó el documento con el sello. Adolph quedó satisfecho. Los acontecimientos se enfilaban hacia el punto de luz que había proyectado aquella *cacoética* conciencia, allá, dentro de unos meses. La fruta tenía que madurar.

—¿Y?

—Bárbara está a buen recaudo. En mi gineceo.

—¿Es que no vas a hablar?

—Mi gineceo es móvil. Solo puede localizarse a través de mi carnet. Y lo tienes tú.

—¿En el reverso?

—Sí. La clave es el número del año, de la hora y del minuto presente, según el horario de Núremberg.

Tardó medio minuto en componerla. Luego, preguntó:

—¿Y ahora qué?

—Busca *Gynoeceum*.

—Me remite a Li.

—Vete a Li.

Al comandante empezó a helársele el gesto.

—Li está muerto. Lo sabes.

—Ese no es mi problema. Yo no he sido. Pregunta a quien lo haya hecho. Yo solo soy responsable de lo que yo hago.

—Pero tendrás un interruptor a mano… tendrás tú el control de todo.

—Lo tengo, pero me llevaría horas. Lo siento, he debido tomar precauciones. Hay órdenes temporales dadas automáticas.

—¿Qué le pasará al gineceo?

—¿A qué hora ha muerto Li?

—A las 14:53.

—El gineceo tiene siete horas de vida —y añadió—: "Tenía" siete horas de vida.

—A las 21:53 qué le pasará al gineceo. Son las 21:40.

—Quedará calcinado. Ya no tengo tiempo de dar una contraorden. Lo siento —se atrevió a añadir, con aquel gesto que iba de la boca a los ojos y de sus brillos a la curva característica que adoptaban sus labios y sus comisuras.

—Adolph, por favor —dijo el comandante, rebajándose ante él por primera vez—. ¿Dónde está? Tienes que saberlo. Aún estamos a tiempo.

—No lo sé, de verdad. Desde que pulsé la orden de la clavícula, todo funciona al margen de mi voluntad. Según lo que he programado, sí. Pero no puedo recordar todos los detalles. Detalles programados hace meses.

Eran ya las 21:43. El tiempo no se paraba. Y en aquello Adolph no estaba mintiendo. Se quitaba más bien responsabilidades, al revelarlo con antelación.

—Que vuestros ojos de satélite busquen este objetivo —e hizo ademán de mostrárselo en su carnet. Yóbrek lo desplegó inmediatamente. «La imagen número 63», se oyó que añadía.

—Y después qué.

—Liberar a las siete muchachas y al muchacho —había también un muchacho, esto era desconocido—. La nave saltará por los aires. No habrá tiempo.

A las 21:45 el policía, como una exhalación, se puso manos a la obra. A las 21:51 el ojo de satélite encontró el gineceo; a las 21:52:50 un bólido de la UNWB se aprestaba a aterrizar cerca de este objetivo. En el interior de la nave, un sargento, en quien había arraigado una temeraria ambición de héroe, estaba dispuesto a ir hasta el final. A las 21:52:52, Yóbrek gritaba desesperadamente desde la pantalla de mando: «¡abortad la operación!, ¡abortad! ¡Es una orden! Ya no hay tiemp...». Y poco después una gran explosión se vio en la pantalla. El gineceo y todo lo que había a veinte metros a la redonda quedó calcinado.

IX
Promesas

No encontrarás los límites de la psique
ni siquiera si recorres todos los caminos...

(Heráclito)

Y al igual que un corcel en el establo
cebado en el pesebre con cebada,
destroza de un tirón sus ataduras
y al galope recorre la llanura,
el suelo con sus cascos golpeando,
a bañarse habituado en las corrientes
de las aguas hermosas de algún río,
y orgulloso de sí yergue su cuello
y de uno y otro lado de sus lomos
vanle al compás las crines oscilando
y a él, bien seguro de su lozanía,
muy ligeras sus patas le conducen
hacia donde se encuentra su querencia,
hasta el prado en que pastan las yeguas
así el Priámida Paris descendía...

(Homero: *Ilíada*, Canto VI, 505-512)

64

El año se acaba. Este diciembre ha llegado especialmente frío. Durante los tres últimos meses ha habido una intensa actividad. En el interior del gineceo habían aparecido ocho cuerpos hechos ceniza. Los tres policías que actuaban desde fuera quedaron también calcinados. La isla de Asunción fue totalmente asediada por las fuerzas de la UNWB. La familia Kamon encarcelada al completo, menos Blanca, la mujer de Alfred, el pequeño de los Kamon, que estuvo presta a colaborar cuando Adolph contactó con ella desde la prisión, bajo la atenta mirada de su abogado.

Los Kamon habían intentado hacerse con el control del ejército adolphiano, utilizando el mando virtual entregado por Adolph, pero también ayudándose de toda una trama paralela que habían ido componiendo. Sin Li todo aquello no funcionaba igual, y ellos no podían saberlo. El castillo de naipes se les vino abajo, cuando quedaron entre rejas. Creyéndose intocables, no teniendo el control directo, nadie supo estar a la altura de sus previsiones ni de sus órdenes. Muchos a su alrededor cayeron incriminados. Con cargos de múltiples años. Adolph disfrutaba a medida que iba conociendo los desenlaces. El juicio contra los Kamon estaba próximo. Sería el 6 de enero de 2447.

El ejército adolphiano, la General Vojske, permaneció controlado. Sus soldados vigilados y médicamente tratados. Algunos de ellos juzgados y encarcelados. Los medios de comunicación estuvieron atareados, sin descanso. Las cadenas dependientes de los MacArthur fueron cerradas. Sus máximos responsables encausados por las irregularidades descubiertas. Se descubrió el polvorín, repleto de explosivos, que saltó por los aires. Todo el engranaje se fue paralizando. Y, aunque en la sombra las parcelas delictivas funcionaban aisladas, ahora se contagiaban en cadena. Muchos florecientes negocios iniciaron su ruina, cuando fueron frenados sus flujos: prostíbulos, casas de apuestas, drogas, tráfico de armas, comercio ilegal… Daba la impresión de que la Confederación había conseguido de esta manera hacer una limpieza a fondo de todos sus alcantarillados. En los más críticos subsistía la duda: «¿no era sino una intervención epidérmica?, ¿hasta dónde llegaban las raíces de la corrupción? Nunca se había establecido de forma clara».

El brillante policía había recuperado su antiguo semblante. La semana siguiente a la detención había vuelto a la misma clínica para ser nuevamente intervenido. Esta vez se le hizo mucho más largo. No veía luz al final ni un proyecto más allá del puro deber. Se asfixiaba en su propia piel. El comandante disimulaba en su trabajo cuanto podía su depresión.

Las operaciones oculares de los dos hermanos habían sido un éxito. El cultivo de sus ojos naturales se había desarrollado en las mejores circunstancias deseables. Fue a mediados de octubre. Poco antes, la nieta de Delmundo se había convertido finalmente en doctora, sobresaliente *cum laude* por unanimidad. Había aceptado una plaza de Filosofía de la historia en la Complutense de Alcalá de Henares. Vivía con Tsang en su apartamento frente a la playa de San Lorenzo. Se quedaba a dormir en Madrid solo un día a la semana, entre las clases vespertinas del lunes y las matutinas del martes. Tsang había iniciado sus proyectos urbanísticos en Astur. El ayuntamiento lo había aprobado. Por lo demás, la vida de todos proseguía, en medio de los ritmos cotidianos.

El caso de Adolph serpenteó sin parar: un río hecho de meandros. El prisionero supo moverse en la frontera de las distintas competencias, en el límite donde lo legal y lo ilegítimo se confunden en un estrecho margen ambiguo, aún por definir.

Consiguió ser defendido por Yóbrek y ser "atendido" por Edmundus. En la primera sesión se le puso como condición que revelara el lugar donde se hallaba el cadáver de Joseph. Accedió; sabía que debía seguir colaborando... si quería lograr su objetivo principal. Unas horas más tarde dos cadáveres comidos por los peces fueron recuperados. Efectivamente, eran Joseph y Slobo.

¿Qué ganaba Adolph a cambio? El comandante de *Balance* no menospreció ni uno solo de sus crímenes. Tendría que pagar por todos y cada uno, conforme a las leyes. El psiquiatra no se dejó engañar con tretas groseras, pero debía cumplir el código galénico de curar toda enfermedad. En definitiva, Adolph, de sus máximos perseguidores hizo sus instrumentos.

Colaboró con la justicia en el desmantelamiento del imperio Kamon, siempre a cambio de alguna concesión. Vivía en una celda muy bien equipada. Había recuperado la capacidad de comunicarse por IC, controlado; con una comunicación externa limitada.

Disponía de todo lo que había ido solicitando: en principio todo causas nobles: libros, objetos de trabajo… Se sumergía durante semanas en estudios que le absorbían todo el tiempo. Decía «estoy preparando mi "tesis"». Y, añadía, para sí, «la tesis verdadera».

El juicio debía ser militar, no civil. Los crímenes eran contra el Estado, no solo contra particulares. Pero hubo de postergarse. Había que decidir claramente si estaba afectado de alguna enfermedad mental. Tramitó todo esto a través de su abogado y de su médico. Después de dos meses, el Tribunal Constitucional de *Balance* declaró que era un caso ambiguo: «plena lucidez en los detalles pero falta de calibre global». Cuando mataba sabía lo que hacía y por qué lo hacía, pero su capacidad para reconocer las consecuencias globales estaban afectadas por un síndrome: la *cacomegaloethes*, según el dictamen de diez psiquiatras. Ciertas ideas megalómanas y perversas que, al parecer, no podía controlar, dirigían el conjunto de sus proyectos, en los cuales tenían después cabida actos de los que sí era responsable. Por tanto, lo correcto sería juzgarle por los crímenes personales realizados y dejar a un lado sus atentados contra el Estado Confederado. El juicio fue, por ello, civil, y no militar. La diferencia: abismal, para empezar se evitaba el ostracismo. Un juicio militar culpable le hubiera recluido, en cadena perpetua, con un control de seguridad exhaustivo y sin contemplaciones. Ahí hubiera debido renunciar a su contacto con Edmundus, esos tratamientos sanitarios no hubieran tenido lugar. En el régimen militar, el penado seguía siendo un enemigo del Estado. Eso no tenía reversibilidad, hasta que la pena se cumpliera. Y, en Adolph, estaba claro que sumaría la cadena perpetua.

La opinión pública, la misma que había seguido con pasión hace unos meses el teatral juicio de Luanda, se había indignado y se había sentido vejada por la "Justicia". ¿Cómo era que a un criminal de crímenes horrendos, contra la humanidad y contra el orden internacional, se le iban a aplicar leyes con todos esos matices tan compasivos...? ¡Como si se hubiera tratado de simples travesuras de un niño díscolo! Habían muerto demasiados inocentes y habían sido destruidas joyas históricas de un valor cultural incalculable. Esa era la prueba de que la justicia no funcionaba bien, con tantos falsos miramientos...

Pero eran los tribunales quienes decidían y estos lo hacían con las leyes en la mano. Una legislación humanizada al máximo. Y no se había encontrado una razón legal para excluir a Adolph de su condición de ser humano. Cadena perpetua fue el veredicto, pero en el régimen civil. Su arrepentimiento formal y su disposición a curarse le habían llevado de la inicial prisión de Texas a la de Astur. Aquí recibía periódicas visitas de Edmundus. Y el contacto entre ambos era casi diario. Si llegara a curarse, la pena se reduciría a treinta años. Y, por buen comportamiento, a la mitad. Y por actividades a favor de la comunidad, régimen mixto, a partir de la mitad de la mitad. En siete años, quizá, Adolph podría hacer vida normal e ir solo a dormir a Villabona. Aunque sus planes miraban hacia una frontera que no superaba los siete meses.

El doctor había entrado en un punto muerto con Adolph. Había accedido ambiguamente a curarse, mediante terapia, pero se resistía a bajar al Pozo. La conversación semanal de finales de noviembre transcurrió en medio de dificultades…

—Se pueden ir mejorando muchos aspectos patológicos, con un tratamiento sistemático. Pero no podré llegar a curarle del todo, su infección se halla en lugares demasiado profundos.

—¿Cómo que no podré curarme? Entonces, ¿qué enfermedad es esa?, ¿qué médico es usted?

—Su cuerpo se ha infectado de su alma.

—Eso, qué quiere decir.

—Que el funcionamiento elemental corpóreo se ha habituado a sus ideas, hasta el punto que las han somatizado. La terapia puede reconducir las ideas, pero no cambia las pautas fisiológicas.

—¿No las cambia?

—Podría cambiarlas, pero necesitaría quizá cien años.

—Pero yo soy un caso especial, usted lo dijo. Quizá conmigo pueda acelerarse.

—Créame, es imposible. Necesitaríamos décadas, para ver los primeros cambios somáticos.

—Bastaron diez años en mi infancia para extenderse, ¿por qué su extirpación no podría acelerarse? Seguramente, se equivoca en sus cálculos, doctor.

—¿Por qué un monte quemado no puede recuperarse en unos días? Es algo parecido, Adolph. El mal se extendió con facilidad, porque fue apoyándose en toda una estética de gestos, costumbres y somatizaciones continuas. Invertir el proceso requeriría intervenir a esa misma escala.

—¿Y su gran método no dispone de esa forma de intervención?

—Sí, pero lo ha rechazado ya en tres ocasiones.

—¡Pero tiene que haber algo, que no sea bajar al Pozo! —Adolph hacía todo lo posible por ocultar las verdaderas razones que le llevaban a rechazar la solución del Pozo. Temía que el Pozo le cambiara la personalidad. Y no estaba dispuesto a eso. El filósofo sabía que tras aquella negativa habitaba el rechazo a ser curado.

—¿Por qué le tiene tanto pavor, el Pozo no es más que una intervención quirúrgica?

—¿No queda ningún otro análisis posible? Seguro que sí.

—Su sangre, su cerebro, su sistema nervioso, su lenguaje, sus gestos... —Adolph había accedido a dejarse grabar durante un mes continuo— todo lo tengo cartografiado. Créame, no hay otra salida.

—Déjeme pensarlo unos meses. Supongo que para bajar al Pozo, habrá que estar seguro.

—Claro, por supuesto. No se puede bajar al Pozo, si no se desea —en realidad pensó «Si uno no desea curarse», pero no lo dijo así.

—Entonces, asunto arreglado.

—Sí, asunto arreglado. Reiniciaremos la rehabilitación cuando llegue a estar listo.

Adolph tradujo de inmediato aquella amenaza. Le estaba diciendo que el tratamiento se suspendía y que solo se reabriría si accedía a tratarse en el Pozo. Un golpe bajo.

—¡Pero no puede dejarme tirado! He colaborado y estoy dispuesto a curarme. Es usted cruel.

—Yo no le dejo tirado. ¿Quién no quiere dar el siguiente paso? Mi diagnóstico no tiene dudas. Es usted incurable, salvo a través del Pozo.

—¿Y qué pasará con mi recuperación?

—Deberé entregar mi informe. Y ha de ser transparente. Tendré que decir que no quiere realmente curarse. Lo máximo que puedo hacer por usted es retrasar mi dictamen definitivo un año, ese tiempo debería bastarle para aclarar las ideas.

—Entonces, dentro de un año, volveré a la cadena perpetua —Adolph contempló, por primera vez, la posibilidad de que su plan de fuga quedara malogrado.

—Eso me temo. Esas son las leyes.

—Pero no querer curarme forma parte de mi enfermedad. Y usted me abandona ahí. Yo sí quiero curarme —el viejo veía que estaba mintiendo— ¿y si no tengo toda mi libertad para querer lo que usted me pide?, ¿no estaría usted abandonándome a mi suerte?

—Cada uno está abandonado a su propia suerte. Usted y yo, cada uno a la suya. En eso somos iguales. Pero la suerte no lo puede todo. Usted es dueño de desear en un sentido o en otro. Quizá no tenga la fuerza precisa para hacerlo ahora, pero puede llegar a adquirirla. Todo depende de hacia qué lado desea dirigirse de verdad. Por eso le estoy dando un año de plazo. Cada uno de sus trescientos sesenta y cinco días deberá caminar en un sentido o en el otro. La distancia recorrida podrá valorarse entonces. Y yo no puedo caminar por usted.

—¿Y no hay una terapia para ir dando esos pasos?

—Sí, la hay. Está en usted. Yo, si me lo pidiera, solo podría recordársela todos los días.

—¿No podría venir a verme una vez a la semana, al menos? Seguro que me ayudaría.

—Mi intervención directa, a partir de aquí, sería dañina; crearía el llamado fantasma de la curación.

—Me abandona. Ya veo.

—Daré esa orden, para que no quepan dudas. Todos los días recibirá usted un mensaje mío. El mismo: «La terapia está en usted. Firmado: doctor Delmundo».

Transcurrieron dos semanas. Delmundo había enviado un primer informe advirtiendo de la suspensión temporal de la terapia. Dentro de un año se reiniciaría, si el enfermo estaba bien dispuesto. Adolph empezó a notar ciertas restricciones. Estando sometido a terapia externa, gozaba de muchas libertades y hasta de caprichos. Todo por la curación. Pero habiéndose interrumpido temporalmente, el caudal de las normas fluía por su cauce natural. El seguimiento de las reglas, los horarios y las obligaciones era estricto. Adolph no estaba acostumbrado a replegarse. Su espíritu necesitaba aire y libertad de movimientos. El martes quince de diciembre envió un mensaje al doctor.

«Doctor, estoy haciendo lo que me ha dicho. Pero necesito resolver una duda. La intervención del Pozo solo funciona si el enfermo lo desea verdaderamente. Para eso se establece la terapia previa. Para predisponer bien la voluntad. Y todo ello lo comprueba usted antes en sus análisis. Según lo que me ha expuesto en otras ocasiones. Mi duda es esta: ¿puede un enfermo desearlo con una personalidad y rechazarlo, inconscientemente, con otra? Firmado: Recluso número 555555-1».

La respuesta que le llegó al rato decía así:

«Señor Adolph Kirk, ese caso puede darse, sí. Para que la intervención pudiera llevarse a cabo debería prevalecer la personalidad buena. Y después sería preciso un seguimiento durante unos meses, hasta que se extinguiera la personalidad mala. Quizá habría que intervenir más de una vez».

Adolph se había estado ejercitando durante todas aquellas semanas en el desarrollo de aquella doble personalidad, separándolas. Por una parte era Adolph Kirk y, por otra, era Michael Rächer. Su encono interior crecía cada día. Uno desarrollaba todas las ideas de acuerdo a los cánones establecidos y el otro se dejaba guiar por sus verdaderos impulsos. Discutían a menudo, para entrenarse, según Kiräch, el mediador entre ambos. Un espectador externo se engañaría fácilmente creyéndoles al borde de la locura. No podían reflectar mayor equilibrio uno sobre otro…

Al día siguiente, Adolph escribía de nuevo:

«Doctor, estoy preparado. Quiero intentarlo. La pregunta que le hice ayer era para prevenirle. No me consiento desilusionarle. Firmado: Recluso número 555555-1».

La operación se fijó para el 28 de diciembre. Los últimos análisis no eran totalmente determinantes para el doctor, pero merecía la pena intentarlo. Había alguna posibilidad. Nada se perdía. Aquella *quirurgia* no era ni agresiva ni contenía ningún elemento negativo ni secundario, así pues...

65

Los primeros análisis, tras la operación, eran prometedores. La intervención en el Pozo había durado cuatro horas, la más larga de la historia. Los niveles de boulesina en sangre eran escasos pero suficientes: el enfermo deseaba su curación pero todavía con resistencias, según parecía. Las zonas a intervenir en el cuerpo calloso parecían no tener fin. Los circuitos neuronales a invertir, mediante la activación de los campos electromagnéticos a escala atómica, funcionaron como cabía esperar.

Las revisiones requerían que el recluso se desplazara hasta la clínica. Edmundus ecografiaba su sistema nervioso y su cerebro, y le hacía el resto de los análisis. En media hora todo estaba listo. Las emociones del psiquiatra se agitaban como pugnaces titanes. Hacía lo que debía pero sus sentimientos andaban contrariados: el fin de toda medicina era curar y sabía que el objetivo de la justicia no era la venganza. Pero Adolph se hallaba en el límite de todas las legalidades. Sobre el recluso no se trataba ni de curación ni de legislación. Era más bien como si su ser fuera capaz de utilizar con acerada y glacial hipocresía toda la nobleza de las normas que estaban hechas para los demás pero no para él. Sin embargo, el doctor tenía que hacer su trabajo lo mejor que podía y prejuzgar solo lo positivo, no lo restrictivo. Por eso, para celebrar aquel primer reconocimiento, el doctor invitó a Adolph a una partida de ajedrez, con el fin de seguir profundizando en su enigmática arquitectura anímica.

Hacia la mitad del juego, ambos vislumbraron que habría tablas. Sin embargo, el viejo había arriesgado un extraño movimiento. Él prefería que ganara aquella primera vez, sin ponérselo fácil, su contrincante. Le disgustaban siempre estas trampas. Pero sería bueno para su recuperación. La activación masiva de egolitrina cicatrizaría más rápidamente las heridas, si valía aquella metáfora.

Con cuatro piezas cada uno, Adolph vio los cinco movimientos que le separaban del jaque mate. Sus ojos desplegaron, aquí, una luz que no parecía provenir de Adolph sino de alguna otra extraña criatura. Delmundo no vio nada, en ese momento se ocupaba en un sorbo de té. Rächer fue consciente de que tenía que controlarse. Debía hundirse muy profundo en aquel ser, dormirse durante meses. Sin embargo, aquellos breves relámpagos, embriagaban por completo ambos espíritus. ¡Qué tediosa era la vida, sin aquello, desde que estaba curado!

—Enhorabuena, señor Kirk. No se crea que me ganan muchos.

Aquí, Adolph, queriendo alargar un poco más aquello, antes de volver a su reclusión, preguntó:

—Doctor, ¿usted en qué cree?

—Yo creo en usted.

Adolph mostró una extraña sorpresa.

—No debería, todavía no tiene todas las variables bajo su dominio.

—Lo sé. Pero no me refería a eso.

—¿Entonces?

—Me refiero a que creo en lo que usted tiene de humanidad. Creo en la humanidad. En que contiene dentro de sí una infinidad de cosas valiosas, —y matizó más—: e increíblemente hermosas.

—Pero no cree en Dios, ni en nada que le trascienda. ¿No es eso?

—No es que crea ni deje de creer, es que en mí ya no cabe ese creer. Entiendo ese dios secular como momentos necesarios de la historia de la humanidad. Tan necesario seguramente como lo fue la invención de la rueda... pero aquella "rueda divina" ahora ha sido sustituida por otro engranaje cuyas ruedas interiores han dejado de ser "divinas".

—¿Y ese engranaje...?

—La profundidad y "sabiduría" de la naturaleza y su sublime infinitud.

—¿Pero vale su diagnóstico para todos los hombres?

—Tiene razón, quizá aún no vale para todos los casos. Algunos, por razones... razones "estéticas" necesitan seguir creyendo, y así pueden seguir siendo personas.

—Lo suponía.

—¿Y usted, en qué cree?

Adolph no podía decirle lo primero que le venía a la mente: que él creía en sí mismo. Eso sonaría burdo y le pondría al descubierto.

—Yo creo en usted, doctor.

—Pero eso es hacer trampa. Está usted utilizando la táctica del espejo.

—Creo en usted y a través de usted en la humanidad —dijo Adolph para arreglarlo, profundizando en la travesura. Y, acto seguido, se sintió algo disgustado, porque advirtió que lo que había dicho le había sentado bien, y que hasta él mismo se lo había creído.

—Eso suena muy halagador. Por eso no le creo del todo. El halago es el arma más sibilina.

—Pero entonces, me cree un poco.

—Un poco, quizá sí.

—Debo irme —la alarma del tiempo límite empezó a parpadear.

—Sí, debe irse.

Y Adolph emprendió aquella primera retirada con un sabor agridulce. Se sentía bien de algún modo desconocido, pero por otra parte abrigaba los primeros síntomas de una enfermedad que le sitiaba y contra la que estaba dispuesto a defenderse costara lo que costase. Si era preciso llamaría en su ayuda a Michael, en momentos sueltos, y después, lo llamaría definitivamente cuando ambos estuvieran a salvo. La vida del otro lado la sentía mucho más intensa. La de acá estaba bien, pero no tenía ímpetu suficiente.

66

La Nochevieja de ese año iban a celebrarla nuevamente con disfraces. Esta vez eligieron el siglo XXII. Estaba ya todo organizado. Silvia no permitió que Yóbrek se saliera con la suya. Pretendía acostarse temprano. Alargar el festejo y la noche no tenía para él sentido, solo profundizaría su oculta transparente desolación. Constanza pertenecía a un pasado muy remoto, para él ya no existía. De Bárbara solo se acordaba oníricamente, una rememoración lúcida consciente era demasiado lacerante. Estarían el simpático de Tullio, y Tsang, y Sandra, una amiga del colegio, que había declarado indirectamente en el juicio de Angola. Y varios más. La historiadora seguiría echando de menos a John, que sin duda no hubiera rehusado ir. Serán un núcleo de unos veinte, que junto a otros núcleos adyacentes formarán una horda, una horda unida: por el baile, la música, la risa y la broma. Gozarán como gozan los niños, con el placer añadido de los adultos.

En la mañana del 31 de diciembre, agarrada amorosamente a Tsanchullo, Silvia meditaba sobre la razón oculta por la que el abuelo les habría invitado a todos a una extraña celebración en la clínica — «Quiere que participemos como público en la partida de ajedrez que va a jugar con Adolph»—, mientras esperaba que llegara su hermano, para subir los tres la cuesta juntos. Ella lo haría por el abuelo y por una especie de noble convicción que se volvía cada vez más abstracta. Las tripas tocaban unos sones contrarios. Aquel repulsivo Michael Rächer seguía visitándola en sus sueños.

Yóbrek ha divisado a la pareja de lejos y se alegra de que su hermana sea tan dichosa. Ese tipo, Tsang, es imposible que pueda caerle mal a nadie. Todavía no he tenido tiempo de conocerle bien.

Tsang pensaba en aquella distancia que todavía mantenía el comandante. Hermano y hermana iguales como dos hojas de un mismo árbol pero distintos como el trinar de un mirlo y el aullido de un lobo herido. Le entendía perfectamente: su personaje se había quedado sin nada que decir en mitad de la representación.

Los tres jóvenes saludaron educada y distantemente al recluso. Yóbrek, que lo había tratado más y que había llegado a odiarlo cordialmente, le envió un gesto seco de llegada. Se situaron los cinco en torno a la mesa, ese jueves, último día de diciembre, componiendo un absurdo mosaico humano. Las doce de la mañana. La clínica solo asistía casos especiales hasta esa hora. Varios cafés y tés humeaban sobre la mesa, pero ninguno pudo apreciar que una de las tazas estaba imperceptiblemente desportillada. Intentarían hablar amigablemente y sobre todo observarían con atención a Adolph, eso era lo que les había pedido encarecidamente el abuelo. Era evidente que los dos se portaban como avezados ajedrecistas. Lo que parecía un incipiente error, acababa por ser una mejor situación estratégica, trascurridos tres o cuatro movimientos. El viejo no estaba dispuesto a dejarse ganar. Esta vez ya no había razón alguna. Estaría muy concentrado. Le interesaba, no obstante, seguir el proceso de su paciente.

Tsang pensaba que Adolph había preparado con antelación la partida con mucho detalle, porque «sus reacciones son demasiado rápidas». Sin embargo, cada vez que movía observaba en él una pesadumbre, como una obsesión de haberse equivocado. Silvia veía que era incapaz de tomar una postura cómoda, «y se esfuerza, sin embargo, en ser amable con el abuelo, con el único que prácticamente muestra cierta confianza». Yóbrek se había levantado, después de los primeros minutos. Prefería estar de pie. Hallarse tan cerca de aquel sujeto aparentando impasibilidad le producía sudoraciones y un malestar indefinible. Había ultrajado lo que más quería y ahora además, por el abuelo o por la Civilización tenía que mostrar la otra mejilla. Y sentía que era un acto de profunda injusticia... Le observaba de frente, de espaldas a la ventana, con toda la luz a su favor. Como una orquesta en su primer día de ensayo, los ojos, los labios, las palabras, los movimientos de ajedrez, los gestos… cada cosa funcionaba allí desentonadamente. Mirado de uno en uno, todo parecía perfecto. La sorpresa venía de observar el conjunto. Para eso estaba bien entrenado. Era su especialidad policial.

Yóbrek debía reprimir una y otra vez una imagen que le crecía en las vísceras. Qué le impedía descargar en la nuca de aquel ser despreciable un tiro, solo uno bastaba. No merecía vivir. Nunca volvería a recuperar a Bárbara, pero el mundo sería más justo. Él, en tres años, juzgado por enajenación mental transitoria, estaría libre. Pero el dolor que iba a infligir al abuelo y a Silvia… le frenaba, y entonces desistía pero no podía evitar volver a ese deseo, a luchar contra ello y a desesperarse.

El filósofo, nueve movimientos antes de llegar a las tablas, forzó una táctica, arriesgada, pero creía que segura. Adolph interpretó aquello como un error o una precipitación. «Seguramente el viejo no quiere tablas, quiere ganar a toda costa; ante su gente». Fue evidente, para todos, la minúscula contenida emoción del paciente. Las piezas fueron cayendo de uno y otro lado. Adolph se precipitó ensoberbecido en la emboscada. Hizo aquel antepenúltimo movimiento. Se dio cuenta, quiso rectificar. Pero las normas no lo permitían. Rey y tres peones de Edmundus contra rey y dos alfiles de Adolph. Jaque mate. La reacción de humillación sentida fue evidente, aunque el brillo de venganza que afloró en sus ojos, como un relámpago pronto controlado, nadie pudo verlo exactamente. En el mismo instante, alguien llamaba a la puerta. Era extraño. La clínica estaba cerrada aquel día de final de año. «Iré yo», dijo Yóbrek.

¡Era una aparición!, ¡Bárbara estaba allí, de pie, expectante, algo confusa!

—Soy yo —dijo, por toda explicación. Y ambos se abrazaron arrojándose el uno en el otro, y él lloró apretándola con una emoción desbordante que no pudo contener. El tiempo transcurría y los demás esperaban.

—¿Quién es? —gritó Silvia. Nadie respondió, no tenían voz. Adolph debía retirarse. Los cuatro escoltas estaban preparados, desde un monitor en una sala contigua habían seguido la terapia (oficialmente, eso era). En el pasillo se cruzaron Adolph y Bárbara. Una luz morbosa asomó a los ojos del enfermo; tarde quiso reprimirla. Bárbara la vio. Yóbrek tenía los ojos enrojecidos; su sombra le rozó al pasar, entre dos policías, nada más. Y sintió el «adiós», educado y correcto y algo forzado. Bárbara no entendió aquella aparición. Creyó estar en un mundo equivocado y tuvo que enjugarse discretamente un repentino sudor que le cubrió las manos.

Entraron los dos agarrados. Los tres aún sentados, permanecieron mudos un rato. Sin comprender. Atónitos. Por fin, habló:

—Pude liberarme horas antes. La amante del guardián quiso curiosear. Ambos sabían que "Él" —aquí hizo un gesto absurdo hacia la puerta— andaba lejos y ocupado. Yo aproveché la ocasión. La noqueé entre hipidos y la puse en mi lugar. El guardián me siguió, pero tuve suerte...

—Pero… —protestó Yóbrek.

—Estaba aterrorizada. Y desfigurada. Antes debía recomponer mi cara. Tomé un bólido prestado. Iba a llamarte. Estaba muy nerviosa y también confusa. Después tuve un grave accidente. Perdí la memoria. Acabo de recobrarla hace dos días. En la comisaría me dieron esta dirección. —Y su voz estremecida acabó convirtiéndose en una especie de sollozo, aunque dichosa al ver que él seguía aún amándola, su voz pudo contener el llanto. Y tras unos segundos de miradas recíprocas paralizadas al fin reaccionó:

—¿Y Adolph? ¡Ese era Adolph!

Los cuatro hicieron un gesto conflictivo. Supo que sería una larga historia. Difícil de contar.

67

Hoy es el primer día del año, uno de enero de 2447. En los alrededores de la clínica Delmundo unos robots habían despejado los jardines adyacentes de sus malezas, un mes atrás. Para un paseante observador, no podrían pasar inadvertidos unos líquenes que empezaban a cubrir la base norte de unas piedras, y, poco más allá, unos pequeños helechos plantaban allí su reino oportunista. Los robots jardineros volverían a su tarea, cuando llegara el tiempo. Todo estaba bastante controlado. Las cosmopolitas marcas de robots se atareaban por introducir en el mercado nuevos modelos capaces de dar solución a sutiles tipos de problemas.

En ese día festivo, yermo y catártico, Edmundus ha entrado en su clínica. La comezón del problema que no sabe cómo resolver le lleva allí como criminal excitado por el lugar del crimen. Ha bajado al Pozo, ha encendido todas las luces, a pesar de que ese día no va a haber ninguna intervención. Se ha sentado allí dispuesto ese día a tomar una resolución. Su mirada está perdida, su oleaje interior anuncia galerna.

El problema aparenta fácil salida, pero contiene finas púas, como las chumberas, imperceptibles a primera vista. Ha visto que a través del Pozo puede elevarse con facilidad la inteligencia de las personas. Razón suficiente para destruir su proyecto de curación profunda. Si esto se difundiera o siquiera se conociera por un solo periodista, el peligro que se cernería sobre la raza humana sería incontenible. En realidad, qué mayor bien que aumentar la inteligencia. Pero dónde estaría su límite y cuáles serían sus efectos.

«¿Puede una especie que ha ido evolucionando paso a paso saltarse, a través de un atajo que encuentra, el ritmo de su natural evolución?», medita por enésima vez sin llegar a encontrar la respuesta.

«Traerá cambios globales sobre la vida social, de manera muy abrupta, necesariamente. Y no sabemos todavía si la inteligencia está ligada necesariamente al bien, al mal o, lo más probable —según cree el filósofo—, a una línea indeterminada pero peligrosa». ¿Qué hacer? Mientras en el interior el filósofo reflexiona, dispuesto a tomar una determinación, en el vestíbulo, la sombra de un cuerpo se desdobla por el efecto de la luz. Quizá alguien inteligente que, porque lo es, odia a Edmundus; quizá una mente pérfida y obtusa, quizá alguien incapaz de hacer daño. O simplemente la sombra de un robot.

En un día de fiesta, viernes, uno de enero, a las diez de una gélida mañana, ¿qué hace allí un visitante? El doctor detiene su meditación, ha oído un ruido... Sabe que, quienquiera que sea, no se ha activado el cierre automático, por tanto, es persona autorizada, pero ¿ese día y a esa hora?

La joven investigadora, recién licenciada en medicina y becaria de la Fundación Clínicas Delmundo, trabajaba temporalmente en el equipo del sabio filósofo, preparando su tesis doctoral. Edmundus había puesto con gusto a su disposición todos sus hallazgos... ¡salvo su secreto bien guardado!

—Doctor, su sistema de curación encierra un gravísimo problema —le dijo, antes de que pudieran saludarse educadamente. Con estas palabras y con las expresivas casi imperceptibles modulaciones de su cuerpo, trasmitía que se trataba de algo tan vital que era mejor dar por irrelevantes las disculpas por intromisión y las demás cortesías. Y añadió esta encendida pregunta—:

— ¿Qué impulsa más a la inteligencia, un fin bueno o un fin malo?

Edmundus supo al instante que Emma había descubierto su secreto por sus propios medios.

—Emma, tenemos que hablar. Hoy, ahora mismo —mientras la miraba con concentrada severidad, su mente estaba resolviendo velozmente qué pacto proponerle para que aquello continuara siendo el secreto mejor guardado del mundo, durante el tiempo preciso hasta encontrar una solución a su uso descontrolado.

El doctor encaró el tema yendo a su núcleo, nada de andarse con eufemismos:

—Sí, es mi secreto… un secreto que me pesa y aplasta… y no sé qué salida darle. Tú ¿qué harías?, ¿lo divulgarías?

—¡Pero antes habría que asegurarse de…! —y no supo nombrar bien lo que estaba pensando, por eso, con gesto asustado dijo—: ¡Sería muy peligroso!

Edmundus vio entonces que Emma había captado muy bien el problema.

—Sí, ¡sería muy peligroso!, ¡mucho! y eso es de lo que tú y yo tenemos que hablar —mientras meditaba la fórmula para conservar un secreto que ya no es un secreto, le indicó con el gesto que le siguiera hacia el Pozo.

Y en la secreta conversación mantenida, desconocida de todos por el momento, Edmundus empezará a ver con nitidez cómo enfocar aquel irresoluble problema, gracias a Emma.

No lejos de allí, Michael Rächer y Adolph Kirk pugnaban por imponer cada uno su visión del mundo.